# 20世纪下半叶
# 中国民间文艺学思想史论

（修订版）

毛巧晖 著

学苑出版社

图书在版编目（CIP）数据

20世纪下半叶中国民间文艺学思想史论/毛巧晖著
.—修订版.—北京：学苑出版社，2018.10
ISBN 978-7-5077-5561-9

Ⅰ.①2… Ⅱ.①毛… Ⅲ.①民间文学—文学思想史—中国—20世纪 Ⅳ.①I207.7

中国版本图书馆CIP数据核字（2018）第222581号

出 版 人：孟　白
责任编辑：陈　佳
封面设计：齐立娟
装帧设计：逸品书装
出版发行：学苑出版社
社　　址：北京市丰台区南方庄2号院1号楼
邮政编码：100079
网　　址：www.book001.com
电子信箱：xueyuanpress@163.com
联系电话：010-67601101（营销部）、010-67603091（总编室）
印　刷　厂：北京赛文印刷有限公司
开本尺寸：710×1000mm　　1/16
印　　张：20
字　　数：289千字
版　　次：2018年10月北京第1版
印　　次：2018年10月北京第1次印刷
定　　价：55.00元

# 再版说明

2005年8月至2007年7月，我在复旦大学中国语言文学系艺术人类学与民间文学专业从事博士后研究工作，在此期间撰写完成了出站报告《问题的思想史——20世纪下半叶中国民间文艺学思想史论》，此课题亦获第39批中国博士后科学基金面上资助二等奖。经过三年的修改，2010年3月它以《20世纪下半叶中国民间文艺学思想史论》之名被纳入华东师范大学985社科规划《汉语与中国文化国际推广》之子项目"文艺民俗学文库"，并由上海文化出版社出版。

著作出版带来的惊喜与愉悦之情难以掩饰，但自己再翻阅之时常有诸多遗憾。2017年12月，学苑出版社陈佳女士与我联系，希望能将拙著再版，收到消息之时意外又感激。意外是没想到一本"冷门"学术著作能有再版机缘，感激则是终于有机会对某些笔误、表达欠妥之处进行修订，减少自我的歉疚与遗憾；同时亦可对原文进行增补。

修订版增补之处主要有二：一是在2018年3月撰写《民间文化论坛》"关键词"栏目时，对20世纪80年代末兴起的这一学术流派进行了梳理，借此修订之机，将其发展脉络中的学人及其文化思想，即"文艺民俗学兴起与学人主要思想"纳入第四章第二节；二是补入了从2005年8月开始搜集撰写的中国民间文艺学"1949—1999年大事年表",这一年表参照了相关的文学史资料以及其他学者的著作,尽管还有很多遗漏之处,但希望能列于正文之后,抛砖引玉,为大家的研究提供一二线索。

毛巧晖<br>2018年6月

# 目 录

导　论　/ 001

**第一章　1949—1957 年：民间文艺学体制内的独立　/ 023**
第一节　民间文艺学的独立　/ 025
第二节　学人和团体的思想脉络　/ 040
第三节　政治因素的建构性意义　/ 052

**第二章　1958—1966 年：民间文艺学的高扬　/ 067**
第一节　新的民间文艺学　/ 068
第二节　学人的思想内容　/ 084
第三节　历史情境与学人价值取向　/ 103

**第三章　新时期：民间文艺学的恢复及文化学走向　/ 121**
第一节　科学民间文艺学的恢复　/ 122
第二节　学人的思想应对　/ 130
第三节　学人与时势互动平衡　/ 146

**第四章　1990 年代：民间文艺学的本位缺失　/ 153**
第一节　民间文学的学科归属　/ 154

第二节　民俗学派的民间文艺学思想　/ 163

第三节　学术发展与学科本位缺失　/ 176

**第五章　依附性与自主性：检讨和反思　/ 189**

第一节　民间文艺学发展综论　/ 191

第二节　民间文艺学思想的依附性与自主性　/ 203

**附一　大事年表（1949—1999年）　/ 219**

**附二　表格　/ 287**

表1　钟敬文1949年至"文化大革命"之前主要论著列表　/ 287

表2　贾芝主要论著与活动表　/ 289

表3　毛星主要论著表　/ 295

**参考文献　/ 297**

**后　记　/ 313**

# 导论

## 一、研究对象的界定

### (一)民间文学与民间文艺学

民间文学(folklore)的界定一直是学术界一个纷繁复杂的问题。1916年梅光迪给胡适的一封回信中提道:"文学革命自当从'民间文学'(folklore, popular poetry, spoken language, etc.)入手,此无待言。"[1]这是民间文学一词最早出现,但并没有进行解释,只是将其等同于folklore(民俗)、popular poetry(流行诗)、spoken language(口头语言)等。其接"本书论宋元文字,甚启聋聩",可见梅光迪将"民间文学"与"宋元文字"及书中后文所提"俚俗文学"等同。folklore、popular poetry、spoken language,这三个词的意义不在一个层面上,他只是信手拈来,仅仅为了强调民间文学("俚俗文学")的语言特性对于文学革命的意义,再加上这些出现在私人信件中,它的影响到底有多大难以估计。[2]最早对"民间文学"进行阐释的是胡愈之,他认为"民间文学的意义,与英文的'folklore'大略相同,是指流行于民族中间的文学。民间文学的作品,有两个特质:第一,创作的人乃是民族全体,不是个

---

[1] 罗岗、陈春艳编:《梅光迪文录》,辽宁教育出版社2001年版,第162页。

[2] 此处意思为梅光迪与胡适的私人通信,流传播布范围难以估计,且既然是信件,除公开发表之外,其首要还是私密性。

人。普通的文学著作,都是从个人创作出来的,每一种著作,都有一个作家。民间文学可是不然;创作的决不是甲也不是乙,乃是民族全体。……第二,民间文学是口述的文学(oral literature),不是书本的文学(book literature)。书本的文学是固定的,作品完成之后,便难变易。民间文学可是不然;因为故事、歌谣的流行,全仗口头的传述,所以是流动的,不是固定的。"[1] 这个概念虽然提到民间文学与"folklore"相同,但并没有将其混同于民俗学,与最初搜集歌谣不同,因为当时的目的是作为民俗学资料和文学的一种新形式。[2] 胡愈之的界定中陈述了民间文学的内涵和基本特征,尽管没有得到当时学界同人的认同,但它是超越时代的,后来的民间文学概念基本上是在这一论述基础上的演化。随着民俗学运动的发展和深入,对民间作品在语言、文学方面的把握比重增大,遂有一种要求民间文学从民俗学中分离出来、走向独立的意向。20世纪20—30年代,出现了概论性的民间文学著作,如徐蔚南《民间文学》、王显恩《中国民间文学》以及杨荫深《中国民间文学概说》等。这是一个学科出现和独立的第一步。徐本认为"民间文学是民族全体所合作的,属于无产阶级的、从民间来的、口述的、经万人的修正而为最大多数人民所传诵爱护的文学"[3]。他的概念只是加上了阶级理念,也就是说民间文学是另一个阶级的文学。杨荫深则认为:"像歌谣、谜语、时调、笑话、传记、神话……便是所谓'民间文学'。""这里的文学是口述的,耳听的,是一般民众——不论其为智识阶级或无智识阶级,他们都有演述口传的可能,这便是真正的民间文学。"[4] 杨氏沿袭了胡愈之的概念。

延安时期的民间文学基本上是毛泽东《在延安文艺座谈会上的讲话》(以下简称《讲话》)的学术上的延伸。《讲话》中提出"萌芽状态的

---

1　胡愈之:《论民间文学》,载于《妇女杂志》第7卷第1号(1921年1月)。
2　《发刊词》,载于《歌谣》周刊第1号(1922年12月17日)。
3　徐蔚南:《民间文学》,世界书局民国十六年(1927)版,第6页。
4　杨荫深:《中国民间文学概说》,华通书局民国十九年(1930)版,第1—2页。

文艺(墙报、壁画、民歌、民间故事等)""原始形态的文学""较低级的群众的文学和群众艺术""群众的言语"及"初级文艺",并且进一步论述了"我们的文学专门家应该注意群众的墙报,注意军队和农村中的通讯文学。我们的戏剧专门家应该注意军队和农村中的小剧团。我们的音乐专门家应该注意群众的歌唱。我们的美术专门家应该注意群众的美术。一切这些同志都应该和在群众中做文艺普及工作的同志们发生密切的联系,一方面帮助他们、指导他们,一方面又向他们学习,从他们吸收由群众中来的养料,把自己充实起来,丰富起来,使自己的专门不致成为脱离群众、脱离实际、毫无内容、毫无生气的空中楼阁"。[1] 从所列内容可以看出,民间文学与《讲话》的内涵大致相同。延安时期民间文学充分发挥了它对于文学的意义,正如周扬所说:"解放区文艺的一个重要特点之一,就是和自己民族的特别是民间的文艺传统保持了密切的血肉关系。"[2]

1949年以后,民间文艺学领域对民间文学的界定出现了差异。其差别主要集中于两点:一是对"民间"内涵与外延的理解,一是对"文学"概念的理解。[3] 1949—1966年,对民间文学的界定主要有:那些表现劳动人民的生活、感情和愿望的作品是民间文学;民间文学在阶级社会里才有了最确切的含义,它是劳动人民的创作[4];"民间文学是指劳动人民所创造的文学"[5]。

20世纪80年代以后,对民间文学的概念众说纷纭,其主旨主要有:1.它是流传于人民大众(或社会下层)中间的文学;2.它是口头创作、口耳相传的艺术;3.它反映民众的思想观念和审美情趣;4.民间文学是相对于作家文学而言;5.将民间文学纳入民俗学领域,成为一种生

---

[1] 毛泽东:《在延安文艺座谈会上的讲话》,《解放日报》1943年10月19日。
[2] 周扬:《周扬文集》(第一卷),人民文学出版社1984年版,第519页。
[3] 魏同贤:《民间文学界说》,《文史哲》1962年第6期。
[4] 魏同贤:《民间文学界说》,《文史哲》1962年第6期。
[5] 中国民间文艺研究会上海分会编:《中国民间文学论文选》(上),上海文艺出版社1980年版,第503页。

活文化。[1]

勒内·韦勒克（René Wellek）认为：我们必须首先区别文学和文学研究。这是截然不同的两种事情：文学是创造性的，是一种艺术；而文学研究，如果称为科学不太确切的话，也应该说是一门知识或学问。[2]对于民间文学，学界一直有不同的指称与内涵，在学术史历程中，它既可指研究对象，也可以是学科名称。它不像作家文学体系严格区分

---

1 参见刘守华、巫瑞书主编：《民间文学导论》，长江文艺出版社1997年版，第3—5页。段宝林主编：《中国民间文学概要》，北京大学出版社1998年版，第17—18页。钟敬文、马名超、王彩云主编：《民间文学大辞典》，黑龙江人民出版社1996年版，第22页。谭达先主编：《中国民间文学概论》，台北贯雅文化事业有限公司1992年版，第4—5页。张紫晨主编：《民间文学基本知识》，上海文艺出版社1979年版，第1—2页。姜彬主编：《中国民间文学大辞典》，上海文艺出版社1992年版，第1页。乌丙安：《中国民俗学》，辽宁教育出版社1999年版，第5页。郑志明：《文学民俗与民俗文学》，台湾嘉义南华管理学院1999年版，第34页。江宝钗：《从民间文学到古小说》，高雄复文图书出版社1999年版，第127页。吴同瑞、王文宝、段宝林编：《中国俗文学概论》，北京大学出版社1997年版，第2页。陈启新：《中国民俗学通论》，中山大学出版社1996年版，第420—422页。叶春生：《岭南俗文学简史》，广东高等教育出版社1996年版，第6—7页。祁连休、程蔷：《中华民间文学史》，河北教育出版社1999年版，第2—3、12、20页。刘魁立：《刘魁立民俗学论集》，上海文艺出版社1998年版，第72—73、85—91页。高国藩主编：《中国民间文学》，台湾学生书局1995年版，第2—6页。李惠芳主编：《中国民间文学》，武汉大学出版社1999年版，第13—15页。胡万川主编：《文化的源头活水——民间文学之重要性》，台湾彰化县立文化中心1993年版，第2页。胡万川主编：《民间文学工作手册》，台中县立文化中心1996年版，第1—3页。曾永义主编：《说俗文学》，台北联经出版事业公司1980年版，第11页。陈益源主编：《民俗文化与民间文学》，台北里仁书局1997年版，第2页。管成南主编：《中国民间文学赏析》，台北国家出版社1993年版，第15—16页。钟敬文主编：《民间文学概论》，上海文艺出版社1980年版，第1页。钟敬文：《中国民间文学讲演集》，北京师范大学出版社1999年版，第86页。娄子匡、朱介凡主编：《五十年来的中国俗文学》，台北正中书局1970年版，第1页。陈泳超：《中国民间文学研究的现代轨辙》，北京大学出版社2005年版，第3—8页。

2 [美]勒内·韦勒克、奥斯汀·沃伦著，刘象愚等译：《文学理论》，江苏教育出版社2005年版，第1页。

文学作品与文学批评。本书的论述中专门冠以"民间文艺学"[1]是希冀突出笔者对于民间文学的阐述重在"文学的视野",突出民间文学的"学术边界"。这亦是对自20世纪90年代起民间文学研究范畴无限扩大与边界消解所造成的学科迷失之回应。面对"民间文学成为一种科学的必然"[2],需要对其进行独立研究,尽管"神话、故事或歌谣等,不论形式或内容,和文学作品中的叙事作品或诗歌,一经口语、文字的转换,便有颇为相近的东西"[3],但是它们之间差异也是显而易见的。正如钟敬文所提出的,"我们当然不反对把民间文艺和文人文艺并作一个研究对象,而成立一种系统的科学——文艺学(一般文艺学)。但为了使关于它(民间文艺)的研究精密化、系统化,我们毫不客气地要为这种研究另创立一种独立的科学"[4],也就是民间文艺学。苏联文艺理论家莫·卡冈(Моисей Самойлович Каган)在《艺术形态学》中也专门思考过这一问题,他认为民间文学与作家文学有重大的差别,应作为文学的另一形态加以研究。[5]

民间文学在1949年以后,正式作为一个独立研究领域。对它的研究承继了20世纪上半叶,尤其是40年代延安时期的学术倾向,"着重从文艺上来学习利用民间文艺,这种情况一直延续到中华人民共和国成立之后,成为中国民间文艺学的一个显著特征"[6]。尽管20世纪80年代之后,民间文学与民俗学之间的关系逐步密切,研究交合重叠,直到1997年学科合并,但是很多研究者还是注意和强调它们之间的区别。

---

1 突出"民间文艺学"是为了厘清民间文学学科边界以及强调民间文学之文学性,但行文中并不严格区分两者,在某些已达成共识的表述中,依然沿用"民间文学"这一话语。
2 钟敬文:《民间文艺学及其历史》,山东教育出版社1998年版,第4页。
3 胡万川:《民间文学的理论与实际》,台北清华大学出版社2004年版,第1—2页。
4 钟敬文:《民间文艺学及其历史》,山东教育出版社1998年版,第7页。
5 [苏]莫·卡冈著,凌继尧、金亚娜译:《艺术形态学》,生活·读书·新知三联书店1986年版,第208—214页。
6 刘守华、白庚胜主编:《中国民间文艺学年鉴·2001年卷》,华中师范大学出版社2003年版,第4页。

他们认为：民间文学侧重于民间文艺学方面的研究，属文学艺术范畴；而民俗学之研究民间文学则侧重其民俗性较强之风俗歌谣、节日传说、赛歌习俗、民间说唱和民间戏曲等有关方面。民间文学属于民俗学的一部分，是事物的一个方面，民间文学同时也是文艺学的一个部分，则是事物的另一个方面；前者必须服从民俗学的研究要求，后者则必须服从文学的研究要求。[1] 韦勒克认为"口头文学（笔者按：此处相当于民间文学）的研究是整个文学学科的组成部分，因为它不可能和书面作品的研究分割开来；不仅如此，它们之间，过去和现在都在继续不断地互相发生影响"。"对于每一个想了解文学发展过程及其文学类型和手法的起源和兴起的文学家来说，口头文学研究无疑是一个重要的领域。"[2] 从论述可知，口头文学与书面文学一样分享着文学的本质，这样，民间文艺学就是要发现和阐释民间文学的文学本质，现在一些学者开始借用 folk-literature 一词以强调其文学性。

在文学领域，民间文学与俗文学的边界一直难以理清。这不是本书讨论的重点，但为了进一步清晰本书的研究对象，在此简要论述。关于俗文学，郑振铎在《中国俗文学史》第一章第一节所下的定义是："'俗文学'就是通俗的文学，就是民间的文学，也就是大众的文学。换一句话，所谓俗文学就是不登大雅之堂，不为学士大夫所重视，而流行于民间，成为大众所嗜好、所喜悦的东西。"[3] 杨荫深、吴晓铃也发表了类似的看法。1946 年出版的杨荫深所著《中国俗文学概论》中提到：俗文学就是"通俗的文学""平民的文学"和"白话的文学"。[4]《华北日报》上发表的吴晓铃《俗文学者的供状》中说道：俗文学"是通俗的文学，是语

---

1 参见吴同瑞、王文宝、段宝林编：《中国俗文学概论》，北京大学出版社 1997 年版，第 6—10 页。赵世瑜：《眼光向下的革命——中国现代民俗学思想史论（1918—1937）》，北京师范大学出版社 1999 年版，第 16 页。

2 [美] 勒内·韦勒克、奥斯汀·沃伦著，刘象愚等译：《文学理论》，江苏教育出版社 2005 年版，第 41 页。

3 郑振铎：《中国俗文学史》（上册），商务印书馆 1938 年版，第 1 页。

4 杨荫深：《中国俗文学概论》，世界书局民国三十五年（1946）版，第 1 页。

体的文学,是民间的文学,是大众的文学"[1]。1949年以后,俗文学的名称基本消失,代之以民间文学。"文革"结束后学人又开始提倡俗文学,新时期开始,它有了长足的发展。学界对"俗文学""通俗文学""民间文学"关系之表述如下:

> 俗文学不等于通俗文学。俗文学由其根植于广大民众,具有民族气派、民族风格,便于广大劳动人民接受、掌握和流传,它可以是通俗的,但通俗化的文学作品,只表明向俗行的努力,不一定就成为俗文学,这里划分的范围是有差异的。[2]
> 
> 俗文学包括群众自己创作的民间文学和专业艺人、作家用传统民间形式所进行的文学创作。[3]

这种区分在俗文学领域达成共识,但是以学科为基点的划分,在学术研究中并不像界定那样泾渭分明。钟敬文在编纂《民间文学概论》一书时,前言中就提到"'民间文学'(照我们的定义,它主要是广大劳动人民的文学)跟俗文学的'说唱'的关系,究竟应该怎样看待,这在学术界还是有争议的问题,我们参加编写的同志,意见也并不完全一致"[4]。这个问题一直延续到现在。曾永义认为:"在中国语言命义的前提之下,所谓'民间文学''俗文学''通俗文学',事实上是'三位一体',不过在不同的角度说同一件事情而已,它们之间根本没有什么不同。"[5] 21世纪,大陆学人在进一步界定民间文学时指出:俗文学概念产生之初就存在定义上的模糊不清和自乱阵脚,以及学科的逐渐失落。从1949年至20世纪80年代,民间文学和俗文学分别经历了不同的命运,但自

---

1 吴晓铃:《俗文学者的供状》,《华北日报》1948年6月4日。
2 王文宝编:《中国俗文学学会概况》,内部资料,中国俗文学学会1993年,第10页。
3 中国俗文学学会编:《俗文学论》,黑龙江人民出版社1987年版,第59页。
4 钟敬文:《民间文学概论》"前言",上海文艺出版社1980年版,第6页。
5 曾永义:《俗文学概论》,(台北)三民书局2003年版,第23页。

学科产生之初就产生的问题并未解决。陈泳超提出用"民间文学"作为统摄性概念,将"非作家文学"作为集体性下属的次级特性,[1]郑土有在中国民俗学第六届代表大会上也提出打通"俗文学""民间文学","以是否在口头传唱、是否具有文学性作为标准来划分研究对象,构建'口传文学'平台"[2]。他们的理论阐述虽然不是非常充分,但从中可以看到:民间文学的文学性成为学界研究和关注的基点,同时它也是民间文学的基本特质。

### (二)问题史和思想史

20世纪80年代开始,史学领域"已经发生了有时不为人所意识到的从叙述史学到面向问题的史学的转变"。这一转变主要表现在:1.历史的研究对象不再是时间,而成为某个特定时期有关的某些问题。2.由描述转向解释。"使他们所探索的对象概念化,把它们纳入一个意义网络,并因而使它们成为近乎同一的,至少使它们在一个特定的时间段中是可比的。"3.根据问题构建历史资料。[3]

詹姆斯·鲁宾逊(James Harvey Robinson)在1911年发表的《新史学》一书中专门将思想史列为新史学的一个重要方面,这样,思想史(intellectual history)跟社会史一样,指的是一种新型的史学。它的研究可以遵循"观念史"研究,也可叫作知识论研究。它着眼于思想内在理论的逻辑延展(或内在的辩证法),使思想与社会、政治和经济的脉络脱节,认为思想在观念领域里能自我对待、传承或转换,具有自主自足性。卡尔·曼海姆(Karl Mannheim)认为观念史研究的特点是"思想的改变只能在思想的层次(内在的思想史)上被理解",它妨碍了我们认识

---

1 参见陈泳超:《中国民间文学研究的现代轨辙》,北京大学出版社2005年版,第3—8页。

2 郑土有:《打通"民间文学""俗文学",构建"口传文学"平台——关于新时期民间文学学科建设的思考》(征求意见稿),《中国民俗学学会第六届代表大会论文集》,2006年。

3 史学理论丛书编辑部:《八十年代的西方史学》,中国社会科学出版社1987年版,第224页。

社会进程对思维领域渗透的具体情形，这样它因缺少现实的社会维度而显得过于精英化。本书思想史的探讨不是从这一层面展开，而是按照曼海姆所说："1. 每一种对问题的系统表述，都只有通过以前实际存在的、把这样一种问题包含于其中的人类经验，才是可能的；2. 在对各种各样的材料进行选择的过程中，选择者总会涉及认识者所进行的意志活动；3. 就对问题的处理所遵循的方向而言，从活生生的经验之中产生出来的各种力量都具有重要意义。"[1] 也就是说，思想是处于具体的历史情境和社会过程中的。在某种意义上，思想推动着历史，思想史研究是一种当下的活动，通过它，"在某些关键时刻，那些暂时休眠的伟大传统会苏醒过来，帮助我们突破现实的困顿和狭隘"[2]。

鉴于问题史研究的优越性，本书的研究一改从前叙述史学的习惯，不再是对20世纪下半叶民间文艺学研究中一切有关人和事的叙述，而是根据问题史的研究展开论述。但它并不是本书的研究目标，问题史的发展演化，昭示着其背后的思想索道。本书通过对20世纪下半叶民间文艺学学术史中的问题演化之研究，探析民间文艺学的思想发展史。

## 二、研究意义

### （一）理论意义

1. 中国在科学意义上的民间文学研究是从1910年代开始，到目前它有了百年的历史，在一个世纪的进程中，民间文学伴随了整个中国社会的巨大变革，同时它本身也在逐步成熟、发展。但是到了20世纪80年代，当整个中国社会出现新时期学术繁荣契机之时，民间文学却出现了学科危机。80年代开始，民俗学、文化人类学、社会学等学科逐步

---

1 [德]卡尔·曼海姆著，艾彦译：《意识形态和乌托邦》，华夏出版社2001年版，第323页。
2 丁耘、陈新主编：《思想史研究》（第一卷）"发刊词"，广西师范大学出版社2005年版，第1页。

发展、壮大，从理论上说，"相关学科的存在和发展，往往可以成为某些学科的诞生或发展的有益助力"[1]，但是对民间文学而言，这些相邻学科的发展却对它进行着一种消解。面对这种情形，研究者不断进行反思，恰与世纪末反思之潮相呼应，对民间文学来说，这种反思"至关重要的一个工作是要健全'元民间文艺学'这样一个研究层次"，即着力要反思的是民间文艺学之为民间文艺学的根据之所在，借此对通行的民间文艺学的理论构架和基本概念进行更为深入的批判式研究，对其有效性程度和合理性因子做出审检。[2] 因此，通过对20世纪下半叶民间文艺学发展进行问题史的梳理，探析其发展变化的历程，揭示民间文艺学思想的内容及其与社会思潮的互动，从而推动民间文学研究的进一步发展。

2. 现代意义上的民间文艺学的发展伴随着整个20世纪中国思想史的进程，通过对20世纪下半叶民间文艺学思想的研究，可以对中华人民共和国成立后的社会思想、科学活动史有更全面和深刻的认识。

3. 20世纪下半叶民间文艺学为上半叶的延续，它们之间有着一体性、连续性，通过对20世纪下半叶民间文艺学思想史的勾勒，可以完善20世纪民间文艺学的研究，并补充1949年以后民间文艺学之缺乏和不足。

### （二）现实意义

1997年全国高校学科布局调整时，有关部门和专家将民间文学归入社会学门类的民俗学，客观上把民间文学降格为三级学科，模糊了民间文学与民俗学之间必要的学科边界，其结果就弱化甚或抹杀了民间文学的学科特质。尽管近年来复旦大学、北京大学、华中师范大学、山东大学等高校把民间文学提升到应有的二级学科地位，但并未在全国达成共识，尤其在学科体系中未有改变，笔者这一选题对确立民间文学学科

---

[1] 钟敬文：《口承文艺在民俗学研究中的位置》，《文艺研究》2002年第4期。

[2] 郑元者：《中国问题、中国话语与中国理论》，《杭州师范学院学报》（社会科学版）2004年第6期。

的独立性有一定的助益。

## 三、论题的研究历史与现状

中国大陆对于20世纪下半叶民间文艺学进行系统研究者较少，但对于民间文学研究之研究，从现代学术意义上的民间文学出现之后就一直进行着，特别是20世纪末，伴随着"百年话题"，回顾20世纪民间文艺学学术历程成为热点，以往的民间文艺学涉及这一主题的研究主要表现在三个领域。

### （一）民俗学领域

民俗学与民间文艺学关系极其密切，20世纪前半叶，它们之间没有明晰的学科界线，因此，民俗学领域对这一时期民俗学史的研究就包含了民间文艺学史。关于这个课题，研究者涉及较多，但主要是回顾与总结、对"北大时期""中大至杭州时期""抗战时期"等不同阶段民俗学的介绍，以及对这一段历史的解说，停留在罗列事实、叙述的层面，它们为后期的研究工作奠定了扎实的史料基础，专著主要有王文宝《中国民俗学史》[1]《中国民俗学发展史》[2]，张紫晨《中国民俗学史》[3]等。赵世瑜《眼光向下的革命——中国现代民俗学思想史论（1918—1937）》[4]一改从前的研究模式，从问题史入手，以思想史为目标，对1918年至1937年的民俗学运动进行探讨和诠释。在他的论述中，民间文学分为民俗学之民间文学和文艺学之民间文学，他只是将前者置于自己的研究视野，对后者则未进行讨论。对20世纪下半叶民间文艺学学术史研

---

1 王文宝：《中国民俗学史》，巴蜀书社1995年版。
2 王文宝：《中国民俗学发展史》，辽宁大学出版社1987年版。
3 张紫晨：《中国民俗学史》，吉林文史出版社1993年版。
4 赵世瑜：《眼光向下的革命——中国现代民俗学思想史论（1918—1937）》，北京师范大学出版社1999年版。

究涉及的有：刘铁梁《中国民俗学发展的几个阶段》[1]将民俗学的发展分成了发起阶段（1918—1926年）、形成阶段（1927—1937年）、缓进阶段（1937—1949年）、转移阶段（1949—1966年）、复兴阶段（1978—）五个时期，简述了各个时期的代表人物、主要成果、基本特点、研究方法等。钟敬文《五十年来民间传承文化的新收获》[2]叙述了1949年至20世纪末50年来民间文化学研究的历程，指出这一时期代表性的著述所反映的新特点，突出民众的文化传承活动的重要性。陈勤建《20世纪中日民俗学学术倾向及前瞻》[3]和《中国现代民间文学在民俗学文学化中独立发展》[4]，前者阐述了中国民俗学发展的文学化倾向以及未来发展中的多学科联合，后者勾勒了20世纪民间文学学术史中不同时期的研究者和学术思潮。施爱东《中国现代民俗学检讨》[5]则从田野作业、人才教育、学术史书写、学科定位、学科发展策略、理论与方法六个方面对中国现代民俗学进行反思，民间文学的学术史研究穿插其中，由田野作业、民间文学的"概论教育"与"概论思维"、《歌谣》周刊发刊词考证、民间文学的学科建设、以"广义"故事研究为例的民间文学理论的发展与反思等个案出发，以点带面地审视了民间文学的学术发展史中的得失和发展方向。这些研究从不同视角勾勒了百年民间文学发展的脉络以及理论得失，为其进一步研究奠定了基础。

### （二）民间文艺学领域

民间文学从1910年代提出后，对于学术史的研究，不同时期都有涉及，但大多是材料的整理以及回顾，缺乏理论性和分析性，近期研究

---

[1] 刘铁梁：《中国民俗学发展的几个阶段》，《民俗研究》1998年第4期。

[2] 钟敬文：《五十年来民间传承文化的新收获》，《北京师范大学学报》（社会科学版）1999年第6期。

[3] 陈勤建：《20世纪中日民俗学学术倾向及前瞻》，《民俗研究》2001年第1期。

[4] 陈勤建、廖海波：《中国现代民间文学在民俗学文学化中独立发展》，《广西师范学院学报》（哲学社会科学版）2004年第2期。

[5] 施爱东：《中国现代民俗学检讨》，社会科学文献出版社2010年版。

中取得较大进展的成果主要有：

1. 20世纪初至40年代民间文艺学学术史的研究。专门著作有陈泳超《中国民间文学研究的现代轨辙》[1]和他主编的《中国民间文化的学术史关照》[2]，前者对20世纪上半叶的主要民间文艺学家的思想进行了分析和探讨，后者则对民间文学各个分支以及研究方法进行了学术史的梳理。穆昭阳《民间故事搜集整理的学科史意义》则从搜集整理的角度对"1949—1996年"、"集成普查时期"以及"非物质文化遗产保护"三个时期的民间文学资料搜集予以学术史观照。其他研究主要有：赵卫邦《中国近代民俗研究概况》梳理了国立北京大学和国立中山大学为中心的中国近代民俗学研究，阐述了其以歌谣和风俗为研究对象的历史情境，同时强调"中国近代民俗研究发端于新文化运动，受到一批大家的关注和支持，成果丰硕，但也受到新文化运动的限制，认不清自己的对象、本质和规律"。[3]岳永逸则关注燕京大学20世纪20年代至40年代的民间文学、民俗学研究，尤其是当时的研究生学位论文，并剖析它们在学术发展史上的意义。[4]

2. 对理论的学术史反思。户晓辉《现代性与民间文学》[5]在现代性话语实践的历程中对民间文艺学领域的几个核心概念"民""民间""民俗"做了深入分析，对民间文艺学学科的基本理念进行了深刻的反思。董晓

---

[1] 陈泳超：《中国民间文学研究的现代轨辙》，北京大学出版社2005年版。

[2] 陈泳超主编：《中国民间文化的学术史关照》，黑龙江人民出版社2004年版。

[3] 赵卫邦：《中国近代民俗学研究概况》，王雅宏、岳永逸译，《贵州民族大学学报》（哲学社会科学版）2017年第2期。

[4] 岳永逸围绕这一话题撰写了《保守与激进：委以重任的近世歌谣——李素英的〈中国近世歌谣研究〉》（载《开放时代》2018年第1期）、《孙末楠的Folkways与燕大民俗学研究》（载《民俗研究》2018年第2期）、《隐于"市"与"史"：赵卫邦与他的民俗学研究》（载《贵州民族大学学报》[哲学社会科学版] 2017年第2期）、《谚语研究的形态学及生态学——兼评薛诚之的〈谚语研究〉》（未刊稿）、《故事流：历史、文学及教育——燕大的民间故事研究》（未刊稿）。

[5] 户晓辉：《现代性与民间文学》，社会科学文献出版社2004年版。

萍《新时期20年民间审美理论研究》[1]论述了新时期20年里民间审美研究开始转向民众本身的审美意识,同时提出只有在民间文化的层次上才能理解民间的审美观,也才能真正承认民间文化,她的目标直指民间文化偏移了民间文学的艺术本质。《民间文学体裁学的学术史》[2]论述了现代民俗学中学者和民众双方阐释民间文学体裁的历史,指出如何认识民间文学的艺术本质是研究民间文学体裁学理论的关键,但仅是点到为止,没有深入论述。吕微《"内在的"和"外在的"民间文学》[3]论述了民间文学理论研究转向"内在",指出当前民间文学产生危机是民间文学学者自己对学科对象和学科核心概念产生了疑问;认为研究主体的"外在性"无法保证研究本身的"内在性";中国现代民间文艺学忽略了民间文学的内在规则,导致学术概念体系难以建立,理论、方法的思考难以深入;但是对于如何产生的这种偏差没有展开论述。

3. 对民间文艺学不同门类的学术史回顾。主要有:陈建宪《精神还乡的引魂之幡——20世纪中国神话学回眸》[4]从神话发掘、理论研究和文学创作三个方面阐述了百年来神话研究的历程以及神话对于民族的意义;叶舒宪《中国神话学百年回眸》[5]论述了中西交流中的中国神话学研究和发展方向。万建中《近二十年中国故事学研究述评》[6]阐述了80年代、90年代和21世纪的故事学研究方法、取得的成果,清晰地展现了20年来民间故事研究的脉络。尹虎彬《在古代经典与口头传统之间——20世纪史诗学述评》[7]主要着力于对欧洲和美国口头史学理论的建构、发

---

1 董晓萍:《新时期20年民间审美理论研究》,《民族艺术》1998年第3期。
2 董晓萍:《民间文学体裁学的学术史》,《北京师范大学学报》(社会科学版)1999年第6期。
3 吕微:《"内在的"和"外在的"民间文学》,《文学评论》2003年第3期。
4 陈建宪:《精神还乡的引魂之幡——20世纪中国神话学回眸》,《河北师范大学学报》(哲学社会科学版)1998年第3期。
5 叶舒宪:《中国神话学百年回眸》,《学术交流》2005年第1期。
6 万建中:《近二十年中国故事学研究述评》,《西北民族研究》2005年第4期。
7 尹虎彬:《在古代经典与口头传统之间——20世纪史诗学述评》,《民族文学研究》2002年第3期。

展和变迁的叙述，而不是全面和深刻地反思本国的口头史学。

4. 对钟敬文民间文学研究的学术史定位。杨利慧《钟敬文及其民间文艺学思想》[1]和《历史关怀与实证研究——钟敬文民间文学思想研究之二》[2]阐释了钟敬文的学科意识，民间文艺学是一种特殊的文艺学，多角度综合的研究方法以及两个民间文艺思想的主张、表现、影响、形成原因；孙正国的《钟敬文的"大文学理论"观论》[3]强调了钟敬文以民间文艺理论为出发点的大文学理论观，陈泳超的《钟敬文民间文艺学思想研究》[4]一文则指出钟敬文的思想成就主要在学科建设方面。

5. 百年民间文学学术史回顾。主要有：刘守华的《中国民间文学研究百年历程》[5]论述了民间文学研究的出现、成熟到当前危机的历史；刘锡诚则从学派的视角对民间文艺学发展进行史料梳理，发表了《谈谈中国民间文艺学史上的流派问题》《新中民间文艺学理论研究和学科建设：1949—1966》《民间文艺学史上的社会—民族学派——20世纪中国民间文艺学流派论》《中国民间文艺学史上的民俗学派》《中国民间文艺学史上的俗文学派——郑振铎、赵景深及其他俗文学派学者论》《中国民间文艺学史上的文学人类学学派》[6]等一系列文章。刘锡诚、陈泳超、王孝廉、车锡伦、刘守华、钟宗宪、高有鹏、李稚田、陶阳、潜明兹等人在

---

[1] 杨利慧：《钟敬文及其民间文艺学思想》，《文学评论》1999年第5期。

[2] 杨利慧：《历史关怀与实证研究——钟敬文民间文学思想研究之二》，《北京师范大学学报》(社会科学版)1999年第6期。

[3] 孙正国：《钟敬文的"大文学理论"观论》，《广西民族学院学报》(哲学社会科学版)2002年第1期。

[4] 陈泳超：《钟敬文民间文艺学思想研究》，《民俗研究》2004年第1期。

[5] 刘守华：《中国民间文学研究百年历程》，《华中师范大学学报》(人文社会科学版)2001年第2期。

[6] 分别载于《海峡两岸民间文艺学研讨会论文集》，2003年；《广西民族学院学报》(哲学社会科学版)2003年第1期、《民族艺术研究》2003年第6期、《湖北民族学院学报》(哲学社会科学版)2004年第1期；《广西师范学院学报》(哲学社会科学版)2004年第2期；《湖北民族学院学报》(哲学社会科学版)2004年第4期。

《民间文学学术史百年回顾》[1]中，从平民意识的觉醒、学术转型与学科建设、古史的破坏与神话的还原、排除成见偏见建立学科体系、百年民间文学发展足迹、民间文学研究的文学性质、民间文学研究的立场、民间文艺学的新世纪意识、民间文学的"现代化"思潮、民间文学学科的建立与发展谈了对百年民间文学历程的看法和见解。

### （三）文学领域的研究

文学领域的研究集中于三个方面：1. 探讨五四新文学与本土的民间文化形态之间的关系，主要有王光东的《民间理念与当代情感》。[2] 2. 将民间文学视为20世纪中国文学发展的一种思潮，主要有高有鹏的《中国现代民间文学史论——中国现代作家的民间文学观》。[3] 3. 将民间文学学术史中某些事件作为文学现象研究。近年来关注最多的为"新民歌运动"，以及对1949年以后的戏曲改革、皮影戏等的阐述与梳理，重在阐述它们作为"文学现象"的特殊性以及对于文学史的影响。[4]

台湾相关著作主要有娄子匡、朱介凡的《五十年来的中国俗文学》[5]一书，内容为描述20世纪初至1949年民间文学各类体裁的发展状况。

国外涉及这一领域的研究主要有：洪长泰（Changtai Hung）的《到民间去：1918—1937年的中国知识分子与民间文学运动》[6]，此书采用了

---

[1] 刘锡诚主持：《民间文学学术史百年回顾》，《民间文化论坛》2005年第5期。

[2] 王光东：《民间理念与当代情感》，广西师范大学出版社2003年版。

[3] 高有鹏：《中国现代民间文学史论——中国现代作家的民间文学观》，河南大学出版社2004年版。

[4] 谢保杰：《1958年新民歌运动的历史描述》，《中国现代文学丛刊》2005年第1期；毛巧晖：《越界：1958年新民歌运动的大众化之路》，《民族艺术》2017年第3期；周敏：《"革命通俗文艺"的"普及"实践及其困境——以"新曲艺"为中心（1949—1966）》，上海大学博士学位论文，2014年，指导教师：董丽敏；沙垚：《吾土吾民：农民的文化表达与主体性》，中国社会科学出版社2017年版。

[5] 娄子匡、朱介凡：《五十年来的中国俗文学》，台北：正中书局1963年版。

[6] [美]洪长泰著，董晓萍译：《到民间去：1918—1937年的中国知识分子与民间文学运动》，上海文艺出版社1993年版。

介乎民俗学、文化史和思想史之间的方法,集历史、文学与民俗于一身,研究 1918 年至 1937 年中国境内所产生和发展的民间文学运动史,探析了这一运动的性质以及它的社会意义。洪长泰的《战争与大众文化:现代中国之抵抗运动》[1] 运用思想史和文化人类学的理论解释抗战与大众文化的关系。理查德·多尔逊(Richard M. Dorson)在为艾伯华的《中国民间故事》[2]所写的前言中论述了中国民俗学史,特别是第二部分论述了中华人民共和国成立以后民间文学的搜集、整理、应用及研究状况,他运用大量国内罕见的历史材料,在方法和角度上,强调历史的连贯性,着重于挖掘民俗学运动的兴衰同社会政治现实之间的关系,以及运动本身同中国历史、文化之间的渊源。日本对中国民间文学、民俗学的研究较为关注,涉及本课题研究的主要有直江广治,他的《中国民俗文化》[3] 一书概述了中国民俗学的发展历史,重点是民俗研究发端至全面抗日战争以前,也涉及了中华人民共和国成立至 20 世纪 60 年代中期民间文学研究的概况。

对于课题研究历史的叙述很难全备而周详,难免挂一漏万,就笔者力所能及的视野和资料而言,可以看出学界虽然没有对 20 世纪下半叶民间文艺学学术史的系统论述,但是并不缺乏对这一课题的介入和研究,只是现状不能令人满意而已,经过总体分析,目前的研究主要存在以下局限:

1. 研究视角和思路多有重复。上述研究大多着眼于历史回顾,对过去的总结并没有触及当今的问题,这样,民间文学的研究总是陷入循环反复之中。

2. 对民间文艺学内部研究顾及较少。按照韦勒克的分析,文学的研

---

1 Changtai Hung, *War and Popular Culture, Resistance in Modern China, 1937—1945*, California University Press, 1994.

2 Richard M. Dorson(ed.), *Folklore in Modern World*, Mouton Publishers, 1978.

3 [日] 直江广治著,王建朗等译:《中国民俗文化》,上海古籍出版社 1991 年版。

究可以分为外部研究和内部研究,[1]民间文艺学也一样,对于民间文学而言,它的内部研究就是关涉文学性的研究。在学术史的研究中,鲜有对民间文学文学性进行深刻反思,有涉及者也只是一掠而过,留下了许多空白和缺憾。

## 四、研究思路与研究框架

鉴于上述对民间文学学术史研究的历史和现状的分析,本书的研究思路和框架为:民间文学在民众中产生与传承,是依靠其审美的形式与功能,所以它的第一性应该是文学性与审美性,这在前一部分关于民间文学与民俗学、俗文学的关系论述中已经提及。但它们又区别于作家文学,这样,民间文艺学就是对这种特殊的文学性与审美性的理解与阐释,然而民间文艺学的研究现状与其相差甚远。这种现象造成了民间文艺学的学科危机和生存困境,对这种现象的反思必须回复到"元民间文艺学"的层面,对民间文艺学的理论框架和基本概念进行重新审视,而其有效性渠道就是对民间文艺学学术史中的基本问题、基本话语和基本理论之梳理和重建。本书选取了基本问题作为切入点,按照民间文艺学学术史中的基本问题构建历史脉络,对这段时期的民间文艺学思想史进行阐释。民间文艺学的基本问题就是要阐释民间文学的文学性与审美性,这种阐释存在着三个层面:自相关、有关相关和无关相关[2];在民间文艺学思想史的推进中,这三个层面彼此转化。本书按照历史发展顺序将20世纪下半叶分为四个不同时期,在对民间文艺学基本问题的演化和推进进行论述的基础上,探析不同时期学人或学派(含一定的学术机构、学术团体)的主要思想。同时,这些问题及其思想都是在特定的历

---

[1] 参见[美]勒内·韦勒克、奥斯汀·沃伦著,刘象愚等译:《文学理论》,江苏教育出版社2005年版,第73—74、156—157页。

[2] 郑元者:《中国艺术人类学——历史、理念、事实与方法》,《BI(美)》2007年第1卷。以下文中出现此类论述均出自此文,不再一一标注。

史情境中产生、演化。米歇尔·福柯（Michel Foucault）认为："对陈述的分析是一种历史分析，是一种避免一切释义的分析：它不去问那些被人说过的话里深藏着什么意义，什么是那些话里非自觉的'真正'意义，或者什么是含而未露的因素……与此相反，它要知道的是这些话语的存在形式……它们——只是它们而不是别种话语——在某时某地的出现究竟意味着什么。"[1]按照这一逻辑，重点不是要探析这些问题以及学人思想的真理性与合法性，而是从中得出它们意味着什么以及这些思想彼此勾连的主要原因。

根据上述思路，本书的框架大致设计为：

导论　阐释文中所涉及的概念，综述20世纪下半叶民间文艺学研究的历史和现状，同时兼论本书研究的目的、意义、研究思路和研究框架。

第一章　1950—1958年：民间文艺学体制内的独立　中华人民共和国成立后承继了延安时期重视民间文学的思想和政策，通过对民间文学的思想性和社会历史价值、民间文学的基本体系、民间文学的口头性等基本问题的探讨，凸现出解放区学者的"为人民大众的文艺"之思想和钟敬文的民间文艺"新"论。尽管由于学科基础和专业素养的影响，他们的内在取向在统一的表面下有着较大的差异，但是他们的思想彼此勾连，形成一个整体，在政治因素的积极建构中，彰显了民间文学的文学特性，逐步实现了民间文艺学在学术体制与文学领域内的学科独立。

第二章　1958—1966年：民间文艺学的高扬　1958年，随着全国展开新民歌搜集运动，民间文学得到前所未有的重视，民间文艺学获得一个良好的发展契机。民间文艺学领域通过对民间文学的范围、民间文学在文学领域的位置、民间文学搜集整理以及民间文学的人民性四个基本问题的讨论，构建了作为独立学科的民间文艺学的问题体系，周扬、何其芳、贾芝等不同身份之学人的民间文艺学思想推进了它的建构

---

[1] 参见[法]米歇尔·福柯著，谢强、马月译：《知识考古学》，生活·读书·新知三联书店1998年版，第109页。

与发展，它们与当时的具体情境吻合，使得民间文艺学在跃进与夹缝中有了一个较为成熟的发展期，有利于自主性民间文艺学思想的出现与推进。但由于学人的价值取向，民间文艺学领域对于基本问题的讨论遵循一般文艺学模式的轨道，通过四个基本问题的讨论，民间文学最后只是成为作家文学理论在新社会变革和发展的注脚与旁证。民间文学是一种文学，这是不可置疑的，它与作家文学共同分享着文学的特性，民间文艺学通过基本问题研究的推进，应该从自己的视野对文学性有一个新的解读，从而促进整个文学研究的发展。1958—1966年这一阶段的学术条件、学术环境和学术思想，使其在20世纪民间文艺学的学术发展历程中成为一个关键时期，但是学人的价值取向在某种程度上造成了这一阶段学术研究的偏差。

第三章　新时期：民间文艺学的恢复及其文化学走向　　新时期的首要任务就是恢复民间文学的学术研究，同时重新审视中华人民共和国成立后的民间文艺学；它紧随当时的政治与学术形势，处于恢复与转折的时期。通过对民间文学的基本特征、民间文学的范围、资料搜集的方法三个民间文艺学基本问题和对钟敬文、贾芝、毛星主要思想的论述，可以看到问题本身直接指向民间文艺学的特性之解析，但是在具体的探讨与推进中，出现了偏差，主要因素就是民间文艺学思想对于作家文艺学的长期依附，缺乏自主性；某些自主性因子，如民间文学基本特征中的立体性、搜集整理、整体文学观等，由于80年代中期民间文艺学的文化学转向后，其逐步被纳入民俗学的资料体系，转向依附民俗学理论，这样，在民间文艺学思想的发展史中，它们并没有得到承继和深化。

第四章　90年代：民间文艺学的本体缺失　　在文化热的浪潮中，民俗学得到迅速发展，90年代开始，民间文艺学归属于民俗学的趋势更加明显，从学界关于民的演化、科学田野作业的全面张扬的探讨，可以看到民间文艺学与民俗学之民间文学处于合一的状态，成为民俗学的资料体系。但是由于长期的历史积淀，民间文艺学自身的独立体系已经确定，它的学科地位也毋庸置疑，学界越来越清楚地意识到学科的交叉研究并不意味着放弃民间文艺学学科的独立性。21世纪学人开始挽回这一局面，积极呼吁并促进民间文艺学范式的转换以及推动立足于本体的理论体系建设。

**第五章　依附性与自主性：检讨和反思**　新的学术概念和思想的传入，为近代中国新的学科门类的建立奠定了基础，民间文学即是其中之一。它的研究和理论从属于西方学术，很多时候，特别是西化潮流强劲时期，可以说除了研究对象是中国的以外，从指导思想、研究方法、价值标准甚至到研究结论，几乎都是西方的；为了能更科学地构建它的基本问题、基本话语和基本理论，有必要对20世纪中国民间文艺学的思想发展历程有一检视。

经过前四章的论述，我们可以清晰地看到民间文艺学整个学术历程和思想脉络中的两个层面，即自主性和依附性。其主要从以下三个层次解析：首先是民间文艺学思想相对于西方相关学术理论而言的依附性与自主性；其次为对作家文艺学思想显著的依附性以及一定意义上的自主性；再次民间文艺学相对于民俗学思想的依附性与自主性。主要从民间内涵的演化、资料搜集与整理的发展历程、文学性阐释之变化等核心问题进行论述。

在对民间文艺学思想研究与反思的基础上，可以看到它的单薄，我们不能仅仅将其归属为学科问题，它自身思想推进中对作家文艺学和民俗学的依附则是更重要的因素，同时，对于中国民间文艺学思想推进中若隐若现的自主性的忽视与缺乏反思，也是一个缘由。21世纪，民间文艺学的发展必须摆脱这种依附，走向自身的独立，产生中国民间文艺学自身的问题、话语与理论体系，为学科的发展奠定坚实的理论基础；纠正作家文艺学之偏颇，构建完整的文学理论。

# 第一章
# 1949—1957年：民间文艺学体制内的独立

  "解放区的文艺是真正新的人民的文艺"[1]，中华人民共和国成立以后，就沿着这一道路发展，承继了延安时期解放区重视民间文学的思想和政策。1950年3月29日，中国民间文艺研究会（以下简称"民研会"）成立，它是中华全国文学艺术工作者代表大会（以下简称"第一次文代会"）后成立的第一个协会，最初是一个独立的学术团体，于1954年起加入中国文联，成为文联所属众多协会之一。民研会的成立，标志着民间文艺的研究进入一个的新的历史阶段，全国的民间文艺研究逐步走向统一，被纳入政府的管理之内；也是从这一时期开始，民间文艺研究走向了独立，完全转向了文艺学，实现了在新的政治体制内的学科蜕变；在1950年至1957年之间，它主要通过三个问题的探讨来实现和深化，那就是民间文学的思想性与社会价值，民间文学体系的重新建构和规范，以及民间文学的口头性。在对这些问题的阐释和回应中，凸现了不同学人和学术团体的思想，它们成为这一时期民间文艺学网络的节点，同时也推动了民间文艺学在体制内独立的进程。从文艺学角度将民间文学作为一个独立的领域进行研究，从而形成的基本问题以及不同学人和学术团体的见解与思想，它们都是在特定的历史情境中发生和发展的；同时学人和学术团体的思想也不是孤立和散落的，它们之间勾连在

---

[1] 周扬：《新的人民的文艺》，《周扬文集》第一卷，人民文学出版社1984年版，第513页。

一起，这使得民间文艺学的基本问题，在逻辑推演中，于自相关、有关相关与无关相关之间彼此转化。

## 第一节　民间文艺学的独立

中国民俗学从民间文学开始起步，正如钟敬文指出的中国引进民俗学是"从文学切入"[1]，日本民俗学家直江广治强调"中国民俗学的诞生是和文艺紧紧相连的"[2]。这一特征与世界民俗学学科的兴起和发展相吻合。德国和法国的民俗学研究也是从口承文艺开展起来的，且民俗学和文艺之间有着深刻的联系。在中国，这种倾向表现之一就是"民俗学范畴内逐渐出现以民间文学搜集和研究为主的趋向"。[3] 民间文学是民俗学的研究对象，它被纳入民俗学的研究视野和体系，这种以民俗学视野研究民间文学的模式和理念在1918—1937年民俗学的发展阶段处于主流位置。当时，民俗学的研究陷入附会的考证，烦琐的比较等形式主义的缺陷，甚至发展到对于以"文艺的"为目的之研究采取完全排斥的态度，认为"单因为研究文艺的目的去研究民俗，不是民俗学的幸福"。[4] 对民俗的这种观点，也辐射到了研究者对民间文学的态度。从1939年初开始，延安文艺界开始了长达一年多关于文艺民族化、大众化的讨论，直接影响到国统区的革命文艺工作者。不管是延安还是国统区对于文艺大众化的争鸣，中心都是如何正确对待民间文艺，如何将革命文艺与民间文艺相结合。此后，民间文艺作为艺术作品的功能，受到空前未有的重

---

1　钟敬文：《从事民俗学研究的反思和体会》，《北京师范大学学报》（社会科学版）1998年第6期。

2　[日]直江广治著，林怀卿译：《中国民俗学》"序"，台湾世一书局1970年版。

3　陈勤建：《20世纪中日民俗学学术倾向及前瞻》，《民俗研究》2001年第1期。

4　编者：《本刊今后的话》，载于《民俗》1933年第101期。

视。1942年5月23日毛泽东在延安文艺座谈会发表的讲话,在中国思想史和文艺史上具有里程碑式的意义,也是中国现代民间文艺学的拐捩点。从那一时期开始,中国的民间文艺学研究开始成为一个独立的系统,这恐怕是中国所特有的。尽管世界上许多国家,对于"folklore"的研究,在实际应用方面,是专指"民间文学,"[1]但它们只是将民间文学当作民俗学的研究对象。

1949年以后,延安时期关于民间文艺学的研究思想进一步推广和深化,正如《民间文艺集刊》在《编后记》所言:"新的民间文艺学研究,今天正在开始。"[2]民间文学一改20世纪10—30年代研究中的民俗学取向,被完全纳入文学领域,并逐步取得独立的学科位置。中华人民共和国成立初期,民间文艺学领域主要通过突出和彰显民间文学的文学特性来逐步构建和实现其学科的独立,首先就集中于对民间文学思想性和社会历史价值的探讨。

## 一、民间文学思想性和社会历史价值的探讨

1949年之后,文艺界非常重视对文学的思想性与社会历史价值的探讨和研究。民间文艺学领域也加入到这一行列之中,通过对这一问题的探讨,展现了民间文学作为文学的特殊性和优越性。

钟敬文在"第一次文代会"上发出了《请多多地注意民间文艺》的呼声,他谈到"在整个难得的机会中,我要向诸位代表提出一个热诚的请求,请求大家多多地注意民间文艺(用毛泽东先生的话说,就是'萌芽状态的文艺')!"他认为民众的"生活和心理也没有像压迫阶级所常有的那种空虚、荒唐和颓废。大体上它倒是比较正常,比较合理的。就因为这样,在文艺上反映出来的生活现象和思想感情趣味等,也往往显得

---

[1] 参见[美]阿兰·邓迪斯编,陈建宪、彭海斌译:《世界民俗学》,上海文艺出版社1990年版,第10—12页。

[2]《编后记》,载于《民间文艺集刊》1950年第1集。

真实，显得充沛和健康，不是一般文人创作能够相比。"在这篇讲话中，钟敬文一改从前学术研究的思路，特别提出了关于民间文艺的思想性和社会历史价值的问题。"对于民间文艺上许多重要的问题，我们还不能说大家都已经有了很深刻和正确的认识。好像神话、传说中所具有的那些浪漫想象，对于它的性质和价值，我们多少深深地体会过 M. 高尔基氏的卓见呢？又好像对于一般民间作品那种'单纯'、'简约'的艺术力量或民间笑话所特具的那种强烈的战斗性等，有多少人真正充分理解呢？再好像真正劳动人民（大多数是农民）的创作跟小资产阶级的或流氓的知识分子的创作（都市间流行的某些小调、说书、曲本和通俗小说等），在性质和意义上的差别，曾经有多少人注意到呢？"[1] 他认为今后民间文艺学要在这些问题上深入研究，并取得进一步的成就。后来他发表和出版了一系列相关的文章和著作，关于他的思想在第二节中要详述，在此不再赘述。

《光明日报》从1950年3月1日开办了"民间文艺"专栏，到同年9月20日停止，共27期，其中涉及这一问题的文章主要有：《劳动人民的智慧》认为民间文学本质就是表现出了"劳动人民的智慧是怎样被摧残，劳动人民又怎样以不屈不挠的意志从重重的压抑下用尽方法来战斗，以达到在这些摧残底下发展他们的智慧，拿这些智慧来作战，拿这些智慧来为革命斗争服务"[2]。民间文学无论采取什么形式，作为文学作品而言，它都是严肃而且深刻的。由此可知，民间文学的文学性更多是由它的思想性和社会价值决定。《领袖到我们村里来了——民间故事新型》指出"领袖到我们村里来了"是一个全新的民间故事型式，它从革命斗争里产生，表现的是人民的一种全新的感情——对革命领袖的挚爱。这样的故事，如果用旧民间故事的尺度来衡量它，会觉得不够曲折。可是我们不能不重视它，因为它包含丰富的新生活、新思想的内容；从中我们可以看到群众高涨的政治觉悟和革命热情；"它将是我们将来的

---

1 以上引文出自钟敬文：《请多多地注意民间文艺》，《文艺报》1949年7月28日，第13期。
2 陈漾：《劳动人民的智慧》，《光明日报》1950年3月7日。

历史性的伟大作品的最好的基础。……是我们这个光荣时代的史诗的活的细胞"。[1] 可见，由于这类故事特殊的思想性和社会价值，它成为民间文学研究的一个新的类型，而且对它的文学特性以及意义也作了充分和高度的评价。《歌谣与政治》认为"歌谣表现了与士大夫文学不同的风格和色彩，高尔基以为民间歌谣是和悲观主义绝缘的，由于它是群众的集体创作，经过了千锤百炼，所以简洁浅近，生动具体，容易为人民大众所了解，而且成为他们所最喜闻乐见的，加以它是用口头来传播的，一人唱之，万人和之，往往可以在短时期内流传好几省，甚至于全国，因此它所发挥的效用也最大，……历代的革命运动中，总利用它来作为一种斗争武器，通过它来教育群众和团结群众，鼓动着人民大众的斗争情绪，并指示出一条正确的道路来"[2]。这篇文章展开论述了民间文学作为一种文学作品的审美和实用价值。《民间文艺的思想性——拿〈李闯王的故事〉做例子》认为"真正的民间文艺（我所谓'真正'是指广大人民群众所创造的，区别于旧社会统治阶级伪造或模仿，而带有毒素的东西），除有着优美的艺术形式外，更主要的是有着高度的思想性。这样，学习民间文艺除了学习那种使群众喜闻乐见的艺术形式外，更重要的是学习它那鲜明的思想性，以及其朴素健康的感情。……人民群众在一定的社会环境中，创造出各种文艺形式，……从这里面表现自己的生活状况、爱情和要求。所以说民间文艺的思想和情感，就是广大人民群众思想情感的反映。不学习这点，我们便不能掌握民间文艺的特点和精华，便不可能运用这一文艺武器，更好地来为人民服务"[3]。这篇文章全面而清晰地阐述了民间文学作为一种文艺形式在思想上的特殊意义和价值。

此外，游国恩《论〈孔雀东南飞〉的思想性及其他》[4]、李岳南《论

---

1 方望：《领袖到我们村里来了——民间故事新型》，《光明日报》1950年3月15日。
2 陈毓罴：《歌谣与政治》，《光明日报》1950年5月14日。
3 夏秋冬：《民间文艺的思想性——拿〈李闯王的故事〉做例子》，《光明日报》1950年5月21日。
4 载于中国民间文艺研究会编辑：《民间文艺集刊》1950年第1集。

《〈白蛇传〉神话及其反抗性》《民歌的战斗性》《控诉封建婚姻的民歌》《从〈诗三百篇〉中看农奴和妇女生活之一斑》等文章也都从不同侧面和角度论述了民间文学作为文学作品的高度的思想性和重要的社会历史价值。[1]

《〈民间文学〉发刊词》指出："过去人民所创造和传承的许多口头创作，是我们今天了解以往的社会历史，特别是人民自己的历史的最真实、最丰饶的文件。……在这种作品中，记录了民族的历史性的重大事件，记录了广大人民的日常生活和斗争，记录了统治阶级的专横残酷和生活上的荒淫无耻……作为古代社会的信史，人民自己创作和保留的无数文学作品，正是最珍贵的文献。我们都读过或知道恩格斯的《家庭、私有制和国家的起源》。它是列宁所称赞的'现代社会主义的基本著作之一'。在这部原始及古代史的经典著作里，恩格斯就引用了希腊等民族的神话、史诗、歌谣去论证原始社会的生活、制度。人民的语言艺术，在这里发挥着远古历史证人的作用。我们今天要比较确切地知道我国远古时代的制度、文化和人民生活，就不能不重视那些被保存在古代记录上或残留在现在口头上的神话、传说和谣谚等。"[2]这个《发刊词》以学术团体和官方的语气全面而充分地论述了民间文学的文学意义，即它的思想性和社会历史价值，而其"学术"研究也就是民俗学的研究虽有所提及，但已经被置于无足轻重的位置，或许只是为了兼顾国统区不同的意见和思想而已。

同一时期还翻译了很多苏联关于这方面的文章及论著。中华人民共和国成立后的头十年中，学习苏联既是对外战略，也是建设新的社会主义制度的需要。民间文学领域也不例外，在中华人民共和国建立之初，学者学习与借鉴苏联民间文学理论的热情高涨，苏联民间文学理论在当时产生了深刻影响。"我们当时的确是诚心诚意地把苏联的民间文学

---

1 参见李岳南：《民间戏曲歌谣散论》，上海出版公司1954年版。
2 《〈民间文学〉发刊词》，《民间文学》1955年第1期。

理论作为马克思列宁主义的民间文艺学来学习的。"[1]同时对于中国民间文学来说，引进苏联民间文学理论也有自身能够顺利接受的内在原因，"中国的民间文学工作，作为中国人民的革命事业的一个部分，一方面有自己的传统和特点，同时也是直接在苏联的文学艺术和民间文学工作的经验的影响下成长发展起来的"[2]。

当时翻译的主要有 M.高尔基《原始文学的意义》、维诺格拉多夫《口头文学底基本形式》、E.玛卡洛娃《斯大林论民俗学》、M.阿沙多夫斯基《普希金与民间文学》、皮克萨诺夫《高尔基与民间文学》《俄罗斯人民的口头文学》、开也夫《苏联民间文学的一般理论问题》、克拉耶夫斯基《苏联口头文学概论》、A. M. 阿丝塔霍娃等合编《俄罗斯人民创作引论》等。这些论著包括了民间文学的类型、艺术价值、民间文学与作家文学的关系等重要的理论问题，当然主要是斯大林时期的民间文学研究。[3] 它们成为中国民间文学领域论述艺术问题参照的理论经典，也就是对民间文学进行一般文艺学的研究，正如钟敬文所述："建国以后，在这方面，我们也介绍了苏联学界的著作，一直到苏联片面毁约之前，他们这方面的言论对我们的理论工作无疑产生了一定的影响。而影响较大的，还是那些被介绍过来的一般的文学原理、文艺学导论的著作。因为我们学界专门搞民间文艺学的人比较少，更多的是一般爱好文艺、从事这样那样文艺工作的同志。而那些外来的文艺学导论一类的书，以及深受这类著作影响的中国著作，是流通很广的。"[4]

斯大林时期，苏联学界对于民间文学的思想性和社会历史价值的论述非常充分，所翻译文章中高尔基的观点被引用最多和最具有影响力。高尔基认为：

---

1 连树声:《借鉴苏联民间文学理论的历史回顾与思考》,《民俗典籍文字研究》2003年第1期。
2 《编后记》,《民间文学》1957年第11期。
3 黎敏:《新中国头十年苏联民间文学理论的引入》,《西北民族研究》2006年第2期。
4 钟敬文:《谈框子》,《新的驿程》,中国民间文艺出版社1987年版，第264—265页。

人民不仅是创造一切物质财富的力量，也是精神财富的惟一的无穷无尽的泉源；按时间，按优美和创作天才来说，他是第一个哲学家和诗人；他创造了一切伟大的诗篇，大地上一切的悲剧和它们中间最伟大的——全世界的文化史……在神话、史诗以及在作为一个时代的主要原动力的语言里，确实表现出了全体人民集体创作的精神，而不是某人的个人思维……如果不知道人民的口头创作，那就不可能懂得劳动人民的真正的历史，这种人民的口头创作是不断地和决定地影响到这些最伟大的书本文学作品和创造的，……从远古时起，口头文学就是不断地和与众不同地伴随着历史的……在古代，有一个时期，劳动人民的口头艺术创作乃是他们的经验的惟一组织者、他们的思想的形象化的体现者，以及集体劳动力量的鼓舞者……最伟大的智慧是在语言的朴素中；谚语和歌曲总是简短的，然而在它们里面却包含着可以写出整部书的思想和情感。[1]

高尔基充分论述了作为文艺的民间文学的思想意义和价值。这一思想影响着中国的文学领域，特别是民间文艺学领域。

总之，中华人民共和国成立的最初几年，民间文艺学领域通过对民间文学思想性和社会历史价值的讨论和探析，论述了民间文学作为文学所具有的特殊优越性和意义。

## 二、概论的重新书写：民间文学体系的重建和规范

1910年代开始，民间文学的研究领域就出现了胡适的《白话文学史》、徐嘉瑞的《中古文学概论》、徐蔚南的《民间文学》、王显恩的《中国民间文学》以及杨荫深的《中国民间文学概说》等一批概论性的书籍。1949年以后，由于对民间文学的理解与理论研究发生了变化，须在新的

---

[1] [苏]克拉耶夫斯基著，连树声译：《苏联口头文学概论》，上海东方书店1954年版，第63—68页。引文有节略，为作者所删节。

政治体制中形成独立、系统的民间文艺学。要实现这一目的，需要对民间文学体系进行重建和规范，主要途径就是通过民间文学概论的重新书写，因此它也成为1949—1957年民间文艺学领域的一个主要问题。

1949—1957年，民间文艺学领域共出现了五部民间文学概论著作：《民间文艺新论集》[1]、《民间文艺概论》[2]、《苏联口头文学概论》[3]、《苏联人民创作引论》[4]、《民间文学概论》[5]。下面首先将它们的具体内容列表陈述：

| 书名 | 内容 |
| --- | --- |
| 《民间文艺新论集》（论文集） | 全书分为六个部分：第一部分，泛论一般民间文艺的性质、意义或价值；第二部分专论民歌、民间故事等口头文学的具体种类；第三部分前三篇是研究伟大的革命家、诗人、作家等和民间文艺的关系，末一篇是当时一位新诗人学习民间文艺（民歌）的自白；第四部分，主要介绍某种民间文艺（号子、道情），附了一篇关于老解放区的著名民间艺人的记述；第五部分述说关于民间文艺采集、整理、研究的意见、方法和经验；第六部分是有关民间文艺集的序文。 |
| 《民间文艺概论》 | 全书分为八章，分别为：民间文艺的意义与性质、民间文艺的遗产、民间文艺的语言、民间文艺的内容、民间文艺的技巧、民间文艺的音韵、民间文艺的分类、民间文艺的搜集与整理。 |
| 《苏联口头文学概论》 | 全书共由两章和两个附录组成，分别为：口头文学和苏联人民创作的繁荣以及列宁论口头文学、高尔基论口头文学。 |
| 《苏联人民创作引论》 | 该书对从伟大的十月革命起到战后（反法西斯战争以后）的和平建设时期止的俄罗斯人民创作，作了详尽的论述。共分为六章和两篇辅文，分别为：苏维埃时代人民创作是解放了的人民的创作、党的组织和指导作用、高尔基和苏联人民创作的发展、苏联人民创作是人民创作史中的新阶段、苏联人民创作发展中的几个主要时期、苏维埃时代的口头文学遗产以及序言与结论。 |
| 《民间文学概论》 | 全书分为十讲：第一讲绪论部分，介绍了什么是民间文学和民间文学的功利作用；第二讲论述了建立民间文学的正确观点；第三讲阐述民间文学的特质和分类；第四讲论述民间文学的人民性；第五讲阐述民间文学的艺术性；第六讲叙述民间文学和历史的关系；第七讲阐述民间文学中的爱国主义；第八讲叙述民间文学和文人文学的关系；第九讲阐述民间文学的发展提高；第十讲叙述民间文学的搜集整理。 |

---

1　钟敬文：《民间文艺新论集》，中外出版社1950年版。
2　赵景深：《民间文艺概论》，北新书局1950年版。
3　[苏]克拉耶夫斯基，连树声译：《苏联口头文学概论》，东方书店1954年版。
4　[苏]A.M.阿丝塔霍娃等合编，连树声译：《苏联人民创作引论》，东方书店1954年版。
5　匡扶：《民间文学概论》，甘肃人民出版社1957年版。

从以上所列五本民间文学概论的内容可以看出以下三点：

1. 民间文学作为一个学科名称逐渐固定下来。对于一个外来学科，它产生的第一步就是学术名词的引进。最早提倡研究和介绍民俗学、民间文学的是周氏兄弟，他们将其称为"国民文术"[1]"民俗研究"[2]；民间文学作为一个学术名词最早出现是在梅光迪给胡适的信中。1916年3月19日，梅光迪给胡适的信中提到："文学革命自当从'民间文学'（folklore, popular poetry, spoken language）入手，此无待言；惟非经一番大战争不可，骤言俚俗文学，必为旧派文家所讪笑攻击耳。"[3] 1918年《歌谣》周刊刊布征集歌谣的启事，学界将其公认为民俗学学科诞生的标志事件。但是民俗学学科诞生之后，对民间文学没有形成统一的名称，当时有"民间文学""平民文学""民众文学""俗文学"等多种称谓。到延安时期，《讲话》中又将其称为"萌芽状态的文艺"（墙报、壁画、民歌、民间故事等）及"原始形态的文学""较低级的群众的文学和群众艺术""群众的言语""较低级的文艺"等。1949年以后，关于民间文学名称上也存在分歧，这从五本概论的名称上可以看出，但最后到《民间文学概论》，名称基本上稳固下来。学术名词的统一，是研究者思维的过程，也是达成共识的过程，同时也是它成为独立学科的一个表现。

2. 五本概论共同包含的内容有：民间文艺的性质与意义、民间文艺与文人、民间文艺的语言、民间文艺的搜集与整理。这几方面是按照同一时期文艺学研究而列出，其目的是要阐述民间文学作为一种文学的研究，实现了民间文学研究的文艺学转向，建立了民间文艺学研究的基本框架，完全摒弃了民俗学的研究视野。

3. 五本概论的框架之间有着推进，而不是重复，它表现了1949年以后建立新的民间文艺学体系的过程，即尝试—借鉴—基本确立。1950年出版的两本书，一本为论文集，一本为概论专著，这两本书都突出了

---

1　鲁迅：《鲁迅集外集拾遗补编》，人民文学出版社1995年版，第44页。
2　周作人：《儿歌之研究》，《周作人民俗学论集》，上海文艺出版社1999年版。
3　罗岗、陈春艳编：《梅光迪文录》，辽宁教育出版社2001年版，第162页。

一个特点"新",他们的编撰者钟敬文、赵景深都是从20世纪二三十年代就开始从事民间文学的研究,并且都有一定的成就,但是他们的这次撰写都放弃了本人熟悉的内容和框架。就这一点,两个人都有具体的阐述。钟敬文谈到编辑这本集子时,提到"民间文学方面的参考资料还是感到相当缺乏,特别是理论方面(过去出版的一些成本头的书,大都在观点方法上是陈旧的,不很适宜于现在同学们的研习)"。"这个集子中所表现的思想、见解和应用的方法,去跟那部'歌谣论集'中的比较一下,那不同是多少大啊!"[1] 作者特别强调本书编撰的观点和立场,是马列主义和人民的立场。[2] 赵景深则为了表明自己所写是民间文艺概论,对于自己熟悉的俗文学很少涉及,只是在民间文艺遗产一章中稍有提及。同时批判了1910年代开始的民间文学研究,并明确指出"我自己就是走错了路的当中一个"[3]。对于钟敬文和赵景深而言,他们在新时代首先面临的就是与新体制的主流理论相结合,这样他们都要重新阐释民间文艺以及它的理论体系,最稳妥的就是运用马克思主义的观点和人民的立场,同时对从前的思想和理论进行批判。当然他们只是尝试,这两本书的作者也都表述了这一目的,"这些区分,大体上只为着读者翻检的方便,并不是什么严格的学术上的分类"[4],"我出版这小书的目的之一是'以文会友',希望这一块小砖头能够引出不少的珠玉"[5]。这一时期民间文艺领域与其他学术领域一样,都是向苏联学习,因此在新的民间文艺学阐释和体系的规范中,研究者必不可少地将目光转向苏联。这样在同一年出版了两本苏联民间文学概论的著作,这两本书自然成为中国民间文艺学体系形成的重要借鉴,特别是后者,是一部高度科学性和系统性的集体合作之专门论著。"著者在对这些问题(笔者注:苏联人民创作

---

1 赵景深:《民间文艺概论》"序",北新书局1950年版,第2页。

2 钟敬文:《民间文艺新论集》"付印题记",中外出版社1950年版,第2、5、11页。

3 赵景深:《民间文艺概论》"序",北新书局1950年版,第2、3页。

4 钟敬文:《民间文艺新论集》"付印题记",中外出版社1950年版,第5页。

5 赵景深:《民间文艺概论》,北新书局1950年版,第4页。

的特点、苏联人民创作在人民创作史上的地位、苏联人民创作的历史分期以及苏维埃时期的口头文学遗产等等重要问题）的处理上，充分表现出它们精确的辩证唯物主义与历史唯物主义的科学观点。这种不可多得的苏联口头文艺学专家们的优秀论著，是值得我们细心学习的。因此，我把它翻译过来，希望对于研究和喜爱人民口头创作的同志们有相当的帮助，特别在研究新的人民口头创作及其发展方向等问题方面，我想同志们一定可以从它里面得到启发，并且解决一些存在的疑难问题。"[1] 在尝试和借鉴的基础上，匡扶1957年出版了《民间文学概论》一书，尽管它是作者讲课的讲稿，不能算是成体系的论著，但是其中新民间文艺学的体系已经彰显，即"民间文学一般理论（界定、性质、意义、分类）—马克思主义、毛泽东思想指导下的民间文学的正确观点—民间文学的人民性—民间文学的艺术性—民间文学的思想性—民间文学的研究方法"。在这个体系中，虽然文艺学的研究范式非常明晰，但"新"的民间文学的理论框架也比较成熟了。马列主义、毛泽东思想成为民间文学唯一的指导思想；民间文学的人民性和思想性是研究的重点和重心，其落脚点是阐述民间文学作为文学的特殊性与优越性，因此它成为与作家文学并重和并行的部分；对于民间文学的研究，参照作家文学的研究方法，就要强调搜集与整理问题，这在1958—1966年成为民间文艺学发展的主要问题之一。

以上，可以看出经过这五本概论性的论著，民间文学研究领域在新体制下基本完成了学术体系的重建与规范，正式确立了文艺学的研究框架和范式。

## 三、口头性的内涵

民间文学最显著的特征就是口头性。从最早的研究开始，研究者就

---

[1] [苏]A. M. 阿丝塔霍娃等合编，连树声译：《苏联人民创作引论》，东方书店1954年版，第100页。

意识到它的这一特性,在学术史上有不同的表述:"口头文学""口语文学""口述的"等等。中华人民共和国成立后,对民间文学这一特性在研究中仍是时有触及,但在这个问题的探讨中,关注点出现了变化。

1949年以后,对民间文学口头性内涵所进行的探讨最早来自文学史家。1950年4月上海北新书局率先出版了蒋祖怡的《中国人民文学史》一书,该书认为:中国社会有两种对立着的文学——"人民的文学"与正统的"廊庙文学";[1]其中"人民文学"的特质为:口语的、集体创作的、勇于接受新东西、新鲜活泼而又粗俗浑朴。在他的理解中,口头性相当于"口语的",具体阐释为口头歌诵、口头流传;口语的语言特色虽则较为粗俗,但刚健清新、丰富、深刻、生动。[2]也就是说,他侧重于将口头性理解为民间文学语言的特色。在他对人民文学特征的理解中,口头性是第一义的,置于四性的首位,这是对20世纪20年代民间文学研究的承继,但他对口头性的内涵进行了置换,用口语的语言特色涵盖了口头性,这样只会重视民间文学流传、歌诵的口语特点,正如他自己所说:"人民文学是一切文学的根,是比一切文学更巨大的河流,它是在口语的河床上奔流着的。"[3]这样只会重视民间文学对于文学创作的意义和作用,即"当前文学工作者的任务,便是通过了解群众生活语言来了解人民文学,来创造人民的文学,来从人民当中来发现他们一切进步的东西。新的社会现实已呈现在我们的眼前,文艺的方向已经有了肯定的指针。除此以外,文艺工作者没有第二条路"[4]。从创作的角度而言,强调口语的特色是可以理解的,但他也只是笼统概述其特色,并没有涉及口语语言性的本质,这样只能使口头性淡出解析民间文学文学性的视野,变为一个外围的特质。另外他将人民文学完全等同于民间文学,这一观点很快受到批评和指责。

---

1　蒋祖怡:《中国人民文学史》,北新书局1950年版,第4页。
2　蒋祖怡:《中国人民文学史》,北新书局1950年版,第14页。
3　蒋祖怡:《中国人民文学史》,北新书局1950年版,第20页。
4　蒋祖怡:《中国人民文学史》,北新书局1950年版,第224页。

赵景深对于民间文学做了自己的阐述，在理论上他主张广义的民间文艺，但在论述民间文艺性质之时，其对象主要倾向于狭义的即口传的民间文学方面，他提到"从作品的流传来考察——一般人用纸笔来流传，可称为'笔述文学'，民间文艺则是'口述文学'。但现在记录下来，也变成笔述的了"[1]。可见他对口头性的界定主要是"口述"，也就是非书面，但他并没有进行充分和全面的论述，也没有将其作为民间文学和作家文学的一个分野，而是认为随着记录的出现，民间文学也会转成笔述文学。他的主要目的是"为了人们大众对于民间文学是喜闻乐见的，我希望能有一个'新的民间文学运动'。我指的是民间故事、民歌、谚语这一类的文学"。这样他的重要倾向就是"指导青年们写作民间文艺，所以特别注重民间文艺的内容和技巧（包括音韵）之谈论"[2]。因此他虽然对口头性的探讨从语言的技巧和音韵上做了深入论述，在客观上对民间文学口头性的学术研究有一定的推进，但由于出发点不同，这方面的价值并没有被发现和发展。

在这一问题上，周扬、郭沫若、老舍等都发表了自己的看法。周扬认为：解放区文艺作品的主要特色之一是它的语言做到了相当大众化的程度。语言是文艺作品的第一个要素，也是民族形式的第一个标志。[3]他只是强调民间文艺语言的大众化特性，也就是从民众接受的角度来谈民间文学语言的口头性。郭沫若认为"民歌就是一阵风，不知道它的作者是谁，忽然就像一阵风地刮了起来，又忽然像一阵风地静止了，消失了。我们现在就要组织一批捕风的人，把正在刮着的风捕来保存，加以研究和传播"[4]。可见他对民间文学口头性的理解就是其语言的流动性、不固定性。老舍则认为"搜集民间文艺中的戏曲与歌谣，应注重录音。街头上卖的小唱本有很多不是真本，而且错字很多。我们应当花些钱去

---

1 赵景深：《民间文艺概论》，北新书局1950年版，第4页。
2 赵景深：《民间文艺概论》，北新书局1950年版，第3页。
3 周扬：《新的人民的文艺》，《周扬文集》第一卷，人民文学出版社1984年版，第518页。
4 《民间文艺集刊》1950年第一集。

录音,把艺人或老百姓口中的活东西记录下来"。[1]他特别强调老百姓的口头语言中蕴含着"活的东西"。他们都将口头性作为民间文学语言的特色,这样他们研究的重点自然会置于民间文学的搜集、整理。

1954年出版的《苏联口头文学概论》,是当时唯一以口头文学命名的专著,它也是当时专业学习的重要参考书。由于这本书只是"苏联中学八年级用的俄罗斯文学教科书中'口头文学概论'部分的翻译",所以它对于口头文学的界定,主要从意义和所包含的内容来阐述,它认为口头文学,"意义就是:人民创作,人民智慧",内容包含"各种各样的故事、传说、勇士歌、童话、歌曲、谚语、俚语、谜语、歌谣"。[2]但大家普遍认为"苏联学术界是今天世界学术界的一座灯塔。它用炫目的强光照射着前进的学者们的航路"。[3]中国的学术界开始将民间文学等同于口头文学,但也只是学术名词的一个转换而已,并没有具体阐释"口头"的概念、本质、学术机理等。

朱自清的《中国歌谣》,尽管其雏形是1929—1931年他大学上课的讲稿,但是1957年作家出版社整理出版,不能不说代表了当时的观点。书中关于口头性的论述,旁征博引,从中国古代说起,一直到当时西方流行的理论如:

> 《古谣谚》凡例说:"谣谚之兴,其始止发乎语言,未著于文字。其去取界限,总以初作之时,是否著于文字为断。"[4] Louise Pound 在《诗的起源与叙事诗》(*Poetic Origins and The Ballad*,1921)里,提到了对民歌的判断,其中的一个条件:"这些歌必得经过多年的口传而能留存。它们必须能不靠印本而存在。"[5]

---

[1] 《民间文艺集刊》1950年第一集。

[2] [苏]克拉耶夫斯基著,连树声译:《苏联口头文学概论》,东方书店1954年版,第13—14页。

[3] [苏]克拉耶夫斯基著,连树声译:《苏联口头文学概论》,东方书店1954年版,序。

[4] 朱自清:《中国歌谣》,复旦大学出版社2004年版,第6页。

[5] 朱自清:《中国歌谣》,复旦大学出版社2004年版,第202页。

他的观点是：歌谣起于文字之先，全靠口耳相传，心心相印，一代一代地保存着。它并无定形，可以自由地改变，适应。同时"口传相当于我们印刷的书"。[1] 他还强调：对于口传的态度，会影响歌谣研究的科学性，指出音乐家和文学家都会根据自己的需求对它进行润色和改变。[2] 因此，在他的理念中，口头性是民间文学的一个判断标准，认为它不仅是民间文学的一种流传方式，还是科学研究民间文学的出发点。他将口头性当作民间文学文学性的一个特质来对待，然而他没有进行深入的探究，而他的观点也未能被承继和发展。

匡扶认为："民间文学既是文学中别具特色的一种口头创作，因此，民间文学理论，成为文学理论的一部分。更由于民间文学是一切文学的源泉，在文学领域中占极重要的一部分。"[3] 他特别强调民间文学的口头创作特色。由于这本书是作者从事教学过程的成果，所以更多的只是对学术界主要理论的重复与强调，但也说明到1957年，整个民间文艺研究领域，对民间文学口头性的理解和阐述，基本定位于人民的口头创作，而并未进行深入研究和推进。

总之，1949年到1957年间，民间文艺学领域通过对民间文学思想性与社会历史价值、民间文学体系的重建和规范、口头性的探讨完成了文艺学研究的转向以及新的体制内的独立。在研究中，通过对民间文学思想性与社会历史价值的探讨，分析其作为文学的特殊性和优越性；通过民间文学概论的重新书写来重建和规范新的民间文艺学体系，确立文艺学的研究框架和范式；通过口头性问题的探讨凸现民间文学的语言和创作特色，但具体研究中不涉及文学的本质等，这样它只是推进了民间文艺学领域搜集整理研究方法的发展。

---

1  朱自清：《中国歌谣》，复旦大学出版社2004年版，第8—10页。
2  朱自清：《中国歌谣》，复旦大学出版社2004年版，第59页。
3  匡扶：《民间文学概论》，甘肃人民出版社1957年版，第2页。

## 第二节　学人和团体的思想脉络

1949年以后，民间文学的研究被纳入政府的管理体系中，它的学术研究逐步走向统一和独立。在民间文学研究领域，这个过程主要体现在对民间文学思想性与社会价值、民间文学学科体系的重建和规范以及口头性内涵三个问题的探讨来完成。在对这三个问题进行阐释的过程中，显示出了不同学人和团体的思想，他们成为民间文艺学网上的节点，同时对20世纪下半叶整个民间文艺学的发展和走向也有着深刻而久远的影响。在此，笔者通过对解放区学者和钟敬文学术思想的解读，来展现民间文艺学在中华人民共和国成立后最初几年逐步走向统一和独立的思想脉络。

### 一、为人民大众的文艺——解放区学者的民间文艺学思想

中华人民共和国成立后，民间文艺学领域一个突出的群体就是解放区学者，他们在《讲话》的影响下，形成了对民间文艺新的见解。《讲话》的核心思想就是文艺与群众的关系，即文艺从群众来，必须到群众中去，"他的更大贡献是在最正确最完全地解决了文艺如何到群众中去的问题"[1]。这一思想成为文艺（包含民间文艺）研究的指导和核心，解放区的学人纷纷以新的思想关注和介入民间文艺，掀起了中国民间文艺学史上的又一个高潮，但与前代截然不同。可以说，他们只是对《讲话》中"为人民大众的文艺"之解读，具体而言分为以下两个方面：

---

[1] 周扬：《马克思主义与文艺》"序言"，《周扬文集》第一卷，人民文学出版社1984年版，第455页。

### (一)对于人民的语言,特别是工农兵语言的重视

文艺大众化运动就曾把语言当作中心问题,也曾进行过大众语运动,但当时的目标只是"读出来可以懂得",而忽略了民众语言可以使得"语言本身更丰富、更生动、更富于表现力"。[1]这样运用民众语言就不仅仅是为了启蒙和发动民众,而成为新文艺的一个根本问题,因此就要懂得民众的语言,并且收集它,在此基础上进行加工和创作。同时,《讲话》明晰了大众的范围,"最广大的人民,占全人口百分之九十以上的人民,是工人、农民、兵士和城市小资产阶级。所以我们的文艺,第一是为工人的,这是领导革命的阶级。第二是为农民的,他们是革命中最广大最坚决的同盟军。第三是为武装起来了的工人农民即八路军、新四军和其他人民武装队伍的,这是革命战争的主力。第四是为城市小资产阶级劳动群众和知识分子的,他们也是革命的同盟者,他们是能够长期地和我们合作的。这四种人,就是中华民族的最大部分,就是最广大的人民大众"[2]。这就奠定了1949年以后民间文艺学的主要思想和工作方向。

首先,重视对民间文艺的收集和整理,主要是学习他们的语言,在研究中强调民间文艺的语言特色,希望能为新的人民文艺的创作提供可借鉴之新形式。解放区文艺工作者已经进行过具体的实践,成功的范例有李季、赵树理等。特别需要提出的是后来成为民间文艺学领域的主要人物之一的贾芝,当时他运用劳动人民语言创作,先后在《文艺战线》《诗刊》《中国文化》《解放日报》等刊物和报纸发表诗歌多首;这成为"建国以后我所以参加了民间文学工作以至坚持至今的最初起点"[3]。20世纪50年代民间文艺领域研究者重视和强调民众的创作,将其作为学习

---

1 周扬:《新的人民的文艺》,《周扬文集》第一卷,人民文学出版社1984年版,第463页。
2 毛泽东:《在延安文艺座谈会上的讲话》,《解放日报》1943年10月19日。论文中所有关于《讲话》的引文均出自此文,下文不再标注。
3 贾芝:《播谷集》,人民文学出版社1994年版,第53页。

创作的一个基础。1950年成立管理民间文艺工作的民研会，在成立大会上周扬讲话进一步强调：

> 今后通过对中国民间文艺的采集、整理、分析、批判、研究，为新中国新文化创作出更优秀的更丰富的民间文艺作品来。
> 
> 不仅让对民间文艺有素养的文艺工作者来参加，还让那些只爱好民间文艺并非文艺工作者来参加。我们的民间文艺专家要和广大的民间文艺采集者紧密结合。[1]

国统区学者如钟敬文、赵景深等著作中也都专门提出过，并且解放区也有成功的范例，这当然对民间文艺学具有重要的意义。古今中外也有前例，在特定的历史情境中其意义和价值不可低估。但将其推至民间文艺学的核心问题就违背了学术自身发展的规律和历程，在这一思想的指导下，民间文艺学只能作为作家文艺的附属或者原始阶段，独立性和学术界限不明晰，它的研究只能是作家文艺学的移植和延续，这成为中国民间文艺学研究的一个痼疾，影响一直持续至今。

其次，"民间"具体化为人民，特别是工农兵。所谓"民间"，顾名思义即"民之间"，表达的似乎是一种空间概念，但又不同于哲学意义上的自然空间，它只是一种文化空间，表达的是文化地域概念。英国社会学家安东尼·吉登斯（Anthony Giddens）曾说："时间和空间是社会生活'环境'（environment）。这一观点在某些方面帮助加强了学科的划分。因而时间可能受到历史学家们的极大关注，空间可能受到地理学家们的关注，而社会科学的其他部分则极大地忽略了这些方面。我认为时间和空间对于社会科学是极为基本的问题。"[2] 的确如此，到20世纪"民

---

1 周扬：《中国民间文艺研究会成立大会开幕词》，《周扬文集》第二卷，人民文学出版社1985年版，第10页。
2 [英]安东尼·吉登斯著，文军、赵勇译：《社会理论与现代社会学》，社会科学文献出版社2003年版，第155页。

间"成为学术界一个重要的学术名词。"民间"无法脱离它的构成基础"民",而"民"是一个历史的概念,不同历史时期"民"的成分不同导致"民间"的非稳固性或者说流动性。从《讲话》开始,民间成为工农兵为主体的人民,这一理念影响了民间文艺的研究,但它并不是民间文艺学自相关的问题;就民间文艺本身而言,由于过于沉湎于民间的研究,而忽略了对"文艺"的强调,直到20世纪末,民间文艺领域的学者仍然纠缠于"民间"的界定上。由于新时期对工农兵文艺的批评,民间文艺领域自然也会加强对工农兵民间文艺的反省,然而它只是补充和促进了作家文学反思的一个注脚。

### (二)强调民间文艺的政治性和艺术性

《讲话》提出:"文艺批评有两个标准,一个是政治标准,一个是艺术标准。"解放区的学者在这一思想的指导下从事文艺研究,民间文艺也不例外。何其芳以这两个标准作为民歌编选的尺度,在《陕北民歌选》的"凡例"中,他明确指出:"我们选择的标准是要求在思想性和艺术性上或多或少有一些可取之处。因此,从一千余首陕北民歌中,我们只选了这样一册。"[1] 1949年7月周扬在"第一次文代会"上作了关于解放区文艺运动的报告,报告中提到:"广大工农兵群众的参加文艺活动,给解放区文艺灌注了新的血液,新的生命。解放区文艺是由专业文艺工作者的活动与工农兵群众业余的文艺活动两个方面构成的。工农兵群众不但接受了新文艺,而且直接参加了新文艺创造的事业。工农群众蕴藏的革命精力,一经发挥出来,是取之不尽、用之不竭的,同样地,他们在艺术创造上也能发挥出无穷的精力和才能。发动群众创作的积极性,就成为普及工作的最重要的条件。"[2] 他强调民间文艺在思想性和艺术性上的贡献。在民间文艺研究领域,思想性和艺术性成为民间文艺之所以能

---

1 何其芳、张松如:《陕北民歌选》"凡例",新文艺出版社1951年版,第1页。
2 周扬:《新的人民的文艺》,《周扬文集》第一卷,人民文学出版社1984年版,第525—526页。

进入文艺领域的主要切入点,更是它对文艺具有特殊意义的地方,以至于文艺研究领域出现欲将民间文学作为文学主流的观点,在特定的历史情境中,政治性与艺术性成为民间文艺学自相关的问题。而这一问题的研究对民间文艺本身进行了一次裁剪,只有思想性符合要求的才能归属到研究对象;同时又促使采集者对原始民间文学材料的艺术加工;而对于涉及文学本身的研究则一直处于《讲话》和苏联口号式理论的直接引用,而没有具体深入,这或许与当时的研究者为不同领域学者有关,尽管他们都对新中国民间文艺学的出现和发展做出了贡献,但深入研究者极其少,情形与20世纪初期民俗学的研究有着惊人的相似,再加上当时的民间文艺研究更多是作为一种政治思想,而不是学术本身,对于民间文艺的重视与否显示了文艺研究与解放区文艺,特别是新体制的融合程度,因为解放区文艺的一个特点"就是和自己民族的、特别是民间的文艺传统保持了密切的血肉关系"[1]。这些直接导致了1958—1966年对民间文艺的整理和改编之思想,它的影响直到当前依然存在,研究者搜集民间文学的过程中,会不自觉地进行整理和改编,特别是随意剪裁、改写原始材料。

1949年以后,在新的政治体制中,逐步推广和确立新的民间文艺学思想,解放区的学者处于主流,掌握了话语权,他们的学术思想更多与政治思想联系在一起,研究者必须以此为基点对其进行理解,否则会出现一定程度的偏差。具体将在第三节中论述。

## 二、特殊文艺学之固守——钟敬文的民间文艺"新"论

钟敬文多次提出,他的学术发展有三个高峰期,第一个是杭州时期,第二个是中山大学执教时期,第三个就是20世纪70年代末至2000年。学者对钟敬文思想的研究也多集中于这三个时期,而对1949—1966年这一时期鲜有述及;但是钟敬文自己没有忽略它,在

---

[1] 周扬:《新的人民的文艺》,《周扬文集》第一卷,人民文学出版社1984年版,第519页。

《七十年学术经历纪程——〈钟敬文学术论著自选集〉自序》中,他认为这段时期"对于推动我国整个民间文艺学科的建设与发展,却有着重大关系。何况它对我个人的学术思想和所从事的事业也同样是很有作用的"[1]。在他的学术历程中,这一段一般被视为特殊,甚至割裂与他整个学术思想的关系,这是不符合历史事实以及学术思想发展本身的规律的。这一时期,钟敬文的民间文学方面的论著约 30 篇(见附表一),主要集中于 1950 年至 1956 年,在他的学术历程中成果并不少,在当时更是首屈一指。就其内容可以分为三类,即倡导和介绍民间文学;总结性和时代性的文章;具体民间文学体裁的研究。由于其写作言辞和形式上的历史性与情境性,使得研究者割裂了它的历史沿袭性,将其视为另类,笔者用"新"来概括。

在 1949 年以前,钟敬文从事民间文学研究已经比较成熟,并具有一定的学科意识。他从 20 世纪 20 年代开始就介入这一领域,最初主要采集、记录民间歌谣等,同时开始探索和谈论,用文学的眼光进行思考与评论;之后他迎来了学术生命中的高潮,特别是到日本留学后,他开始接受日本以及欧洲民间文学的学术思想,视野逐步开阔,尤其是受到西村真次教授的影响,接受了人类学和传播学派的思想,他对民间文学的研究突破了纯文学的视角;就在这一时期,他意识到民间文学研究的独特性,写作了他学术生涯中重要的篇章《民间文艺学的建设》[2](以下简称《建设》)。对《建设》一文,几乎所有涉及钟敬文研究的文章都会提到,对其评价大致分为两类,即他个人学术的里程碑和民间文学学术研究的标识,以历史、客观的眼光来看,前者更符合历史事实。对这篇文章的评价不能超越当时的历史情境,更不能从当前作者在中国民间文学领域的学术位置出发。这篇文章的写作时期为钟敬文在日本留学期间,也就是他的学养迅速扩展和充实的一个时期,尽管杭州时期从有组织的

---

1 钟敬文:《七十年学术经历纪程——〈钟敬文学术论著自选集〉自序》,《北京师范大学学报》(社会科学版)1993 年第 4 期。
2 写于 1935 年 11 月,发表于 1936 年 1 月《艺风》第四卷第一期。

活动方面说，钟敬文实际已经身居国内民间文艺学的倡导者地位，[1]具有了"青年领导者的身份"[2]，但是他这篇文章在当时的影响却不能过于夸大。对这篇文章细读的学者非常多，笔者将从自己的视角出发对其重新阅读。

钟敬文在《建设》中特别强调一点，将民间文艺"作为一个对象，而创设一种独立的系统的科学之前从没有过"[3]。在学人的研究中，强调钟敬文的整体学科意识，其实在他之前就文中提到的二、三部分其他学者已有论述，而且用民间文学命名的论著不在少数，笔者以为钟敬文认为自己提出论题的独特性主要在于超越纯文学视野的民间文学研究。文中他关于民间文艺学的名词和理论建构都是参照文艺学，但是他目的就是为了论述其不同于作家文艺学，强调民间文学作为一种文化事象，指出它虽然也是"文艺"的一种，然而作家文艺学的研究不能囊括它。尽管当时学术界已经开始用人类学派的观点研究民间文学的专题，如神话、民间故事等，但是将其推广到整个学科领域还是首次，这种思想与他在日本的学习休戚，深受日本学界的影响相关。学术立意和学术实践之间往往有着差距，这篇文章表现尤其突出。在他的具体论述中，仍然挪用了学术界关于民间文学的基本研究，如民间文学的特点、产生、发展变化、机能等。当然不能从今天的研究出发要求作者，正如他本人所言，"它有点像小孩子穿着开裆裤、托着两条鼻涕时照的相"[4]。对民间文艺的多角度研究，在20世纪30年代初步形成，后来基本上贯穿他的整个学艺生涯，并且他认为这是根据学科本身的特点和要求形成的[5]，也就是他认为民间文艺是一种特殊的文艺。对于多角度研究，杨利慧相

---

1 钟敬文在《民间文艺学及其历史》"自序"中提到"杭州中国民俗学会，一时成了中国这方面新的学术中心"。参见董晓萍编：《民间文艺学及其历史——钟敬文自选集》，山东教育出版社1998年版，第5页。

2 钟敬文主编：《民间文艺学探索》，北京师范大学出版社1987年版，第58页。

3 《钟敬文学术论著自选集》，首都师范大学出版社1994年版，第4页。

4 《钟敬文学术论著自论集》，首都师范大学出版社1994年版，第422—423页。

5 钟敬文、董晓萍：《钟敬文学术》，浙江人民出版社2000年版，第119页。

关论述中已经提到，笔者认为这篇文章凸现了钟敬文多角度研究民间文艺，这也正是他民间文艺为特殊文艺的主要思想的一个体现。但他当时并没能清晰民间文艺与作家文艺的边界，只是以作家文艺为参照，模拟了一套民间文艺学的体系和框架。1949年以后，研究者关注的只是他在主流思潮影响之下学术论著所发生的变化，而对于变化的具体表现、内核思想及其对他民间文学观的形成、所产生的影响并没有深入研究。

《讲话》对于中国民间文艺学的发展有着重大意义和影响，在民间文艺学思想史上具有里程碑的意义。它的主要思想就是民间文学属于文学艺术，它是创造民族的、大众的文艺作品的基础，强调文学艺术作品既要符合政治标准又要符合艺术标准，正如何其芳在《陕北民歌选》"凡例"中所述。1949年以后，这一思想推行到全国。

1949年，钟敬文作为国统区代表应邀参加"第一次文代会"的筹备会，参与了新体制内文学艺术建设工作，对于1949年以后的研究历程，他自己进行了精练的概括：

> 首先参加了中国民间文艺研究会（后改名为中国民间文艺家协会）的倡建工作，并被任为该会的负责人。这对我的学术活动（民间文艺学活动），无疑是一种重大的鼓励和赞助。……该会成立不久，由于我的创议，就出版了一个以理论为主的《民间文艺集刊》。我当时所写的纲领性的论文《口头文学：一宗重大的文化财产》，就是在它的第一期上发表的。……它（按：指《集刊》）对新中国这方面的活动是颇有影响的。我因为自己教学和社会读者的一般需要，又编辑了一本《民间文艺新论集》。……在这段时期里，我还在一些有关的集会（例如中国作家代表大会）上发表了宣扬这方面学术重要性的讲话，或发表这方面的宣传文章。这些活动，是跟我当时在北师大、北大等课堂上的讲授互相配合、多少起到促进这门学术的作用的。在大专院校文科的课程中，我也极力争取把这门学科列入学生的修习课（当时我们沿用苏联教学大纲的名称，叫作"人民口头创作"）。但为了适应当时我们高校教师学养的实际情况，把苏

联这门课原来的"历史"(文学史)性质改为"概论"性质。直到"三面红旗"运动起来之前,许多高校文科都开设了此课,这对于我们国家这门学科知识的传播,起到一定的作用。1953 年,我们第一个在北师大中文系开办了"人民口头创作研究生班",当时就读的同学后来大都成了教授,有的还当了博士生导师。[1]

从他的自述中,可以看到中华人民共和国成立初期,也就是 1950 至 1958 年之间,他逐步地适应主流文艺思想,并且成为其中一员。对于民间文艺学领域而言,他更是主要的学术领军人物,这样他只有将自身原有的民间文学思想与新的要求结合,当时的主要表现就是与《讲话》及苏联的民间文学理论一致,这样他要逐渐找到两者之间的契合点。他这一时期的学术论述不少,但是纲领性和总结性的文章居多,这两类文章主要是提出学术意向和建议。笔者以他这一时期较为突出的两篇文章《关心民间文艺的朋友们集合起来》《口头文学:一宗重大的民族文化遗产》及编著《民间文艺新论集》为例进行分析。

在第一篇文章中,他呼吁重视和研究民间文学中所表现的生活现象和思想感情趣味,并将其与高尔基的民间文学理论相结合,提到对民间文学"单纯""简约"的艺术力量以及强烈的战斗性的理解(第一节中已经提到)。这篇文章最早发表于《光明日报》"文代会"特刊,可见其在一定程度上代表着新中国文艺的方向。文中他提出的民间文艺学的基本问题与 30 年代完全不同。30 年代他认为民间文艺学的基本问题是"关于民间文学一般的特点、起源、发展以及功能等重要方面的叙述和说明"[2],通过民间文学基本问题的变化展现了他"新"的民间文艺学思想,他强调作为文学,民间文艺有其优越于小资产阶级、流氓知识分子文学的一面,那就是高度的思想性和艺术性,这就扣合了当时的主流话语和

---

1 钟敬文:《七十年学术经历纪程——〈钟敬文学术论著自选集〉自序》,《北京师范大学学报》(社会科学版)1993 年第 4 期。

2 《钟敬文学术论著自选集》,首都师范大学出版社 1994 年版,第 9 页。

理论。但他并没有停于简单、笼统的论述，而是具体指出对于神话、传说等具体民间文学体裁中想象的性质、价值的理解，这是他这篇文章的闪光点。他关注在文艺领域中，民间文艺的特殊性质和机能，这反映了他民间文艺为特殊文艺的思想内核，也就是无论多角度研究还是文艺学的研究，他更关注的是民间文艺本身的特殊性，正因为这一点民间文艺才有学科独立的意义，因此他的笔触能够伸及研究对象，对其进行内部研究。这一思想贯穿他的整个学术生涯，但这一时期，他并没有区分民间文艺与作家文艺的边界，而更多的是以作家文艺为标准来看前者，实际上还是他30年代民间文艺学思想的延续，也就因此他能迅速与主流思想契合。触及对象本身的思考是1949年以后，他在自身民间文艺思想基础上研究的一个推进，然而这一思想的火花并没有扩大和延续。就他本人来说，也仅仅是提出而已，并没有进行学术实践，在具体民间文艺研究中，倾向于其思想的表象和主流思潮，笼统地论述民间文学的思想性和艺术性，当然这要在当时的历史情境中予以阐述（第三节详述，在此不再赘述）。由于他当时在学术界的位置，不能不说其影响还是非常深远和重大的，令人遗憾的是研究者并没有关注他的思想内核，对于他本人而言也是一闪而过。

第二篇文章，在他的学术自述中专门提到，他将其作为纲领性的文章，同时也是那一时期少数保留了"文化"一词的文章。文中提到"在这里详细地来检讨口头文学的一切特点和优点是不可能的。我们只要指出它内容和形式上一些比较基本的优点，而这些优点是跟我们今天所要求的思想和艺术密切关联的，这就足够了"[1]。特别指出"民间文学的思想性和艺术性跟伟大的作家的作品一样"，同时认为"有价值的人民的文化财产，不但是新文艺、新教养的一种凭借和基础，有许多本身就应该成为我们新文艺、新文化的构成部分"。[2] 他的论述旨在说明民间文艺在

---

1 《钟敬文民间文学论集》（上），上海文艺出版社1982年版，第4页。

2 参见钟敬文：《口头文学：一宗重大的民族文化遗产》，北京师范大学出版社1951年版，第1—10页。

思想性和艺术性上与主流思想一致，可以在新体制内成为独立的研究领域，而不是阐述它在思想性和艺术性上的特殊之处；同时不自觉地流露了多角度研究的意向。由于新时期他强调民间文学研究的多角度，所以在回顾中他非常重视这篇文章，但它在当时的学术领域并未引起关注，倒是第一篇文章对于当时而言真正起到了纲领性的作用，特别是重点提到的民间文艺思想性和艺术性上的独特优越性，进一步强化了研究领域的这一转向。就学术意义而言，第二篇文章确没有第一篇文章深刻。

《民间文艺新论集》（此著具体的内容第一节已经谈到）是中华人民共和国第一本概论性质的著作，从其名称到"付印题记"，强调的都是立场、观点、方法的变化，也就是与主流思潮的契合。从"付印题记"中可以看到一个显在的论点，口头文学"虽然内容和形式一般地比较原始，但和劳动人民的生活、情思的关联却更加贴切，因此在思想和艺术上也往往有更高的价值"[1]。但从整体的编纂体系和作者的预想，可以明确看到钟的学科体系，尽管他自谦没有"明确的学术分类"，但是关于民间文艺的性质、特征、体裁、研究方法等的编排设计以及他对二编、三编的设想，完全可以看出是他《民间文艺学的建设》学科思想内核的延续。当然，多角度研究由于不合时宜，很自然地消失了，所谓的"新"，只是外在表象的变化，而遗憾的是当时和现在的学人更多关注的都是其"新"，而忽略了它的内核，以及它在学术史上的意义。

这一时期在民间文艺学研究中出现最多的就是民间文艺的思想性和艺术性，可以说这正是钟敬文民间文艺之"新"的外在表现，同时也是与主流话语一致的地方，即努力契合新体制对于民间文艺学的预想和设计。由于受到学术论著外在表述和措辞的影响，大家忽视了他的内核思想，似乎这一段对他而言是一个全新的改变，经过上述分析，可以看出多角度到单纯文艺学视野的研究只是外在表现，他的思想内核——特殊文艺学并没有消失，这也使他能够与主流思想迅速结合，同时对新体制内民间文艺学独立起到推波助澜的作用。他本人在学术反思中提到："我

---

[1] 钟敬文：《民间文艺新论集》"付印题记"，中外出版社1950年版，第10页。

过去（1935年）虽然创用了'民间文艺学'这个学科术语，并对它的对象、特点和研究方法作了简要论述，但是对它与作家书面文学的疆界，概念始终比较模糊，这种概念比较明确地出现，是近年来学界解放思想大浪潮影响的结果。"[1]可见他还是客观地看到了自身学术发展历程中的局限性，因此后来一再强调：

> 文艺学，在逻辑结构上，当有两个不同层次，即"一般文艺学"（它是概括了作家文学、通俗文学和民间文学的理论体系。现在我们通常所谓"文艺学"，其实，主要是专业作家文艺学）和所属支学层次。所谓支学层次，应该包括专业作家文艺学、通俗作家文艺学和民间文艺学。这些各有自己的大体范围和特点，作为一种支学，是彼此相对地分立的。而在一定程度上，它们彼此又是相互联系和相互渗透的。但是，不能因为后者情形的存在，就把前者的相对疆界给铲除了。[2]

后来的研究者在承袭他的学术思想时，具体的历史情境被屏蔽了，更多关注他学术思想的外在表现，而对思想内核并没有涉及，它成为长期以来民间文艺学研究的一个主导思想，因此20世纪八九十年代在文化大潮的影响下，民间文艺研究者飘摇于不同学科之间，迷失了自我。当前学者呼吁"研究范式"的转变，学界意识到"文学性"探析的重要意义，但在20世纪下半叶，民间文艺的研究一直处于文艺学视野和多角度研究的争执之中，本体研究则处于徘徊和停滞状态。

总之，中华人民共和国成立初期是民间文艺学史上一个转折期。在这一时期，学者受到新体制主流思想的影响，逐步走向统一，实现了在新的政治体制中文艺学领域内学科的独立。但由于学科基础和专业素养的影响，他们的内在取向在统一的表面下有着较大的差异，同时他们的

---

[1] 参见杨哲编：《钟敬文生平、思想及著作》，河北教育出版社1991年版，第736页。
[2] 钟敬文、董晓萍：《钟敬文学术》，浙江人民出版社2000年版，第116页。

思想彼此勾连，形成一个整体，影响着 20 世纪下半叶中国民间文艺学的发展和走向。

## 第三节　政治因素的建构性意义

### 一、问题的历史情境

20 世纪下半叶，中国民间文艺学发展进入一个新的阶段，它在新的政治体制下实现了独立，但它作为一门学术出现则是从 10 年代开始，因此要了解它，首先要追溯 20 世纪上半叶的演化与发展。

#### （一）20 世纪上半叶作为"运动"的民间文艺学

民间文学这一学术名词最早出现在梅光迪给胡适的信中[1]，因它只是私人之间交往的信件，影响范围可想而知，但民间文学与文学革命以及新文化运动之间的关系昭然若揭。

19 世纪中叶起，中国社会发生巨变，政治上经历了洋务运动、戊戌变法、辛亥革命，这一系列的政治变革与中国社会内在因素密切相关，如柯文所述，"19 世纪、20 世纪的中国历史有一种从 18 世纪和更早时期发展过来的内在的结构和趋向"[2]。中国从 16 世纪以来，商品货币经济发展，新兴阶层商人和工场主的实力增长，社会地位提高，在社会上出现了新的劳资关系。长江下游地区，从明代到清代，逐渐增加工商业城镇，而且规模日益扩大，开始近代城市化进程。在这一区域内，经济上的矛盾超越政治上的矛盾，地方士绅势力从明末就开始与政府不

---

[1] 罗岗、陈春艳：《梅光迪文录》，辽宁教育出版社 2001 年版，第 162 页。

[2] [美] 柯文著，林同奇译：《在中国发现历史——中国中心观在美国的兴起》，中华书局 1989 年版，第 173 页。

协调，使得统治集团内部分裂。同时由于商品化的趋势，政府政策出现变化，开始施行"一条鞭法""地丁合一"，等等。与此同时，严密的封建统治出现松动，同时思想家开始激烈抨击专制统治以及传统的意识形态。在中国社会内部发生变化的同时，西方列强敲开了中国的大门，在西方武力攻击下，中国清政府签订了一系列不平等条约，出卖国家的主权和领土，西方的经济势力紧随而来，从沿海到内地建立了西方的资本主义工业。军事、经济上的失败，使得中国人意识到了中华民族的危机以及古老文明在西方现代文明攻略中的苍白。

在这种内外力量的交合作用下，中国的社会踏上了近、现代化进程。任何一种思想都是时代和世代的产物，但是它顺世却不随俗。如章学诚所说："与一代风尚所趋，不必适相合者。"[1] 相反，学术思想引导风尚，转移风气、改变习俗，学者思想理念对时势有着一定影响。梁启超曾经说过："学术思想之在一国，犹人之有精神也。而政事、法律、风俗及历史上种种之现象，则其形质也。故欲觇其国文野强弱之程度如何，必于学术思想焉求之。"[2] 不独中国，欧洲亦复如是。

"清代是中西思潮的交流的时代，呈现着'入超'状、绚烂色。"[3] 其学术主潮是：厌倦主观的冥想而倾向于客观的考察，同时排斥理论，提倡实践。[4] 这就形成了清代学术思想的特点首先是实际。[5] 清代学者由于历史的原因，不像宋明学者只沉溺于冥想、游谈，而是致力于实际问题的研究，目的是要反清复明。黄宗羲所谓的"道德不离事功"，顾炎武的"载诸空言，不如见诸行事"，颜元则认为"学问顾不当求诸冥想，亦不当求诸书册，惟当于日常行事中求之"。到了清中叶，尽管复古之风兴起，但实际的研究并没有为其遮掩，戴震的"古人之学，在行事"则

---

1 《章学诚遗书》卷六，文物出版社1985年版，第53页。

2 刘梦溪：《〈中国现代学术经典〉总序》，载于刘梦溪主编，陈平原校：《中国现代学术经典——章太炎卷》，河北教育出版社1996年版，第5页。

3 谭丕模：《清代思想史纲》，上海书店1990年影印本，第1页。

4 梁启超：《中国近三百年学术史》，天津古籍出版社2003年版，第1页。

5 谭丕模：《清代思想史纲》，上海书店1990年影印本，第1—3页。

是一个代表。清末，在内外交困中，研究实际问题的倾向更为显著。梁启超提出"以实事求是为学鹄"，严复则认为"内必资事实，而事实必由阅历"，都强调"实"。其次是致用。清代学者不再像宋明学者那样"尧舜事业如浮云过目"，而是致力于经世致用学问的探讨。清初的顾炎武认为他所著之书"皆以为拨乱反正移风易俗，以训致乎致平之用"。颜元"生存一日当为生民办事一日"。至于清末则愈发突出。梁启超等"皆抱启蒙期致用的观念，借经术以文饰其政论"，就是张之洞也致力于"应世事"的学问。由此可见"致用"在清末学者中间的支配地位。最后就是"近乎科学的"研究方法。这主要是他们排斥用主观臆测的方法以及毫无根据地分析事理。这方面当推顾炎武，正如梁启超评价他所说"论一事必举证，尤不以孤证自足，必取之甚博，证备然后自表其所信"，同时他很注重实地调查。从中可以窥见顾炎武的科学精神，他这种精神到晚清渐渐复活。[1]正因如此，顾颉刚极为推崇他。清中叶的学者，以科学施之于考据学，在古籍辨伪上做出了前所未有的成绩。清末则由于西方科学方法的影响，整个思想界处于科学观笼罩之下。谭嗣同用科学上的名词"以太"释"仁"，梁启超用科学方法整理国故，即使传统守旧，代表封建地主思想的一派也提倡模仿西洋先进的科学来抵制西方的入侵。

在中国内部思想文化演变的同时，西方的思想伴随着他们对中国的侵入以及中国学者的"放眼看世界"逐渐进入中国。19世纪末20世纪初，西方各门学科通过翻译涌入中国，进化论、无政府主义、实证主义、经验自然主义等都被引进。思想文化界内外交合的变革，其目的都与民族主义紧密联系，核心主题就是民族的生存与兴盛。在这种历史情境中形成了关注民间的思潮，在政治思想上表现出了平民意识，文学上则开始重视、推崇"白话文学""平民文学"。后者的必然结果就是民间文学的出现与兴盛。由于特殊的历史情境，它从出现之日就更倾向于一种运动，而不是纯粹的学术。

---

[1] 梁启超：《中国近三百年学术史》，天津古籍出版社2003年版，第65—73页。

1910 年代中国社会处于"转型时代",发生了影响中国思想史和历史走向的"新文化运动",正如美籍华裔学者周纵策在其研究五四新文化运动的鸿篇巨著《五四运动:现代中国的思想革命》开篇叹言:"在中国现代史上所发生的重大事件中,很少有像'五四'运动这样人们对之讨论得如此之多、争论得如此之烈,却又论述得如此不充分的事件。"[1] 关于这一事件,学者向来是众说纷纭,民俗学、民间文学与它的联系,学人也涉及较多。[2] 在他们的论述中都提到了民俗学、民间文学是五四新文化运动的一部分。学术界公认的民间文学产生的历史事件是:1918 年 2 月 1 日《北京大学日刊》上发布了刘半农拟订的《北京大学征集全国近世歌谣简章》(以下简称《简章》),号召和动员全国搜集"代表人民心声的民俗歌谣"[3],即所谓的歌谣运动。

1910—1930 年代,学人共同关心,并凝聚于一个主题的周围,那就是"启蒙"。康德曾对"启蒙运动"做过这样一个界定:

启蒙运动就是人类脱离自己所加之于自己的不成熟状态。不

---

[1] [美]周纵策著,周子平等译:《五四运动:现代中国的思想革命》,江苏人民出版社 1996 年版,第 1 页。

[2] 参见:钟敬文《我生命中的五四》(载《人民日报》1999 年 5 月 3 日):"在五四的前两年,即 1917 年,新文学运动已经在知识界开始了,但五四运动的巨大力量却把它在全社会范围内带动起来,并把它的革命影响扩大到社会科学和人文科学的各个领域。在那个特定的时代气氛下,它只文学之舟,成了一艘驶向纵深的历史海洋的'母舰',承载了许多新学术的运送使命。它们后来又同它脱离开来,成了其他的现代新学科。在这些现代学科群中,就包括了我后来所终生从事的民俗学(包括民间文艺学)。"《二十世纪的中国民俗学》(《二十世纪民俗学经典》序,社会科学文献出版社 2002 年版)观点:在著名的五四运动爆发前的 1918 年,北京大学成立了近世歌谣征集处,1920 年成立了歌谣研究会,1922 年出版了《歌谣》周刊,有组织、有计划、有纲领、有行动的中国民俗学运动,由此拉开序幕。吕微在《民间文学—民俗学的意向方式》(载《中国社会科学院院报》2006 年 11 月 9 日)一文中谈到五四运动对现代中国之贡献时,明确指出歌谣运动是它的一翼。

[3] 王文宝:《中国民俗学史》,巴蜀书社 1995 年版,第 184 页。

成熟状态就是不经别人的引导，就对运用自己的理智无能为力。当其原因不在于缺乏理智，而在于不经别人的引导就缺乏勇气与决心去加以运用时，那么这种不成熟状态就是自己所加之于自己的。Sapere adue！有勇气运用你自己的理智！这就是启蒙运动的口号。[1]

从20世纪初"民权、民智、民识"成为知识分子关注的中心，《新青年》充分体现了知识分子作为社会良知的启蒙超越精神，五四新文学主要通过自身浓烈的启蒙意识来确证其现代性，当然民间文学也包括在内。民间文学从诞生之日更准确地来说它是一种运动，伴随着新文学运动以及启蒙之旅。《简章》两条征集资料的方法是："一本校教职员学生各就闻见所及自行搜集"，"二嘱托各省官厅转嘱各县学校或教育团体代为搜集"。后者体现了北京大学特殊位置和影响，据刘半农回忆，当他将征集歌谣章程面呈蔡元培校长时，"蔡先生看了一看，随即批交文牍处印刷五千份，分寄各省官厅学校。中国征集歌谣的事业，就从此开场了"。[2]三个多月后，"计所收校内外来稿已有八十余起，凡歌谣一千一百余章"[3]，主要是靠校内外热心人士的个人活动。《北京大学日刊》从1918年5月20日起至1919年5月22日止，几乎每期都有刘半农经过诠选、注释过的歌谣；另外与北京大学关系密切的刊物比如《新青年》等，也转载了征集歌谣的简章。1919年8月至1921年5月，由北京大学出版部主任李辛白主持的校内刊物《新生活》，发表了不少歌谣谚语。[4]在他们的影响下，南北一些有影响的大报也加入这一行列。

---

1 ［德］康德著，何兆武译：《历史理性批判文集》，商务印书馆1990年版，第22页。

2 刘半农：《国外民歌译》第一集，北新书局1927年版，第1页。

3 《歌谣选由日刊发表》，《北京大学日刊》1918年5月20日。

4 参见张之伟：《中国现代儿童文学史稿》，华东师范大学出版社1993年版，第7页。魏建功《歌谣四十年（下）》中说："五四后《歌谣》尚未出版的时候，新期刊继《北大日刊》之后而发表歌谣谚语，已成为一种风气。我曾经参与过的李辛白（笔名姜素）主办的《新生活》，就经常发表歌谣谚语，作为反帝反封建通俗宣传的武器。"载于《民间文学》1962年第2期。

比如北京的《晨报》，从1920年10月26日开始在第7版开辟歌谣栏目，由郭绍虞主持。上海的《时事新报》，于1920年11月1日在"余载"版也开辟了歌谣栏目。而且他们超越北京大学仅仅征集歌谣，搜集范围进一步扩大到民间文学和民俗学。1921年《妇女杂志》开辟了"民间文学"和"民俗调查"两个专栏，等等。在这段时期北京大学歌谣运动由于刘半农、沈尹默出国，反而没有什么作为，后来在常惠的提议下，1920年12月19日成立了北京大学歌谣研究会，由沈兼士、周作人主持。不过这个研究会并没有开展多少实际工作，直到1922年1月北京大学研究所国学门成立，尤其是同年12月17日《歌谣》周刊创立，歌谣运动达到高潮。《歌谣》周刊搜集研究的外延不断扩大，从歌谣到所有民间文学，以及对民俗学和方言的关注，北京大学相继成立了风俗调查会和方言研究会。总之，由北京大学发起的歌谣学运动伴随着新文化运动获得了成功。20世纪30年代前后一批国外回来的民族学家、人类学家加入民间文学研究的队伍，大量翻译、介绍西方的民俗学理论，民间文学研究由传统的文史视野转向民族学、人类学，全国研究中心转移到中山大学。当时傅斯年主持语言历史学研究所，与容肇祖、董作宾、钟敬文、杨成志等发起建立"民俗学会"，直到1943年，中山大学民俗学会在组织建设、培养人才、创办刊物、民族调查、风俗物品陈列、出书等诸多方面都取得了很大的成绩，成为继北大之后形成的第二个全国民俗学研究中心[1]，但这一时期在民俗学名号下，获得巨大发展的是民族学、人类学，[2]民间文学成为附庸和点缀，并未取得实质性进展，这时的民间文学已经不再是一种运动，但"一个学科要想在20世纪前期的学术教育体制里占据位置，除了本学科的性质和该学科学者的努力之外，大概还依赖于两种势力的支撑：一是本土传统；二是西方学术"[3]。民间文学两者优势都不具备，因此作为学术的民间文学并未取得发展。到了20世纪40

---

1 王文宝：《中国民俗学研究史》，黑龙江人民出版社2003年版，第116页。
2 参见王文宝：《中国民俗学研究史》，黑龙江人民出版社2003年版，第109—117页。
3 陈泳超：《作为运动与作为学术的民间文学》，《民俗研究》2006年第1期。

年代的解放区，民间文学作为一种运动再次兴盛。

中国共产党很早就意识到文学在革命中的作用和意义，尤其重视大众文学（包含民间文学）在宣传中的效果。正如王明所说："在反对国民党的武装斗争时期，中央苏区和长征路上，红军里就有了自己的剧社、宣传队，中央苏区还成立过瞿秋白同志为校长的高尔基戏剧学校。"[1] 1937年日本发动全面侵华战争，中国人民广泛的抗日民族统一战线在民族解放战争的旗帜下形成，在全国抗日的情势下，有着革命传统的文学必然介入，作家走向了农村、部队、小城镇，为了更好地配合抗战的需要，文艺界成立全国性组织——中华全国文艺界抗敌协会。1936年11月中旬，在苏区首府保安，经过党中央批准，成立了中国文艺协会。在成立大会上，毛泽东说："中华苏维埃成立已很久……中国文艺协会的成立，这是近十年来苏维埃运动的创举。"毛主席特别提出，"文协"的同志要"发扬苏维埃的工农大众文艺，发扬民族革命战争的抗日文艺"。这是对十年苏区文艺运动的总结，也是他对即将出现的抗战文艺运动高潮的期望，"大众"这两个字正式进入毛泽东提出的文艺口号。1938年10月在中共六届六中全会上毛泽东作了《中国共产党在民族战争中的地位》的报告，提出："马克思主义的中国化，使之在其每一表现中带着中国的特性，即是说，按照中国的特点去应用它，成为全党亟待了解并亟须解决的问题。洋八股必须废止，空洞抽象的调头必须少唱，教条主义必须休息，而代之以新鲜活泼的、为中国老百姓所喜闻乐见的中国作风与中国气派。把国际主义的内容与民族主义的形式分离开来，是一点也不懂国际主义的人们的做法，我们则要把二者紧密地结合起来。"[2] 毛泽东的报告发表以后，民族形式问题成了重庆和延安两地的文学界新的共同话题，从而展开了长达两年之久的关于民族形式问题的论争。已故文学史家王瑶说："这话自然也适用于文学的领域，特别是因为新文学的作品一直没有能够深入到工农群众间，为老百姓所喜闻乐

---

1　王明：《中共五十年》，东方出版社2004年版（内部发行），第253页。
2　毛泽东：《论新阶段》，《解放》1938年第57期。

见，因而立刻引起了文学工作者的反省与检讨。那时正是制作通俗文艺的高潮刚过去，大家对于运用旧形式的意见并不完全相同，甚至可以说有的很不相同，于是在深入学习毛主席的报告中，文艺界便展开了有关民族形式的论争。"[1] 当然这一形势在解放区发展最好，由土地革命时代所传下来的注重文艺教育之光荣传统，抗战后又集中了很多文艺工作者，在党的领导下，文艺活动已成为人民生活中不可缺少的一部分。《十年来新文化运动的检讨》中，李初黎阐述当时文化运动的任务时，提出了"更广泛地深入地进行通俗化大众化的工作"[2]。之后延安的《新中华报》《文艺突击》《文艺战线》，晋察冀边区的《边区文化》等，相继发表了艾思奇、柯仲平、萧三、冼星海、沙汀、刘白羽、劳夫、陈伯达等人的文章，丁玲专门写了《苏区文艺运动》，这些文章联系利用旧形式问题，围绕创造"文艺的民族形式"展开了讨论。周扬在《中国文化》上发表文章提到"'五四'的否定传统旧形式，正是肯定民间旧形式；当时正是以民间旧形式作为白话文学之先行的资料和基础"。当然那个时候关于"民间""平民"的概念带有很大的限制性，但总是向民众接近了一步。抗日战争爆发后，针对文艺界，特别延安文艺界，他强调"利用旧形式不但与发展新形式相辅相成，且正是为实现后者的目的的。把民族的、民间的旧有艺术形式中的优良成分吸收到新文艺中来，给新文艺以清新刚健的营养，使新文艺更加民族化、大众化，更为坚实与丰富"。"旧形式正是以那文字的简单明白而能深入了广大读者的心的，过去虽有人对民间文艺作过一些整理、搜集与研究的工作，但这工作还没有得到普遍的重视，民间艺术的宝藏还没有深入地去发掘。对这工作也还没有完全正确的态度，还没有把吸收民间文艺养料看作新文艺生存的问题。用简洁明了的文字形式，在活生生的真实性上写出中国人来，这自

---

[1] 王瑶：《中国新文学史稿》(下)，《王瑶文集》第四卷，北岳文艺出版社1995年版，第24页。

[2] 李初黎：《十年来新文化运动的检讨》，《解放》1937年第42期。

然就会是'中国作风与中国气派',就会是真正的民族形式。"[1] 在中国共产党政权领导下的解放区,伴随着中国共产党政治运动以及文艺政策和体系的确立与推广,民间文学运动再次兴盛与高涨。

## (二)民间文艺学基本问题的演化

现代民间文学研究起始于歌谣征集运动,1910年代至中山大学时期,民间文学以搜集为基点展开。中国民间文学学术研究第一阶段取得突出成就的要算顾颉刚,他关于孟姜女故事的研究为中国现代民间文学领域树立了一个典范。孟姜女故事的研究[2]采用了"历史的系统"和"地域的系统",前者遵循传统的学术,搜集历史上相关的文献资料,展现历史演变过程,构成了一个自足封闭的系统,后者不论是文字的还是口头的,都远非个人所能完成,也难以形成传统认可的"学术"。在这一研究中,围绕着一个问题——搜集资料。《孟姜女故事的转变》将孟姜女故事从春秋到北宋的发展过程,大致理出了个"系统",顾颉刚认为实证搜集资料的方法可以顺利完成这一主题研究。文章发表后从四面八方汇来相关的资料,他在《歌谣》第83期上也刊登启事,列出24个小题目,大家围绕这些问题提供材料与讨论,这是另一种形式的征集资料,即在知识分子范围内的搜集与调查。但效果并不尽如人意,"现在常常见到新的材料,便使我知道旧时论断的不对;常常受到别人的驳诘,便使我欲剥欲深,寻出向来想不到的境界"[3]。"这实在是极不完全的。(读者不要疑我为假谦虚;只要画一地图,就立刻可以见出材料的贫乏,如安徽、江西、贵州、四川等省的材料便全没得到;就是得到的省份每省也只有两三县,因为这两三县中有人高兴和我通信。)我想,

---

[1] 周扬:《对旧形式利用在文学上的一个看法》,参见《周扬文集》第一卷,人民文学出版社1984年版,第297—302页。

[2] 顾颉刚:《孟姜女故事的转变》,《歌谣》周刊1924年第69期;顾颉刚:《孟姜女故事研究》,《现代评论二周年增刊》1927年1月。

[3] 《歌谣》周刊,1925年第96期(1925年6月21日)。

如能把各处的材料都收集到，必可惜了这一个故事，帮助我们把各地交通的路径，文化迁流的系统，宗教的势力，民众的艺术，……得到一个较清楚的了解。"¹ 从中可以看到他对资料的纷乱、无常与不完备的无奈。

董作宾关于"看见她"的研究在民间文学学术史上与孟姜女研究齐名，被称为"双璧"。²《一首歌谣整理研究的尝试》，对搜集到的45首"看见她"同一母题作品进行了比较研究，作者在文中多次提到"第一是采集未备"，"第二是采集未周"，"更可以证明我们收到的材料不周不备了"，³因此作者努力要画出这一母题在全国的分布以及传播路线，虽然具有创新意义，但终究只是证据薄弱的猜测而已。

顾颉刚与董作宾研究都面临民间文学资料问题，这也是当时民间文学学术研究的基本问题——搜集资料。这一问题所针对的是民间文学资料，因为民间文学的特殊性，没有现成的资料系统，这样按照文史传统，首先就是要建立它，形成一个类似于书面文学的独立、封闭的系统。从民间文学运动兴起之时，学者就呼吁建立民间文学资料库，最初是企图编辑《中国近世歌谣汇编》；1937年胡适在《歌谣》周刊第1期上发表《全国歌谣调查的建议》，提议要像"地质调查""生物调查"那样，在全国范围内进行歌谣调查，希望歌谣研究者在现有基础上，用二三十年时间"完成全国各省各县的歌谣收集和调查"，期望最后做成一个大规模、精密的"全国歌谣分布流传区域图"。直到20世纪末，民间文学领域都一直在延续与完成着这一基本问题。

1926年秋，"北京大学遭受了北洋军阀的蹂躏和迫害，蔡元培校长和蒋梦麟代理校长被无故撤换，不少教授相继被迫辞职离开北京"⁴。民间文学运动也因此陷于停顿，顾颉刚、容肇祖等先后到了福建的厦门大

---

1　顾颉刚:《孟姜女故事研究集》，上海古籍出版社1984年版，第66页。
2　钟敬文:《"五四"时期民俗文化学的兴起——呈献于顾颉刚、董作宾诸故人之灵》，载钟敬文:《民俗文化学梗概与兴起》，中华书局1996年版，第106页。
3　董作宾:《一首歌谣整理研究的尝试》，《歌谣》周刊1924年第63期（1924年10月12日）。
4　容肇祖:《回忆顾颉刚先生》，《社会科学辑刊》1982年第3期。

学,在那里发动了"风俗调查会";1927年他们先后到了中山大学,成立"民俗学会"。研究会"以调查、搜集及研究本国之各地方、各种族之民俗为宗旨。一切关于民间的风俗、习惯、信仰、思想、行为、艺术,皆在调查、搜集、研究之列"。这一时期,"民俗学成为一种学问,以前人决不会梦想到"[1],所取得的成就也远远超越北大时期,特别30年代之后,一批欧美背景的人类学、民族学学人的参加,用时人的评论:以前我国民俗学"以民间文艺为主,而风俗习尚居其次焉","盖此运动之倡导者多为文学家、史学家,缺乏民俗学、人类学、民族学、社会学之理论基础,眼光较为狭隘,其结果事实多而理论少,琐屑之材料多而能作比较研究者少"。而杨成志"留欧归来,于民俗学民族学之造诣益深",故所编《民俗》之内容之丰富、质量之高远远超过了往日该校出版之《民间文艺》、《民俗周刊》。[2] 具体的研究中,首先在北大时期的基础上,进一步深化搜集整理,将资料付诸印刷,总结前一时期的整理方法;其次转向民族学、人类学,传统文史研究被逐步摈弃,民族学、人类学的田野作业被认为是科学的,杨成志《云南民族调查报告》成为最高典范,但是这种以人类学、民族学为研究旨归的学术,使得民间文学沦为资料学,因此在学术高涨的中山大学时期,人类学、民族学获得了巨大的发展,民间文学则逐步迷失,自身学术并未推进。

延安时期,中国共产党从文化政策上号召研究者向"民间"学习,站在"民间"立场上,特别强调文学作品要反映民众的生活,这一切同样是为了当时革命和战争的需要,民间文学与文学一样成为革命的一部分,并且通过《讲话》将民间文学完全纳入文学的轨道。整个解放区在中国共产党领导下,在承继之前"民间"理念的基础上,通过知识阶层的努力,建构了与中国其他区域以及历史上完全不同的、"全新"的"民间文学",在这里"民间"从以前以模糊的下层民众为主体转为构想的、

---

[1] 王文宝:《中国民俗学研究史》,黑龙江人民出版社2003年版,第110—111页。
[2] 古今通:《民俗学复刊号第一卷第一期——兼评我国民俗学运动》,《大公报》1936年11月14日。

清晰的"工农兵"社会空间，他们的"文学"也要作为一种"被发明的传统"（invented tradition）重新缔造，这个缔造过程中民间文学受到中共政治体制的影响发生变化，同时民间文学自身的规律性又对这一变化起到牵制和支配作用，使得它向自己固有的本位靠拢、偏移。这一时期民间文学遵循延安政权相关政策规定，与作家文学研究一致，关于民间文学的文学形式、内容、审美等进入研究视野，并且在搜集到写定等问题上形成了新的科学规范。这一问题链在中华人民共和国成立后，在民间文学领域进一步发展和深化（具体在第二章详述）；在特殊情境中形成的民间文学研究，1949年以后推广到全国，奠定了中国民间文艺学特质的历史性基础。

五四新文化运动作为启蒙运动，它缺乏统一的方法论基础，也缺乏内在的历史和逻辑的前提，但形成了态度的统一性。[1]胡适后来回顾说："据我个人的观察，新思潮的根本意义只是一种新态度。这种新态度可叫作'评判的态度'……'重新估定一切价值'八个字，便是评判的态度的最好解释。"[2]要理解现代民间文学研究，就要将其回复到这种情境之中。民间文学作为一种运动兴起，对传统的文学观念是一种反叛，但是具体研究中它又运用传统文史研究之方法，没有触及它的本体——口头性。这一时期它的基本问题搜集整理，就问题本身而言，在民间文学研究的问题链中它是有关相关的问题，但在具体发展中，它成为自相关的问题，它符合具体情境中的民间文学研究，顺应当时的历史形势；但就学术而言，这种问题的转化，对20世纪下半叶民间文学研究产生了深远的影响，使其本体研究出现了一定偏差与滞后。中山大学时期，以人类学、民族学为研究宗旨，学术研究在这一轨道上前进和发展，尽管得到时人的推崇，但就民间文学本身而言，它成为一种资料学，由于学术取向的不同，田野作业法的引进与实践并没有推进民间文学研究，这种学科的偏差在20世纪90年代再次上演。延安时期，政治意识形态构

---

1　参见《汪晖自选集》，广西师范大学出版社1997年版，第310—311页。
2　《胡适文存》第四卷，黄山书社1996年版，第1022—1023页。

建了解放区的"民间"认同；同时，政治意识形态与知识谱系共同塑造了民间文学的指涉范围。这样，在政治意识形态的模塑下，中国民间文学形成了区别于西方民俗学的视野，它成为1949年以后民间文艺学之起点，从而使得中国民间文学研究具有了自身的特点。

## 二、作为"运动"的民间文学到"体制"内独立之民间文艺学

对民间文艺学基本问题的变化不能孤立地看待，更不能脱离具体的时空，即要对它的情境进行深入分析；"思想、观念和命题不仅是某种语境的产物，它们也是历史变化或历史语境的构成性力量"[1]。20世纪上半叶民间文学的研究就是如此，它的基本问题产生于具体的情境之中，同时本身也是历史变化或历史情境的构成性力量。从1910年代中国现代民间文学诞生开始，直到1949年中华人民共和国成立，它作为一种运动取得了一定的成就；作为学术，从民间文学研究基本问题之演化可以看到，关注的核心属于民间文学的外部研究，当然这种外部研究并非与民间文学不相关之问题，在具体的学术推进中，这种相关问题逐步演化为民间文学的内部研究。因此民间文学从1910年代至1940年代，作为学术并没有取得发展，更没有获得独立的学科地位，在当时的学科体制和教育体系中认可的是人类学，后者在中国虽然没有可资借鉴的传统，但是有充实的可以引入的西方学术资源。民间文学却两者皆无，北京大学1949年以前课程设置中，民间文学几乎没有位置，而人类学从京师大学堂就一直稳定地占据着大学课程的重要地位。[2]40年代，解放区积极提倡和鼓励从事民间文艺搜集与研究，当时有成立于1937年11月14日的陕甘宁边区文化协会等文化团体，鲁迅艺术学院（以下简称

---

1 汪晖：《现代中国思想的兴起》"前言"，生活·读书·新知三联书店2004年版，第2页。
2 参见陈泳超：《作为运动与作为学术的民间文学》之附录"1949年前北京大学相关课程开设情况一览"，此文载于《民俗研究》2006年第1期。

"鲁艺")也是其中之一。在鲁艺，音乐系、中国民间音乐研究会、文学系、文艺运动资料室四个部门都进行民间文学的搜集与研究，后两个部门由何其芳负责。1941年3月6日何其芳被任命为文学系主任，何其芳和张松如（公木）两人在系里共同开设了民间文学课程。鲁艺的老师和学员多次深入陕北及其他毗邻地区，一面参加社会斗争、体验生活，一面采集流传于人民群众中的民间口头作品，而从农村采集来的民间文学作品，便汇集到后来成立的文艺运动资料室加以保存和整理。正如何其芳后来所述："1945年2月，延安鲁迅艺术学院成立了一个文艺运动资料室，学校方面要我负责，先后参加工作的有张松如、程钧昌、毛星、雷汀、韩书田等同志。这个资料室的具体工作之一就是把鲁艺的同志们在陕北收集到的民间文学材料加以整理，编为选集。由于民歌材料最多，我们就先从民歌着手。这时张松如同志和我又在鲁艺文学系共同担任民间文学一课，民歌部分由我讲，所以我一边整理陕北民歌，一边找了一些地方的民歌集子和登载民歌的刊物来同时研究。"[1] 可见，民间文学及其研究在延安政权体制中处于独立且很重要的位置。

1949年以后，所有社会人文科学都逐步处于政治文化规约中。"政治文化是一个民族在特定时期流行的一套政治态度、信仰和感情。这个政治文化是本民族的历史和现在社会、经济、政治活动的进程所形成。人们在过去的经历中形成的态度类型对未来的政治行为有着重要的强制作用。政治文化影响各个担任政治角色者的行为、他们的政治要求内容和对法律的反应。"[2] 民间文学的发展及其方向受到它的规约，进一步延续和深化延安政权的策略与政策。作为党的文艺政策，在整个文学领域中，民间文学得以凸现，主要表现有："第一次文代会"中钟敬文关于民间文艺的发言、《光明日报》专辟"民间文艺专栏"等。当时苏联成为学习的榜样，无论政治还是学术都追随苏联模式，苏联的民间文学研究不

---

[1] 何其芳：《陕北民歌选》"重印琐记"，新文艺出版社1952年版，第290页。

[2] ［美］加布里埃尔·A.阿尔蒙德、鲍威尔著，曹沛霖等译：《比较政治学：体系、过程和政策》，上海译文出版社1987年版，第29页。

同于西方世界（第一节已有论述），它完全归属于文学领域，这进一步确认了民间文学在文学体系中的位置。另外大学中文系的学科设置中也专列有民间文学课程，并重新编纂民间文学教材以适应新政权、新社会的需求。最后建立了专门的学术机构，将整个学术研究纳入和规范到政府体制之下。在政府与学者的共同合作下，通过民间文学思想性与社会价值、民间文艺学体系的重建与规范、口头性内涵等三个基本问题的探讨与研究，民间文艺学在新的政治体制中走向了独立。

这三个问题在民间文艺学本体研究的问题链中处于不同的位置。思想性和社会价值与文学性的解析之间是一种有关相关的联系，通过它有助于分析民间文学作为文学之特殊性，但是在1949—1957年之间，它是民间文学文学性的具体表现，转化为民间文学研究的自相关问题，这一思想与延安时期一脉相承，植入20世纪下半叶整个民间文艺学历程，成为中国民间文艺学的一个突出特质。口头性是民间文学的基本特征，对民间文学而言具有质的规定性，1949年以后学术界意识到这一特质，但是仅停留在口头语言特色以及对作家文学的借鉴意义上，而未从文学研究的意义进行纵深推进，这样本身为民间文学研究中的自相关问题，却转化为有关相关问题。这一思想从民间文学研究出现一直延续到20世纪末，尽管不同阶段情境不同，然而结果相似，民间文学的研究范式一直遵循作家文学，延缓了整个民间文学研究的历程。学术体系的重建、规范（就民间文学而言，主要通过概论的书写）与民间文学的本体研究没有直接关系，即无关相关，但是在中国民间文学学术史中，它成为一个重要环节与步骤，担任着民间文学学科定位与不同学术体制中规范的任务，转化为民间文学研究的有关相关问题，这一方面与中国学术不存在民间文学研究传统有关，同时也是具体历史情境的产物。

第二章

1958—1966年：
民间文艺学的高扬

1958年，随着全国展开新民歌搜集运动，民间文学得到前所未有的重视，获得良好的发展契机，相应地，学界加强与深化了对它的研究，并形成了民间文学学术发展历程中的又一高峰，这一发展进程一直持续到1966年。

## 第一节 新的民间文艺学

"解放了的人民在为多、快、好、省地建设社会主义的伟大斗争中所能显示出来的革命干劲，必然要在意识形态上，在他们口头的或文字的创作上表现出来。"[1] 从1958年开始，民间文学出现了很多新现象，针对这种现象，研究领域作出相应的回应，主要表现在围绕民间文学的范围、民间文学的主流之争、民间文学的搜集整理以及民间文学的人民性四个基本问题展开的讨论。

---

1 周扬：《新民歌开拓了诗歌的新道路》，《周扬文集》第三卷，人民文学出版社1990年版，第1页。

## 一、民间文学的范围

第一次提出民间文学新的范围界限问题的,是克冰(连树声),他在《民间文学》1957年第5期发表了《关于人民口头创作》一文。此文全面、详细地介绍和阐释了苏联口头文艺学中关于"人民口头创作"的确切含义与它所包容的范围。克冰指出:苏联的"人民创作是劳动人民的集体的语言艺术",劳动人民具体化就是指农民和工人。在苏维埃时代,因为消灭了阶级,人民口头创作就又获得了全民的性质。在这个时期,由于思想内容的一致,它与书面文学之间的对立性完全消失了。但由于自己的特征和艺术传统而仍然——并且将永远——保持着自己的独立性,它没有与书面文学合流——将来也永远不会合流——而是平行地存在发展。新时代人民性成为判别人民口头创作的标准。创作的集体性是人民创作基本的、有决定意义的特征,是使它跟书面文学相区别的主要特征;人民口头创作的其他重要特征还有口头性、群众性、传统性、匿名性。文中还提出"业余文学",它是介于书面文学与人民口头创作之间,与两者都有交叉融合的一种文学现象。[1] 他介绍苏联的相关概念,其目的是要清晰人民口头创作(民间文学)的领域范围,并不是模糊与扩大民间文学的概念和范围,并明确指出民间文学不同于"业余文学"(中国称为"人民创作"或"工农兵创作"),这与学界后来的讨论完全不同,学人对"人民口头创作"出现了误读和曲解。1980年代之后中国文学领域区分俗文学、通俗文学、民间文学,与上述理念在一定意义上有着承继关系。

1958年新民歌运动开始后,人人作诗,人人画画,人人唱歌,农民知识分子化,新民歌与新诗的界限模糊了,新故事创作兴盛。周扬在《新民歌开拓了诗歌的新道路》里说:"诗歌和劳动在社会主义、共产主义思想的基础上重新结合起来,正是在这个意义上,新民歌可以说是

---

[1] 克冰(连树声):《关于人民口头创作》,《民间文学》1957年第5期。

群众共产主义文艺的萌芽。"[1] 在这一理念的引导下，研究者们开始思考社会主义社会民间文学的范围及其特征。1961年4月和11月，中国民间文艺研究会研究部与《民间文学》杂志联合召开了两次"社会主义时期民间文学范围界限问题讨论会"，并在刊物上陆续发表文章。来自大学的一些民间文学教师，如许钰、段宝林、朱泽吉、义龙、吴开晋和李文焕等在会上发言；贾芝、天鹰（姜彬）、巫瑞书、陈子艾、王仿等发表了文章，都对"新事物"（指新民歌、新故事）持肯定态度。关于社会主义民间文学的范围界限问题的讨论主要包括：第一，社会主义时期民间文学的特征；第二，社会主义时期民间文学的范围界限与合流问题；第三，新民歌新故事问题。[2] 这三方面内容不同，第一与第三方面内容代表着民间文艺学研究对象的扩大，它不再局限于传统的内容，新故事等进入研究者视野。第二方面内容则属于民间文学与作家文学合流论，合流论的实质为：阶级基本消灭，"民间"与"官方"也基本消灭，民间文学与作家文学基本"合流"，应当取消民间文学的范围界限。"民间文学"这一概念是阶级社会的产物，对今天的工农兵创作，已不适用。今天可直接称为"工农兵创作"，中国民间文艺研究会，也可改称"工农兵创作研究会"。可见它实际严重影响了民间文学的发展，无限扩大边界最后只能自我消解，这一问题在20世纪90年代民间文学、民俗学研究领域又一次出现。1960年8月，关于"合流论"讨论中出现了尖锐的意见分歧，"合流论"遭到当时以贾芝为首的学人的反对。问题再次摆到了周扬面前。他说："总的趋势是要合流的，但合流的时间有多长？当然是要随着整个社会的发展。民间文学、民间文艺是一个历史的范畴。它同人民是历史的范畴一样，同历史上发生的任何事情一样，有它的发生，也有它的消灭。民间文艺将来是会没有的。要搜集新民歌，也要搜

---

1 周扬：《大规模收集全国民歌》，《人民日报》1958年4月14日。
2 参见钟秀《社会主义时期民间文学范围、特征的意见综述》以及其他学者在中国民间文艺研究会研究部和《民间文学》杂志社召开的讨论会上的发言，上述资料均见中国民间文艺研究会研究部编《民间文学参考资料》第二辑，内部资料，1962年。

集旧民歌。毛主席说，民歌新的要搜集，旧的也要搜集。毛主席非常重视旧民歌。因为旧民歌里面有很多宝藏。（民研会）既然是研究会，还是要强调搜集工作，强调研究工作，新旧都要，新的要搜集，旧的要搜集，新的有个范围，旧的也有个范围。……正是因为发展中的民间文艺就在群众创作里头，包含了许多新的不定性的民间文艺，因此民间文艺研究会应当去重视它，推动它，但不能把推动群众创作作为全部任务，因为它还要去搜集、研究过去的。……它是从研究新旧时代的民间文艺，用研究的成果去推动。"[1] 经过两年多时间，周扬显然冷静下来了，他的话讲得也理性多了。

## 二、民间文学主流之争

贬低民间文学作为文化史现象的价值以及贬低民间文学作为口头文学的思想和艺术价值，中国文学史没有包括民间文学以及少数民族的文学作品等观点，在中国现代文化史上屡见不鲜。例如胡风在中华人民共和国建立初期向中共中央就文艺问题提出的意见书里就说民间文艺是封建文艺，对其持贬低甚至否定态度。在文艺界和学术界持这种观点的当然不止胡风一人，这种轻视民间文学的见解与观点是不对的，但在1950年代中期开始，矫枉过正，出现民间文学主流论。最早讨论这一问题的文章是陆侃如发表在《文史哲》1954年第1期上的《什么是中国文学史的主流》一文。到"大跃进"时期，出版了以民间文学作为中国文学史的"主流"和"正宗"的两部著作，即北京大学中文系55级集体编写的《中国文学史》和北京师范大学中文系55级集体编写的《中国民间文学史》，提出了民间文学是中国文学史的"主流"和"正宗"的口号。对这两部书的出现，报刊上充满了一片赞美之词，同时（1959年）也围绕着"主流"问题展开了争论。《光明日报》《解放日报》《文汇报》《文学

---

[1] 周扬：《在中国民间文艺研究会扩大理事会上的讲话》（1960年8月4日），中国民间文艺研究会打印稿，贾芝藏。

评论》《文史哲》《北京师范大学学报》《复旦学报》《读书》等报刊都发表了诸多文章，观点主要有：1. 民间文学在文学艺术中是正统，是主流。2. 民间文学是正统文学，应该高升元帅帐，应该以民间文学为中心，改写中国文学史。3. 民间文学是我国文学的主流——人民文学的核心和基础。4. 历史是人民的，文化是人民的。民间文学是全部文学的正宗。5. 文人是没有权利开文学之新路的。……他们以自己的文学作品加入了人民战斗的行列，成为民间文学的同盟军。但它成不了主力军。

中国科学院文学研究所、中国民间文艺研究会就此召开过讨论会。被称为"红色文学史"的学生著作是新生事物，但"主流论"和"正统论"的提出，显然是政治上和意识形态上"左"倾幼稚病的产物。尽管在这种"左"的思潮面前，许多知名学者不愿意去硬碰批评，但也还是有许多学者发出了不同声音。1959年3月19日《解放日报》发表程俊英、郭豫适《应该把作家文学视为"庶出"吗——"民间文学正宗说"质疑》，1959年4月5日第254期《光明日报·文学遗产》发表乔象钟《民间文学是我国文学史的主流吗？》，1959年4月19日《光明日报·文学遗产》发表刘大杰《文学的主流及其他》，何其芳在《光明日报·文学遗产》1959年7月26日起连续三期发表了《文学史讨论中的几个问题》。到此，"主流"论告一段落。

忽略民间文学是不对的，但纠正一种倾向而走向极端，把民间文学作为中国文学史的正宗和主流也是不符合中国实际的，是反科学的。可见，客观、正确地对待和研究民间文学，在民间文学学术史和思想史上是至关重要的。

## 三、民间文学的搜集、整理

搜集资料，从现代民间文学出现就成为其研究的主要步骤，但尚未正式成为民间文学的学术名词，也没有进入民间文学的研究领域。1949年以后，"搜集整理"正式进入民间文学的研究领域和学术范围。它最早出现于《中国民间文艺研究会章程》（以下简称《章程》）。《章程》规定：

> 本会宗旨，在搜集、整理和研究中国民间的文学、艺术，增进对人民的文学艺术遗产的尊重和了解，并吸取和发扬它的优秀部分，批判和抛弃它的落后部分，使有助于新民主主义文化的建设。[1]

具体搜集的科学理论是：

> ①应记明资料来源、地点、流传时期及流传情况等；②如系口头传授的唱词或故事等，应记明唱者的姓名、籍贯、经历、讲唱的环境等；③某一作品应尽量搜集完整，仅有片断者，应加以声明；④切勿删改，要保持原样；⑤资料中的方言土语及地方性的风俗习惯等，须加以注释。[2]

这些理论性规定，是在继承"五四"以来中国现代搜集工作科学传统基础上提出的。1950年民研会成立后，开始采集全国一切新的和旧的民间文学作品，1956年8月，中国科学院文学研究所和民研会共同组成联合调查采风组，由毛星带队，文学研究所有孙剑冰、青林，民研会有李星华、陶阳和刘超参加，到云南少数民族地区进行调查，他们调查的宗旨是"摸索总结调查采录口头文学的经验，方法是要到从来没有人去过调查采录的地方去，既不与人重复，又可调查采录些独特的作品和摸索些新经验"[3]。调查组参与者后来出版了《白族民间故事传说集》[4]、《白族民歌集》[5]和《纳西族的歌》[6]。1956年全国人民代表大会民族事

---

1 《征集民间文艺资料办法》，《民间文艺集刊》1950年第1集。
2 《征集民间文艺资料办法》，《民间文艺集刊》1950年第1集。
3 王平凡、白鸿编：《毛星纪念文集》，学苑出版社2004年版，第92页。
4 李星华记录整理：《白族民间故事传说集》，人民文学出版社1959年版。
5 杨亮才、陶阳记录整理：《白族民歌集》，人民文学出版社1959年版。
6 刘超记录整理：《纳西族的歌》，人民文学出版社1959年版。

务委员会制定了"关于少数民族地区调查研究各民族社会历史情况的初步规划",同年8月相继组成了内蒙古、新疆、西藏、四川、云南、贵州、广东、广西等8个少数民族调查小组,各地的调查工作开始走上了正轨。在1958年5月,为了进一步加强调查工作,决定出版各少数民族的简史、简志、民族自治区概况等3种民族丛书,又增设了宁夏、甘肃、青海、湖南、福建、辽宁、吉林、黑龙江等8个调查组。各地调查组撰写完成了调查报告。1961年4月,成立了整理和研究调查报告的中央机关——中国科学院民族研究所,召开了全国各少数民族社会历史调查组工作会议。调查研究的结果刊印出的资料有数十种之多。这些有助于"调查产生民间故事的环境"[1]。

1958年第一次全国民间文学工作者代表大会上提出了"全面搜集、重点整理、大力推广、加强研究"的任务和"古今并重"的原则,针对采录具体提出"全面搜集、忠实记录、慎重整理、适当加工"的方针(简称"十六字方针")[2],出版了《中国民间故事选》(第一、二集),第一集中收编30个民族的121篇故事,第二集中收入31个民族的125篇故事。十六字方针没有直接运用西方民俗学调查的术语"田野作业",1980年代中期学人对其开始质疑,认为它的研究有诸多不科学之处,田野作业才是科学术语。这是一种不尊重历史事实的批判(第三章详述),最初的调查有很多不成熟之处,但它的科学意义则难以抹杀。正如日本学人所述:

> 采集整理的方法和技术虽然还有不足之处,但是中国各民族的民间故事如此大量而广泛地加以采录,这在中国历史上还是第一次。尽管这一工作进行得还有些杂乱,但是这标志着把各民族所创造的神话、传说、民间故事这一个有机的民间口传文学世界,作为

---

1 中国民间文艺研究会研究部编:《民间文学参考资料》第八辑,内部资料,1963年,第7页。

2 2006年8月14日访谈刘超。

一个活生生的整体，而不是零敲碎打地加以把握的一个开端。[1]

1958年，因生产"大跃进"的激发、党中央的号召而掀起新民歌运动，蓬勃发展的群众创作促进了民间文学工作的迅速发展。1958年4月14日，《人民日报》发表社论《大规模地搜集全国民歌》。同日，民研会主席郭沫若发表了《关于大规模收集民歌问题答本刊编辑部问》。他认为：对民间文学"研究文学的人可以着眼其文学价值方面；研究科学的人可以着眼其科学价值方面。可以各有所主，没有一个秦始皇可以使它定于一尊"；"从科学研究来看，必须有忠实的原始材料"；"忠实的原始记录是工作的基础"；"但是从文学观点上来说，加工也很重要"；"两者可以并行不悖"；等等。[2] 中国民间文学工作者第一次代表大会上强调了要将整理工作和属于个人创作的改编与再创作区别开来，并提出科学资料本与文学读物本，以适应不同读者的不同需要。

关于搜集理论的探讨，中华人民共和国成立初期主要有：钟敬文《谈口头文学的搜集》[3]、何其芳《从搜集到写定》[4]、马可《谈谈采录少数民族音乐》[5]、李束为《民间故事和整理》[6]、柯蓝《杂谈搜集研究民间文学》[7]、许直《我采集蒙人民歌的经过和收获》[8]等。关于搜集整理最早出现的争

---

1 中国民间文艺研究会研究部编：《民间文学参考资料》第八辑，内部资料，1963年，第6页。
2 郭沫若：《关于大规模收集民歌问题答本刊编辑部问》，《民间文学》1958年第5期。
3 钟敬文：《谈口头文学的搜集》，钟敬文编：《民间文艺新论集》，中外出版社1950年版。
4 何其芳：《从搜集到写定》，《何其芳文集》第四卷，人民文学出版社1983年版。
5 马可：《谈谈采录少数民族音乐》，《中国民间音乐讲话》，工人出版社1957年版。
6 李束为：《民间故事和整理》，陕西省文学艺术工作者联合会编：《关于民间文艺》，内部资料，1954年。
7 柯蓝：《杂谈搜集研究民间文学》，陕西省文学艺术工作者联合会编：《关于民间文艺》，内部资料，1954年。
8 许直：《我采集蒙人民歌的经过和收获》，陕西省文学艺术工作者联合会编：《关于民间文艺》，内部资料，1954年。

论是围绕当时中学课本中所选用的《牛郎织女》一文展开的。李岳南肯定与赞赏了此文整理编写的成功；刘守华则批评故事中对人物心理细致入微的刻画，以及对幻想色彩的去除，认为此文不符合民间作品的艺术风格。[1] 后来刘魁立于《民间文学》1957年第6期发表《谈民间文学的搜集工作——记什么？如何记？如何编辑民间文学作品？》，对董均伦、江源的做法有所非议，董、江二人进行了答辩，他们的共同点是：肯定人民大众的创造力，要有为人民的正确搜集态度，记录要尽可能忠实，要多收异文以利整理时比较参照，要附必要的说明与注释等。"他们之间的不同也是显著的，其主要原因是研究的角度不同，当时研究主要有两个角度：科学研究和群众读物。"[2] 这两者之间的不同，成为民间文学领域引起讨论的缘起。朱宜初、陈玮君、巫瑞书、陶阳、张士杰、李星华等从事搜集和研究工作的人员，以及1959年云南省、广西壮族自治区参加搜集整理叙事长诗、民间故事、传说的一些同志也都参加了讨论，主要讨论搜集过程中记录的问题与搜集成果的整理问题。关于搜集问题的主要观点有：1. 凡是民间文学作品一律要记录，应当忠实记录，一字不移；2. 有重点、有选择的记录；3. 有限度的忠实。关于整理问题的主要观点有：1. 只有"编辑"工作，而无"整理"工作，即使"整理"也只限于技术性范围；2. 认为民间故事的整理应当加工，在方法上可以多种多样；3. 慎重整理；4. 从内容到形式、风格，都要创造些新的来，即推陈出新。[3] 其中第四点后来发展为了"改旧编新"，主要人物是张弘，他认为改旧编新是民间文学的发展规律，搜集—整理—推广是为民间文学服务的方法。整理、改编、创作是广义的整理，都属于民

---

1 参见李岳南：《由〈牛郎织女〉来看民间故事的思想性和艺术性》，《北京文艺》1956年第8期；刘守华：《慎重地对待民间故事的整理编写工作——从人民教育出版社整理的〈牛郎织女〉和李岳南同志的评论谈起》，《民间文学》1956年第11期。

2 陈子艾：《民间文学搜集工作四十年》，钟敬文主编：《中国民间文艺的新时代》，敦煌文艺出版社1991年版，第139页。

3 参见《民间文学》编辑部：《关于搜集整理工作的各种不同意见》，《民间文学》1959年第7期。

间文学的工作范围，它是民间文学工作者的本职工作。整理基本上是改造民间文学传统作品的手段，是对传统作品"推陈出新"的手段，是改旧的手段；改编是不同体裁之间人为的相互转化的手段，基本上是用非民间文学作品来丰富民间文学的手段；创作是形成新民间文学作品的手段，是编新的手段。[1]

20世纪50—60年代关于搜集整理的研究中，有一个不可绕过的人物，那就是毛星（有关他民间文艺学思想的完整论述在第三章第二节），正如王平凡所述："毛星在这期间（指20世纪50—60年代），花了很多时间和精力，他和贾芝共同为中国民间文学事业作出了奠基性的贡献。"[2] 他关于少数民族文学的思想影响着中国民间文学史的编纂。1961年，毛星发表《从调查研究说起》[3]一文。主要观点为：1.忠实记录；2.搜集整理工作是一种复杂艰苦的思想、艺术工作，搜集整理工作者记录的技能不是唯一修养，更为重要的修养，应该是思想作风上的党性锻炼，马克思列宁主义的思想理论、民间文学的专门知识和对文艺作品欣赏与写作能力的修养等；3.记录必须一字不动，而写成为书面的文学，则必须进行或大或小的整理加工，而整理加工应该有一个原则，即必须力求保持这个故事的民间原貌，其目的是要呈现"民间的这一个故事"。毛星关于调查研究的思想和观念影响了当时年轻的民间文学工作者，孙剑冰、刘超、陶阳、杨亮才等都进行了论述，[4] 对毛星调查研究思想的阐述，具有代表性的是陶阳，他认为：

> 跟随毛星同志三个月的调查采录，使我学到很多东西。我从毛星同志的教诲与实践中，学到调查采录经验有如下几点：（一）要到无人曾经调查采录过的地方去，要到边远地区去，那样，总会

---

1　参见张宏：《民间文学改旧编新论》，时代文艺出版社1991年版，第7、16、140—141页。
2　王平凡、白鸿编：《毛星纪念文集》，学苑出版社2004年版，第16—17页。
3　毛星：《从调查研究说起》，《民间文学》1961年第4期。
4　上述资料均载于王平凡、白鸿编：《毛星纪念文集》，学苑出版社2004年版。

有新的发现。（二）调查采录要三勤，即腿勤（多走路）、嘴勤（多问）、手勤（多记）；而且要真正做到"有闻必录"。（三）要注意看当地的县志、风俗志，将书面的历史与风俗跟田野作业结合起来，那样，就可避免盲目性，掌握主动。（四）记录民歌、故事及其他作品时，要做到忠实记录，要存真，要保持讲唱者的语言特色、叙述方式及其艺术风格。[1]

贾芝在《文学评论》1961年第4期上发表《谈各民族民间文学搜集整理问题》，此文系统地阐述了对"忠实记录，慎重整理"的看法与理解（具体见本章第二节贾芝的民间文学思想）。这一时期关于讨论的文章结集而成《民间文学搜集整理问题》第一集[2]和《民间文学参考资料》第三辑[3]，后讨论持续发展，延伸到了近现代革命题材传说故事的搜集整理问题领域。1963年，《民间文学》和《奔流》上发表了很多文章，其中有张士杰谈义和团故事搜集整理和创作的经验，[4]陈玮君《必须跃进一步》，[5]李缵绪、谢德风关于《游悲》整理的讨论，[6]其中最有代表性、影响最大的是张士杰关于义和团故事的整理与创作谈论。张士杰谈论了他对民间故事范围新的认识，放弃了过去狭隘的观念，以及他搜集和整理、创作义和团革命故事的开端、过程与方法，"若是故事内容好，讲得也生动，那就按着原讲述的去写；若是故事内容好，讲得差，那就要进行加工；若是故事内容好，听到的却不全，那就再深入搜集，并不急于写它，直到我认为'可以了'，再去写它；若是故事内容还好，只是其中有糟粕，或者精华不突出，那就要进行删除或削弱与突出描写；若是故事内容不

---

1 王平凡、白鸿编：《毛星纪念文集》，学苑出版社2004年版，第113页。
2 中国民间文艺研究会编：《民间文学搜集整理问题》，上海文艺出版社1961年版。
3 中国民间文艺研究会研究部编：《民间文学参考资料》第三辑，内部资料，1962年。
4 张士杰：《漫谈义和团故事的搜集整理与创作》，《民间文学》1963年第1期、第2期。
5 陈玮君：《必须跃进一步》，《民间文学》1963年第3期。
6 李缵绪：《是整理还是创作？——谈〈游悲〉的整理》，《民间文学》1963年第2期；谢德风：《关于〈游悲〉的整理》，《民间文学》1963年第6期。

好，讲得却很生动，这我也听一听，却不去写它，只留做参考研究"。[1]可见他对民间文学做了民众读本与科学研究的区分。

中国民间文艺研究会研究部于1963年邀请河南、四川、广西、江苏、安徽、吉林6个省的搜集研究者，举办了座谈，各省参加者不仅有经验总结发言，还各自提供了若干传说故事的记录稿和整理稿，以供研究讨论。这次座谈会上提供的文章和记录或整理稿，汇编为《民间文学参考资料》第六辑（1963年）和第七辑（1963年）。这一时期关于搜集整理的广泛和深入的探讨，是民间文艺学学科意识提高的一个表现。

## 四、民间文学新的特性——"人民性"

1940年，毛泽东发表《新民主主义论》，他指出"五四"知识分子的文学革命是资产阶级的文学革命，无产阶级占人口90%以上，现在要建设以共产党为领导、以马克思主义为精神宗旨的无产阶级文学，即"新民主主义文学"。[2] 1942年，在《讲话》中，毛泽东进一步规定了文艺为广大人民服务、文艺服从于政治、文艺批评中政治标准放在第一位。周扬对《讲话》进一步阐释，指出："毛泽东同志《在延安文艺座谈会上的讲话》最正确、最深刻、最完全地从根本上解决了文艺为群众与如何为群众的问题。"[3] 1949年7月中华人民共和国成立前夕，国统区和解放区的文艺工作者在北平（今北京）大会师，召开了第一次"文代会"。周扬代表解放区作了《新的人民的文艺》的报告，指出"解放区的文艺是真正新的人民的文艺"[4]，在今后的文艺工作中必须坚持文艺为人民服务、首先是为工农兵服务的精神以及新文艺的方向，也就是《讲话》所规定

---

1 张士杰：《漫谈义和团故事的搜集整理与创作》，《民间文学》1963年第2期。

2 参见《毛泽东选集》（一卷本），人民出版社1964年版，第659—669页。

3 周扬：《马克思主义与文艺·序言》，《周扬文集》第一卷，人民文学出版社1984年版，第455页。

4 周扬：《新的人民的文艺》，《周扬文集》第一卷，人民文学出版社1984年版，第513页。

的"人民的"方向。延安的文学精神扩展到全国文艺界,"人民性"成为文学艺术批评的基础概念。民间文艺本身是劳动人民的创作,钟敬文在第一次文代会上作了《请多多地注意民间文艺》的报告,他谈道:"在这个难得的机会中,我要向诸位代表提出一个热诚的请求,请求大家多多地注意民间文艺(用毛泽东先生的话说,就是'萌芽状态的文艺')!"他们的"生活和心理也没有像压迫阶级所常有的那种空虚、荒唐和颓废。大体上它倒是比较正常,比较合理的。就因为这样,在文艺上反映出来的生活现象和思想感情趣味等,也往往显得真实,显得充沛和健康,不是一般文人创作能够相比。……真正劳动人民(大多数是农民)的创作跟小资产阶级的或流氓的知识分子的创作(都市间流行的某些小调、说书、曲本和通俗小说等),在性质和意义上的差别,曾经有多少人注意到呢?"[1]可见民间文艺由于创作者、流传者与作家文艺的不同,非常契合"人民的文艺"之要求。在"文代会"召开之后,1950年4月上海北新书局率先出版了蒋祖怡的《中国人民文学史》一书。该书认为:中国社会有两种对立的文学——"人民的文学"与正统的"廊庙文学"[2];其中"人民文学"的特质为口语的、集体创作的、勇于接受新东西、新鲜活泼而又粗俗浑朴。这四性很显然来自郑振铎《中国俗文学史》中关于俗文学六个特征的概括。郑振铎在《中国俗文学史》中指出俗文学的特征为:第一是"大众的";第二是"无名的集体的创作";第三是"口传的";第四是"新鲜的,但是粗鄙的";第五是"其想象力往往是很奔放的……但也有种种的坏处";第六是"勇于引进新的东西"。[3]这样,劳动人民的口语文学也就是民间文艺成为中国文学的正宗。赵景深在该书序言中称赞它"是以辩证唯物的观点,来叙述中国人民文学源流的尝试","是以马列主义为观点,以经济制度和社会生活来解释若干文学史上的问题",肯定了它"引用了马克思、恩格斯、高尔基、

---

1 钟敬文:《请多多地注意民间文艺》,《文艺报》1949年第13期。

2 蒋祖怡:《中国人民文学史》,北新书局1950年版,第4页。

3 郑振铎:《中国俗文学史》,长沙商务印书馆1938年版,第4—6页。

鲁迅、毛泽东、闻一多、郭沫若等人的说法，正是要打通古今文学的道路，鉴往知来，让我们知道今后应该走人民文学的方向，……比较切合于人民性的"。[1] 赵景深认为应该"有一个'新的民间文学运动'"。他更重视"指导青年们写作民间文艺，所以特别注重民间文艺的内容和技巧（包括音韵）之谈论"[2]。可见他为了努力契合文学为人民服务，不惜改变民间文学的基本宗旨。但是他们的言论迅速遭到了文学界的批评和声讨。1951年6月《文艺报》发表了于彤评论赵景深《民间文学概论》的文章，批评他对"由民间文学加工而成的作品的意义估计不足"[3]。8月，《学习》杂志发表蔡仪《评〈中国人民文学史〉》一文，他认为《中国人民文学史》一书的著者和作序者虽在书里引用了马克思、恩格斯、列宁的话，却不真正懂得马克思主义，因此，作者也不懂得什么才真正叫作"人民文学"。蔡仪指出，蒋祖怡在书中总结的所谓人民文学的四个特点，"既没有说到文学的思想内容，也没有表现出中国文学的优良传统的特色"，只是表现了"一种极端庸俗的形式主义观点"，是把一般所谓的"民间文学"当成了"人民文学"。由于这种形式主义的观点，所以连"杜甫这样的大诗人，在这本书中仅仅是偶然地提到了他的名字"，这是"胡适的《白话文学史》一流的变种"，蔡仪强调人民文学并不等于民间文学。要理清人民文学的边界，首先就涉及关于"人民性"的探讨与阐释，此后，在文学艺术界展开对"人民性"的讨论，发表文章者众多，其中著名的民间文艺理论家黄药眠著文指出："是不是所有有人民性的东西都一定出自劳动人民大众之手呢？或者是说有人民性的作品，只是限于人民自己的创作呢？当然也不是这样，至少还不完全一样。……文学中的人民性应该包含以下四个特点：第一，作品所描写的对象（人物与故事）是为人民大众所关心，或对人民大众的生活有重要意义的；第二，在某一特定的历史时代，作者以当时的进步立场来

---

1 蒋祖怡：《中国人民文学史》"序"，北新书局1950年版，第1—3页。
2 赵景深：《民间文艺概论》，北新书局1950年版，第3—4页。
3 于彤：《评〈民间文学概论〉》，《文艺报》1951年第4期。

处理题材，真实地反映了生活的；第三，在所描写的现象范围的广泛，揭露的深刻，刻画的有力，在形式的大众化上表现出了当时它的艺术性的；第四，作者在作品中以具体的形象表现出了当时人民大众的要求、愿望和情绪。"[1] 但是民间文学与人民的特殊密切关系，使得"民间文学源头论"成为20世纪50年代至60年代中期文学史的基本理论，在一定时期内出现了"民间文学主流论""民间文学正宗论"（前面已有论述）的偏至。

民间文学研究者也努力探析作为文学艺术共性的"人民性"。民间文学研究者特别强调民间文学是人民的口头创作，突出它与人民性的连接，企图用"人民口头创作"代替民间文学。钟敬文1950年在纪念建国周年所作的《口头文学：一宗重大的民族文化遗产》中已经开始用这一名词，1953年北京师范大学民间文学课程改名为"人民口头创作"，1957年克冰（连树声）作文专述《关于人民口头创作》，匡扶在《民间文学概论》用专章对"人民性"进行阐释，其思路是：从文学的人民性延伸出民间文学的人民性，指出民间文学的研究就是要认识并发掘作品中的人民性，同时由于口头文学是反映人民生活的最直接的材料，它在人民性上表现出新的内容。对于人民性的阐释，最清晰和具体的当推克冰在人民口头创作介绍中的阐释，其具体表述为：

> 人民口头创作跟广大劳动群众的生活和斗争是紧密而直接地结合着的，是它们的直接放映，是劳动人民的魅力的生活伴侣，是他们的有益的教科书和消除疲劳、增强健康精神的高尚娱乐品，是他们的锋利的斗争武器。所以人民口头创作表现着劳动人民的世界观，表现着他们的道德面貌、劳动和斗争，他们的"憧憬和期望"（列宁语），他们的美学趣味和观点。总之，它以独特的艺术方式反映着劳动人民的外在和内在的生活。这就是人民口头创

---

[1] 黄药眠：《论文学中的人民性》，北京师范大学出版社1985年版，第348—354页。

作的人民性。[1]

他们的思想一方面受到苏联的影响，另一方面也与国内文学艺术领域的人民性探讨直接相关（本章第三节要专门论述）。民间文学基本理论研究中，强调与"人民性"联系密切的"集体性"与"口头性"，研究围绕这两性展开，而对民间文学的另外两个基本特质——"传承性"与"变异性"则忽略了。

人民性在20世纪50—60年代是人文社会科学中的基础性概念。"我们说某某作品是富有人民性的，这应当是一个很高的评价。"[2] 人民性成为文学作品艺术性的标准。尽管这一时期民间文学的研究者都特别强调它的直接人民性，及其作为文学作品在人民性上的特殊优势，在具体的民间文学作品审美与批评中也经常使用"人民性"一词；但研究者并没能像一般文艺理论家那样对人民性进行具体和适合本学科与专业的论述与阐释，解释最清楚的匡扶也只是以作家文学的人民性作为前提。民间文学理论的研究成了与一般文学理论的对接及对其移植，这似乎成了民间文艺学研究的惯例，到目前为止，学人仍沿袭着这一弊病。这种名词、概念、理论术语的简单移植，造成了民间文学研究理论的简单化与作家文学化；同时也造成民间文艺学基本问题、基本理论与基本话语与研究对象之间的偏差与错位。

总之，1958—1966年，民间文学的范围、民间文学的主流之争、搜集整理以及民间文学的人民性成为"新的民间文艺学"的四个基本问题。它们在特定的情境中产生，完全符合中国的学术要求与发展，但是具体的研究理路则出现了误区和偏差，造成了这一时期民间文艺学的迟缓与滞后。

---

1　克冰（连树声）：《关于"人民口头创作"》，《民间文学》1957年第5期。
2　记哲：《略谈文学的人民性问题》，《山东师范学院学报》1959年第3期。

## 第二节　学人的思想内容

### 一、人民的文艺——周扬的民间文艺学思想

走向民间和面向大众具有世界性和历史性的大背景。在近代以来从欧洲到亚洲的历次社会革命中，大众和民间问题占有举足轻重的位置。对于一个革命者来说，不管他的革命是资产阶级还是无产阶级性质的，走向民间与大众都势在必行。马克思主义的无产阶级革命学说充分认识到了民间的意义，所以"大众化"道路成为无产阶级革命的一个普遍方向。在中国，新文学运动开始之际，走向民间和大众化问题就被提出，伴随着新文学运动出现了民间文学运动，但他们"提倡'平民文学'是为了启蒙，而不是为了俯就"[1]。他们运用欧化的语言来表现民间和大众的生存状态。在新文学的第二个十年，进步的文学知识分子认识到，要动员和组织民众参与革命，必须使用民众自己的语言，用他们所熟悉的文艺形式来表达启蒙思想。尤其在1930年代这样一个红色革命的时代，政治革命的发展迫切需要广大民众的参与，大众问题成为最重要的议程。文艺界在20世纪30年代初期掀起了大众化问题的讨论，周扬就是在这一时期登上文坛并积极参与了讨论，这一讨论持续到延安文艺界座谈会召开。1942年，毛泽东发表《讲话》，确立了工农兵服务方向，文学上的民间化问题和大众化问题得到彻底解决。周扬作为文艺工作的领导者，参与了全部的讨论；尤其在1949年以后，由于其特殊的领导地位，对民间文艺更是积极倡导。周扬本人对于民间形式和文学大众化理论长期关注，也进行了较为全面和科学的论述，本书主要关注前者。作为一名文艺理论家，周扬通过探讨具体的文艺问题来完成民间文艺建设

---

[1] 陈平原：《"通俗小说"在中国》，《上海文化》1996年第2期。

的任务。

### （一）对民间文学形式和功能的利用

利用民间的形式，走大众化的道路，是许多激进的文艺工作者动员群众、参与社会革命的一种最重要的表达方式，周扬对民间文艺的关注也是从大众化入手。"文学大众化首先就是要创造大众看得懂的作品。这样，'文字'就成了先决问题。'之乎也者'的文言，'五四式'的白话，都不是劳苦大众所看得懂的，因为前者是封建的残骸，后者是民族资产阶级的专利。"[1]民众喜闻乐见的民间形式如小调、唱本、说书等，成为可资利用的形式，"对于从事语言艺术的文艺工作者，要与群众打成一片，首先要学习群众的语言"[2]。他在解放区文艺报告中强调"解放区文艺作品的重要特色之一是它的语言做到了相当大众化的程度"[3]。这种文艺形式能迅速地组织和鼓动大众，同时可提高大众的教育和文化水准。当然，他对民间形式的利用，并没有完全反对新文学。

除了强调利用民间形式外，周扬还论述了对民间文学功能的利用，即作家文学模仿和达到民间文学的作用。他从《关于文学的大众化》开始就指出："文学大众化不仅是要创造为大众所理解所爱好的作品，而且，最要紧即是要在大众中发展新的作家。关于这个，工农通信运动是当前的迫切任务……工农通信员的活动是和重大的政治的任务相联系的。这些任务不一定带着文学的性质，但是普罗列塔利亚特的创造力，经过工农通信这个练习期之后，是会达到文学的领域的。"[4] 1949年以后，民间文学领域非常重视这一工作，特别是负责民研会的贾芝，他"坚持对工农来信每信必复的原则"[5]。可见，周扬意识到只有民间文艺可

---

1　周扬：《关于文学大众化》，《周扬文集》第一卷，人民文学出版社1984年版，第26页。
2　周扬：《关于文学大众化》，《周扬文集》第一卷，人民文学出版社1984年版，第463页。
3　周扬：《关于文学大众化》，《周扬文集》第一卷，人民文学出版社1984年版，第518页。
4　周扬：《关于文学大众化》，《周扬文集》第一卷，人民文学出版社1984年版，第29页。
5　2006年8月13日访谈贾芝先生。

以将政治运动全面推行到民众中间。他在《关于政策与艺术》一文中指出:"艺术无论什么时候都必须是生活之真实的描写。离开形象就没有艺术。一切公式主义都是要不得的。文艺工作者对于政策决不能只是一种概念上的、甚至条文式的了解,他们必须熟悉人民的实际生活情况,政策本身就是从实际生活出发,并给实际生活以决定影响的;必须熟悉各种不同阶层、不同性格的人们对于这些政策的种种心理反应,懂得政策的成功在哪里,执行中的困难、缺点又在哪里,文艺工作者本人最好就是这些政策之实际执行者。这样,政策思想才会通过他的亲身经验而具体化丰富化,变成有血有肉的东西。"[1]

民间文艺更重要的是文学背后的那种隐形权利,周扬从文艺理论家的眼光,意识到这一独特之处,他强调作家文学要起到民间文学的功能,作家与某些民间文学的执掌者的作用相似。中华人民共和国建立后,作家文学逐步向民间文学的功能迈进,作家文学在新时期后要摆脱政治掌控,回复到文学自身,但是民间文学的道路则不能完全模仿与跟随。

### (二)民间文学人民性的承继

"追求人民性是文学走向民间和大众化的最初动因,也是20世纪中国文学最重要的主题。"[2]周扬在民间文学的理念中,认为艺术形式与思想内容并重,强调民间文学内容的人民性。"任何艺术形式,只要它能够反映人民大众的现实生活和斗争与历史的革命内容的,都应该让其存在,促其发展。艺术上各种形式的同时并存,或互相交替,决定于社会条件,群众的需要;最后的判断者是群众,是历史。我们的任务,只是将各种艺术形式引用到一个共同正确的方向,而同时使之互相配合,各尽其长。"[3]当然,他强调民间文学、文化的人民性是为现实服务的,指

---

1 周扬:《关于政策与艺术》,《周扬文集》第一卷,人民文学出版社1984年版,第477页。
2 周景雷:《走向民间与面向大众——关于周扬文艺思想中民间与大众化问题的解释》,《文艺理论与批评》2002年第6期。
3 周扬:《表现群众的时代》,《周扬文集》第一卷,人民文学出版社1984版,第444页。

出:"过去地主阶级、资产阶级的作家,特别是他们中间的优秀的部分,也学过老百姓的语言,但是他们都是从他们的立场来学的。语言是表达一定思想的,因此他们的学习就不能彻底,他们不会在根本上接受群众的思想,他们甚至只是拿群众的语言来作他们作品的装饰。我们学习群众的语言,却正是为了学习群众对于事物的看法,文艺工作者并且在文艺中来表现这种看法。学习群众的情感,也是如此。"[1]

但是他从艺术的角度,对民间戏剧中存在的优秀的,并非完全符合人民性要求之剧目,给予高度的赞扬。"这方面(笔者注:指爱情)产生了非常优美的文学。我看过一篇旧秧歌剧,叫作《杨二舍化缘》,那里面对于爱情的描写的细腻和大胆,简直可以与莎士比亚的《罗密欧与朱丽叶》媲美,使人不得不惊叹于中国民间艺术的伟大和丰富。"[2]另外从科学和尊重历史的角度出发,对那些反人民的糟粕性的民间文学,周扬也有所注意。他并不主张对那些过时的堕落的民间资源实行简单的抛弃,而是将之作为一种历史上曾经存在过的形态予以留存。他说:"所有民间戏剧的原本要留一份,最好印几份,如果没有纸,土纸印也好,把民歌、民间剧本,凡是你们地方上的都印,保留原始面貌。既然流传下来了,无妨印它五百份留在苏州图书馆,全国各省送它一份,北京送几十份,让大家都知道。"[3]这是1958年周扬在苏州的一次讲话。很显然保留的目的要么是研究之用,要么是文化的积累。由此可以看出周扬在文化问题上的历史感和前瞻性。我们须用发展的眼光来理解周扬的观点。

(三)民间文学学习应尊重历史之原则

毛泽东在《新民主主义论》中说:"中国现时的新政治新经济是从古代的旧政治旧经济发展而来的,中国现时的新文化也是从古代的旧文化

---

1　周扬:《表现群众的时代》,《周扬文集》第一卷,人民文学出版社1984年版,第449页。
2　周扬:《表现群众的时代》,《周扬文集》第一卷,人民文学出版社1984年版,第441页。
3　周扬:《继承遗产,发展社会主义文化》,《周扬文集》第三卷,人民文学出版社1990年版,第21页。

发展而来，因此我们必须尊重自己的历史，决不能割断历史。"[1]周扬继承了这一观点并有所发展。他在很多场合对这一观点进行了阐发。

1950年，周扬在中国民间文艺研究会成立大会开幕式上的讲话中提道："成立民间文艺研究会是为了接受中国过去的民间文艺遗产。"[2]他的这一思想承继与发展了解放区民间文艺思想，同时也成为1949年以后民间文艺研究的指导思想。20世纪50年代民间文艺研究除了注重民间文学的文学意义外，亦很重视民间文学的搜集与整理，并且成为那一时期民间文学研究的突出成就之一。他认为轻视民族文学艺术传统，轻视民间形式，轻视群众的爱好和趣味，是失掉民族自信心的表现。在对待历史问题上，不能为了照顾群众的情绪而歪曲了历史。他说："无论表现现代的或历史的生活，艺术的最高原则是真实。历史的真实不容许歪曲、掩盖或粉饰。反历史主义者……他们以为为了主观的宣传革命的目的，可以不顾历史的客观真实而任意杜撰和捏造历史。""历史上的英雄人物是应当加以歌颂的。但历史上的任何英雄都不能不受他们所处的时代的条件的一定限制……而反历史主义者却总是尽量想把古代英雄人物描写成和现代的英雄人物一样；他们甚至把历史上并不是什么英雄的人物也都描写成英雄了。"[3]在1958年开展的新民歌运动中，他虽然鼓励和积极提倡新民歌的搜集、整理，指出"今天的民歌，是新的农民、工人、士兵的作品，它们已经不完全是口头创作，有的作者是很有文化的，因此新民歌不但在内容上，而且在风格上也与旧民歌有所不同了，它们保持了民歌的格调，同时又更多地承继了我国古典诗歌的优良传统，吸取了新诗的长处。……民间歌手和知识分子诗人之间的界限将会逐渐消泯。……我们的文学艺术需要一个大革新、大解放，在党和毛泽

---

1 毛泽东：《毛泽东选集》（一卷本），人民出版社1964年版，第668页。

2 周扬：《中国民间文艺研究会成立大会开幕词》，《周扬文集》第二卷，人民文学出版社1985年版，第10页。

3 周扬：《改革和发展民族戏曲艺术》，《周扬文集》第二卷，人民文学出版社1985年版，第177页。

东同志的领导下来实现这个大革新、大解放,现在正是时候了",但他还强调:

> 中国不但是一个具有丰富革命传统的国家,而且是一个具有长期灿烂文化传统的国家,这种文化传统的精华有许多还保留在人民中间。因此,除了大力搜集革命民歌外,还必须有计划地搜集和整理旧时代传下的民歌及一切民间文学艺术和民间戏曲。这是我们建设社会主义新文化运动的一个十分重要的任务。各少数民族的民间文学艺术的宝藏是特别丰富的,应该积极地加以挖掘和整理。长篇叙事诗"阿诗玛"、"阿细人之歌"等作品已经进入了世界的文库。[1]

在新民歌运动中,他的这一思想具有历史进步性,由于他当时在文艺界的地位,民间文学的搜集整理以及研究事业受到了他的影响,使得那一时期民间文学研究,特别是少数民族文学工作具有了一定的科学意义,本章第一节已有具体论述,在此不再赘述。当谈到写历史剧的问题时,他说:"历史剧、历史小说有虚构的人物,但主要人物是真的……不要把那个时代不可能发生的事情写进去,那是反历史主义。"[2] 考虑到当时中国的政治语境,周扬的这些阐述相当深刻。我们常常强调历史是人民创造的,那么尊重历史也就是尊重创造历史的人民。反历史主义所带来的问题不仅失去了历史的真实感,而且失去了对民众的正确认识。

周扬重视民间文学问题是为他的政治追求服务。他对民间文学和文学大众化的追求,是其构建人民的文艺之具体实施,但也不能因此忽视他在民间文学领域的学术思想与观点,特别是应将其置于具体情境中进行分析与思考。

---

1 周扬:《新民歌开拓了诗歌的新道路》,《周扬文集》第三卷,人民文学出版社1990年版,第11—12页。

2 周扬:《谈历史剧的创作问题》,《周扬文集》第三卷,人民文学出版社1990年版,第172—173页。

## 二、文艺的和学术的——何其芳的民间文艺学思想

一般对于何其芳的研究，侧重于其在诗歌、散文以及文学批评领域的成就，对他在民间文学领域的研究"则缺乏关注"[1]。为了理清20世纪下半叶，特别是50年代至70年代的民间文学研究，有必要对这一课题进行深入思考。对何其芳在民间文学领域的研究，单纯从民间文学自身发展历程中去分析和理解会出现某种片面性，只有将其回复到他所处的历史环境与社会环境即具体的历史—社会情境中才能更好地理解。

### （一）何其芳民间文学研究中的"文艺性"

何其芳于1938年夏到达延安，执教于鲁迅艺术学院（成立于1938年4月10日，1940年改名为鲁迅艺术文学院），开始了在延安的工作。1941年3月6日，他被任命为文学系主任。1942年5月，中国共产党召开了延安文艺座谈会，毛泽东发表了《讲话》，从此，何其芳开始了一个新的历程。"在1942年春天以后，我就没有再写诗了。有许多比写诗更重要的事情要去做，而其中最主要的是从一些具体问题与具体工作去学习理论，检讨与改造自己。……而在一切事情之中，有一个最紧急的事情则是思想上武装自己。"[2] 这一时期，他学习了大量的政治和文化理论，在思想上发生了变化，放弃原来的"小资产阶级思想"，转向"无产阶级思想"；开始运用新的思想和理念对文学进行批评与研究，"将文学的特性与社会演变的逻辑糅为一体"，出现了"某种程度的思想理性的匮乏，以及文学创作的失落"。[3] 民间文学成为他思想变化时期文艺批

---

1　刘锡诚：《作为民间文艺学家的何其芳》，《民族艺术研究》2004年第1期。

2　何其芳：《夜歌》初版后记，蓝棣之主编：《何其芳全集》(1)，河北教育出版社2000年版，第520页。

3　吴敏：《文人的"新社会梦"——试论何其芳1942—1949年的思想变化》，《广东社会科学》2002年第2期。

评和研究的一部分。何其芳到"鲁艺"出任文学系主任之后，与张松如（公木）两人在系里共同开设了一门民间文学课程，民歌部分由他讲授，"所以我一边整理陕北民歌，一边找了一些地方的民歌集子和登载民歌的刊物来同时研究"。[1]从此，他开始了民间文学的研究历程。他对民间文学研究遵循毛泽东《讲话》中的基本原则。《讲话》将"萌芽状态的文艺"（墙报、壁画、民歌、民间故事等）、"原始形态的文学"、"较低级的群众的文学和群众艺术"、"群众的言语"、"较低级的文艺"等归属到文学艺术，何其芳对待民间文学的主导思想就是将其当作文学艺术来对待与研究。

他将民间文学当作文艺性质的读物，以文艺批评的两个标准——政治标准和艺术标准作为民歌编选尺度。在《陕北民歌选》的凡例中明确指出："希望它同时可以作为一种文艺性质的读物。我们选择的标准是要求在思想性和艺术性上或多或少有一些可取之处。因此，从一千余首陕北民歌中，我们只选了这样一册。"[2]

他论述了民间文学与新文学的关系，认为民间文学是劳动人民生活和思想的历史，是孕育于人民生活、群众的艺术，是"一切文化艺术的取之不尽、用之不竭的唯一的源泉"。首先从内容上阐述了民间文艺对新文艺的影响。他认为过去"搞文艺的人常常只能抓住一些次要或者比较细小的东西，反而看不见那些根本的或者巨大的东西。对于一个作品，……不知道首先应该考虑的是它的政治意义和当时当地的广大群众的要求"[3]。强调民间文学为新文学提供材料，从内容上新文学要借鉴民间文学。其次在形式上指出新文学须借鉴与利用民间文学。他认为艺术要群众化，就要向群众学习，对于群众的艺术形式，"只要它对于群众尚未过时，我们就要利用，改造，提高，让它成为为人民大众服务的

---

1　何其芳、张松如：《陕北民歌选》"重印琐记"，新文艺出版社1951年版，第337页。
2　何其芳、张松如：《陕北民歌选》"凡例"，新文艺出版社1951年版，第1页。
3　何其芳：《随笔四篇》，蓝棣之主编：《何其芳全集》（3），河北教育出版社2000年版，第35—36页。

东西"。[1]但他又不把利用民间文学形式作为创作新文艺的唯一途径。最后，他着重论述了新诗与民间文学形式运用的问题。1953—1956年间，他作诗论6篇，其中一个主题就是现代诗歌的形式。他在1950年第一次谈新诗的时候，关于新诗的形式问题，就提到"在中国旧诗的传统和'五四'以来的新诗的传统之外，还有一个民间韵文的传统……对于今天的农民群众和其他文化落后的群众，这是一些很可利用的形式。如果写得好，也就是诗"[2]。但还指出"未必就可以用它来统一新诗的形式"[3]。在《关于现代格律诗》一文中他专门论述了应该创作"和现代口语的规律相适应"的新诗，民间形式的诗歌"可以继续作为群众自己表现他们的思想感情和为了一定的目的向群众作宣传的工具"。在现代格律诗还没有很成熟的时候，"在文化水平不高的群众中间，民歌体和其他民间形式完全可能是比这种格律诗更容易被接受的"[4]。然而，它们不能代替新的格律诗。

他认为民间文学和作家文学在文学发展中的作用各有所长。文学艺术起源于劳动人民，但中国文学史上文人的作品不能忽略，反对单纯按照作者的成分来划分主流和非主流，认为"优秀的民间文学和进步的作家文学都是主流和正宗"[5]。这是针对当时历史情境无奈的调和论，但也反映了他对民间文学在中国文学史中位置的客观定位。

中国民间文学的兴起与新文学运动有着渊源，最早从事民间文学研

---

1 何其芳：《关于艺术群众化问题》，蓝棣之主编：《何其芳全集》(2)，河北教育出版社2000年版，第366页。

2 何其芳：《话说新诗》，蓝棣之主编：《何其芳全集》(3)，河北教育出版社2000年版，第76页。

3 何其芳：《关于新诗的百花齐放问题》，蓝棣之主编：《何其芳全集》(5)，河北教育出版社2000年版，第74页。

4 何其芳：《关于现代格律诗》，蓝棣之主编：《何其芳全集》(4)，河北教育出版社2000年版，第298页。

5 何其芳：《文学史讨论中的几个问题》，蓝棣之主编：《何其芳全集》(5)，河北教育出版社2000年版，第202页。

究的也大多是在文学上颇有成就之辈，这就注定了现代民间文学研究的文艺性倾向。1922年创刊的《歌谣》周刊明确提出，搜集歌谣的目的有两个，其中之一就是"文艺的"，具体阐释为"由文艺批评的眼光加以选择，编成一部国民心声的选集。意大利的卫太而曾说'根据在这些歌谣之上，根据在人民的真感情之上，一种新的民族的诗也许能产生出来'。所以这个工作不仅是在表彰现在隐藏着的光辉，还在引起将来的民族的诗的发展"。[1] 民间歌谣反映了国民的生活和思想，通过编辑歌谣可以编一部国民的生活史，而且从中可以产生一种新的民族的诗。何其芳对民间文学文艺性的研究是这一思想的延续，但内涵有了一定的变化。他编选民歌的批评标准遵循《讲话》的文艺批评原则，将国民心声置换为"思想性"和"艺术性"，同时指出民间文学形式只是新文学可利用的旧形式之一，但不是唯一的形式，并且这一形式只是运用于民众的诗歌创作以及作为向民众宣传的工具，而没有强调它的民族性意义，其中有对民间文学客观的见解，但不难看出他将毛泽东的文艺思想简单地移植到民间文学领域的痕迹。

### （二）何其芳民间文学研究中的"学术性"

何其芳对民间文学文艺性的重视，并不意味着他对民间文学的科学意义缺乏认识。他在《陕北民歌选》"凡例"中叙述编选目的时，明确目的之一就是为民俗学、民间文学提供研究材料，并对书中材料的来源、参加工作的人员、编选民歌的地域范围、民歌的写定、注释等作了全面的学术说明，同时对书中为了阅读方便而删除民歌的衬字衬语表示歉意。[2] "凡例"中的学术说明，全面展示了他在民间文学研究中坚持实地调查、忠实记录的原则。他完稿于1950年的长文《论民歌——〈陕北民歌选〉代序》，其写作经历了漫长的5年，即使在延安和重庆那样的艰苦和繁忙的环境里，还查阅了北大歌谣研究会编辑出版的《歌谣》周

---

[1] 《发刊词》，《歌谣周刊》1922年第1号第1版。

[2] 参见何其芳、张松如：《陕北民歌选》"凡例"，新文艺出版社1951版。

刊，阅读了国统区出版的许多地方民歌集，[1]并作了摘录，由此可见他对民间文学研究的科学态度。

在他的民间文学研究中，需要特别提出的是他对"民间"的理解。从现代民间文学出现，学者就对它的创作主体——民间进行思考与界定，这一思考持续到20世纪末。何其芳认为民间文学是产生和流传在人民中间的文学，人民这一概念在不同的国家和各个国家的不同历史时期，有着不同内容，既然人民的概念有历史的变化，民间文学的概念必然受其影响，特别是民间的内涵。"在奴隶社会、封建社会、资本主义社会，人民都是指统治阶级以外的被剥削被压迫的阶级和阶层。劳动人民是人民的主要部分。但在我国的封建社会里，一般的市民是应该算作人民的，人民和劳动人民是两个范围大小不同的概念"[2]，所以劳动人民不能代替人民。20世纪50年代民间文学领域受到苏联的影响，认为"苏联学者们所谓口头文学（或译作'民间文学'），一般是指劳动人民自己创作和传播的语言艺术。……有了这样明确的界限，我们就无须再像过去那样，把许多虽然流传在民间而本质上却不属于广大人民的东西算作口头文学或人民创作了。今后为着使大家对它的观念更清晰起见，干脆地废去那些界限广泛而意义模糊的'民间文艺'一类的旧名称，采取'人民口头创作'或'人民创作'的新术语是有好处的"[3]。在钟敬文的倡导呼吁下，全国解放后，高等学校中文系陆续开设了"人民口头创作"课程，但这一名称仅仅在高校文学专业使用，学术界仍然通用"民间文学"，然而劳动人民的口头创作这一思想的影响一直延续到20世纪90年代初。[4]何其芳对民间的思考在当时没有得到民间文学领域的响应，同样也没有被后世的研究者及早发现。民间的界定影响着民间文学研究

---

1 何其芳：《论民歌》，《人民文学》1950年11月1日3卷第1期。

2 何其芳：《文学史讨论中的几个问题》，蓝棣之主编：《何其芳全集》（5），河北教育出版社2000年版，第207页。

3 钟敬文：《苏联口头文学概论》"序"，上海东方书店1954年版。

4 参见钟敬文：《民间文学概论》，上海文艺出版社1980年版，第1页；乌丙安：《民间文学概论》，春风文艺出版社1980年版，第2页。

的对象和范围，进而影响民间文学学术研究本身，对何其芳民间界定的漠然，造成了民间文学学术发展不必要的滞缓。

20世纪50年代，民间文学领域兴起作家文学与民间文学合流论，貌似突出民间文学的地位、扩大民间文学的研究范围，实际上消解了民间文学。何其芳在这一问题上提出了自己的科学见解。他认为劳动人民的诗歌创作与民间文学不同，反对将其归属于民间文学。他坚守了民间文学的学术界限。至今这一问题依然困扰着民间文学的研究，何其芳的科学态度对当今的研究者仍具有警示意义。

现代民间文学出现时特殊的历史境遇，使得民间文学研究中"文艺的"和"学术的"[1]两个层面一直并存，只不过不同时期它们的内涵不同、侧重不同，不同的研究者对它们的理解也有差别。何其芳的民间文学研究中包含了文艺性和学术性两个层面，在特定的历史—社会情境中，这两个层面的内涵具有鲜明的时代印记，特别是文艺性层面，使得他对民间文学的研究在学术界被当作特殊时期的产物简单否定，再加上他不是所谓的民间文学研究专门家，见解不成体系，因此他思想的闪光点被历史所遮蔽。

随着当今民间文学的发展，有必要对20世纪下半叶这一领域的研究进行科学梳理，而要完成这一工作，何其芳成为不可跳过的历史人物。对他民间文学研究的具体剖析，有助于恢复他在这一时期民间文学学术史和思想史中的位置；同时他的某些见解和思想，对当下民间文学的发展仍有着一定的启示和意义。

## 三、贾芝科学的民间文学观

贾芝从1950年开始任民研会秘书组组长，负责民研会日常工作，自此他开始了在民间文学这块土地上长达50余年的辛勤耕耘。本节主要论述他20世纪30年代至70年代的民间文学研究。

---

1 《发刊词》，载于《歌谣周刊》1922年第1号第1版。

## （一）由象征派诗人转向民间——《讲话》精神的号召

贾芝从中学时期就热心于诗歌创作，大学期间是他诗歌创作的活跃期。他与台湾已故著名诗人覃子豪、朱锡侯、周麟、沈毅五人组成了"泉社"诗社。1935 年，贾芝以"泉社"的名义出版了《水磨集》，该诗集中许多篇章象征意味较浓。他还参加了以北大学生为主组织的学生诗社，在朱光潜的指导下进行创作，并在朱光潜主编的《文学杂志》和戴望舒主编的《新诗》上发表诗作。这样一位文学青年后来一直从事民间文学研究，影响他选择的因素诸多，但决定性的则是《讲话》。

1938 年，他从西北联大毕业后到了延安。在延安，他作为知识分子加入到革命队伍。他所受的教育，使他初到延安时关注的是上层文化，这从他 1942 年的读书计划[1]可知。但是他在延安的生活又让他不得不反思自己的创作，他在日记中写道："我觉着我们诗体所能包括的主题太狭小了，有许多的主题等我们写呢。……我的精神用在诗上。"[2] "我正走在不能确定的路上，我应该写许多的主题，但是我还没有开出属于我自己的某一个境地，这使我很苦恼。"[3] 可见当时他的创作仍以诗歌为主，而且意识到了创作与生活的脱离。这就从主观上为他转向民间奠定了基础。客观上，20 世纪初至 30 年代有一种关注"民间"的氛围，他是那一时代成长起来的知识分子，脱离不了那一时代的社会环境。笔者访谈贾芝时，他提到在北京上学时北大征集歌谣的事情。但贾芝转向民间最直接的推动力是《讲话》。他在日记中写道："今天的作品，一定要以工农兵的生活为内容，以工农兵为读者，离开了这一关，没有更宽阔的路。我是曾经在诗的道路上摸索到这点的，但是我还未明确地肯定过，

---

1 贾芝 1942 年日记中单独有一张 10 厘米正方形小纸列出了 1942 年读书计划，计划如下：1. 写诗。2. 读名著。3. 读外国文。夜间读诗；下午读名著；上午读法文、翻译；晚饭写读俄文。

2 《贾芝日记》，1942 年 1 月 10 日。未刊稿。

3 《贾芝日记》，1942 年 3 月 2 日。未刊稿。

我还没有在写作上走出自己的路来。我写得太少。正确是从错误中来的，想一下出来就是不错的，没有这事，而我竟如此想了。以后一定要多写，研究生活，去熟悉我所不熟悉的生活，改变我这人和诗。"¹之后他改变了自己的方向。

人只有是历史的时候才是现实的，我们不能脱离当时历史条件谈论他。当时的民间文学，是"民间"概念在延安地方政权中体制化之后的文学表现。正如洪长泰（Chang-tai Hung）所说，"按照《讲话》的精神，共产党首次把利用民间文艺的策略与党建理论结合起来，提出了放弃模仿外来形式、继承民族形式的观点，对文化政策做了较大的调整"²。在民间文学中，出现了中国共产党、知识分子和农民三层关系，知识分子在党的引导下透视和反映民众生活，与"五四"时期民间文学注重社会价值与学术价值不同，这一时期的民间文学更注重政治价值。延安时期进入民间文学研究领域的贾芝，也是处于这三种关系的互动之中。他遵循《讲话》"我们的艺术是为工农兵的，为工农兵而创作，为工农兵所利用"的精神，运用劳动人民语言创作，先后在《文艺战线》《诗刊》《中国文化》《解放日报》等刊物和报纸发表诗歌多首。以《拦牛》（通过描写李有福拦牛的劳动场景，抒发了对拦牛这一普通的农村劳动的赞美之情，表达了他对劳动的热爱）和《抗日骑兵队》（歌颂了蒙古族英勇的骑兵队，赞美了蒙古族人民抗日的英勇精神）为代表，运用民众熟悉的民间文学形式宣传党的政策。另外就是下乡采风，体验工厂生活，并参加到盛极一时的秧歌运动中去，他当时的唯一理想和决心"就是到群众中去，从事文学创作……"。他用陕北方言以及信天游的形式创作，如《人民的心意到火线——劳军鞋》，这一诗篇歌颂了陕北妇女以苦为乐、为抗日做贡献的精神。

他的立场是党的宣传者，但是也不排除他对民间文学的兴趣。他因感动于民众文学的精彩与真实，用民间文学形式进行创作。对于贾芝本

---

1 《贾芝日记》，1942年7月31日。未刊稿。

2 董晓萍：《田野民俗志》，北京师范大学出版社2003年版，第148页。

人而言，从此走上了研究民间文学的道路，正如他所说："这一时期是建国以后我所以参加了民间文学工作以至坚持至今的最初起点。"[1]

## （二）20世纪50—70年代贾芝对民间文艺学的组织和领导——对《讲话》精神的承继

1949年以后，延安时期政治化的民间理念推广到全国。民间文学受到了历史上从未有过的礼遇，并成立了中国民间文艺研究会。周扬在中国民间文艺研究会成立大会开幕词中提出，"成立民间文艺研究会是为了接受中国过去的民间文艺遗产"。"在我们解放区也曾有过地方戏剧的研究，如今天优秀的歌剧作品，都是研究民间文艺的成果。"[2]郭沫若认为民间文学的研究"给历史家提供了最正确的社会史料"，"不仅要收集、保存、研究和学习民间文艺，而且要给以改进和加工，使之发展成新民主主义的新文艺"。[3]民间文艺学获得了一个发展的契机，同时，《讲话》精神引导着民间文艺学前进。

在这样的历史环境中，贾芝正式介入民间文学领域。他的工作包括管理和研究两方面。

1. 努力建设和保存民间文学研究机构，积极组织民间文学研究

首先，他为民研会的成立和存在而奔走呼吁。1949年12月22日，周扬指示今后的"工作任务是编审全国说唱演义一类的模范性的文艺作品以及各种形式的民间文艺，同时拟专设一民间文艺研究会，专门从事后者底搜集整理"[4]；这也是民研会成立的最初动议。1950年3月，"第一次文代会"后成立的第一个协会就是中国民间文艺研究会。研究会推选郭沫若为理事长，老舍、钟敬文为副理事长，下设民间文学组、民间

---

[1] 贾芝：《播谷集》，人民文学出版社1994年版，第53页。

[2] 周扬：《中国民间文艺研究会成立大会开幕词》，《周扬文集》（第二卷），人民文学出版社1985版，第10页。

[3] 贾芝：《中华人民共和国民间文学五十年》，北京大众文艺出版社2004版，第4—6页。

[4] 《贾芝日记》，1949年12月22日。未刊稿。

美术组、民间音乐组、民间戏剧组、编辑出版组,贾芝任秘书组组长,负责民研会日常工作。贾芝到人民文学出版社工作后,将民研会带到该社,冯雪峰对此有意见,主张取消。后经过贾芝四处奔波才得以保住。1951年冬,周恩来总理批示他偕家属前往布拉格,到世界保卫和平委员会工作。但当时民研会正处于生死存亡的危难关头,他到文化部去找沈雁冰和周扬两位部长,说明情况后,沈雁冰说:"你走了自然就搞不了民研会了!"他随即放弃出国。这说明了贾芝对于民间文学研究组织的重视,同时体现了他坚持民间文学学科独立性的思想和主张。

他主持编辑了《民间文学》这一中华人民共和国成立后最早的民间文学领域的学术性刊物。他当时虽然是《民间文学》杂志的常务编辑委员之一,但日常工作都由他做,每期的"编后记"亦由他撰写。[1]1955年《民间文学》创刊号的稿约,对来稿要求:

> (1)我国各族人民的民间文学作品。(2)关于民间文学作品的研究和评论,关于搜集、整理和改编工作的经验介绍及讨论,各地民间文学状况的报道,民间文学书刊评论,关于民间文学的教学问题讨论,苏联及其他兄弟国家民间文学的理论译文。(3)以民间文学形式写的优秀创作,对各省市文艺刊物的通俗创作的评论。

从这上述"稿约"具体要求,可知《民间文学》的办刊宗旨。为了编辑《民间文学》,他放弃了1961年访苏的机会。1966—1976年期间,也仍念念不忘《民间文学》。1960年代末,中国文联大院里贴满了大字报,那时贾芝还戴着"走资派""反动权威"等帽子,但他满不在乎。他在扫大院的时候,看到《民间文学》编辑部的"留参稿"丢得满地都是,他一篇一篇地拾起来看,心疼得不得了。杨亮才看到了说:"什么时候了,你还弄这个。"他狠狠地瞪了杨亮才一眼,没说什么。但从他的眼神中仿佛看到:"你们是吃这碗饭的,连你们这些人都这样,真让我失

---

[1] 此资料来源于2003年、2004年多次访谈贾芝所得,同时在他日记中亦多次提到。

望。"[1] 如果没有民间文学研究的学术理念和信念，贾芝不会如此千方百计地维持这一研究性刊物。1949—1966 年，该杂志为民间文学研究提供了一个研究的阵地和讨论的平台。另外，他注意与地方民间文学研究组织的密切联系。20 世纪 60 年代，他对各地民间文学资料的搜集极为关注，与地方的民间文学研究小组保持联系。

2. 贾芝的学术研究兼顾民间文学的宏观理论与微观领域

贾芝首先在民间文学分类、对象和搜集整理的理论上提出了自己独到的见解。20 世纪 50 年代，学术界对民间文学的研究范围以及分类进行了探讨。这一时期，在众多的观点中，贾芝对民间文学做了比较恰切的分类，[2] 他认为民间文学"大致包括群众口头创作、民间曲艺和民间戏曲三大类。而群众口头创作里又有民歌、民谣、快板、史诗、长篇叙事诗、民间故事、传说、神话、童话、寓言、笑话、谚语、俗语等等；在民间曲艺和民间戏曲方面，曲种、剧种名目繁多，不下数百种"。他虽然没有谈到如何对大类进一步分类，而且遗漏了谜语，但在当时从大的方面厘清了民间文学的分类，对民间文学理论的发展起到一定推动作用。以后张紫晨《民间文学知识讲话》大致按照贾芝的提法，进一步具体化。

他反对民间文学研究范围无限度扩大，主要是针对当时民间文学与作家文学合流、民间文学与群众创作等同的观点。他认为后者的"精义"是：从阶级熄灭论得出民间文学熄灭论。[3] 他强调民间文学要有自己特定的研究范围。这对于当今民间文学的研究仍具有现实意义。我们都很清楚，如果一个学科没有自己清晰的研究对象或研究范围，就算不上是一门独立的学科，无限制地扩大自己的研究范围和领域的结果就是该学科的消亡。

---

1 杨亮才：《民间文学之子》，《西北民族研究》2003 年第 3 期。
2 谭达先：《中国民间文学概论》，商务印书馆香港分馆 1980 年版，第 11 页。
3 贾芝：《社会主义时期民间文学的范围界限和工作任务问题》，《民间文学》1960 年第 12 期。

在民歌的搜集、整理方面，他于 1958 年新民歌运动中，提出"注意新民歌搜集"的观点。他认为不能仅仅将传统民歌视为民间文学，而对新时期出现的民歌就视而不见，这个虽说有政治的即时性，但这一思想目前仍是可取的；我们往往将现时代民间流传的民众作品排除出民间文学的研究和搜集范畴，将民间文学的研究对象局限于历史上流传下来的史料。他在《采风掘宝，繁荣社会主义新文化》一文中，论述了民间文化的搜集问题，提到了搜集、整理的方法。此文为当时民间文学实地调查和民间文学资料搜集在理论上提供了一定的指导意义。1961 年，他又在《文学评论》第 4 期发表《谈各民族民间文学搜集整理问题》一文，提到了做好民间文学搜集整理工作的几个基本问题，即全面搜集、忠实记录、慎重整理、加强研究的科学方法，这对当时全国民间文学资料普查具有理论指导意义，至今仍是我们进行民间文学资料搜集的基本原则。他还强调搜集整理与再创作的区别。1962 年在答复安徽蒙城县文联民间文学研究小组的信中再次强调了民间文学搜集整理工作的原则，指出民间文学搜集整理与利用民间文学作品创作不同。这就在学术上明晰了民间文学的研究范围，划清了民间文学与民间创作的界限。

其次，他注重民间文学的社会价值。从 1957 年开始，他就提出了民间文学要为人民服务。[1]1963 年，他论述了民间文学在农村社会主义教育中的意义和作用，谈论了民间文学的价值。这些观点虽说都是具有政治时效性，[2] 但在某种意义上，它们强调了民间文学的社会价值，是对《讲话》精神的继承。文艺要为政治服务，而民间文学由于与民众特殊的关系，它的社会价值尤为重要，所以如何利用民间文学为民众和社会服务是民间文学研究的一个重要方面。不管承认与否，民间文学本身就具有政治性。所以直到现在，对民间文学政治性的研究仍然是一个重要而且不可回避的课题，然而这一研究却并没有真正开展起来。

再次，大力提倡少数民族文学，特别是少数民族民间文学的研究。

---

1　贾芝：《民间文学论集》，作家出版社 1963 年版，第 53—66 页。

2　贾芝：《发扬民间文学的教育和战斗作用》，《民间文学》1963 年第 6 期。

他是中国少数民族文学研究所第一任所长，曾主编中国各少数民族文学史和文学概况，到目前虽尚未全部完成，但为少数民族文学的研究奠定了基础。中国的民间文学是多民族的民间文学，这一思想一直是民间文学研究者的共识。早在20世纪30年代就有民俗学和民族学者对我国少数民族调查和研究。1949年以后，他为少数民族的民间文学在我国民间文学体系中争得了一席之地。《民间文学》杂志自创刊开始，"稿约"中所欢迎的稿件，第一条就提到了"我国各族人民的民间文学作品"，可见当时就注意到了少数民族的民间文学搜集整理与研究。从《民间文学》创刊直到1966年被迫停刊，每期都有大量的少数民族民间文学研究方面的成果。1956年他写了一篇《关于阿凡提的故事》，当时阿凡提的故事刚被采录出来。他的论文论述了阿凡提的人物性格特征，赞颂了阿凡提敢于同皇上、巴依（地主）斗争的反抗精神，对这一维吾尔族的机智人物的妙语连珠更是高度赞扬。1964年，他对中华人民共和国成立后少数民族口头文学工作进行了总的述评，指出了当时的少数民族口头文学研究对各民族的意义；强调要充分发挥各个少数民族口头文学在中华民族文学领域的价值；发表了研究少数民族的口头文学是研究中国文学不可缺少部分的见解。

另外，他的研究触角还深入到了民歌、新曲艺、传说、民间故事等具体的研究领域。他的研究主要是针对当时政治和社会需要。民歌研究主要集中于对苏区民歌和《红旗歌谣》的研究。他在苏区民歌研究中写道：

> 编出一部老苏区的民歌来，是很有意义的。这可以使我们在这些朴素动人的民歌里读到革命斗争的最生动的记录，同时又有机会，学习群众如何在自己的诗歌里表现他们的新的生活、思想和情感。这份珍贵的文学财产，实实应该好好收集和保存起来。[1]

---

[1] 贾芝：《民间文学论集》，作家出版社1963年版，第222页。

他在民间传说的研究中坚持了传说的民族性、时代性的差异,坚持要按照民间传说本身的特质来研究民间传说,而不能将阶级的观点强加在传说之上,在唯阶级论时期,这是难能可贵的。在民间故事研究中,他强调民间故事对劳动人民的娱乐作用和教育作用,同时民间故事反映了不同时代劳动人民生活和精神世界的各个侧面。[1] 凡涉及贾芝民间文艺学历程研究的学者,过于强调他的政治性,便有意无意地忽略了他在民间文学研究中的学术思考。

通过对贾芝在20世纪50年代至70年代民间文学研究的分析,我们看到:对于他的学术思想要拨开当时政治性字眼的迷雾,才能透视他科学的民间文学观。他的研究紧紧围绕《讲话》精神,使民间文学尽力发挥自己的作用以及更好地为工农兵服务,这符合当时情境的需求,同时也具有科学性与学术性。

总之,从对主要学者的学术思想分析的过程中可以清晰地看到:1958—1966年在新的政治体制内取得独立的民间文艺学,与那一时期的任何学科一样,受到政治思想的影响,它的基本问题与时代融为一体,但在自身学术发展的轨道上也取得一定的成就;它奠定了20世纪下半叶中国民间文艺学的学术基础。当今中国民间文艺学不应该忽略它,特别在学习与借鉴西方民间文学研究理论中,必须对学科自身历史发展有清醒认识。

## 第三节 历史情境与学人价值取向

经过中华人民共和国初期的发展,民间文艺学在体制内取得了独立的位置。从1958年开始,在社会历史情境的跌宕起伏中,民间文艺学逐步发展与变化,1966年《民间文学》杂志在出版第107期后停刊,民

---

[1] 贾芝:《民间文学论集》,作家出版社1963年版,第362页。

间文学研究被取消，相关学术研究陷于停顿。

## 一、1958—1966 年：跃进与夹缝

1956 年 1 月 14 日至 1 月 20 日，中国共产党中央委员会就知识分子问题举行会议。周恩来总理在会上建议进行改革，以调动知识分子积极性。1956 年 5 月 2 日，毛泽东在最高国务会议上再次讲十大关系问题时，正式提出了著名的"百花齐放，百家争鸣"（以下简称"双百"）方针。文学艺术界开始"双百"之后，"他们对党的政策的批评则要比其他知识分子的讨论更加直接"[1]。他们对官僚体制进行批判，这种批评从官僚个人到社会制度。1957 年 1 月 7 日《人民日报》发表陈其通、陈亚丁、马寒冰、鲁勒《我们对目前文艺工作的几点意见》，他们提出："反映社会主义建设的……作品逐渐少起来了，充满着不满和失望的讽刺文章多起来了。"随着批评的蔓延，特别是学生反对中国共产党权威的游行，党中央决定停止百花齐放，6 月 8 日《人民日报》发表《这是为什么》的社论，同日，毛泽东起草了党内指示《组织力量反击右派分子的猖狂进攻》，从此开始在全国范围内进行"反右"运动。

1958 年，中共一改五年计划（1953—1957）的发展战略，提出了"大跃进"的思想，这时"反右"运动同"大跃进"结合起来了。周扬代表文艺界指出："为了巩固和发展社会主义制度，使社会主义的上层建筑能和经济基础相适应，在政治上、思想上进行一场社会主义革命，就是必要的和不可避免的。""经过反右派的大辩论，我们大家，包括我自己在内，都受到了极深刻的教育。绝大多数的作家、艺术家更坚定地站到了社会主义方面。"无产阶级和资产阶级文艺思想的分歧"最突出、最

---

[1] （美）费正清、罗德里克·麦克法夸尔主编，王建朗等译：《剑桥中华人民共和国史（1949—1965）》，上海人民出版社 1990 年版，第 245 页。

集中地表现在对文艺和政治的关系的看法上"[1]。林默涵、邵荃麟在《为文学艺术大跃进扫清道路》[2]一文中赞扬周扬的文章在阐述政治与艺术关系问题上是一个范例。1958年3月8日中国作协书记处讨论《文学工作大跃进32条》，配合全国的政治形势，整个文学艺术界开始了大跃进。毛泽东在成都会议的讲话指出要搜集点民歌，他认为："中国诗的出路，第一条民歌，第二条古典，在这个基础上产生出新诗来，形式是民族的，内容应是现实主义和浪漫主义的对立统一。太现实了就不能写诗了。"1958年4月14日《人民日报》发表社论《大规模地搜集全国民歌》，整个国家掀起了搜集民歌的高峰，各地群众艺术创作激情高扬。9月27日中国文联主席团举行会议，要文艺工作者大力推动群众的创作运动和批评运动。《文艺报》第19期发表《掀起文艺创作的高潮！建设共产主义的文艺》社论。这一时期，"专业与业余之间的区别被搞得模糊不清。'作家'的数量由1957年的不到1000人增加到1958年的20多万。成千上万政治上忠诚的业余作者甚至成为作家协会的名流"[3]。随着1959年领导人意识到"大跃进"中出现的问题，文学艺术界也开始冷静下来。2月，中共中央宣传部召开工作会议，陆定一、周扬就"大跃进"中文艺工作的问题和偏向，作了重要讲话，文化部党组检查1958年的工作。1959年6—7月，周扬、林默涵、钱俊瑞、邵荃麟、刘白羽、陈荒煤、何其芳、张光年等在北戴河开会讨论文艺工作的改进方案，开始了"文艺十条"的起草。文艺界没有像其他领域在1959年下半年至1960年搞第二次"大跃进"。

1961—1962年，整个政治形势又给知识分子营造了一个较为宽松的环境。1961年6月19日，周恩来在"文艺工作座谈会和故事片创作

---

[1] 周扬：《文艺战线上的一场大辩论（根据1957年9月16日在中国作家协会党组扩大会议上的讲话整理、补充并和文艺界的一些同志交换了意见之后写成）》，《人民日报》1958年2月28日。

[2] 林默涵、邵荃麟：《为文学艺术大跃进扫清道路》，《文艺报》1958年第6期。

[3] [美]费正清、罗德里克·麦克法夸尔主编，王建朗等译：《剑桥中华人民共和国史（1949—1965）》，上海人民出版社1990年版，第474页。

会议"上作了重要讲话，阐述艺术民主、解放思想等问题。[1] 6月23日，周扬也在故事片创作会议中作了讲话，批评"大跃进"中某些电影的"概念化"问题，对"人性论"作了新的理解。1961年6月1—28日，中宣部在北京新侨饭店召开全国文艺工作座谈会（又称"新侨会议"），讨论《关于当前文学艺术工作的意见（草案）》（即"文艺十条"初稿）。经修改后，于8月1日印发各地征求意见，经修正后，它的具体内容为：

1. 正确地认识政治与文艺的关系
2. 鼓励题材与风格的更加多样化
3. 进一步提高创作的质量，普及文学艺术
4. 更好地继承民族文艺遗产和吸收外国文化
5. 加强艺术实践，保证创作时间
6. 加强文艺评论
7. 重视培养人才
8. 注意对创作的精神鼓励和物质奖励
9. 加强团结，调动一切积极因素
10. 改进领导方法和领导作风 [2]

到1962年4月经过修改删定，最后"文艺八条"定稿，这就是中共中央批转由文化部党组和全国文联党组共同提出的《关于当前文学艺术工作若干问题的意见（草案）》，将"正确地认识政治与文艺的关系"与"鼓励题材和风格的更加多样化"合并为"进一步贯彻百花齐放、百家争鸣的方针"。这一文件总结了文艺工作的经验教训，制定了比较切合实际的措施，对于繁荣和发展文艺事业起了积极作用。

---

1 周恩来：《在文艺工作座谈会和故事片创作会议上的讲话》，《文艺报》1979年第2期。
2 根据《关于当前文学艺术工作的意见》（修正草案）的一份手抄本。转引自陈顺馨：《1962：夹缝中的生存》，山东教育出版社2002年版，第16—17页。

1961年8月23日—9月16日，中共中央工作会议在庐山举行，讨论了工业、粮食、贸易及教育等问题，并要求所有工业部门切实贯彻调整、巩固、充实、提高的方针。《光明日报》1961年9月3日第2版发表了陈毅一篇讲话，他指出知识分子的科学研究活动"就是表现社会主义政治的"。不注意他们科研能力发展，仅仅关注政治教育，"我们的国家的科学文化就将要永远落后"。《文艺报》1961年第3期指出，"作家、艺术家完全可以按照自己的不同情况，自由地选择与处理他所擅长、他所喜爱的任何题材"。1962年1月11日—2月7日中共中央在北京召开中央工作扩大会议（"七千人大会"），指出1962年是国民经济进行调整最关键的一年，全党必须踏踏实实地做好这方面的工作。毛泽东在大会上指出，知识分子不一定必须是革命的，"只要他们爱国，我们就要团结他们，并且要让他们好好工作"[1]。5月23日纪念毛泽东《讲话》发表20周年，《人民日报》发表《为最广大的人民群众服务》的社论，文中人民的范围不仅仅再限于工农兵，同时力求使文学作品达到思想性和艺术性的高度结合，强调毛泽东同志的"我们既反对政治观点错误的艺术品，也反对只有正确的政治观点而没有艺术力量的所谓'标语口号式'的倾向。我们应该进行文艺问题上的两条战线斗争"。《红旗》和《文艺报》分别发表了《知识分子前进的道路》和《文艺队伍团结、锻炼与提高》的社论。

1962年8月，中共中央工作会议在北戴河召开。8月6日，毛泽东在大会讲话中提出了阶级、形势、矛盾三个问题。会议讨论了毛泽东的讲话，并以讲话为指导，准备八届十中全会的文件。9月24—27日，中共第八届中央委员会第十次全会在北京召开。毛泽东主持了这次会议。会议批判了小说《刘志丹》，认为有人发明了"利用小说进行反党活动"。60年代初的相对宽松政策转变为对知识分子活动加强控制，特别是文

---

[1] 施拉姆编：《毛泽东未刊谈话和书信》，第169页，转引自[美]费正清、罗德里克·麦克法夸尔主编，王建朗等译：《剑桥中华人民共和国史（1949—1965）》，上海人民出版社1990年版，第437页。

学艺术领域,开始号召进行思想领域里的阶级斗争。

1963年1月,柯庆施、张春桥、姚文元等在上海部分文艺工作者座谈会上提出"写十三年"的口号,认为只有写中华人民共和国成立后十三年的社会才算是社会主义文艺。3月,作协规定成立农村文艺读物委员会。3月25日《人民日报》报道这一决定时,发表社论《文化艺术工作者要更好地为农民服务》,并同时报道首都首批文艺工作者下乡参加社会主义教育工作的情况。4月,中宣部在北京新侨饭店召开文艺工作会议。会议就"写十三年"问题进行激烈争辩,周扬、林默涵等认为这一口号是有片面性的,张春桥则提出"写十三年十大好处",为这一口号进行辩解。同时,全国文联在北京召开第三届全国委员会第二次扩大会议,4月19日,周恩来在这两个会议的联合报告会上作了《要做一个革命的文艺工作者》的报告,周扬作了《加强文艺战线,反对修正主义》的报告。会议还特别阐明阶级斗争与"双百"方针的关系。8月16日,周恩来在文化部召开的音乐舞蹈座谈会上发表讲话,论述有关文艺工作的方针、阶级性、民族化、大众化、创作表现形式等问题。他提出,百花齐放,推陈出新,百家争鸣,厚今薄古,要成为我们文艺工作的座右铭,成为我们的方针。8月29日—9月26日,文化部、剧协和北京市文化局召开首都"戏曲工作座谈会",讨论进一步贯彻执行"百花齐放、推陈出新"的方针,也进一步批判"鬼戏"。10月26日,中国科学院哲学社会科学学部委员会召开第四次扩大会议,周扬发表了《哲学社会科学工作者的战斗任务》的讲话。12月12日,毛泽东发出了第一个针对文学艺术的批示:"各种艺术形式——戏剧、曲艺、音乐、美术、舞蹈、电影、诗和文学等等,问题不少,人数很多,社会主义改造在许多部门中,至今收效甚微。许多部门至今还是'死人'统治着。不能低估电影、新诗、民歌、美术、小说的成绩,但其中的问题也不少。至于戏剧等部门,问题就更大了。社会经济基础已经改变了,为这个基础服务的上层建筑之一的艺术部门,至今还是大问题。这需要从调查研究着手,认真地抓起来。"[1]

1964年至1965年，文化部和中国文学艺术界联合会又开始了新的一轮整风运动。1月3日，中共中央召集文艺座谈会，传达毛泽东关于文艺工作的批示。6月27日，毛泽东发出了对文学艺术所作的第二个批示："这些协会和他们所掌握的刊物的大多数（据说有少数几个好的），十五年来，基本上（不是一切人）不执行党的政策，做官当老爷，不去接近工农兵，不去反映社会主义的革命和建设。最近几年，竟然跌到了修正主义的边缘。如不认真改造，势必在将来的某一天，要变成像匈牙利裴多菲俱乐部那样的团体。"[2] 8月，《红旗》杂志第15期发表柯庆施1963年底在华东地区话剧观摩演出会上的讲话。他说戏剧界热衷于资产阶级、封建地主阶级的戏剧，对于反映社会主义现实生活和斗争的戏，则寥寥无几，这深刻反映了戏剧界、文艺界存在着两条道路、两种方向的斗争。12月举行中共中央全国工作会议（12月15日—1月14日）、最高国务会议（12月18日及12月30日）、三届全国人大一次会议（12月21日—1月4日），周恩来宣布调整国民经济的任务已经基本完成，整个国民经济已经全面好转。

1965年1月14日，中共中央在全国工作会议后，发布《农村社会主义教育运动中目前提出的一些问题》（即"二十三条"）。之后，"四清"运动在全国城乡继续进行，直到"文革"初期。2月23日，周扬召集文联各协会和主要报刊负责人会议，布置贯彻"二十三条"，提出写批判文章要防止片面性和绝对化。4月，一些主要报纸发表"两结合"（指革命现实主义与革命浪漫主义）的文艺创作的文章。1965年7月21日，毛泽东在给陈毅的信中提道："要作今诗，则要用形象思维方法，反映阶级斗争与生产斗争，古典绝不能要。但用白话写诗，几十年来，迄无

---

[1]《红旗》，1967年9月，收入谢冕、洪子诚主编：《中国当代文学史料选（1948—1975）》，北京大学出版社1995年版，第599页。

[2]《红旗》，1967年9月，收入谢冕、洪子诚主编：《中国当代文学史料选（1948—1975）》，北京大学出版社1995年版，第600页。

成功。民歌中倒是有一些好的。将来趋势，很可能从民歌中吸引养料和形式，发展成为一套吸引广大读者的新体诗歌。"[1] 这一段时间，文化界批判了杨献珍"合二而一"论、邵荃麟"写中间人物论"、冯定"一切人有共同的本能"、欧阳山"没有阶级内容的爱"、周谷城"意识的同一性"等。这次整风运动，"与此前相比最重要的区别也许是，这次不是全体一致地对替罪羊持否定态度，众口一词地对某一确定的路线表示拥护。这次有不同的观点，有的为受害者辩护，同正被强行贯彻的路线并不一致。攻击者们占据着主导地位，但和其他运动不同的是，辩护者、大事化小者并没有销声匿迹"[2]。

1966年1月1日，《人民日报》发表周扬1965年11月29日在全国青年业余文学创作积极分子大会上的讲话《高举毛泽东思想红旗，做又会劳动又会创作的文艺战士》。讲话概述了1949年以来文艺界围绕文艺路线的五次大辩论、大批判，提出要"大写社会主义，大写英雄人物"，"努力培养社会主义接班人"。1月12日，《人民日报》头版报道《毛泽东思想推进农村文化革命》。报道称，华北区农村宣传、文化工作会议集中解决的一个主要问题是"要求各地开展意识形态领域中兴无灭资斗争，大破资本主义封建主义的旧思想旧文化，大立社会主义的新思想新文化"。1月25日，《人民日报》头版发表总政治部主任肖华在全军政治工作会议上的报告摘要，题目是《高举毛泽东思想伟大红旗，坚决执行突出政治的五项原则》。1月，各报元旦社论的主题词都是"活学活用毛泽东思想""突出政治"；在意识形态领域则强调"兴无灭资""破旧立新"。2月2—20日，江青以林彪名义在上海召集"部队文艺工作座谈会"，并炮制出一份《纪要》（全称《林彪同志委托江青同志召开的部队文艺工作座谈会纪要》），经毛泽东审阅修改后，由中共中央于4月10日批发全党。4月18日，《解放军报》在题为《高举毛泽东思想伟大红

---

1 《毛泽东致陈毅信》，发表于《诗刊》1978年第1期。

2 [美] 费正清、罗德里克·麦克法夸尔主编，王建朗等译：《剑桥中华人民共和国史（1949—1965）》，上海人民出版社1990年版，第475页。

旗，积极参加社会主义文化大革命》的社论中，全面公布了《纪要》的观点和内容，号召批判"文艺黑线"。2月22日，《人民日报》头版发表长篇报道，介绍全国28个省、市、自治区共有16万余名文艺工作者下到农村、厂矿、连队，参加三大革命运动，促进自身思想革命化。报道称"这是解放以来规模最大、范围最广、影响深远的一次社会主义文化大进军"。《人民日报》同时发表社论《文艺工作者，到农村去锻炼！》。2月27日《人民日报》在报道文艺工作者谈学习毛泽东著作的体会时，配发社论《用毛泽东思想武装起来，做无产阶级的革命文艺战士》。2月，彭真为首的"文化革命五人小组"拟定《文化革命五人小组关于当前学术讨论的汇报提纲》，经在京政治局常委审阅，并报毛泽东批准，于2月12日以中共中央文件下达全党。4月，中央书记处会议和政治局常委扩大会议批判了《汇报提纲》和彭真的"反党罪行"，决定撤销这个提纲，成立"文化革命文件起草小组"，另行起草一个"通知"，决定撤销原"文化革命五人小组"，重新组建文化革命小组。5月16日，中共中央政治局扩大会议通过由毛泽东主持起草的《中国共产党中央委员会通知》(即"五一六"通知)。通知提出了"文化大革命"的理论、路线、方针、政策，要求各级党委立即停止执行《二月提纲》，号召党、政、军、文各界向"资产阶级代表人物"猛烈开火，"夺取文化领域中的领导权"。从1966年初开始陆续批判邓拓、吴晗、田汉、周扬等。

中华人民共和国成立后，外交的主要国家就是苏联。最初实行"一边倒"的外交政策，后来逐渐有了变化。1957年是中苏关系重新确定的一年。这一年，毛泽东第二次访问莫斯科。10月15日，中苏缔结了一项国防新技术协定。11月6日，又一军事友好代表团访苏，直到11月29日才离开。与此同时，由郭沫若任团长，以中国科学院的科学家组成的中国科学技术代表团也在苏联访问，与苏联同行会晤。12月11日，一个为期五年的中苏科技合作协定在莫斯科签订，同时签订的还有一份1958年中苏科技合作议定书。这样，尽管会晤中中苏关系有紧张的一面，但是从签订的协议上表明双方加强了联盟。1958年，赫鲁晓夫公开和私下批评中国的"大跃进"，这引起了中国的反感，中国的外交政策中，批判东欧搞修正主义，特别是在南斯拉夫问题上，与赫鲁晓夫出现严重分歧。"从1958年起，我们就确立了自力更生为主、争取外援为辅的方针。"[1] 文学艺术界也做出相应反应。1958年5月在中共八大二次会议上，毛泽东提出："无产阶级文学艺术应采用革命现实主义与革命浪漫主义相结合的创作方法。"7月31日—8月6日，河北省召开文艺理论工作会议。周扬提出"建立中国自己的马克思主义的文艺理论和批评"，学术上开始纠正照搬苏联的模式。1960年6月，苏联停止了对中国的援助，撤走了全部专家。1965年3月，中共和苏共之间分歧和矛盾日益加深，在莫斯科会议（3月1—5日）后，两党关系正式断绝。

## 二、民间文艺学基本问题的历史演化

50年代，新中国的民间文学研究的队伍正在形成和壮大，首先引起重视并且需要加以解决的，暂时还不是具体的专题性研究课题，而是一系列原则性理论问题，诸如，民间文艺研究的方向、民间文艺在人民生活和社会生活中的地位、民间文学的性质和基本特征、民间文学在文学发展中的作用、民间文学的记录和整理的原则问题，等等。[2]

这基本概括了20世纪50年代中国民间文艺学的发展状况，但它也仅是一个平面陈述，忽视了那一时代民间文艺学存在和发展的复杂性。从上一部分的论述可知，民间文学处于大跃进和夹缝的复杂历史情境中，它自身也是历史情境的一部分。其基本问题的形成和演化通过图一

---

[1] 毛泽东：《在扩大的中央工作会议上的讲话》（1962年1月30日），引自施拉姆编：《毛主席与人民谈话》，转引自[美]费正清、罗德里克·麦克法夸尔主编，王建朗等译：《剑桥中华人民共和国史（1949—1965）》，上海人民出版社1990年版，第484—485页。

[2] 钟敬文主编：《中国民间文艺的新时代》，敦煌文艺出版社1991年版，第126页。

可以有一个清晰的认识。

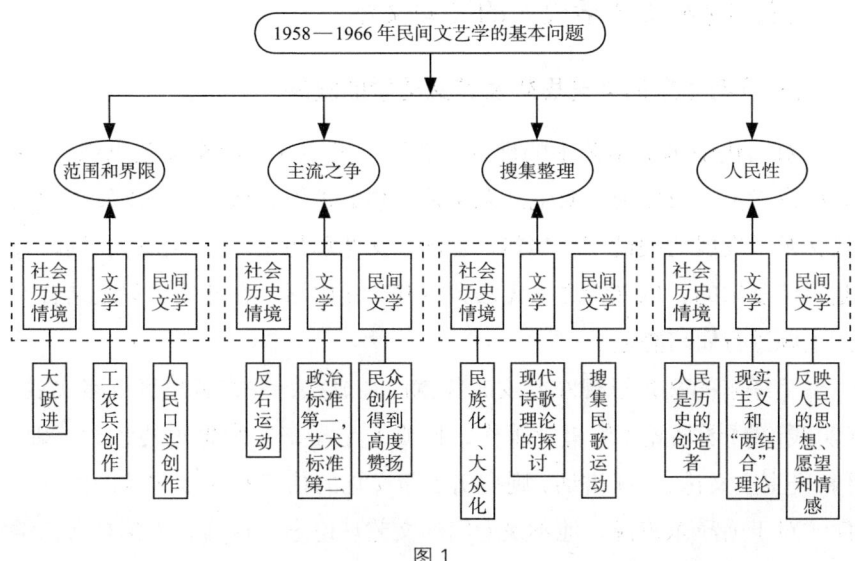

图1

如果从本质主义的视角来看，民间文学具有永恒不变的一个本质，所有的研究都要探寻它，而民间文学的范围和界限、民间文学是否主流、民间文学的搜集整理与民间文学的人民性，这四个问题都属于与社会历史情境和一般文学相关的问题，对它们的研究无法触及和追寻民间文学的文学性本质，可见其偏离了研究的核心。但是从建构主义的视角来看，则是另一种情形。"建构主义强调知识应用的情境性，认为知识不可放之四海而皆准，不可能适用于所有的情境。"[1] 由此可知，民间文学的文学性本质不是永远不变的，它有一定的情境性。社会历史情境、政治、文学以及民间文学自身等因素，共同促成了民间文艺学的发展。按照这一思路，1958—1966年民间文艺学沿着历史轨道在前进和发展，同时影响和制约着20世纪80年代至90年代的民间文艺学。

---

1　桑新民：《建构主义的历史、哲学、文化与教育解读》，《全球教育展望》2005年第4期。

## 三、纳入文艺学模式的民间文学

### （一）毛泽东的文艺思想及其文艺学的发展

对当代中国文学艺术的理解与叙述，离不开毛泽东文艺思想，"从某种意义上也可以说，对毛泽东文艺思想的理解和认识，是阐发中国当代文艺学发展的关键"[1]。当然，毛泽东文艺思想是非常丰富的，同时又是错综复杂的，以笔者之力无法穷尽其文化内涵，在此笔者只是结合论述主题进行简略陈述。

毛泽东的文艺思想在延安时代就已经成熟，并在解放区诉诸实践。《实践论》《矛盾论》等哲学著作，构成了毛泽东文艺思想的哲学基础；《新民主主义论》和《讲话》则指出了新文化的构筑和文学艺术的发展方向。对于毛泽东来说，他不是专门的文艺理论家，这样，无论是文艺学思想、理论还是文学艺术作品，在他看来，都更具有工具的价值，目的是从文艺理论家或文学作品中汲取有利于实现社会变革的某些观念。他的思想中文艺学是变革社会的工具之一，他从不否认自己功利的追求，"唯物主义者并不一般地反对功利主义，……世界上没有什么超功利主义，在阶级社会里，不是这一阶级的功利主义，就是那一阶级的功利主义"[2]。只是这种功利主义是无产阶级的、革命的功利主义。他对于文艺学或文学艺术作品所期待的，就是能够帮助动员最广大的人民群众，把人民组织到实现伟大构想的革命中去。因此，他特别强调文艺的大众化、民族形式、中国风格和中国气派，特别强调"新文化"和创作能体现"新文化"的新形象。这些在中外文学思想和文学艺术作品中都不具备现成的理论，他提出"我们讨论问题，应当从实际出发，不是从定义出发。如果我们按照教科书，找到什么是文学、什么是艺术的定义，然后按照它们来规定今天文艺运动的方针，来评判今天所发生的各种见解

---

[1] 孟繁华：《中国20世纪文艺学学术史》第三部，上海文艺出版社2001年版，第21页。

[2] 毛泽东：《在延安文艺座谈会上的讲话》，《解放日报》1943年10月19日。

和争论，这种方法是不正确的"[1]。在他的文艺思想中，一改文艺功能的复杂性思维，将其简约为"文艺为政治服务"。

毛泽东在《新民主主义论》中指出："一定的文化（当作观念形态的文化）是一定社会的政治和经济的反映，又给予伟大影响和作用于一定社会的政治和经济；而经济是基础，政治则是经济的集中表现。这是我们对于文化和政治、经济的关系及政治和经济的关系的基本观点。"[2] 从他这一思想出发，1949年以后的文艺理论都强调文学是上层建筑，上层建筑由经济基础决定，社会主义的经济基础决定了它的上层建筑，这就决定了社会主义的文学艺术与一切旧的文学艺术有本质的区别。对于新文化的理解，他曾经有过不同的表达，"所谓中华民族的新文化，就是新民主主义的文化"，"所谓新民主主义的文化，一句话，就是无产阶级领导的人民大众的反帝反封建的文化"。[3] 他对"新文化"没有从正面阐释，而是从"破"的角度论述。中华人民共和国成立后，整个文学领域为建立新的文学艺术而努力，并进行新文化建设的尝试。从20世纪50年代开始，文学艺术理论始终在探讨如何才能创造出富于新文化、新生活的文学艺术作品。这样就出现关于英雄人物的讨论、典型的讨论、美学问题讨论、"两结合"创作方法的提出、向民歌学习和"三突出"理论。

毛泽东系统的文艺思想形成并提出，是在中华民族摆脱战争危机、实现民族解放的特殊时期。在特殊的历史情境中，一切为了战争，一切配合和服务于战争。他的思想在文艺界得到积极回应。周扬在《抗战时期的文学》中说："为了救国，应该利用一切可能的手段。文艺是许多手段中的一种，文艺家首先应该使用自己最长于使用的工具，……先是

---

1 毛泽东:《在延安文艺座谈会上的讲话》,《解放日报》1943年10月19日。
2 毛泽东:《毛泽东选集》第二卷，人民出版社1991年版，第663—664页。
3 毛泽东:《毛泽东选集》第二卷，人民出版社1991年版，第658—659页。

国民然后才是文艺家。"[1] 夏衍甚至认为："抗战以来，'文艺'的定义和观感都改变了，文艺再不是少数人和文化人自赏的东西，而变成了组织和教育大众的工具"，那种"艺术至上主义者"的文学，便会被指认为"汉奸"文学。[2] 战时需要文学简短、有力，迅速在民众中产生效应，大众文学和民族形式备受关注，它们能迅速为民众接受和理解，实现全民抗战的目标。这样就要把传统文化、外来文化和"五四"以来的新文化，"转译"为革命的政治内容和通俗易懂的形式。在语言上，民间语言成为首选对象，它是五四新文化运动中提出的"平民文学"或"明了的通俗的社会文学"的再发展，即由都市变为乡村。对于中国来说，"百分之八十的人口是农民"，"因此农民问题，就成了中国革命的基本问题，农民的力量，是中国革命的主要力量"。[3] 这时的文学需要民间语言，具体来说就是农民的语言。而要获得它，必须深入农村，这在延安时期进行了具体的实践，即"下乡运动"。周扬在《新的人民文艺》中总结说，"解放区的文艺，由于反映了工农群众的斗争，又采取了群众熟悉的形式，对群众和干部产生了最大的动员作用与教育作用"[4]。可见在解放区，文艺实现了从语言到形式的"转译"。由此可知，战时毛泽东的文艺思想对文艺的发展起到了积极的指导作用，同时也发挥了文艺的最大效用。1949年以后，毛泽东文艺思想在全国范围内普及，民间语言被广泛倡导。整个文艺学领域遵循这一规则在发展和延续，具体情形在前两部分已有叙述，在此不再重复。

### （二）民间文学在文艺学轨道上亦步亦趋

1910年代现代意义上的民间文学研究出现以后，它作为一种运动

---

[1] 周扬：《抗战时期的文学》，《周扬文集》第一卷，人民文学出版社1984年版，第234页。

[2] 夏衍：《抗战以来的文艺展望》，《文学运动史料选》第四册，上海教育出版社1979年版，第34—35页。

[3] 《毛泽东选集》第二卷，人民出版社1991年版，第653页。

[4] 周扬：《新的人民文艺》，《周扬文集》第一卷，人民文学出版社1984年版，第520页。

迅速发展起来，学术意义上的发展则极为有限，这在第一章第三节已经做了论述。延安时期解放区的民间文学则在毛泽东《新民主主义论》和《讲话》思想的指导下发展，与之前的民间文学研究传统有着一定的差异，尤其与30年代兴起的人类学传统差别很大。中华人民共和国成立后，延安时期的文艺思想推行到全国，写工农兵，向民间文艺学习，成为文艺界的热门话题，对民间文学的提倡和重视在文艺界成为一种风气。这时，把民间文学建设成独立的领域，不管是客观上还是主观上，已经是形势发展的必然结果，到1957年，民间文学基本完成了这一历程，它在新的政治体制中获得了独立的学术位置。这种情形从客观上为民间文艺学的发展奠定了基础，1958—1966年之间的社会历史情境为民间文艺学的进展也提供了一定的契机。

　　从第一节的论述中，可知这一阶段"新的民间文艺学"的基本问题是：民间文学的范围、民间文学的主流之争、搜集整理以及民间文学的人民性。民间文学范围的探讨，从理论上而言，其目的是要厘清民间文学的边界，阐述它作为文学的共性与个性，并且关涉民间文学学科的发展，这一问题可以说一直是民间文艺学的基本问题，同时也是民间文艺学推进的关键，但是直到目前也未理想解决。民间文学的主流之争，是民间文学与作家文学关系中一个极端层面。民间文学与作家文学之间的关系，特别是两种特质各异的文学形态互动关系的探讨，长期以来都是国内外学界探讨和关注的一个论题。过去简单化处理造成的隐患，目前在整个文学领域仍清晰可见。如果这一问题能得到科学分析和处理，对于民间文学与作家文学的基本学科认知都会发生根基上的触动。搜集整理则更是关涉到民间文艺学的方法与方法论的问题，贯穿民间文学研究的始终，只是不同阶段的表现方式或者具体方法不同而已，在这个问题上的偏差会造成学术研究的极大偏差和浪费。民间文学的人民性，则是在具体情境中民间文学之文学性的探寻。总之，由于民间文学与作家文学形态、功能等方面质的差异，这一时期的民间文艺学不像一般文艺学，须反思和批判政治的全方位干预。这四个基本问题完全是根据中国自身学术发展和需求提出来的，是完全中国化的问题，同时也符合民间文学自身的学术发展，如能从学术上得以推进，它们会推动中国民间文艺学的发展。

1958—1966年各方面的条件都是有利于民间文艺学进展的，所讨论的问题也符合学术发展和前进的方向，可以说这一时期应该成为中国民间文艺学推进和成熟的关键阶段，但是并没有获得令人满意的成果。当然这不是苛求前辈学者，只是从翻阅历史和重新体验情境时得出的一种预想和推断。这个过程出现偏差的因素很多。就民间文艺学而言，作为新体制下的独立学科，它的兴盛、发展都与意识形态有着直接关系，因此它不会像"旧学"那样脱离社会、脱离实际，再加上中华人民共和国成立后，整个文学研究都归入意识形态领域，所以民间文艺学在基本问题研究中具有明显的时代特征。民间文艺学也不像其他学科，具有成熟的研究机构和研究人员，尤其是后者。笔者对1950年代就在民研会和中国科学院文学研究所工作的刘超和王平凡进行了访谈，在访谈过程中，他们都表达了最初参加这一工作时对民间文学完全不了解，他们都是文学爱好者，只是在后来的工作中逐步开始了解与深入研究。在诸种因素中，有一个因素至关重要，从第一节的分析中也清晰可见，那就是民间文艺学对一般文艺学研究的模仿或者理论照搬。尽管1949年以后文学艺术领域对民间文学都极为重视，但是提倡者、研究者大都是从作家文学的视野出发，目的是为了使得作家文艺学的研究符合主流思想，希冀建设社会主义的新文化。民间文艺学领域对于基本问题的讨论遵循、移植一般文艺学模式的轨道，通过四个基本问题的讨论最后只是成了作家文学理论在新社会变革和发展的注脚与旁证。当然不是完全否定这一时期的研究，只是这种研究方法和理念一直萦绕在民间文艺学领域，对民间文艺学的发展造成极大的负面影响。到今天，整个学术领域也还没有对1958—1966年民间文艺学的思想及其发展进行深刻的反思。

当今学人在世纪之交回顾20世纪中国民间文艺学学术史的过程中，对1949—1966年民间文学研究陷入单纯的文艺学模式一味进行责难和非议，在具体的陈述中又混淆了文艺学与作家文艺学（或称为一般文艺学），这造成了民间文艺学研究陷入新的偏差和误区。民间文艺学通过基本问题研究的推进，应该从自己的视野对文学性有新的解读，从而促进整个文学研究的发展。1958—1966年在20世纪民间文艺学的学术历程中是一个发展的关键时期，但是学人研究理路与价值取向消解了历史情境对于民间文艺学推进的积极因素。这一教训对我们当前民间文艺学的发展仍具有警示意义。

第三章

新时期：
民间文艺学的恢复及文化学走向

中华人民共和国成立后，特别是1958年至1966年之间。民间文艺学得到迅速发展，1966—1976年，作为学术研究的民间文艺学停滞，1978年开始恢复，新时期民间文学进入了另一个发展期。

## 第一节　科学民间文艺学的恢复

　　1958—1966年是民间文艺学高扬时期，它的基本问题与社会—历史情境都有利于具有自主性民间文艺学思想的出现与推进，但由于学人在作家文艺学模式下的思考造成其某种程度的停滞与偏差，因而经历了十年沉寂期。当然不是说这十年作为研究对象的民间文学消失，而是民间文艺学不复存在（学人自己的研究还是有零星成果，如钟敬文对民间文艺学学术史的探索）。新时期的首要任务就是恢复民间文学的学术研究，同时重新审视1949年以后的民间文艺学。这一时期学术界主要围绕民间文学的基本特征、民间文学的范围、资料搜集的方法三个基本问题展开。

## 一、民间文学基本特征的重新讨论

20世纪70年代末,民间文艺学开启恢复旅程,首先就围绕民间文学基本特征的重新探讨展开。长期的停滞,造成高校相关专业教师、教材的短缺,对于民间文学基本特征的探讨较早就出现在北京师范大学举办的暑期讲习班,在钟敬文主编《民间文学概论》中论述了民间文学的基本特征:集体性、口头性、传承性与变异性,这四性特征从80年代初期开始一直处于高校民间文艺学教育系统的基础位置,具体在本章第二节论述。其他关于这一问题的讨论主要有:姜彬认为民间文学的基本特征为集体性、口头性、变异性与匿名性。[1] 从这四性特征而言,就概括上来说,基本上承袭了20世纪20年代以来的传统说法,只是在具体论述中加入了关于阶级与时代的背景。另一条途径则是从民间文学与作家文学(亦称为纯文学)的区别角度着手,强调它的复合性。主要有"民间文学作为一种特殊的文学,它与一般书面文学的不同之处,除体现在作者队伍的组成、作品主要靠口头创作与流传、作品艺术方面的独有特点,作品与社会生活有着最为紧密的联系从而具有多方面的功能等外,它那相当部分作品所具有的文学与非纯文学的双重组合性质,应是最为重要的本质特征"[2]。从这段论述中,可以看到民间文学超越作家文学的文学性得到学人的重视,当然这也是钟敬文思想的延续,但由于当时具体学术环境的影响,他们的研究指向没将其置于民间文学的文学特性,而是逐步滑向民俗学,注重对民间文学的文化学意义的探讨。这在本章第三节要继续论述,在此不再赘述。

这一问题探讨中还需要提到的就是关于民间文学立体性特征之提

---

[1] 参见姜彬:《论民间文学的特征》,中国民间文艺研究会研究部编:《民间文学论丛》,中国民间文艺出版社1981年版,第22—23页。

[2] 陈子艾:《民间文学本质特征新议》,《民间文学》1986年第12期。

出。段宝林在1982年初所写的《加强民族民间文学的描写研究》[1]一文中提出"立体性"问题,在《中国民间文学概要》(增订版)中予以全面阐释。他指出"立体性是民间文学区别于作家文学的主要特点"。其主要表现于五个方面:1.民间文学作品有异文;2.民间文学与表演性相联系;3.民间文学与人民生活关系密切;4.民间文学的多功能性、实用性;5.民间文学的多种科学价值。[2] 老彭在《论民间文学的特征》中再次提到"立体性",具体论述为"全程的口语性、创作的沿袭性、讲唱的立体性、情意的真挚性、艺术的淳美性、学科的多元性"。[3] 后来,学界很少对其继续追述以及深入探讨。民间文学的立体性特征,注意到了民间文学的存在场域,这一点中国学人从20世纪20年代就已意识到。顾颉刚从孟姜女故事的异文演化中整理出了历史传统与地理传统两个体系;董作宾则通过不同异文的比较探析民间歌谣的演化,这两种研究仍是当今民间文艺学领域的主要范式。1940年代,吕骥、冼星海、张雷等从音乐的视角出发提出了他们的民间文学观点。"要了解民间音乐,必须首先了解劳动人民的生活、思想、感情。……只有从民间音乐的内容(即人民的生活、思想、感情以及表达这些内容的音乐语言)出发,才能真正了解民间音乐的形式与技术方面的特点在他们生活中具有什么意义(包括心理、美学等方面的因素在内)。"[4] 他们反对将其记录或纯化为歌词,"我们不应停留于书本上的(或出版的资料上)研究,特别应该注意民间音乐在人民生活中的演出情形。……无论是从创作或演出的角度来研究民间音乐,都不应与我们自己的音乐实践分离开来,否则我们的研究将成为脱离实际的书斋式的研究(当然,这也是有用的)。只有一面进行研究,一面将研究所得应用于我们的音乐的实践,才能使研究工作更具

---

[1] 段宝林:《加强民族民间文学的描写研究》,《南风》1982年第2期。
[2] 段宝林:《中国民间文学概要》,北京大学出版社1981年版,第18—20页。
[3] 老彭:《论民间文学的特征》,《山茶》1988年第4期。
[4] 贾芝:《延安文艺丛书·民间文艺卷》,湖南文艺出版社1988年版,第402页。

有实际意义"[1]。1980年代在民间文学基本问题的论述中，学人又注意到这一点，但是它并没有被继续推进。20世纪90年代，学界开始大量引进西方民俗学、人类学理论，理查德·鲍曼（Richard Bauman）的表演理论迅速引入，并得到学人的青睐。鲍曼强调口头艺术所具有的表演特性，他的学说与理论从20世纪70年代以来对当代民俗学、语言人类学领域有着强大影响。学人在引进时将其作为对于中国而言的全新理论，完全没有反思中国曾经具有的研究基础，更没有思考中西理论的对接。民间文学立体性特征逐步消失在四性特征的背后，在科学民间文艺学恢复与发展的历程中，民间文学本体的探讨和推进发生偏离，民间文艺学自相关问题的探析逐步被有关相关问题掩盖。

## 二、民间文学范围的界定

对于民间文学范围的讨论是为了厘清它的边界，从民间文艺学出现起这一问题就一直伴随着它。

就当下所见资料而言，民间文学最早的理论文章中就涉及这一问题。胡愈之《论民间文学》主要参照英国民俗学的范围对"民间文学"进行了罗列，这一问题的含糊与争执造成了民间文艺学与作家文学、民俗学、俗文学等之间的交叉，新时期这一问题同样困扰着学界。对其具体论述主要有：1. 民间文学与文学领域其他文学的区别。魏同贤认为"民间文学与文人文学、群众创作、通俗文学、流行创作、民间语言、民间文艺、原始素材不同"。[2] 他的论述较为简单，概述式地介绍了民间文学的周边，轮廓上突出了文学领域中的民间文学，但没有具体的阐释，只是将能否在劳动人民中流传作为一个条件。然而，这只是民间文学的必要条件，而非充分条件，这样就难以从质点上将民间文学在文学领域厘清和凸出。2. 民间文学不能完全排斥书写。对民间文学口头性的狭隘

---

[1] 贾芝：《延安文艺丛书·民间文艺卷》，湖南文艺出版社1988年版，第403页。

[2] 魏同贤：《社会主义时期民间文学的范围界限琐议》，《民间文学》1981年第11期。

理解，有将其简单化的趋向，特别是将它与书面完全对立。有的学人看到如此情形对中国的民间文学并不适合，认为"把书面因素从民间文学中排除出去，是不符合中国民间文学的实际情况的。尽管民间文学从创作到流传，口头形式是主要存在形式，但它不是全部存在方式"[1]。高国藩则通过对中国民间文学概念的探讨，强调中国民间文学中特殊的口头与书面之间的转换。"它们普遍深入地在人民中间流传，经过世代的加工修改：第一，口头的加工修改；第二，书面的加工修改；第三，口头到书面再回到口头的加工修改；第四，书面到口头再回到书面的加工修改。"[2] 可见口头性简化为口头语言后对民间文学范围的影响，很长时间民间文学与作家文学之间存在一个灰色地带，过于强调非书面造成了民间小戏、曲艺等被摒弃在民间文学范围之外。3. 集体性与口头性是民间文学范围厘定的基本。"与专业作家文学和通俗文学相比，民间口头文学有一个明显的特点，即它是人民大众自己直接创作和传播的文学，它是一种世代相传集体性的创作，因此，在任何情况下，它的选择和方向都掌握在广大群众自己的手里，它是他们的生活、心理、意志、理想、趣味的直接反映，并经常同他们的物质生产和日常生活的需要、习俗、礼仪、信仰等密切结合，又是他们的舆论工具和自我娱乐的手段，口头方式是民间文学创作与传播的基本方式，在长期历史发展中它也形成自己一套体裁，大致可以区分为三个层次。"[3] 从上述这段话可以看到集体性与口头性成为划定作家文学、通俗文学与民间文学边界的标准，从长期的学术史发展来看，它们并不是行之有效的，这两者只是民间文学的外在表现，并没有涉及它的核心与内在研究。

总之，新时期对民间文学范围的探讨并没有将其从文学领域予以析分。民间文学与作家文学、通俗文学之间的交叉、混乱较为严重，最后只能是民间文艺学在文学领域的研究对象逐步缩小，放弃了与其他文学

---

[1] 蜀客：《关于"民间文学是什么"的思考》，《民间文学》1986年第8期。

[2] 高国藩：《略谈"中国民间文学"的概念》，《民间文学论坛》1985年第1期。

[3] 许钰：《关于民间文学范围的思考》，《民间文学论坛》1987年第5期。

交叉、相容的地带，使得很多具有中国特色的民间文艺淡出了民间文艺学的视野，这一问题在当今民间文艺学领域依然存在。

## 三、搜集资料的方法

民间文艺学一词，这里主要指关于民间文学的科学研究，在较广义的使用上，也兼及对它的搜集、记录与编纂等科学的初步作业。[1] 从钟敬文的论述中可知民间文艺学发展初期并不将资料搜集视为学术研究，民间文学资料搜集纳入学术轨道主要从延安时期开始，1949年以后取得重要成绩，特别是关于民间文学搜集的"十六字方针"（第二章一节已经详述），至今仍有科学意义。当然在20世纪50—60年代，由于特殊情境以及调查者对民间文学缺乏系统、科学的知识，出现了众多记录资料时的修改与润色，他们将创作民众读本作为研究旨归。正如钟敬文所说，"建国后，我们这方面的工作，是有成绩的。但是，不可讳言，它也存在着明显的缺点或不足之处。在搜集、整理方面我们有较大的成就，特别是发现和刊行了许多兄弟民族的民族史诗。这是世界文学史上的一宗新收获。但是，在记录、整理的忠实性方面始终存在着一些问题"[2]。80年代开始，资料搜集中重点探讨的就是"忠实记录"的问题。吉星提到民间文学中存在失真的现象，其主要表现在：任意改变人物、情节，拔高主题思想；用写小说、散文的方法，着意描绘编写自己认为艺术性强的情节。其产生的主要原因为：经验和水平问题；认识上不一致；工作安排和措施上不够全面和轻重失当。针对此种现象，他提出以下四点建议：

>（1）希望能办一个经常发表原始记录稿的定期刊物，或以丛刊形式，系统编发原始记录稿。

---

1　钟敬文：《钟敬文民间文学论集》（上），上海文艺出版社1982年版，第404页。

2　钟敬文：《钟敬文民间文学论集》（上），上海文艺出版社1982年版，第406页。

（2）希望各地民间文学专业机构，也尽量把征集和编印原始资料的工作，列入重点工作之一。

（3）各地群众艺术馆、文化馆、文化站等文化事业单位，希望也能担负一定的征集，保管民间文学原始资料的任务。

（4）广大的民间文学工作者、爱好者要把好关。[1]

从他的论述中可以看到1949年以后民间文艺学资料搜集与整理中存在的问题，新时期为了推进它的发展，学界意识到忠实记录为第一步，特别强调原始稿，这在现在看来也是科学的。新时期三套集成开始启动，在大规模工程启动之时，学人首先阐述了搜集的主导思想。

贾芝认为三套集成要具有"科学性、全国性、代表性"，既要求汇编优秀的作品，又要求具有较高的科学性。具体调查中要贯彻"全面搜集"和"忠实记录、慎重整理"的原则，关键是忠实记录；建议采用现代化的科学技术进行调查、采录，同时要建立档案。[2] 马学良则提出作品的真实性和为"集成"作品加注释。他认为"口头文学既是靠语言流传下来，那么搜集口头文学就要通过语言做忠实的记录。搜集是为整理和翻译准备素材，因而在搜集时能否做到忠实记录直接关系到整理翻译的好坏与可靠性的程度"[3]。

关于忠实记录问题，还需要提到"立体描写"的方法。在当时翻译的苏联关于民间文学搜集方法中强调"表演的同时记录"，力求提供作品的演出背景。[4] 段宝林认为民间文学的立体性特点决定了立体描写与立体研究的方法。它不只是一种调查研究方法，而且也是一种搜集整理民

---

1 吉星：《为忠实记录民间文学呼吁》，《民间文学》1981年第5期。

2 贾芝：《民间文学的普查与记录》，《民间文学论坛》1986年第3期。

3 参见马学良：《关于忠实记录的问题》，《民间文学论坛》1986年第3期；马学良：《素园集》，中国民间文艺出版社1989年版，第131页。

4 [苏]科鲁格洛夫著，夏宇继译：《民间文学实习手册》，中国民间文艺出版社1985年版，第32页。

间文学的重要方法，是二者很好的结合。[1]

从上述学人关于搜集资料思想的阐述中，展现了中国民间文艺学资料搜集的历史积淀以及科学性。在民间文艺学思想的推进中，关于资料搜集是发展较为成熟的，承继了中国古典"采风"传统，其存在有需要改进之处，但它却是，相对于西方学术，中国民间文艺学的一种自主发展。

关于资料搜集，另一个讨论点就是"慎重整理"。20世纪60年代针对民间文学整理，张弘提到"改旧编新"，引起了学界的讨论，同时遭到了批评；20世纪80年代初期，他继续这一思想，认为"无论从单篇民间文学作品的形成来看，从每个时代民间文学的组成来看，还是从整个民间文学史来看，都证明群众在流传中在口头上改旧编新是民间文学发展的客观规律"。具体而言，"要善于把改旧编新从自发性提高到自觉性"[2]。学人对其持质疑的态度，认为这一思想不尊重民间文学本身，同时也混淆了民间文学与文学创作。他这一思想明显受到1950年代中期民间文学与人民创作合流论影响，其实质就是要模糊作家文学与民间文学，最后将是民间文学消失在作家文学中；其危害性显而易见，这种思想严重影响了学人对于整理的信任程度，实际上任何一种资料搜集方式都存在"整理"的问题，也就是书写的过程。新时期对整理比较清晰的阐述为："慎重整理。"它的含义包括两方面：其一是对所有搜集来的作品进行鉴别；其二是指对民间作品进行去粗取精的筛选。[3]

1983年5月，中国民俗学会成立，民俗学开始复兴，1949年以后它归属于民间文学领域。民俗学的恢复与发展为民间文艺学领域注入了新鲜血液，长期坚持单一研究方法的学人看到了一片广阔的天地。1985年5月，《民间文学论坛》编辑部在江苏南通召开了题为"田野作业与研究方法"的座谈会，首先在学科内使用"田野作业"（field work）一词，

---

1 段宝林：《民间文学的立体描写与研究方法》，《民间文学》1988年第1期。

2 张弘：《民间文学发展的必由之路——"改旧编新论"之二》，《民间文学》1980年第8期。

3 李惠芳：《民间文学的艺术美》，武汉大学出版社1986年版，第173—174页。

并相应地开设了"田野作业"的栏目,明确将"田野作业升华为研究方法来讨论"[1],极力提倡"立体的、多面的"调查方式,"会上,专家们对我国民间文学搜集的反思是深刻的,人们一致认为那种仅仅以搜集作品为全部调查内容的方法是不科学的,它的狭隘性限制了研究者的视野"[2]。与会的大部分同志都对过去的搜集整理工作提出了质疑,并提出一系列对策和方法。学界越来越倾心于这一新名词,它成了搜集资料的科学方法,变成了一种深入研究,而不像从前的搜集整理仅仅是研究的初步,最后"搜集整理"被排除在研究范围之外。90年代田野作业进一步张扬(第四章详述),成为民俗学、民间文艺学领域唯一搜集资料的方法。田野作业直接借鉴西方的学术名词,但是并未完全引进其内容与思想,更不要说对其在中国具体情境中的反思。学人在这一学术名词之下,仍然进行搜集整理工作,外在的表现则是对其批评,这种两难的境地使得搜集整理难以继续向前推进,到21世纪,它成为民间文艺学的一个困境。

## 第二节　学人的思想应对

1978年4月,钟敬文、贾芝、毛星、马学良、吉星、杨亮才组成筹备组,筹备恢复中国民间文艺研究会的工作,民间文艺学中断近10年后开始了新的历程。新时期民间文艺学的发展紧随当时的政治与学术形势,处于恢复与转折时期。从主要的学人和研究团体的思想我们可以窥见一二。

---

1　《田野作业与研究方法座谈会纪要》,《民间文学论坛》1985年第5期。
2　姚居顺、孟慧英:《新时期民间文学搜集出版史略》,辽宁大学出版社1989年版,第94页。

## 一、钟敬文系统民间文艺学之构建

新时期钟敬文的民间文艺学研究仍然是围绕着特殊文艺学展开，以此为基点开始逐步建立系统的民间文艺学，他自己称为具有中国特点的民间文艺学。民间文艺学开始恢复之后，钟敬文多次讲话与著述中均提到民间文学的特殊性，[1]这沿承了他30年代中期就开始提倡的特殊文艺学之思想。在民间文艺学开始恢复并发生转折的新时期，他开始逐步构建这一特殊文艺学。他在《谈框子》中提出要突破狭隘化了的古为今用和一般文艺学的框子，这两点实际上是他系统民间文艺学之通俗化表述。前者主要针对忽视民间文学与特定社会环境的关系，用他的话来说就是"民间文学，特别是那些产生于远古的神话、传说和史诗之类的作品，是跟我们现在很不同的社会环境的产物，它所反映的社会现实（政治、经济、风俗、道德和当时人们的思想、感情、想象和希冀等），都跟现在我们的不同，甚至于完全相反"[2]。后者主要针对民间文艺学中的作家文艺学模式，他做了具体阐释："我们对民间文学的看法和处理方法，必须重视对象的特点，对它加以分析比较，最后做出准确论断，而不应热衷于一般文学的理论、规则（即使它是正确可靠）的套用。一切科学研究必须面对具体的事物，进行实事求是的分析，我们要打破那些不适合这种特殊对象的一般文艺学的框框，就是对于那些被介绍过来的关于这种对象的特殊文艺学理论，我们也必须从马克思主义的立场、观点去加以检查、分析，然后慎重地吸取它的有益部分。我们要建立起自己的民间文艺学和民间文艺史，为繁荣新时期的民族科学文化做出

---

1 参见钟敬文：《谈框子》《欢迎〈民间文学专辑〉的刊行》，《钟敬文民间文学论集》（上），上海文艺出版社1982年版，第406、456页。钟敬文主编：《民间文学概论》"前言"，上海文艺出版社1980年版，第5页。

2 钟敬文：《民间文艺谈薮》，湖南人民出版社1981年版，第47页。

贡献。"[1]从陈述中可以看到他构建中国特色民间文艺学的框架,那就是民间文艺学一般理论、民间文艺学史和多视角的交叉研究,这一思想在《建立具有中国特点的民间文艺学》中进一步体系化。

对于民间文艺学一般理论之构建可以说一直就是钟敬文的追求,从1935年《民间文艺学建设》到《民间文艺新论》等,他每个阶段都期望建构宏观的民间文艺理论。当然,不同时期,由于具体情境以及自身认识的逐步发展,会有一定的差异。

新时期钟敬文民间文艺学基本理论的构建主要体现于《民间文学概论》一书的编写。高等院校民间文学科目的开设和科学研究活动,是中国整个民间文学事业重要的一翼。中华人民共和国建立初期,高校文科就开设了这门功课(当时称为"人民口头创作"),在培养和扩大学术影响上做出了重要贡献,但是1958年以后,全国绝大多数大学把民间文学课取消了。1976年以后随着民间文艺学的恢复,1978年暑假期间,教育部在武汉召开了高等院校文科教材会议,决定把"民间文学"重新列入中文系课程,但由于长期停滞,师资缺乏,培训师资成为首要任务,这一任务由北京师范大学完成。北京师范大学中文系开设进修班,调集各高等院校教师进行集体学习,以编纂教材《民间文学概论》等作为进修的主要方式。尽管这本书编纂仓促,钟敬文本人也认为"有待于将来的改订",但是它在中国民间文学学术史以及思想史上的位置和作用无可比拟。钟敬文在编纂前言中声明:"这本教材,从一开始计划编写起,我们就明确了它的内容和性质。它是一本供大学生学习用的'引论'书,主要的任务是提出这门功课的一些重要问题和阐述相应的基础理论知识。它不是专门的研究著作,也不是发表个人见解的专业论文。"[2]然而他的民间文艺学思想却深入地贯穿于其中。他在前言中陈述了自己的思想:民间文学跟它周围文化现象密切相关,同时作为一种特殊的文学,它在内容与形式上具有自己的特性。

---

1 钟敬文:《民间文艺谈薮》,湖南人民出版社1981年版,第52页。
2 钟敬文主编:《民间文学概论》"前言",上海文艺出版社1980年版,第5—6页。

这种思想体系从单个文本来看不是很明显，如果进行一个横向比较就非常清晰了。新时期除了钟敬文所编《民间文学概论》外，主要还有乌丙安《民间文学概论》[1]、段宝林《中国民间文学概要》[2]、刘守华《民间文学概论十讲》[3]、吴容章《民间文学理论基础》[4]四部（少数民族民间文学概论除外）。这四部概论大致都分为民间文艺学一般原理、体裁专论、资料的搜集整理三部分。下面我们就第一部分进行比较（见下表）。

| 书名 | 内容 |
| --- | --- |
| 《民间文学概论》（钟敬文） | 1. 民间文学基本特征：集体性、口头性、传承性、变异性。<br>2. 民间文学与社会生活的关系。<br>3. 民间文学与作家文学的关系。<br>4. 我国各民族民间文学的交流和相互影响。<br>5. 民间诗人、歌手和故事讲述家。 |
| 《民间文学概论》（乌丙安） | 1. 马克思主义的民间文学理论基础与理论斗争。<br>2. 民间文学的人民性。<br>3. 民间文学的基本特征：集体性、口头性、变异性。<br>4. 民间文学与作家文学的关系。 |
| 《中国民间文学概要》（段宝林） | 1. 民间文学的范围和特性，后者从内容上来看主要具有直接的阶级性和人民性；从形式上具有口头性、流传变异性、传统性、集体性以及立体性的特点。<br>2. 民间文学的价值。 |
| 《民间文学概论十讲》（刘守华） | 1. 民间文学的范围界限和基本特征。基本特征为：集体性、口头性、变异性和传承性。<br>2. 民间文学的价值。 |
| 《民间文学理论基础》（吴容章） | 1. 民间文学的范围及基本特征。其中民间文学的基本特征为集体性与创作个性的统一、口头传承性与书面传承性的统一、变异性与相对稳定性的统一、文学性与多功能性的统一。<br>2. 民间文学的价值。 |

---

1　乌丙安：《民间文学概论》，春风文艺出版社1980年版。
2　段宝林：《中国民间文学概要》，北京大学出版社1981年版，后又于1985年出了修订版。
3　刘守华：《民间文学概论十讲》，湖北教育出版社1985年版。
4　吴容章：《民间文学理论基础》，四川大学出版社1987年版。

从上表我们可以看到五部著作都阐述了民间文学基本特征，对四性特征（集体性、口头性、变异性、传承性）都进行了论述。四性特征及其关系是多年来民间文学的基本理论问题之一，钟敬文的基本观点为：

> 民间文学的各特征之间都有着密切的联系，它们绝不是孤立的、互不相干的。……其中，特别值得注意的是集体性与口头性这两个特征，对民间文学创作与流传起着主导的支配作用。变异性与传承性这两个特征，也都是从集体性、口头性作用于民间文学创作和流传过程中显示出来的。民间文学的变异与传承特征反过来又印证了集体性、口头性的重要意义。这四个特征联系起来就成为民间文学与作家文学在创作、传播等方面的区别，同时也成为辨识民间文学的重要标志。[1]

从其论述中，可以看到集体性与口头性成为民间文学的主导特征，其他两个特征是在它们基础上的派生，而且它们成为民间文学与书面文学的分水岭，因此，民间文学的理论建构集中关注它的创作者与创作形式。

集体性就是指集体创作、集体流传，这非但没有厘清民间文学与书面文学，同时还附带产生了民间文学与俗文学之间的混乱。钟敬文在《民间文学概论》"前言"中已经提出，"民间文学"跟俗文学"说唱"的关系究竟应该怎样看待，这一问题有待以后进一步解决。至今它仍未得到妥善解决，当前，民间文学、俗文学错综复杂的关系仍是学界争执的热点，该书导论已有提及。其实，"民间文学的集体性主要是在它的流传过程中突显出来的"[2]。也就是说，集体性是民间文学流传中彰显的一个

---

1 钟敬文主编：《民间文学概论》，上海文艺出版社1980年版，第46页。

2 Atel Olrik, *Principles for Oral Narrative Research*, trans. By K. Wolf and J. Jensen, Bloomington: Indiana University Press, 1992, pp.7–9. 转引自胡万川：《民间文学的理论与实际》，台北：清华大学出版社2000年版，第37页。

特性，而将集体性作为民间文学创作的特性，其直接结果就是对创作者的关注与挖掘。这主要表现在两个方面：第一，对民间传承人，特别是积极的传承者（active bearer）的关注。钟编《民间文学概论》中专门列出"民间诗人、歌手和故事讲述家"一部分，中国民间文学研究领域对此一直较为关注，这也使得民间文学研究没有忽略其主体。目前对于民间传承人的重视与研究更是得以进一步张扬，对于他们的介绍、跟踪调查、理论研究都有了新的进展，在借鉴西方理论的基础上，形成了本土的理论体系。这与钟敬文的学术影响有直接关系。第二，"追寻民间文学到底是谁的文学"这一命题一直萦绕着学界，自然而然，学者的眼光就会落在"民间"，并将其作为民间文学理论建构的一块基石，但是随着学界探讨的深入，发现它并没有产生对于民间文学理论实质性的推动。

口头性特征主要是针对作家书面创作特征提出的。从现代民间文学研究出现，它就成为研究者的关注点，也是民间文学的外在表现形式之一。从20世纪20年代关于民间文学的理论文章、论著中它就是出现频率较高的学术名词，但是具体研究中，除了各种概论式述要之外，学界没有任何推进；关于民间文学的研究仍是基于书面文学的研究范式（第一章已经详述），80年代仍是如此，尽管钟编《民间文学概论》对口头性进行了较为全面，也可以说集大成的述要，但具体的民间文学研究中没有对其进一步的阐释与推进，以至于到21世纪初学人仍在呼吁民间文艺学学术范式的转换。

传承性与变异性，本来属于民间文学的内在研究部分，但由于其在四性中的派生性，它们一直没有成为钟敬文民间文艺学体系中的核心概念，对它们的研究可以推演出民间文学作为一种语言艺术的特殊性，从而丰富和扩充一般文艺学理论。对于它们的忽视，使得钟敬文特殊文艺学的解读外在性更为明显。

钟敬文自己也提到"我过去（1935年）虽然创用了'民间文艺学'这个学科术语，并对它的对象、特点和研究方法做了简要论述，但是对它与作家书面文学的疆界，概念始终比较模糊，这种概念比较明确的出现,是近年来学界解放思想大浪潮影响的结果"[1]。可见他自己也认可关于民间文学基本特征并没有实现自己特殊文学的界定目标。引文中的大浪潮,从该文所写作年代,可知是指80年代中叶西方学术思想大规模引进,特别是文化学的引入。从钟敬文论著年表[2]可以清晰看到1986年开始他的研究显著的文化学转向,他著文《谈谈民族的下层文化》,这可以说是他的民间文学与社会生活关系之思想的扩展与顺延,同时也是他学术背景的彰显。"我的民间文学思想较大的进展,却是在20年代末至30年代初"[3],那一时期他开始摆脱单一的文艺学研究模式,从日本接受相关的社会学、文化进化论的学术思想,并将其吸纳进自己的学术,形成了他多角度研究的学术素养,他在《民间文艺学的建设》最后一部分关于社会学方法的介绍就是一个最好的例证。从整体文章来看,它确实属于赘余,很多学人都曾经指出过,但从中正可以看出他对于此方法的热衷与迷恋。由于这种学术训练,他在80年代中期能迅速介入文化学热潮,并演绎出民间文化、民俗文化学等时代性的学术话语。他逐步开始凸现民间文学的特殊性,但他没有从文学中直接切入,而是通过一个新的渠道,即民间文学与社会生活、下层文化的不可剥离性。这也成为他根据民间文学本身的性质、特点构建民间文艺学的基点。当然,他并没有否定关于民间文学语言艺术在文学上的特殊性,只是这一方面逐步淡出了他的研究视野。随着他的研究处于学界的主流,特别是民间文学归入民俗学的研究之后,这一部分就基本退出民间文艺学。由于研究旨归的不同,关于民间文学与社会生活、下层文化的关系没有指向民间文艺学的文学"特殊性",而是逐步将其转化为民俗学的资料部分。因此对于"民间"的探讨,本来属于民间文艺学有关相关的问题,在具体的学术推进中变为其自相关的问题,民间文艺学自相关的问题反而

---

1  钟敬文、董晓萍:《钟敬文学术》,浙江人民出版社2000年版,第116—117页。
2  参见程善伟整理:《钟敬文主要著作年表》,《民间文化·祝贺钟敬文百岁华诞学术专刊》2001年第12期。
3  钟敬文、董晓萍:《钟敬文学术》,浙江人民出版社2000年版,第141页。

逐步边缘化。

20世纪80年代，民间文学概论主要有五部，就这五部概论而言，很难看出学理上的推进和深化，相反，更多的是模仿的痕迹。这一方面体现了那一时期特殊的情境，1976年以后整个学界处于恢复的局面；另一方面由于学术的中断，学生的培养尤为重要，教材性的著作普遍受欢迎，这也就出现了一种"概论教育"，普及甚于提高。其中值得提出的是段宝林关于民间文学"立体性"的新见解。具体论述第一节已经详述，在此不再赘述。在中国民间文艺学思想史发展中，它被淹没、遮蔽了；正如葛兆光所言，思想史既做加法，也做减法。从现在看，立体性特征的提出对民间文艺学的发展是至关重要的，尤其是"异文"和"表演性"，目前学人正如火如荼地从西方引进理论，并进行中国的个案解析，这不能不让人感到一种悲哀。当下在中国民间文艺学学术史中，沉淀下来的是民间文学的四性特征，这当然与钟编《民间文学概论》数年来作为教材有关，但也从一个侧面显示出钟敬文民间文艺学体系对于中国民间文艺学的意义和影响。

## 二、取之于民，还之民间——新时期贾芝的民间文学研究

贾芝青年时期对西方文学与音乐非常感兴趣。"1932年他到北京进入中法大学孔德学院预科高中，100大洋买了一把小提琴"[1]，一直被他保留在家中。他热心于诗歌创作，大学期间是他诗歌创作的活跃时期，他与诗友共五人（其中包括已故台湾著名诗人覃子豪）成立了民"泉社"诗社。1935年，贾芝出版了他的第一本诗集《水磨集》，到延安后与人合作翻译了都德的长篇小说《磨房书简》。当提起贾芝从事民间文学研究时，他弟弟贾植芳总是会说，"我哥哥是毛泽东的好学生，他出过《中国出了个毛泽东》和《毛泽东的传说》两本书"。笔者翻阅了贾芝相关资

---

[1] 此资料为笔者访谈贾芝胞弟贾植芳所得。访谈时间：2007年4月6日，访谈地点：上海复旦大学第九宿舍贾植芳寓所。

料，明白他所说的是1954年由中国民间文艺研究会编辑出版的《毛泽东的故事和传说》[1]一书，该书的最后附有贾芝的一篇《关于〈毛泽东的故事和传说〉》。贾芝出生于1913年，笔者2007年访谈他的时候，他已经94岁高龄。每次笔者前往拜访他时，老人都会激动地唱起陕北民歌——信天游。从两位90多岁老人点滴回忆中，形象地展现了贾芝进入民间文学领域的情境，"建国初期，文艺界成立了中国民间文艺研究会，我是服从组织分配担负建会的日常工作的"[2]。这一服从使他在这一领域辛勤耕耘了50多年，本章主要论述他新时期的民间文学研究。

　　1976年以后，中断了近10年的民间文学研究开始了新的历程，在这一发展阶段，贾芝是研究领域的主要人物之一。他从新时期开始至20世纪末学术主导思想变动不大，为了更清晰地展现他的思想脉络，笔者对其20世纪70年代末至90年代末的学术进行集中论述。他的主要论著与活动参见本书附二表2。

　　从表中来看他的著述以及活动，可以分成民间文学、民族文学研究与探索，为新的论著所撰写的序文，以及国际交往三部分。民间文艺学领域，研究者向来将其划归为马克思主义民间文艺学或者笼统地在延安学派中提到，对于他的学术没有进行具体的剖析。从他的著述来看，他在民间文学领域更多是活动的身影，为了对他的学术有一个客观全面的了解和评价，有必要简单追述他民间文学研究的起点（具体在第二章第二节中已经详述，在此予以简单提及）与他的自我评述。他从延安到北京后，服从组织安排开始从事民间文学研究。这样，他的学术背景必然以毛泽东文艺思想为基点，也就是沿承《讲话》精神从事民间文学研究。他在20世纪50年代至70年代，特别是1958—1966年间，为民间文学，特别是这一学科的发展做出了重要贡献（第二章二节已经详述）。1976年以后，他一如既往坚持《讲话》精神，重视对"新中国民间文学事业

---

1　中国民间文艺研究会整理：《毛泽东的故事和传说》，工人出版社1954年版。
2　贾芝：《播谷集》"自序"，人民文学出版社1994年版，第2页。

发展源头的寻索"[1]——这句话道出了他学术研究的原点与终极追求。

他积极整理延安时期解放区的民间文学资料，编辑出版了《延安文艺丛书·民间文艺卷》[2]《中国解放区书系·民间文学编》[3]《中国解放区书系·说唱文学编》[4]，希望作为一个亲历者为后人的研究提供资料基础。从他的序言以及内容编排、体例等方面，可以看到他从文艺视野对民间文学的定位。在他的思想中，民间文学作为艺术具有强大魅力，它属于文学殿堂中不可或缺的部分，具有文学所具有的特性以及功能。他强调这支来自田野的文学之花的独有芬芳，反对将其作为资料进行"纯粹学术研究"（按：指1910年代开始的遗留物研究范式），而希望它能起到文学应有的社会作用以及社会价值。这与他介入民间文学研究的学术背景有直接关系，他所接受的民间文艺学思想主要来自《讲话》，在研究中他注重"从思想的改造到艺术的改造"[5]，推崇群众性的艺术创作演出。从延安时期到60年代中期的革命实践以及学术历程，使得在他的研究视野中，民间的指向即是"人民"。当然，人民更多意义上是一个政治概念，如此他的学术研究具有显著的意识形态色彩，他关注过民间文学的阶级性、人民性，但这并不能掩盖他科学的民间文学价值观。在学界流行"人民口头创作"时，他能清醒地意识到其最终会淡化民间文学的界限，消解民间文学，这一情形在90年代再次重演，即民俗学（含民间文学）内涵无限制扩大造成边界弱化。可见反对学科范畴无限扩大、弱化边界，在当下民俗学、民间文学领域依然具有警示意义。他研究的另一方面就是对民间文学搜集整理的重视，60年代他提出的"十六字方针"长期影响民间文学领域，贯穿他的整个学术生涯，新时期他积极推进民间文学三套集成，主编《中国民间歌谣》集成成为他事业的核心。从他的研究

---

1　贾芝:《播谷集》"自序"，人民文学出版社1994年版，第4页。
2　贾芝主编:《延安文艺丛书·民间文艺卷》，湖南文艺出版社1988年版。
3　贾芝主编:《中国解放区书系·民间文学编》，重庆出版社1992年版。
4　贾芝主编:《中国解放区书系·说唱文学编》，重庆出版社1992年版。
5　贾芝:《播谷集》，人民文学出版社1994年版，第44页。

中可以看到，他将民间文学当作人民的诗学，与作家文学并存于文学领域，同时又将民间文学视为文学之源，呼吁"请给乡下老婆让个座"[1]。他希望民间文学最后能为国家政治思想与民众生活服务，而不是单纯追求学术研究，这与他的经历以及身份是相符的。

从附二表2所列可以看到他参与了很多活动，地方的艺术节、筹建民间文学博物馆的建议以及各地博物馆活动，特别是国际民间文学交流。这些琐碎的日常民间文学活动占据他学术的很大部分，并且他也乐此不疲。笔者翻阅他20世纪50年代开始的日记，每每看到他回复各地民间文学工作者、爱好者信件的记录，不免激起如下思考：他没有提到田野作业，也没有引用笔者学习中熟悉和推崇的本位研究，难道这就是毛泽东所提的"到民间去"？当然，对这种搜集资料的方法确实需要进行学术反思，它的利弊之处也应该科学阐释。就贾芝本人的学术研究而言，他这一思想使得他忽略了民间文学所产生的环境，记录中基本遵循作家文学的思路，这确实给学术研究带来诸多不便以及偏差。但是，"与民众互动"也应该是民间文艺学的一个层面，它能使得研究者在具体研究中真正植根民间，因此贾芝看了大量评论自己的文章，他最喜欢和认为最恰当的就是"民间文学之子"[2]，从中可以看到他对自己与民间文学以及民众关系的定位，这也是他植根民间思想的展现。

他遵循《讲话》精神，围绕取之于民、还之于民开展自己的学术与活动，具体表现在人民的诗学与根植民间两个方面。他对于民间文学更注重的是它与作家文学之文学的共通性，在他的研究中，重点不是析分这两种文学，更注重的是为民间文学在文学领域争得一席之地，让民众的文学为民众服务，因此他的研究更多呈现出的是一种活动，正如他自称"草根学者"，认为自己所做的工作是"学者与民众的对接、书斋与田

---

1 贾芝：《播谷集》，人民文学出版社1994年版，第261页。
2 杨亮才：《民间文学之子——为庆祝贾芝先生九十华诞而作》，《西北民族研究》2003年第1期。

野的对接、民族与世界的对接"[1]。不可否认，这种理念同时也给他的研究造成了一定局限性。在80年代学界出现文化学热潮时，他关注过，对民间文学的多视角研究也持肯定态度，但是他的核心思想没有动摇过，形成了新时期以后民间文艺学领域的一股潜流。

## 三、整体文学观——毛星的民间文学思想

毛星，1919年11月出生于四川德阳，中学时代开始喜欢文学。1937年10月赴延安参加革命，先后在陕北公学和中央党校学习。1938年3月加入中国共产党。同年冬到鲁迅艺术学院文学系学习。随后，留鲁艺做党的工作。期间，他努力学习马克思、恩格斯著作，并阅读文、史、哲、经济方面的书籍。40年代初到鲁艺文艺理论研究室做研究工作，继又到文艺运动资料室编《文艺动态》。1945年以后赴东北工作，先后在佳木斯《人民日报》（后改名为《合江日报》）、哈尔滨《松江日报》、新华书店东北总分店、东北人民出版社、中共东北局宣传部等单位工作。1954年9月任北京大学文学研究所秘书主任，1955年其归属中国科学院，任文学所党的领导小组副组长。同时，协助何其芳先后编辑《文学研究集刊》《文学研究》（后改为《文学评论》），任《文学评论》副主编，并先后参加民间文学组、古代组、现代组研究工作。1969年底，到河南"五七"干校劳动，1972年恢复工作，主要从事文艺理论、民间文学研究。

从他的工作和研究经历，可以看出他研究的核心为马克思主义文艺学。正如学人对他的评价：他博古通今，知识渊博，而且有较高的马列主义水平。他的文笔可至古今、现代、当代，又能将马列主义的观点和研究方法运用于研究工作，对他自己的学术观点，常常是引经据典地从各个方面加以论述，其论断不能不令人信服。[2] 对于他的民间文学研究，

---

1 贾芝：《我是草根学者》，《新文学史料》2007年第2期。
2 中国社会科学院科研局组织编选：《毛星集》"编者的话"，中国社会科学出版社2002年版，第4页。

学人提及较少，如果从知识积累的学术史而言，他在民间文学领域的成果不算很多，但从思想史来说，他对民间文艺学却是不可或缺的人物。他关于民间文学的论著参见附二表3。

从数量上看，他的论述寥寥无几，但是他关于民间文学有自己的思想和见解。他的民间文学思想主要体现在调查研究和文学艺术特性两方面。前者主要是20世纪50—60年代，他带领中国社科院与民研会的成员到云南对少数民族进行调查，他关于实地调查的见解，当时在民间文艺学界起到举足轻重的作用，极大影响了民间文学的发展，特别是少数民族民间文学研究，这在第二章一节中已经详述。关于文学艺术的特性，笔者只是列出了他1958年的一本论文集，民间文学之艺术特性是他所述文学特性的一部分。他认为：

> 对文学艺术现象作真正的科学解释，应该说是在马克思主义出现之后。大家都知道，马克思列宁主义把文学艺术看作是一种社会现象，是一种意识形态，它的起源、发展，它和现实生活的关系，它在阶级社会里的阶级实质，它和社会经济基础的相互关系，这一切，都和别的一切意识形态所共有的根本性质没有什么两样。[1]

他强调文学艺术的现实性与阶级性，认可形象是文艺的基本特性。从这一理论延伸出他关于民间文学的主要观点有：

> 不论作为国际术语的"Folklore"或我国的"民间文学"一词，虽然词是统一了，却是各有各的用法。研究问题不能从定义出发，但如果作为一门学科，尽管进行研究可以有不同的观点和方法，这门学科研究的对象，它的范围，却应该有一个大家同意的明确的界说，应该有一定的定义。

---

[1] 毛星：《论文学艺术的特性——评陈涌等关于文学艺术的特性的错误意见》，《文学研究》1957年第4期。

持任何一种理解因而搞某种含义学科的人，都不必指责持另一种理解因而搞别的含义学科的人用词不当。要是这些学科都发展起来，为了不产生误解，那么，也可以协商各另用一个词儿。……我想，不但不必为这一用词争论，而且在明确了各自的研究对象与范围后，还可以对研究另一对象、范围的人，在有关问题上，进行学术上的合作、协助。这样做对所有人、对所有学科的发展都有好处。

我们所说的"民间文学"和高尔基所讲的基本意思相同。指的是：为劳动人民自己创作并在劳动人民中流传的口头文学。……民间文学是民间文艺的一个部分。对民间文学进行科学研究，需要与民间的其他文艺形式联系起来。

口头文学与书面文学同时并存，在同一时代里，它们都受到当时的政治、经济和文化的影响，反映当时共同的社会风习，反映当时影响各个阶级的历史和社会生活。但由于劳动人民是生产者，是历史的创造者，因而不论政治上或者艺术上都是最富于生命力的。

民间文学与一般书面文学比较，在思想内容上，语言、形式上，以及所构成的艺术之美上，都有自己的特点。

……上面种种活动，自然需要党的领导，但领导的主要责任应该是鼓励，创造条件，而不是不适当的干涉，应该充分尊重民间文学的艺术特点和艺术规律。[1]

从上述几段论述中，可以看出他认可民间文学可以成为多学科研究对象，也可以从多角度探析，但是民间文学范围的界定必不可少。他提到为了减少误解，可以重新运用新的词语指称自己的研究，这一点是可

---

1　毛星:《民间文学及其发展谫论》,《民间文学论坛》1984年第1期。

取的,同时也能减少民间文学不必要的学科纠纷与危机(笔者在导论、第五章第二节都有阐述)。他明确自己对民间文学的观点,其归属于文学艺术,同时它自身又具有独特的艺术特性,虽然他没有进一步阐述,但他的这一研究指向则是非常科学的,只是后来的学人并没有沿承他的思考路径。

调查研究和文学艺术特性两部分研究贯穿了他的整体文学观之基本思想。毛星从50年代中期开始在少数民族地区进行民间文学调查,就一直努力实践自己的整体文学观思想,后来则与贾芝、钟敬文、马学良等一起推进中国少数民族文学研究,他主持编写的《中国少数民族文学》填补了中国文学史的空白,对于中华完整文学史的建构更是意义重大。他的思想集中体现在为《中国少数民族文学》所写的序言中,具体而言:

> 在文学这块园地,每个兄弟民族都有自己的贡献,都有自己的独特创造。如果离开汉族文化和生活的圈子,到兄弟民族中去,只要稍稍接触这些民族,接触他们的艺术创造,就会惊喜地感到这些民族文学的矿藏极为丰富,就会真正体会到什么叫"目不暇接"。可是很长时间以来,这些兄弟民族的珍宝,没有受到应有的重视以至被轻视、忽视了。因此,迄今为止,我国过去、现在编写的许多中国文学史,无一例外,实际上都只是中国汉族文学史。
> 
> ……
> 
> 粗略地、很不全面地了解五十多个兄弟民族文学的情况,就会发现,这样的文学史(按:指汉族的文学史),冠以中国二字,名与实实在太不相称。缺少了兄弟民族的内容,中国文学史就缺少了许多珍贵的东西,遗漏了重要的部分。
> 
> 编写一部包括各兄弟民族文学成果、文学经验、文学发展历史,因而名实相符的中国文学史,是全国各族人民共同的需要和要求,是全面繁荣、发展我国社会主义文学的一项重大的基本建设性工作。
> 
> 这是一部介绍性的著作,不是历史,不是理论,不是批评,也不是评介,我们只抓了个"介"字。我们想使读这部书的读者,能

更多地更具体地接触、感受、了解各族光华四溢的文学创作成就，因而我们定下了一条方针：突出作品。

既然不是历史，不探索、清理和表述文学发展的线索和规律，而是博览会似的珍品展览，因此这部书所介绍的作品都是思想和艺术很好或比较好的。有些作品虽然在这个民族的文学发展中起过重大作用，或一定历史阶段，在政治上发生过重大的、积极的影响，如果艺术性太差或较差，也不列入介绍范围。[1]

上述内容反映了他的整体文学思想，同时也阐述了它对文学特性的理解，那就是它的思想性与艺术性，对于政治与文学的关系进行了比较准确的定位，明确文学的标准是艺术性，而不是政治性。

1979 年钟敬文提出民间文学是总的文学的一个方面或一个部分，它与作家文学、通俗文学共同构成文学。[2] 他这种大文学思想酝酿于 30 年代，到 80 年代末随着文化分层论的提出，逐步成熟，对于中国民间文艺学的发展产生了深刻影响。毛星的整体文学思想则是对钟敬文大文学理论的一个推进，这一思想影响着民间文艺学领域，最显著的就是《中华民间文学史》的编纂，从体例到布局都是对《中国少数民族文学》的一个承继与发展。正如为编纂该书所召开的研讨会纪要所述：

> 整体性应当是此项研究的立足点之一，即把中国各个民族的民间文学作为一个相互联系、相互影响的整体来宏观把握，这也正是本课题设计的优势所在。同时，也要把中国民间文学置于世界文化的广大背景之下来考虑，才能确定其在世界文化总格局中的地位，提高本书的学术境界。[3]

---

1　中国社会科学院科研局组织编选：《毛星集》，中国社会科学出版社 2002 年版，第 357、370、371、372 页。

2　钟敬文：《钟敬文民间文学论集》（上），上海文艺出版社 1982 年版，第 412 页。

3　吕微：《〈中华民间文学史〉编写研讨会纪要》，《文学遗产》1995 年第 2 期。

从大文学理论到整体文学观，与韦勒克总体文学理念相吻合，可见中国民间文艺学自身的发展与西方也是有可对接之处，只是后来的研究者在引进西方理论中一味强调西学，忽略了中国民间文艺学自身的发展，这就使得中国民间文艺学思想中的自主性因素没有得到进一步的发展与深化。

## 第三节　学人与时势互动平衡

### 一、反思与转折

社会主义新时期以"四人帮"的覆灭为其开端，之后的两年主要对其进行政治批判，文学领域是否以政治事件作为转折点可以进一步探讨，但是"粉碎'四人帮'为中国当代文学的历史性变革提供了契机"[1]。

1976年10月文艺界开始"拨乱反正"。最初三年，文艺领域处于对"四人帮"的政治批判，其从属于当时的政治斗争，是全党全国"抓纲治国，拨乱反正"的组成部分。文艺领域是"文革"的发起地，同时也是其主要阵地，这样文艺领域揭露和批判"四人帮"成为政治任务。1976年10月至1977年，各级报刊围绕"四人帮"的"极右实质"和"阴谋文艺"发表了大量批判文章，它们对"四人帮"及其文化专制主义的批判激烈、勇猛，但其主要停留在形式上，在思想理论上仍是对"左"的路线之承继，特别在当时"两个凡是"方针[2]的指导下，文艺领域并没有真

---

1　黄曼君：《中国近百年文艺理论批评史（1895—1990）》，湖北教育出版社1997年版，第1186页。

2　即"凡是毛主席作出的决策，我们都坚决拥护，凡是毛主席的指示，我们都始终不渝地遵循"。见1977年2月7日《人民日报》、《红旗》杂志、《解放军报》社论：《学好文件抓住纲》。

正展开活跃的批评，但是文艺界的解放，为文艺的复苏创造了条件和氛围。1978年5月11日，《光明日报》发表特约评论员文章《实践是检验真理的唯一标准》，次日《人民日报》全文转载，自此，全国思想理论界就真理标准问题展开了大讨论。"这个讨论是针对'两个凡是'的，意思是不要把马列主义、毛泽东思想当作教条"；"实际上也是要不要解放思想的争论"。[1] 关于真理标准的讨论揭开了新时期思想解放运动的序幕，为党的十一届三中全会做出把工作重心转移到社会主义现代化建设上来的重大决策进行了思想理论和舆论宣传上的准备。1978年12月，十一届三中全会在北京举行。"会议高度评价了关于实践是检验真理的唯一标准问题的讨论，认为这对于促进全党同志和全国人民解放思想，端正思想路线，具有深远的历史意义。"[2] 会议认为，只有在解放思想、破除"左"倾僵化思想的基础上，才能真正实现全党工作重点的转移。十一届三中全会从根本思想上解除了"两个凡是"的束缚，明确确立了改革、开放的方针，开始施行社会主义新政。这样，"新时期"有了确切思想内涵，其建立在对既往历史和理论的反思之上。随着思想解放运动，文艺理论批评突破了简单的政治格局。首先就是关于"文艺正名"的讨论，这场讨论动摇了"文艺为政治服务并从属于政治"和"文艺是阶级斗争的工具"的理论规范，为新时期文学观念、理论格局奠定了基础。1979年10月30日至11月16日，中国文学艺术工作者第四次代表大会在北京举行，邓小平代表中共中央、国务院向大会致祝辞，茅盾致开幕词，周扬作了题为《继往开来，繁荣社会主义新时期的文艺》的报告。邓小平在祝词中正式宣布："党对文艺工作的领导，不是发号施令，不是要求文学艺术从属于临时的、具体的、直接的政治任务，而是根据文学艺术的特征和发展规律，帮助文艺工作者获得条件来不断繁荣文学艺术事业，提高文学艺术水平，创作出无愧于我们伟大人民、伟大时代的优秀

---

1 《邓小平文选》第一卷，人民出版社1993年版，第133—243页。
2 《中共中央第十一届三中全会公报》，转引自胡绳主编，中共中央党史研究室著：《中国共产党的七十年》，中共党史出版社1991年版，第489页。

的文学艺术作品和表演艺术成果。"[1] 稍后,他又在《目前的形势和任务》的讲话中更明确地提出:我们"不再继续提文艺从属于政治这样的口号,因为这个口号容易成为对文艺横加干涉的理论根据,长期的实践证明它对文艺的发展利少害多。但是,这当然不是说文艺可以脱离政治。文艺是不可能脱离政治的"[2]。1980年7月26日,《人民日报》发表社论《文艺为人民服务,为社会主义服务》。从此,文学开始在"二为"方向和"双百"方针指引下发展。

随着中国社会主义改革开放的深入进行,新时期文学也进入一个面向世界、面向现代的发展阶段,文学理论批评具有开放性和建设性的特征。各种文艺问题的论争、创作观念的碰撞、流派的"崛起"或作品的"轰动",在文艺界已经习以为常。但是80年代中期出现的"方法热"还是令人注目,可以视为文学艺术领域的一个转折。学人认为"方法的更新,不仅意味着思维空间的开拓,也意味着心理空间的开拓。它有助于我们自由广阔地去感受生活,思考生活,更好地发挥文学批评的功能"[3]。这成为文学研究和文学批评方法变革的思想基础。"方法热"中有一个层面就是对心理学、社会学、语言学、人类学等学科方法的移植。自1985年以后,西方20世纪的理论批评著述大量译介引入中国,形成了中国西学输入的新浪潮。批评家们掠过了西方一个多世纪以来的理论批评轨迹,在这个多样化的批评格局中,几乎可以看到西方各种批评流派的踪迹,但形成了一定规模、影响较为广泛、成就较为显著的主要有心理学批评、形式批评、文化批评和社会历史批评,其中文化批评席卷学界,兴起"文化热",其核心是对"文化和传统问题"的探讨。继"文化热"之后兴起了"观念热",展开了对文学本体论的探讨和与之相关主体性问题的争鸣。

---

[1] 《邓小平文选》第二卷,人民出版社1994年版,第213页。
[2] 《邓小平文选》第二卷,人民出版社1994年版,第255—256页。
[3] 晓丹、赵仲:《文学批评:在新的挑战面前——记厦门全国文学评论方法论讨论会》,《文学评论》1985年第4期。

总之，20 世纪 80 年代中期开始，随着观念和方法的转变，学术视野和思维得到进一步的拓展，文学理论和批评开始了系统文学理论的构建和文学史的宏大工程。"关于文化和传统问题的讨论是为了给新时期文学及其理论的发展'定向'的话，那么关于文学本体论的讨论就是为了给新时期文学理论的建构作一'定位'的工作，即通过对文学的本源性和本质性说明，为文学理论的建构确立一个逻辑基点。"[1] 中华人民共和国成立后，民间文学和少数民族文学等得到重视并迅速发展，这些与民俗学都有密切相关，但是民俗学本身被视为资产阶级学科取消了。1976 年以后，民俗学开始恢复。1978 年中国民间文艺研究会恢复筹备工作开始启动，顾颉刚呼吁恢复、加强民俗学的研究。1978 年秋，顾颉刚、白寿彝、容肇祖、杨堃、杨成志、罗致平、钟敬文联名，向中国社会科学院递交了关于恢复民俗学的倡议书，1979 年 11 月中国民间文学工作者第四次代表大会召开时，以《建立民俗学及有关研究机构的倡议书》为题印发给大家。各地学人积极发起恢复民俗学的呼吁与筹建民俗学学科的倡议。1981 年 8 月 15 日，中共中央发出了关于关心人民群众文化生活的指示，"要支持那些成为各民族风俗习惯、历史传统的节日欢庆活动，不要限制或禁止，但是，这些活动的内容要健康"[2]。同时，各民族"都有保持或者改革自己的风俗习惯的自由"被写进了《中华人民共和国宪法》。1983 年 5 月 21—24 日，在北京召开了中国民俗学会成立大会。民俗学的恢复与整个学界思想解放以及文学艺术领域的转向扣合，在西学大规模引进之时，它夹杂于文艺理论的社会批评与文化批评之中，其本身在中国学术体系以及学科设置中尚未成为独立的学科。

民间文艺学属于文学的一部分，同时它又与民俗学关系密切，后者可以将其作为研究对象。在新时期文学处于反思与转折之时，与作家文艺学一样，民间文艺学思想也跟随着大的背景与形势发生着变化，同

---

[1] 黄曼君：《中国近百年文学理论批评史（1895—1990）》，湖北教育出版社 1997 年版，第 1293 页。

[2] 《中共中央关于关心人民群众文化生活的指示》，载《人民日报》1981 年 8 月 24 日。

时，它又有着自己的特殊性，出现了学术史上的一次转向。

## 二、民间文艺学思想的文化学转向

新时期，民间文艺学的恢复跻身于当时的学术复兴大潮。1978年4月，钟敬文、贾芝、毛星、马学良、吉星、杨亮才组成筹备组，筹备恢复中国民间文艺研究会的工作。最初恢复后的民间文艺学研究，其思想处于对1949年至1966年思想的承继阶段，同时，承担着相关政治任务，属于拨乱反正工作的一部分。它比一般文艺学受到"文化大革命"影响更严重，学科处于停滞状态。首先，学人对学界存在的问题进行了反思，因此民间文学的特征、范围等基本问题成为学界交流的热点。经过讨论，基本上厘定了民间文学的界限，关于民间文学的科学思考逐步恢复。其主要思想仍然是依附于一般文艺学，从它的基本脉络可以看出，其与作家文艺学基本一致，只是由于起点不同，作家文艺学的发展与文学艺术显示出了同步，或者可以说，文学艺术领域的思想进展，就是指作家文艺学的思想推进。民间文艺学从恢复之时，就强调自身的文学属性，学人一致认可其属于文学的一部分，按照这一思路，它应该也承担着文学领域的思想推进，但它只是跟随作家文艺学之后。

20世纪80年代中期文艺学领域兴起的"方法热"，迅速扩展到民间文艺学领域，甚至民间文艺学出现了直接移植自然科学的方法，但在各种方法中影响最大的是"文化热"。由于民间文学本身的特性，使得它比一般作家文学与日常生活关系更为密切；再加上在欧美，民间文学属于民俗学领域，所以在"文化热"中，它迅速找到了契合点，在其思想发展史中出现了一次大的转向。以钟敬文为首的民间文艺学家开始从文化的视角解析民间文学的特殊性，学界逐渐产生民间文化学、民俗文化学等新名词，同时这些也只能成为时代性用语，民间文艺学思想并未能真正将其内化与吸纳，与作家文艺学领域的学派纷呈、混乱交叉的情境基本一致。但是它没有像作家文艺学领域那样紧接着出现"观念热"，对文学本体论及与之相关的主体性问题进行深入探讨。根据第一部分的论述，在民间文艺学系统理论的建构中，它只有定向，而且是从文化的视野出发，而没有具体的定位，这样必然使得其逐步将自己从文学领域剥离，在"文化热"的历史进程中，开始转向民俗学。民间文艺学与民俗学的关系特殊，中国现代民俗学的兴起是以民间文艺学为开端，它们在最初阶段并没有区别，基本上承继了英国文化人类学思想，民间文艺学属于民俗学，在学界名称的运用中，两者是通用的，都是 folklore 的对译。两者内涵发生差异主要从 1940 年代开始。《讲话》之后，中国的民间文艺学思想发生了变化，延安时期的解放区形成了自身的独立系统，奠定了中国民间文艺学学科独立性的历史基础；中华人民共和国成立后承继了延安传统，民间文艺学成了学术中的独立名词，同时也在学科体制与教育体制中取得独立的位置，民俗学逐步隐去。新时期，随着对既往历史和理论的整体反思，并获得新的思想内涵，学术思想发生了大的转折。在西学引进中，民俗学的学术地位与理论在学界逐步恢复，它从学科与学术上从属于中国民间文艺研究会，这样它的理论必然会影响民间文艺学，再加上由于顾颉刚、钟敬文等 20 世纪二三十年代创造的学术背景，使得两者的对接顺理成章。但是在具体学术思想的推进中，民间文艺学的自主性被忽视，在"文化热"的浪潮中，它逐步被纳入民俗学的资料系统。

新时期，民间文学基本特征、范围、搜集资料的方法三个基本问题本身，直接指向民间文艺学的特性之解析，但是在具体的问题探讨与推进中，出现了偏差。从第一节、第二节的具体论述中，我们可以看到主要因素就是民间文艺学思想本身对于作家文艺学的长期依附，缺乏自主性；某些自主性因子，如关于民间文学基本特征中立体性、搜集整理、整体文学观等，由于 20 世纪 80 年代中期民间文艺学的文化学转向后，其逐步被纳入民俗学的资料体系，成为民俗学一部分，转向依附民俗学理论，使其在民间文艺学思想的发展史中并没有得到承继和发展。

## 第四章

## 1990 年代：民间文艺学的本位缺失

20世纪90年代，伴随着"文化热"，民间文艺学学术发展出现了转折，它逐步被纳入民俗学的资料体系。民俗学在中国的发展可谓一波三折。中国于20世纪初提倡民俗学，二三十年代一度出现辉煌，以后的道路历经坎坷，直至80年代才得以恢复和发展，1997年经教育部学科调整后，正式独立为二级学科，为学科几十年的曲折发展正了名。民间文学可以作为民俗学的研究对象，这是民俗学与民间文艺学交叉之处，但是民俗学之民间文学研究与民间文艺学有本质区别。从20世纪80年代中期开始，学人关注民俗学的同时，逐步混淆这两者之间的界限。90年代民俗学的迅猛发展更加速了民俗学之民间文学与民间文艺学合一的思想，后者被纳入民俗学体系；民俗学从国外引进，国外民俗学学科的发展各呈千秋，在西学引进过程中，莫衷一是，都有所吸取，随着相邻学科人类学与社会学的发展壮大，民俗学逐步倾向于它们，特别是人类学，于是属于民俗学组成部分的民间文艺学就越来越偏离自身的文学轨道，研究本体逐步丧失。世纪之交学界逐步意识到这一困境，希冀逐步挽回这一局面。

## 第一节 民间文学的学科归属

20世纪80年代中期开始，民间文艺学发生了文化学转向，它被逐步纳入到民俗学之民间文学研究中。在文化热的浪潮中，民俗学得到迅速发展，90年代开始，民间文艺学归属于民俗学的趋势非常明显，从学界关于民的演化、科学田野作业的全面张扬之探讨，可以看到民间文艺学与民俗学之民间文学处于合一的状态，也就是民间文艺学开始归属于民俗学，成为它的资料体系。这一思想是欧美文化人类学的传统，他们将民间文学称为口头民俗，至今它在美国仍是民俗学研究的最普遍类型。[1]但是由于长期的历史积淀，民间文艺学自身的独立体系已经确定，它的学科地位也毋庸置疑，学界越来越清楚地意识到学科的交叉研究并不意味着学科独立性的丧失，因此民间文艺学的本位回归成为90年代末期学界的基本问题，其经过民俗学之民间文学与民间文艺学界限的探讨开始逐步清晰。

## 一 "民"之演化

"民"作为民俗文化的承载者与主体，一直是民俗学的核心概念，对于民俗学而言具有本体论意义。这样，90年代民间文艺学领域跟随民俗学进行了关于"民"之演化的讨论。

对于"民"的内涵，民间文艺学从1949年以后将其界定于"劳动人民"的范围。人民更多意义上是一个政治概念，新时期基本沿承了这一内涵，只是将其扩展为"广大人民"。随着民俗学的兴盛，"民"的探讨逐步进入学人视野。陈勤建在《中国民俗》中提到"民俗意义上的民众，是相对于官方立场而言的宽泛的人群概念"[2]。这一范围厘定突破了政治视野的"民"之内涵，与世界民俗学对"民"的探讨趋向一致。"民"不再指农民或乡下人（在中国用"劳动人民"指称），这对于民俗学而言意味着民俗学取向的变化。正如高丙中所言："民俗学的取向是历史还是现实？民俗学的对象是罕见的奇风异俗还是普通的大众生活文化？关键

---

[1] 参见［美］布鲁范德著，李扬译：《美国民俗学》，汕头大学出版社1993年版，第6页。
[2] 陈勤建：《中国民俗》，中国民间文艺出版社1989年版，第20页。

在于正确认识作为民俗主体的'民'。"[1]通过"民"内涵的推进，民俗学思想逐步摒弃古俗研究，开始介入现代生活，其现实意义越来越得到重视，这也是它得以迅速发展的一个重要因素。关于"民"的具体内涵，学界首先介绍了西方"民"的历史演化过程以及当前的现状。《美国民俗学》一书关于民众类型叙述非常清晰。民众是美国民俗传统的传承者，"泛而论之，在解释谁是民众、其民俗如何起源问题上有四种基本理论。公有理论认为，'民众'是纯朴的农民，他们共同创造了民俗。残留物理论把民俗的起源上推到文明的'野蛮阶段'，认为现代民俗是古代的遗传或'残留物'。文化降低因素理论则颠倒了传播的方向——认为民俗是从高级的根源而来，如'学问知识'自上而下传入普通人民中而成为其传统的东西。最后，个人创造与集体再创造理论认为，各种民俗起先都是由社会任何阶层的某个个人创造的，但在口头流传的过程中它又被修改变动了"[2]。对"民"的内涵作出积极推动的美国著名民俗学家阿兰·邓迪斯（Alan Dundes），他关于"民"的叙述被较早译介。他的主要观点为：19世纪时，"民"这一术语是依附性的而不是独立性的实体。它被理解为构成社会的下层，即所谓"贱民"的那群人，与该社会的上层或名流相区别而言。当时，一方面把"民"与"文明"相区别，认为"民"是文明社会中尚未开化的群体，另一方面，又把"民"与所谓的蛮荒社会或初民社会，即社会阶层更低下的人群区别开来。这种内涵的界定就把初民或城市居民排除出民俗学研究范围，这样的民俗学研究只能是一种拯救工作，民俗学这一学科届时也会随着民的消失而不复存在。马克思主义民俗学家们提出了工业化创造民俗或鼓励民俗产生的观点，这对民俗研究是个突出的贡献。他们看到了，"民"这一概念应该包括农民和无产阶级，也就是说，既应包括乡村的民群，也应包括城市的民群。然而，这种理论只把"民"局限于下层阶级，即受压迫阶级，这与

---

1 高丙中：《关于民俗主体的定义——英美学者不断发展的认识》，《湖北大学学报》（哲社版）1993年第4期。

2 [美]布鲁范德著，李扬译：《美国民俗学》，汕头大学出版社1993年版，第21页。

上述"民"的理论局限性出现了内在的一致——世界上不再有受压迫的阶级,也就不再有"民"和民俗了。这样我们就要从一个新的角度来理解"民指什么人",邓迪斯的理解为"民是指至少具有一个共同因素的任何人类群体",这个群体可以大到一个民族,小到一个家庭,即所谓的"临时民群"。只有这种界定才使得"民"会永远存在,民俗学既拥有了现代意义,同时也能持续发展。[1] 根据西方学人的理论,国内学者对其进一步内化,"民"演化为"人",民俗即"人俗"。[2]

文学领域对"民间"一词也有涉及。陈思和认为,民间是一个多维度、多层次的概念,从描述文学史的角度出发,它具备以下几个特点:

1. 民间是在国家权力控制相对薄弱的领域产生的,保持了相对自由活泼的形式,能够比较真实地表达出民间社会生活的面貌和下层人民的情绪世界;虽然在政治权力面前民间总是以弱势的形态出现,但总是在一定程度内被接纳,并与国家权力相互渗透,它毕竟属于被统治的范畴,有着自己的独立历史和传统。

2. 自由自在是它最基本的审美风格。民间的传统意味着人类原始的生命力紧紧拥抱生活本身的过程,由此迸发出对生活的爱憎,对人类欲望的追求,这是任何道德说教都无法规范、任何政治律条都无法约束,甚至连文明、进步、美这样一些抽象概念都无法涵盖的自由自在。在一个生命力普遍受到压抑的文明社会,这种境界的最高表现形态只能是审美的。所以,它往往是文学艺术产生的源泉。

3. 它既然拥有民间宗教、哲学、文学艺术的传统背景,用政治术语说,民主性的精华与封建性的糟粕交杂在一起,构成了藏污纳垢的独特形态,因而要对之做简单的价值判断是困难的。简而言之,民间具有文化传统的独立性、审美品格的自由性、文化特质的藏污纳垢、兼容并包

---

1 [美]阿伦·邓迪斯著,王克友、侯萍萍译:《"民"是什么人?》,《民俗研究》1994年第1期。

2 黄意明:《化民成俗:民俗学的重大课题》,《戏剧艺术》1998年第4期。

的涵蕴性。[1]徐友渔在他的《学术范式的转换》一文中指出："在80年代，人们的学术旨趣、立场观点是不大分官方民间的，上下各方的分野都是改革或保守、新与旧。现在（90年代之后）两套学术范式分野清晰而又并行不悖，两种话语体系的对应性、相互通约性大大降低，而几乎所有有意义的学术争论都以民间学术话语的方式进行。民间性的特点是，问题的提出和争论的结局具有自发性，依自身的生命力而自生自灭……而最令人欣慰的，是没有学术之外、凌驾于学术之上的裁决者。"[2]他们都是从文学本体研究出发，寻找新的思考路径。

倒是民间文艺学领域没有独立对"民"的内涵进行讨论，它基本上依附于民俗学，这样90年代民间文艺学之"民"也跟随民俗学演化为"人"。但是民俗学之"民"是由俗界定的，这对于民间文艺学没有直接意义。所以这一问题的讨论，并不能阐释它的研究本体，只是扩大了作为资料体系的民间文学之范围，其积极意义就是现代意义上的民间文学被逐步纳入研究视野，比如80年代盛行的新故事、90年代流行的都市民间文学等。

## 二、科学的田野作业之全面张扬

80年代，资料搜集方法就已经是民间文艺学的基本问题。到了90年代这一问题继续深化，它逐步由多元走向了统一，那就是作为民俗学研究方法的田野作业成为学界提倡之主流。

民俗学对田野调查非常重视，"夸张一点说，一部现代中国民俗学史，实际上就是一部记录着现代学者从事民俗学调查的民俗调查史"[3]。

---

1 参见陈思和：《民间的沉浮——从抗战到文革文学史的一个解释》《民间的还原——文革后文学史某种走向的解释》，《陈思和自选集》，广西师范大学出版社1997年版。

2 徐友渔：《学术范式的转换》，赵汀阳、贺照田主编：《学术思想评论》，辽宁大学出版社1997年版，第8—21页。

3 叶涛：《民俗调查方法刍议》，《中国民俗学研究》（第二辑），中央民族大学出版社1996年版。

可见调查方法在民俗学中的位置与意义，但是不同时期学术名称不同，中国曾经出现的名称有"民俗调查""搜集整理""采风""田野作业"等。"田野作业"被认为是专业术语，相比其他名词，它的学术含量较高，被视为一种研究方法，同时也是一种方法论，其他名称则被视为它的低级阶段，甚至不属于学术研究范畴。

学人从不同角度对田野作业进行了阐述：柯杨认为"民俗学的田野作业，是民俗研究最基础的工作，材料的真实性与方法的科学性是它的生命"[1]。可见科学性是他强调的重点，也是追求的目标。陶立璠则认为"中国民俗学的田野作业从'五四'时代算起，已有了很长的历史和实践。特别是近十年的发展更是突飞猛进，取得了十分丰富的经验。如何使这些经验上升到理论，尽快结束目前调查者'散兵游勇''各自为战'的局面，使中国民俗学的田野作业更加系统化和规范化，并和国际上田野作业方法接轨"[2]。从他的论述中可以看出他将田野作业与民俗调查对等，中国民俗调查的弊端就是没有将其上升为理论，为了促进民俗学的发展，它的理论化至为关键。江帆从方法论的视野探讨了民俗学田野作业，她对田野作业形式、田野作业准备工作及操作技巧进行了全面论述，就当时而言，她的《民俗学田野作业研究》[3]一书最为全面、系统地阐述了田野作业方法论，她的核心思想是调查实证为民俗学方法论的主旨。此书被誉为"填补了民俗学方法论的空白"[4]。但是直到90年代中期，民俗学界关于田野作业的内涵并未界定清晰，可以说相对于"民俗调查""搜集整理"来说只是一个学术名词的替换，仍处于"旧瓶装新酒"的阶段。

90年代后期，民俗学田野作业理论得到进一步的推进。民俗学领

---

1　柯杨：《关于深化民俗学田野作业的两点思考》，《民俗研究》1994年第4期。
2　陶立璠：《中国民俗学发展新的里程碑》，《民俗研究》1994年第4期。
3　江帆：《民俗学田野作业研究》，山东大学出版社1995年版。
4　乌丙安：《填补了民俗学方法论空白的好书——评江帆的<民俗学田野作业研究>》，《中国图书评论》1996年第6期。

域主要借用人类学田野作业的理论与方法，将它直接套用到民俗学，认为田野作业对文化理解具有重大作用，主要学人有刘铁梁、董晓萍、杨利慧等。他们充分发挥田野作业中主位研究法，特别重视心理观察，充分发挥被调查者与调查者的文化自觉[1]，他们的研究思想与文化人类学达成了共识，因此被文化人类学领域认可。董晓萍从民族志的视角提倡民俗学田野作业，她认为这种田野作业"其基本特征，是强调在田野工作中，学者客体的观念叙述能够服从民众主体的观念叙述，让民众集团的文化观念占主导地位"。她将民族志式的田野作业与文本式的田野作业相区别，指出民族志式的田野作业，是"田野作业中的一个比较成熟的阶段"[2]。她对于民俗学田野作业理论论述较为成熟，后来《田野民俗志》一书则是她思想以及中国民俗学田野作业理论的集大成者。另外很多学人就田野作业的具体技巧、方法与要求做了很多有价值的论述，推动了学界关于田野作业的研究以及民俗学理论的进展，在此就不一一列举。

民俗学田野作业理论的提出到逐步成熟，确实推动了学术的进展，特别是多学科视野的交叉，为民俗学、民间文艺学的研究提供了新的天地。但是学人将其视为金科玉律，认为民间文艺学的停滞就是没有实现搜集整理向田野作业的过渡，或者田野作业学术性与科学性不足，这样就在民间文艺学领域出现了一个问题：田野作业到底是学科发展的救命稻草还是理论水平低下的替罪羊？[3] 新世纪学人展开了关于田野作业的探

---

1 参见刘铁梁：《民俗调查中的心理观察问题》，《民间文学论坛》1996年第3期；刘铁梁以《中国民间文化的田野调查》为题参与周星、王铭铭主持的"发扬文化自觉，坚持田野研究"的研讨会，载于《广西民族学院学报》(哲学社会科学版)1997年第2期；杨利慧以《女娲信仰：华北地区的田野考察》参与周星、王铭铭主持的"发扬文化自觉，坚持田野研究"的研讨会，载于《广西民族学院学报》(哲学社会科学版)1997年第2期；杨利慧：《中原女娲神话及其信仰习俗的考察报告》，《中国民俗学研究》第2辑，中央民族大学出版社1996年版。

2 董晓萍：《民族志式田野作业中的学者观念——对我国现代田野作业中的8种学者著述的分析》，载于《北京师范大学学报》(社会科学版)1998年第6期。

3 参见施爱东：《中国现代民俗学检讨》，社会科学文献出版社2010年版，第23页。

讨，对于民间文艺学而言，田野作业非常重要，但是文本的意义不可忽视。最重要的是：田野作业理论的推进与发展，应该结合中国传统的资料搜集方法，而不能一味地关注西方人类学田野作业方法的学术性与科学性，否则中国的民俗学、民间文艺学的研究只会变成西方理论的一个注脚或论证。

## 三、回归文学

20世纪90年代，民间文艺学领域民俗学派[1]迅速崛起，他们的核心思想是：民间文艺学等同于民俗学之民间文学，消解民间文艺学的独立性，同时将其从文学领域剥离。但并不意味着学界不存在民间文艺学本体的研究，它与民俗学之研究并行，只是逐步处于学术史的边缘，然而我们无法抹煞它在中国民间文艺学思想史中的意义。

贾芝坚持民间文艺学的独立性，强调其研究的文学本位。他认为：

> 民俗学在目的、范围和方法上，各国情况不同。在欧美国家，一般说来民间文学是作为民俗学的一个分支从属于社会学。民俗学从欧洲到亚非国家，也都有情况不同的新发展。中国早在五四时期的新文化运动和反帝反封建的民主革命斗争就从创刊《歌谣周刊》开始，同时提出了民俗学。历史证明，各族人民只有政治上获得解放翻身，人民大众的口头文学研究才能迈进文艺的殿堂，中国是一个突出的例子。……民间文学，既记载了历史，又反映了现实斗争，艺术上也刚健清新。这样的采风与民俗研究，使民间文学成为对民族和社会作多方面探索的一门新的独立的学科。
>
> 汤姆斯提出的民俗学的范围和内容是："礼貌、风俗习惯、典礼仪式、迷信、歌谣、寓言等等"，民间文学是其中的一部分。在

---

[1] 笔者沿用刘锡诚《中国民间文艺学史上的民俗学派》一文中的术语，该文载于《湖北民族学院学报》(哲学社会科学版) 2004年第1期。

民族习俗中，确是如此。著名民族学家杨堃先生说："民俗学是研究各民族劳动人民的生活和文化的科学。"民俗学研究，是民族学、社会学研究中的一个突出的部分，然而今天科学的发展，民间文学已分离为一门新学科。

民间文学作为新学科，大有作为。如果从文学发展史看，中外文学史无不是由民间口头文学与作家创作组合而成。民族有了文字，作家、诗人的杰出成就是民族的光荣，然而"根"却在民间口头文学。

各民族的口头文学，与社会学、人类学、历史学、宗教学、考古学、哲学、美学等等，无不息息相关。

民间文学发展为一门独立的学科，与民俗学并存，这是科学的发展和进步。[1]

从他的具体论述中，可以看出他承认口头文学经历过属于民俗学的历史，但是经过长期的发展民间文艺学已经成为一门独立的学科，它属于文学，文学性的研究是其本体，但并不否认对其多维视野的研究，正如刘魁立对新时期民间文艺学发展的总结所述："民俗学的兴起给民间文学研究的发展带来了新的助力，各类相关学科理论和方法的借用和引入，丰富了民间文学研究的武库，使民间文学的理论研究比以往任何时候都更活跃。"[2] 但需要强调的是：新的研究方法只是为民间文艺学提供更广阔的视域，而不是消解它的独立性。

贾芝的这种思想在 90 年代中后期完全被边缘化了，新世纪学人才重新回到讨论民间文艺学的本体，追溯它的文学性，努力使其回归文学。

在 90 年代后期民间文艺学的理论薄弱之缺陷已非常显著。学术界将其归于没有扎实的田野调查和学者学术水平较低，后者则提到近年来学人从民间文学出发，把坐标调整到民俗学、民族文化学的角度，短期内难以构建新的理论体系与构架。这种困境得以解决的办法是：用跨学

---

1　贾芝：《读〈西北民族研究〉说到民俗学与民间文学》，《西北民族研究》1997 年第 2 期。
2　钟敬文主编：《中国民间文学的新时代》，敦煌文艺出版社 1991 年版，第 134 页。

科、跨文化研究的思路和方法，借助于已经取得的多学科研究成果，开拓空间和深度，对民间文学本体进行多维立体研究。[1]

在具体民间文学体裁研究中，学界倒是较为重视其文学特性的解读，探讨它作为文学的特殊之处。这时期倾向于这一思路，成绩较为突出的是神话学领域，比如刘竹认为：神话是一种十分特殊的文学样式，结构的基本模式是特殊的；所创造的形象是特殊的；创造的意境是特殊的；反映社会生活形态的方式是特殊的。[2]

总之，民间文艺学属于文学领域，特殊并不意味着偏离，它的基本特性为文学性，只有以其为基点，才能构建起民间文艺学理论体系；民俗学的研究范围包含民间文学，但这只是研究对象的共享，并不意味着学科的混淆。为了表述清晰，笔者在本处就将民间文学作为研究对象的名称，民间文艺学作为学科的名称，以免造成不必要的误会与混乱。经过对民间文艺学本体的探讨，维护了它的学科独立性，并厘定了它与民俗学的关系。

## 第二节　民俗学派的民间文艺学思想

民间文学可以作为很多学科的研究对象，这与民间文艺学并不矛盾（导论和第五章都有详述）。民俗学将其视为研究的一部分，英美文化人类学传统一直如此，正如扬·哈罗德·布鲁范德（Jan Harold Brunvand）所述（第一节已经谈及），这种理念中国也由来已久，在民间文艺学学术史上被称为"民俗学派"（这个称谓借用刘锡诚的说法，到底是否合适有待进一步探讨）。中国现代意义上的民俗学从民间文学研究开始，

---

1　参见本刊记者：《增强学科意识　提高民间文学基础理论研究水平》，载于《思想战线》1996年第5期。

2　刘竹：《试论神话的文学特性》，《云南师范大学学报》（哲学社会科学版）1993年第2期。

二三十年代曾经历了一个高峰发展期,到 80 年代中期开始恢复,90 年代它处于了民间文艺学的主流,直至实现学科独立,并将民间文艺学纳入其学科涵盖之下。本节主要讨论以钟敬文为首的民俗学派之民间文艺学思想。

## 一、钟敬文民俗文化学思想

20 世纪 80 年代中期开始兴起文化热之时,钟敬文提出了民间文化、民俗文化学等新的术语,90 年代他继续推进了这一思想,并发出了建立中国民俗学学派的号召。

1989 年召开了纪念"五四"七十周年国际学术讨论会,钟敬文在会上提交了一篇题为《"五四"时期民俗文化学的兴起》的论文。民俗文化学,是他对"民间文艺学"与"民俗学"两个名词内涵的概括,他认为:

> 重视口头文学,宣传通俗文艺,提倡白话和推行国语,以及搜集整理一般民俗资料;这四种事实,要比单纯民间文艺学的范围远为宽泛。大体上它们都属于民俗学的范畴。它们并非彼此孤立,而是在五四运动和现代民俗学运动中,互生共存,成为一个有机的整体。同时,它们既是民俗学现象,也是文化学现象。从历史本身讲,它们的交迭,说明这两场运动的多重联系;从理论角度讲,它们表现了两个学科(民俗学与文化学)之间的交叉现象。用从前的"民间文艺学""民俗学"等名称去概括这些事象,显然有些不够。于是,我大胆创用了"民俗文化学"这个新名词。它比较符合"五四"的史实,既照顾到当时的民俗学活动,也使之与文化学挂上了钩。[1]

他在阐述这一学术思想过程中首先对民俗学与民间文学的关系作了

---

[1] 钟敬文:《民俗文化学发凡》,《钟敬文民俗学论集》,上海文艺出版社 1998 年版,第 265—266 页。

梳理和阐释。他认为民俗学是人文科学的一种。它在那里占有一定的位置，跟其他人文科学如民族学、文化史等都有相当关系，特别跟民间文艺学（以研究民间文学为职责的科学）的关系更为密切。[1] 后来他又专文论述了民俗学与民间文学的关系，具体如下：

> 首先，民间文学作品及民间文学理论，是民俗志和民俗学的重要构成部分。其次，民俗学可以作为人文科学乃至于某些自然科学史的手段学——方法学，同样它也可以作为民间文学研究的方法学。最后，现在研究民间文学，必须具备一定的民俗志和民俗学知识。[2]

从他的论述中，我们可以看到学术名词的差异。作为学科的名称，他的提法是民间文艺学，在这个意义上，他认为民俗学与民间文艺学两者有密切的关系。他所述民间文学属于民俗学，只是在论述它作为民俗学的一种研究对象，民俗学作为民间文学研究的方法学，在这里要明确民间文学研究与民间文艺学具有不同的内涵。所以他所建构的民俗学体系，其中包含民间文学是明确的，也是无可厚非的。但他在关于民俗文化学的论述中，逐步将民间文艺学置于民俗学之后。他将民俗文化学阐释为：对于"作为一种文化现象的民俗"去进行研究的学问，民俗文化，简要地说，是世间广泛流传的各种风俗习尚的总称；民俗文化的范围，大体上包括存在于民间的物质文化、社会组织、意识形态和口头语言等各种社会习惯、风尚事物；口头语言民俗是人际关系的媒介，是许多文化的载体，是一种特殊的符号民俗传承。民俗文化学则是民俗学与文化学相交叉而产生的一门学科。在体系建构中，他涉及民俗文化学与民俗学、文艺学等学科之间的关系，前者的论述明确民俗学有自己的丰富内

---

[1] 钟敬文：《民俗学与民间文学——在北京师范大学暑期民间文学讲习班上的讲话》，《钟敬文民俗学论集》，上海文艺出版社1998年版，第231页。

[2] 钟敬文：《民俗文化学发凡》，《钟敬文民俗学论集》，上海文艺出版社1998年版，第265—291页。

涵，这也是民俗文化学的内涵，后者则与其他社会人文科学并列，民间文艺学是否归入文艺学则语焉不详。这样，在他阐述民俗学文化学思想的过程中，民间文艺学逐步消失了。

民俗文化学可以说是一个时代性学术名词，钟敬文以民俗学为本位，对其进行了建构与论述，随着时代情境的消失，它逐步消沉，但是处于其核心的民俗学思想则得以推进。

90年代末，他提出了建立中国民俗学学派的口号。中国的民俗学脱离西方民俗学的影响，进入自主阶段，其特性是多民族的一国民俗学。[1] 他的这一思想从90年代中期开始酝酿，得到了民俗学学界的推动和认可，成为中国民俗学发展的一个标识。在民俗学发展的过程中，学界对口头文艺的研究越来越轻视，钟敬文反对这种思想。他在编纂《民俗学概论》时，将民间口头文学与物质民俗、社会民俗、精神民俗并举，由于此著是民俗学教材，它的影响极大。他认为：

> 民间口头文学是人民大众的语言艺术。它运用口头语言，充分发挥其丰富的表现功能和概括能力，创造各种艺术形象，展示瑰丽的想象，表现高尚的审美趣味和深刻的理性认识，这是民间口头文学区别于其他民俗事象的艺术特征。
>
> 民间口头文学一直是民俗学研究的对象。现在，民间口头文学的研究在我国虽然已经发展为独立的民间文艺学，但是，由于口头文学历来密切联系着各种民俗事象，渗透到各种民俗活动之中，成为各种民俗文化的载体，因而它仍然是民俗学不可缺少的重要组成部分。[2]

后来他又撰文专门论述了口头文艺在民俗学中的位置和作用：

---

[1] 钟敬文：《建立中国民俗学学派论纲》，《广西民族学院学报》(哲学社会科学版)2000年第1期。

[2] 钟敬文主编：《民俗学概论》，上海文艺出版社1998年版，第240页。

从各国民俗学过去和现在对对象范畴的界定看,口头文艺都是不可或缺的部分,乃至比较主要的部分,这是值得我们认真思考的。

目前国内人类学、社会学等一时的势头强劲,是造成那些学者对民俗学研究的某些方面失去信心、感到惶惑的外在因素。但我认为,如果那些学者对口头文艺各方面有了比较深入的了解,或者他们了解人类学、社会学学科与民俗学和口头文艺学的差别与关系,那么,他们的消极或困惑是可以消除的。从另一方面说,他们正应该利用这些兄弟学科的理论、方法和资料,去加强和深化他们对民俗学中的口头文艺研究的力量和成果。[1]

从上述关于口头文艺的阐释中,可以看出90年代他竭力在整合民间文艺学与民俗学两门学科。他提出民俗文化学的一个因素就是认为民间文艺学与民俗学内涵彼此都难以涵盖对方,他本人兼跨这两个领域,对民间文艺学、民俗学的研究都涉及较早,也造诣颇深,特别是前者,文中多处都已提到,在此不再详述。在他大段的论述中,一直在强调民间文艺是民俗学的主要研究对象,但是并未提出民间文艺学属于民俗学,这一点是必须明确的;另一点他认可民间文学的艺术特性。

钟敬文在民俗文化学思想论述和阐释过程中,民间文艺学(或称为口头文艺学)话语逐步消失与隐匿,民俗学话语全面张扬,但不能将他的思想误读为民间文艺学属于民俗学,他一直还是坚持民间文艺学的独立位置。具体表现在《谈谈民间文学在大学中文系课程中的位置》一文,他在文中表述了以下思想和见解:

> 民间文学与作家文学尽管有许多关系,但是,我们必须看到:民间文学作为民族文学的一部分,它是一种特殊存在,它与一般被视为文学正统的作家文学(或精英文学)有着显然区别。民间文学有它相对的独立性,反对将其消解在"中国古代文学"及"中国现

---

[1]《钟敬文文集·民间文艺学卷》,安徽教育出版社2002年版,第188—189页。

当代文学"等学科中，认为那是一种历史的倒退。同样，他在民俗学理论及思想的阐释中也没有涵盖民间文艺学，包涵的只是民间文艺（或称为口头文艺）。[1]

## 二、民俗学派其他学人之思想脉络

从80年代中期民俗学恢复开始，民间文艺学就采纳其研究方法。这一时期民间文艺学保持和坚守了自身的研究本位，加之民俗学与其他新的研究方法为其开辟了更广阔的空间与视域，因而推动了学术的进展，使得民间文艺学出现了又一个发展高峰。随着民俗学的兴盛，它逐步成为民间文艺学研究方法的主流，原本的民间文艺学者转型为民俗学者，正如后来学人所称"一套班子，两块牌子"[2]，民间文艺学研究基本成为民俗学之民间文学，以至于很长时间造成了学术用语的混淆，学科的混乱，本来不成问题的"民间文学"与"民间文艺学"需要进行辨析才能清晰梳理民俗学、民间文艺学的脉络。另外由于民间文学与物质民俗、社会民俗、精神民俗的差异，使得它长期难以与民俗学其他领域的研究接轨。就民俗学而言，从80年代中期恢复后，尽管引进了大量西方的理论，但是核心理论仍是"残留物"说，其基本研究范式仍是沿袭三四十年代顾颉刚孟姜女故事研究、闻一多端午考，基本思路为：通过采风或文献检索发现某种奇风异俗，然后探讨它是哪种原始文化的遗留物并推测它的原形和本义，或者推断它有怎样的传播路线和演化历史。[3] 80年代末民俗学暴露出了深刻的学科危机。为了摆脱危机，学人提出要寻找新的学术生长点，那就是借助文化人类学。民俗学的人类学走向，并没有使得民俗学理论得以提升，反而在这种研究中逐步迷失自我，可

---

1 钟敬文：《谈谈民间文学在大学中文系课程中的位置》，《北京师范大学学报》（社会科学版）1996年第6期。

2 周星语，见施爱东：《"概论教育"与"概论思维"》，《西北民族研究》2004年第1期。

3 参见高丙中：《中国民俗学的人类学倾向》，《民俗研究》1996年第2期。

见这种选择并没起到学者的预想作用；同时民间文学与其他的民俗事象存在显著差异，人类学视野中的民俗研究进一步将民间文学边缘化，民间文学研究理论更加薄弱。钟敬文专门著文（前一部分已经详述）对此予以批判。1996年云南大学中文系和《思想战线》编辑部联合召开关于民间文学基础理论建设的学术讨论，其中专门提到学人学术转向的问题（当然也暗含学科研究的学术转向），指出民间文学研究者把坐标调整到民俗学、民族文化学等外学科的角度，短期内难以构建新的理论体系与构架。世纪之交学人开始对民间文艺学这一困境进行反思（第五章第一节详述）。

基于民俗学的民间文学研究，最基本与主流的思想就是：民间文学是民俗事象的承载，同时它与物质民俗、社会民俗、信仰民俗有着密切的关系。这一时期学人的研究更多关注民间文学中的民俗事象梳理与探析，这类论述成为90年代民间文艺学论文的主体，它的理论性很低，主要属于资料体系，民间文艺学领域的资料搜集与民俗学又有着差别，完全转化为田野作业极其困难，面对如此情境，反映民间文艺学理论停滞的声音在学界越来越高。在这种主流研究外，90年代民俗学派还存在一个侧翼，那就是文艺民俗学。

### 三、文艺民俗学兴起与学人主要思想

文艺民俗学是20世纪80年代兴起的边缘交叉学科，其缘起于西学输入的浪潮及文化与传统问题之讨论。随着中国社会主义改革开放的深入进行，新时期文学也进入面向世界、面向现代的发展阶段，文学理论批评亦向开放性和建设性发展。各种文艺问题的论争、创作观念的碰撞、流派的"崛起"或作品的"轰动"，在文艺界已习以为常。但是80年代中期出现的"方法热"还是令人注目，可视为文学艺术领域的一个转折。学人认为"方法的更新，不仅意味着思维空间的开拓，也意味着心理空间的开拓。它有助于我们自由广阔地去感受生活，思考生活，更好地发

挥文学批评的功能"[1]。"方法热"中有一个层面就是对心理学、社会学、语言学、人类学等学科方法的移植。自1985年以后,西方20世纪的理论批评著述大量译介到中国,在多样化的批评格局中,批评家们几乎可以看到西方一个多世纪以来各种批评流派的踪迹,其中文化批评席卷学界,兴起"文化热",其核心是对"文化和传统问题"的探讨。关于文化和传统问题的讨论"给新时期文学及其理论的发展"予以"定向"。[2]与此同时,"文艺研究方法论问题"纳入"哲学社会科学'八五'(1991—1995年)国家重点课题规划"[3]。此外,20世纪80年代各高校亦积极促进学科建设与学缘重构。[4]在此历史情境中,文艺民俗学应运而生。

文艺民俗学是"在民俗和文艺学的结合点上,共同建构的新视角、新方法和新理论"。[5]其建构与兴起是研究者希冀用民俗学的知识、理论,推动文艺学科的发展。这一理路与方法并非前所未见。从明清时期国外汉学界就用民俗视角对中国文学进行阐述,如法国耶稣会士戴遂良(Léon Wieger)依据中国历代文献编译了《近世中国民间故事集》,该著汇集了各种中国民间奇异故事,借此展现中国百姓的迷信知识和鬼神观念[6];法国学者葛兰言(Marcel Granet)《中国古代的节庆和歌谣》通过对《诗经》中的情歌进行考察,论述了中国上古时期习俗转化为礼("文明秩序")的过程[7];等等,诸如此类。此外它与20世纪上半叶文学引入

---

1 晓丹、赵仲:《文学批评:在新的挑战面前——记厦门全国文学评论方法论讨论会》,《文学评论》1985年第4期。

2 黄曼君:《中国近百年文艺理论批评史(1895—1990)》,湖北教育出版社1997年版,第1293页。

3 参见《哲学社会科学"八五"〈1991—1995年〉国家重点课题规划》,http://cpc.people.com.cn/GB/219457/219555/219556/14587922.html。

4 参见沈梅丽、陈勤建:《文艺民俗学:近三十年交叉研究走向》,《文艺理论研究》2014年第4期。

5 陈勤建:《文艺民俗学发生论》,《华东师范大学学报》(哲学社会科学版)1986年第6期。

6 参见卢梦雅:《戴遂良与中国故事学》,《民族文学研究》2017年第2期。

7 [法]葛兰言著,赵丙祥、张宏明译,赵丙祥校:《中国古代的节庆和歌谣》,广西师范大学出版社2005年版。

民俗研究之学术传统亦一脉相承。20世纪20年代胡适的《白话文学史》始，之后有闻一多《神话与诗》《楚辞补校》、赵景深《〈西游记〉在民俗学上的价值》、郑振铎《汤祷篇》、郑伯奇《民俗研究与文艺大众化》等，这些均为用民俗学方法、视角对中国文学的论述，此研究方法在古典文学更为普遍。尽管当时并未有"文艺民俗学"话语[1]，但以民俗学作为文学研究的方法却早已存在。1949年以后因民间文学研究方法主要接受苏联口头文学理论的影响，且民俗学学科被取消，此研究理路亦随之消失。随着80年代民间文艺的复兴以及文化研究思潮的兴盛[2]，用民俗学知识、视角研究文学重新被倡导，出现了"文艺学与民俗学之间相互联姻"[3]的文艺民俗学。

文学与民俗交叉研究的倡导者中"不乏新中国乃至新时期各学科建设的领头人"[4]。1978年钟敬文在"北京师范大学暑期民间文学讲习班"上就提出民俗学可以作为"人文科学乃至于某些自然科学（史）的手段学——方法学。……这种以民俗学作为手段的倾向，在现代有些国家（例如日本）的学界里是相当流行的，特别是在古代史和古代文学史、艺术史等的研究中，应用民俗学做手段，取得了很显著的成果，开拓了学术研究的新境地"[5]。后他又从"古典文学中民间文学所占的位置""一般古典文学作品中所反映的民俗现象"以及"研究古典如何借鉴民俗学

---

1 目前在1928年3月10日《中国新闻汇报》（Display）中有一则《中国杂志》征集"中国艺术文学民俗习惯"（Chinese Art Literature Folklore Customs）的消息，这是目前国内所见较早的literature与folklore连用，但其内涵并不相同。
2 参见丁云亮：《文化研究视域下的社会学批评》，《廊坊师范学院学报》（社会科学版）2010年第3期。
3 陈勤建：《文艺民俗学漫谈》，《民俗研究》1989年第3期。
4 沈梅丽、陈勤建：《文艺民俗学：近三十年交叉研究走向》，《文艺理论研究》2014年第4期。
5 钟敬文：《民俗学与民间文学——在北京师范大学暑期民间文学讲习班上的讲话》，《钟敬文民俗学论集》，上海文艺出版社1998年版，第246—247页。

研究理论和方法"[1]三方面论述了民俗学与古典文学的交叉。另一重要倡导者就是王瑶。他对80年代文学研究"从文化层次来研究现代文学"与"从外部向内部掘进"两种趋向予以阐述，其中对于前者，即"汲取与文学相关的其他社会科学如历史学、社会学、民俗学、民族学、宗教学、心理学、语言学、伦理学等学科的成果"持肯定态度。[2]而在同一时期的众多学人在文艺批评中亦自觉不自觉地运用此视角。

国外也有"文艺民俗学"话语。1987年林骧华等主编的《文艺新方法新学科新手册》中就介绍了"文艺民俗学"，相对的英文为folklore in Literature，在对其表述中主要强调了"民俗的程式和规范"对于理解文学作品的意义，并论述了文艺民俗学的范畴包括民俗戏剧（Folk Drama）、民俗歌曲（Folk Songs）、民俗故事（Folk Tale）等。[3]由此可知，它的所指与沃尔特·翁"原生口语文化和次生口语文化"一致[4]；亦与俄罗斯（苏联）的"Folklore Literature"[5]及日本20世纪五六十年代兴起的"再话文学"[6]类似，这与我们所论"文艺民俗学"不同。文艺民俗学在中国自出现就致力于从学科层面构拟文艺民俗批评体系与文艺民俗批评原理。因其脱胎于"民俗学"与"文艺学"两个母体，该领域的著述主要从民俗学与文学两个立场出发梳理探究，其研究路径主要有：

---

1 钟敬文：《〈民俗学与古典文学〉——答〈文史知识〉编辑部》，《钟敬文民俗学论集》，上海文艺出版社1998年版，第252—264页。

2 王瑶先生在"文学研究"中注重"历史文化""历史比较"受其老师朱自清、闻一多等诸先生影响。参见王瑶：《中国现代文学研究的历史和现状》，《华中师范大学学报》（哲社版）1986年第3期。

3 参见林骧华等主编：《文艺新方法新学科新手册》，上海文艺出版社1987年版，第135—138页。

4 参见[美]沃尔特·翁著，何道宽译：《口语文化和书面文化：语词的技术化》，北京大学出版社2008年版，第3—23页。相关论述亦可见韩雷：《文艺民俗学的困境及出路》，《温州大学学报》（社会科学版）2010年第5期。

5 V. J. Mansikka，"Folklore Literature of Soviet Russia，"*Folklore*，1931（4）.

6 参见赵蕤：《日本"再话文学"视阈下的彝族叙事长诗〈阿诗玛〉译介研究》，《民族文学研究》2018年第2期。

运用民俗学的研究方法对文学文本的生成、风格进行解读。这一研究路径从20世纪初期起就引起关注,民俗学的比较研究法、历史研究法、主题、母题等被用于阐述《诗经》《楚辞》等风骚诸学,并取得了突出成就,如前文所提闻一多诸先生;后这一方法成为"一种新的解诗传统",推广到志怪等古典小说领域。除了大量有关《山海经》《搜神记》研究外,学者亦开始关注民俗趣味对文体流变、渊源的影响[1],作家素养中的民间文学元素[2],以及民俗对作家创作的影响等[3]。这一研究路径中,以古典文学用力最勤,但成果"大量浅层次",且重复过多,古代文学与民俗学交叉研究相比较于其他研究方法并未取得相应的成就。[4]但须特别提出的是,民俗学独特的田野考察法被引入文学作品考察所带来的影响,如袁行霈在文学史领域呼吁"田野考察和民俗调查",希冀文学史研究者"把案头的工作和田野的工作结合起来,和民俗学、民间文学结合起来"[5]。王一川提出"修辞论诗学",强调从"整体文化"视野与民俗文化基点切入。[6]

民俗作为文艺批评与文艺审美的一个维度。在这一研究路径中,成果众多,而且他们的研究内容、旨归亦不相同。其一,文艺作品所反

---

1 吴壁雍:《从民俗趣味到文人意识的参与——小说(一)》,蔡英俊主编:《中国文学巅峰之境》,黄山书社2012年版,第278—319页。文艺民俗学自出现以来,相关研究成果丰硕,限于篇幅,对于同类研究成果举其出版较早、引用较为广泛之作,其他不予一一罗列。

2 汪玢玲:《蒲松龄与民间文学》,上海文艺出版社1985年版,第238—267页。

3 李惠芳:《民俗研究与作家创作》,《武汉大学学报》(哲学社会科学版)1986年第3期;鲍焕然:《略论现代民俗小说作家的创作心态及表现方法》,《理论月刊》2004年第5期;等等。

4 黄霖主编,周兴陆著:《20世纪中国古代文学研究史·总论卷》,东方出版中心2006年版,第397—404页。

5 夏勇、贺卫方、袁行霈等:《二十一世纪的中国社会科学》,《中国社会科学》2000年第1期。

6 王一川:《民俗文化与修辞论诗学:钟敬文先生诗学阅读札记》,《文化研究》1998年第1期。

映的民俗事象之梳理与归纳。如宋德胤、秦耕等关注到了"文艺民俗的描写问题",致力于阐述"文学作品如何去反映着现实生活中客观存在的民俗事象",他们的研究为文学作品中社会风俗、民俗文化的发现极为重要,且可作为社会发展史料的文献补充。[1] 后这一研究方法更多被用于乡土作家、地域文学以及少数民族文学作品的分析。[2] 此类研究中还包含民间文学与民俗关系之研究,因为这一范畴属于另外的领域,在此不述。"文艺如何反映民俗",从"学术操作层面上看,从文学作品入手梳理社会民俗比较容易上手"[3],但这样的研究使得文学文本成为"社会风俗史资料的文献库",且文学作品中民俗有其独特的"想象",这就需要阐述辨析"元民俗"与"文艺化民俗""艺术化民俗"等,而由于历史情境的缺失,又使这一论题陷入悖论。[4] 其二,通过社会文化理论,阐述民俗学的文学功能。如司马云杰、王献忠等关注民俗学的文学功能[5],这一研究多与文学社会学、文化社会学交融。其三,通过"民间"重新审视解放区文学与都市文学。如陈思和、王光东等对"民间文化形态""民

---

1 参见宋德胤:《文艺民俗学》,北方文艺出版社1991年版,第19、31页;秦耕:《文艺民俗学》,安徽文艺出版社1993年版,第3—5页。

2 此类研究众多,如关于鲁迅、沈从文、老舍、赵树理的研究与地域文化,如徐北文:《齐地文学与民俗》,《文史知识》1989年第3期;张永:《民俗学与中国现代乡土小说》,上海三联书店2010年版;孙拥军:《中原文化背景下的当代河南作家民俗文化创作取向研究》,《红河学院学报》2015年第5期。此外还有关于各少数民族文学作品的论述,如吴梅芳:《论畲族作家雷德和小说创作中的民俗事象描写》,《牡丹江大学学报》2011年第10期。

3 参见沈梅丽、陈勤建:《文艺民俗学:近三十年交叉研究走向》,《文艺理论研究》2014年第4期。

4 这一研究范式同样也容易成为文艺民俗学的困境。有关文艺民俗学困境话题,很多论者抹杀了不同研究路径及范式的差异,对这一话题论述最为清晰者当属梅东伟:《话本小说中的婚俗叙事研究》"绪论",华东师范大学博士学位论文,2013年。

5 参见司马云杰:《文化社会学》,山东人民出版社1990年版;王献忠:《论民俗学的文学功用》,《社会科学战线》1985年第1期。

间视域"观念的阐述,并基于此对《生死场》《秦腔》进行解读。[1]现当代文学研究领域对民俗学视角的借用,拓展了文学范畴的理解。但其所述"民间"与民俗学之"民间"意义、内涵、空间不同。此外还有大量关于地域文化作品的文艺审美阐述。[2]总之,这一路径的研究大多以"民俗"作为文学批评与审美的新维度,丰富与拓展了文艺作品"文学性""审美性"的阐释与范畴。

基于"文艺人学观",论述文艺与民俗的内在建构。陈勤建围绕"'人的文化存在'是'以民俗文化为核心基础结构的存在'",确立了文艺民俗学的"人学理论"基础。[3]并沿着这一思维的路径,构建了"民俗生活相""民俗意象类型""民俗纠葛"[4]等理论范畴。他所建构的文艺民俗学理论体系,从徐中玉、钱谷融等先生的"文学即人学"起,吸纳了蓝德曼(Michel de Montaigne)、卡西尔(Ernst Cassirer)等"人学"理论[5]。这一文艺批评理论方法二十余年来形成了一定的研究规模,从其研究内容而言主要涵括文艺民俗学视野下的文学研究和作为批评方法的文艺民俗学理论范畴的构建。[6]这一研究路径影响了其他领域,如对元杂剧、《红楼梦》等古典名著的重新解读以及"文艺民俗审美问题"[7];致力于文艺民俗学与文艺民俗批评的深入拓展。他对民俗有自己独特的理解,在他的

---

1 陈思和:《启蒙视角下的民间悲剧:〈生死场〉》,《天津师范大学学报》(社会科学版)2004年第1期;陈思和:《再论〈秦腔〉:文化传统的衰落与重返民间》,《扬子江评论》2006年第1期;王光东:《民间的意义》,吉林出版集团有限责任公司2009年版;田中阳:《百年文学与市民文化》,湖南教育出版社2002年版。

2 参见赵德利:《文艺民俗美学》,西北大学出版社1994年版。

3 参见陈勤建:《文艺民俗学》,上海文艺出版社2009年版,第1—7页。

4 参见陈勤建:《文艺民俗学导论》,上海文艺出版社1991年版,第222—368页。

5 [德] M.蓝德曼著,阎嘉、冯川译:《哲学人类学》第五部分"人作为理智生物(文化人类学)",贵州人民出版社1988年版;[德]恩斯特·卡西尔,甘阳译:《人论》,上海译文出版社2004年版,第81—91页。

6 这些研究除了陈勤建教授自己的著述外,还有他从20世纪末至今所指导的十余篇博士、硕士论文。具体篇目不再予以罗列。

7 朱希祥:《中国文艺民俗审美》,上海文化出版社2009年版。

理念中,"人类的社会群体生命——文化,可以分成两个阶梯,一是文献资料一类的表层文化,一是流行于民众的民族固有的深层的本质文化,即民俗"。[1]在认可民俗与文学,特别是民间文学之间特殊关系的前提下,他的研究本位是立足于文学,因此在90年代民俗学派的民间文艺学思想中,能够独树一帜,并从侧翼积极推动民间文艺学的本体研究。

综上所述,文艺民俗学从其兴起之时就致力于学科交叉,并在三十余年的发展历程中形成了多视角、多维度、多路径的研究,并在吸纳、反思本领域研究成果的基础上,"积极参与到当前的学术对话中,在对话中构筑文艺民俗批评的多种研究方法"。[2]

## 第三节 学术发展与学科本位缺失

20世纪90年代中国思想界空前活跃,全社会处在转型的剧烈震荡中,各种文化冲突、心理体验、话语表述丰富、复杂。这是因为80年代中期以来,中国发生了深刻的变化,它们不仅标志着当代中国正经历艰巨而痛苦的历史嬗变和社会转型,而且也为学术思想的突破性发展提供了充分的历史可能和坚实的经验基础。"一方面,中国思想界面对社会激烈的变化,力图从理论上予以新的解释和阐述,从而焕发出前所未有的积极与现实对话的活力;另一方面,由于知识背景、问题意识、工作假设乃至视野和方法的差异,思想者针对同一现象往往得出迥然相异甚至针锋相对的结论,从而引发不同话语之间的猛烈碰撞,造成众声喧

---

1 参见陈勤建:《文艺民俗批评的理论基础与实践应用》,《广西民族学院学报》(哲学社会科学版)2000年第6期。
2 参见沈梅丽、陈勤建:《文艺民俗学:近三十年交叉研究走向》,《文艺理论研究》2014年第4期。

哗的效果，引起全社会广泛持久的关注。"[1]

## 一、多元与交叉——20世纪90年代的民俗学思想

民间文艺学与民俗学之间关系非常密切，经历过彼此从属的阶段，本节不讨论他们学科的历史，而是将论述聚焦于：民俗学作为20世纪90年代民间文艺学思想发展的情境。前面三章没有专门论述民俗学思想的发展，为了清晰展现90年代的情形，首先对之前的民俗学发展进行简要回顾。

20世纪下半叶，民俗学在曲折中前进。从50年代至70年代后期，民俗学被当成封建迷信与资产阶级学科被取消，但是它的研究并没有停滞。如果以20—30年代民俗学的标准来看，50年代至70年代后期的近二十年的时间里，提倡最积极的当属杨成志。1956年杨成志拟定了《中国民俗学十二年远景规划》[2]，与潘光旦、吴文藻联名向中央建议，规划中提到："中华人民共和国'民间文艺研究会'发刊民间文学以及刊印关于歌谣、故事、传说等专集，成绩也很大。现在我们提出'中国民俗学十二年远景规划'，其目的在促进扩大民俗学的纵横研究，希冀直接和间接地有利于社会主义文化建设。"他所列内容主要包括：（一）古文献目录表；（二）搜集、整理、编纂、出版各种资料计划一览表；（三）民俗丛书汇编。从这三项可以看到是对30年代民俗学承继、发展与深化，其核心思想偏重民族学，像他自己所说：我不是专门研究民间文学的，只是在解放前二三十年间，我在中山大学的时候，由于人类民族科学的研究关系，对于民俗学做过一些调查、搜集和编辑工作。[3] 1962年

---

1 罗岗、倪文尖：《90年代思想文选》"编者的话"，广西人民出版社2000年版。
2 杨成志：《中国民俗学十二年远景规划》，《杨成志民俗学译述与研究》，高等教育出版社1989年版。
3 杨成志：《我国民俗学运动的概况》，《杨成志民俗译述与研究》，高等教育出版社1989年版，第214页。

他在中国民间文艺研究会学术讲座上作了《我国民俗学运动的概况》的学术报告。在这个报告中，民间文学或口头文学是民俗学的重要组成部分，关于过去研究的局限性，他提到"只有少数知识界搞这种被称为'冷门'的工作，并没有引起全国人民大众一起来注视和认识'民俗学'，尤其是民间文学的人民性和艺术性的重要意义和作用"[1]。可以看到他已意识到民俗学研究中的民间文学与1949年以后民间文艺学之间的差异。

从学术史的角度来看，1949—1966年期间民俗学的知识积累确实很少，并且是在民族学与民间文艺学两门相邻学科的名义下进展；从思想史角度而言，它却是得到了推进，正如乌丙安所述："我国各民族的翻身解放与人民大众的当家做主，为民俗学研究民族文化和民间传承文化开创了新的纪元。特别是近三十几年当中我国民族文化研究与民间文学调查研究的进展，为民俗学的复兴开出了一条崭新的道路。"[2]但是新时期一般民俗学史的研究和论述中，不是将这段历史视为沉寂，就是将仅其视为民间文艺学和民族学的一部分，而与民俗学无关，这是不符合历史事实的。

20世纪80年代民俗学得以重建，介绍它的报刊书籍空前丰富，研究队伍日益壮大，学人所取得的成绩有目共睹，尤其在具体民俗事象与民俗学基础理论方面。前者数量众多，在此不一一列举，后者学人重视对民俗的定义、特征、研究目的、研究对象、研究范围等问题的探讨，学界相关著作最多的就是概论，主要有乌丙安《中国民俗学》[3]、张紫晨《中国民俗与民俗学》[4]、陶立璠《民俗学概论》[5]、王文宝《中国民俗学发展

---

1 杨成志：《我国民俗学运动的概况》，《杨成志民俗译述与研究》，高等教育出版社1989年版，第220页。

2 乌丙安：《中国民俗学》，辽宁大学出版社1985年版，第7页。

3 乌丙安：《中国民俗学》，辽宁大学出版社1985年版。

4 张紫晨：《中国民俗与民俗学》，浙江人民出版社1985年版。

5 陶立璠：《民俗学概论》，中央民族大学出版社1987年版。

史》[1]、陈勤建《中国民俗》[2]。新时期民俗学的学术得到迅速发展，但是就学术思想而言，基本上承继二三十年代的民俗学，其研究范式仍是：顾颉刚的孟姜女故事研究、董作宾的比较研究、闻一多端午考。民俗学本身属于西方的学科，在新时期西学汹涌澎湃之时，它却没有大量引进西方新的学说，倒是它相关研究中的西方理论大都来自文艺学的新理论，只是文艺学的立足点为民俗视野的文学批评。80年代中后期，随着"文化热"兴起，钟敬文提出"民俗文化学"，这一新的学术名词使得民俗学契合了当时的历史情境，拓宽了研究对象，得以有了进一步的发展，从学术成果上来看，处于繁荣与上升期，但是热闹背后民俗学难以摆脱其困境也是历史事实。

从1991—2000年的民俗学文献分析看，整个90年代民俗学领域共有3141位论文撰写者（论文署名第一作者），平均每位作者发表论文1.4篇（其中有45篇未署名）。10年间有2489位作者仅发表过一篇论文，占总作者数的79.2%；发表2篇以上论文的作者有652位，占作者总数的21.8%，其中发表8篇以上的作者有25位，他们可以说是民俗学学科的主要作者，其中他们的主体又是钟敬文及其弟子；就年度分布来看，数量最多的为1997年。1991—1994年之间文章数量占33%，从1995年开始数量大增；以研究内容而言，民俗学理论占5.7%，中国民俗占88.8%，各国民俗占4%。[3] 从具体的数字分析可以看出民俗学的研究队伍庞大而不稳定，研究群体集中，研究内容主要为本土，论题主要集中于节日、节令、婚姻、丧葬、服饰等。

从学术史而言，90年代可以说是民俗学发展的另一个高峰，其顶峰应该是钟敬文所提出的建立中国民俗学派。钟敬文认为"中国的民俗学研究从本民族文化的具体情况出发，进行符合民族民俗文化特点的学

---

1　王文宝：《中国民俗学发展史》，辽宁大学出版社1987年版。
2　陈勤建：《中国民俗》，中国民间文艺出版社1989年版。
3　上述数据参见薛洁、李连江、石收鸽：《1991—2000年民俗学文献分析》，《民俗研究》2002年第2期。

科理论和方法论的建设"[1]。这一时期学术成果数量可以与30年代相比，但是研究群体单一。然而就学术思想而言，民俗学与学术史上所展现的单一正好相反。90年代民俗学面临重新定位的问题，这样在其学术思想中就表现出多元化与多学科交叉的研究趋向。西方民俗学理论中的结构主义、符号学、精神分析学派等理论都开始被引进，丰富了民俗学的研究思想，但是并没有取得实质性推进，仍处于"描红"阶段。1997年钟敬文撰写《对待外来民俗学学说、理论的态度问题》[2]，文中对学人大量引进西方理论提出自己的看法：民俗学的发展必然有一个外来理论引进的阶段，但是引进者必须将其消化，并对其适用范围予以阐述；中国民俗学属于世界的一部分，它有自己的特点，不能将其作为附庸。

西方理论与学说大规模引进，打破了80年代单一的模式。英、美关于"民""俗"的相关理论的引进使得中国民俗学的基础理论取得一定突破，较早涉及此论题的是陈勤建《中国民俗》，系统地论述当属高丙中《民俗文化与民俗生活》[3]一书。这种理论上的转向，使得民俗学思想改变了古代学的立场，逐步立足于现实与当代生活。就研究方法而言，田野作业已经处于主流与核心，但研究思想上没有推进，日本的区域研究法促进它在理论上步入一个新的台阶，产生新的思想生长点，具体来说就是：民俗并不是按照调查项目划分，或民俗事象的分类而个别存在。区域研究法的资料操作方法，首先是理解某一民俗事象时，要与其他民俗事象联系起来思考；其次，思考民俗时要把民俗和特定地区的特定条件联系起来。这种研究方法的目的，并不是证明当地民众对该地区为什么传承这样那样民俗所做出的解释是不是正确，而是阐明当地民众没有意识到的民俗意义和民俗功能。[4] 这种思想使得民俗学再次与民族文

---

1 钟敬文：《建立中国民俗学学派刍议》，《民族艺术》1999年第1期。
2 钟敬文：《对待外来民俗学学说、理论的态度问题》，《民间文学论坛》1997年第3期。
3 高丙中：《民俗文化与民俗生活》，中国社会科学出版社1994年版。
4 参见福田亚细男著，高木立子、陈岗龙译：《民俗学的研究方法》，《民俗研究》1999年第1期。

化与国民性联系在一起。

90年代，民俗学思想发展的另一个突出特征就是：民俗学与人类学、社会学、历史学等学科的互相渗透。关于民俗学与人类学、社会学的关系学者论述颇多，有的立足于民俗学自身学科理论的建设，有的则立足于边缘学科的建立，他们的目的都不是消解或者取消民俗学，这就涉及民俗学的研究本位问题，它成为新世纪民俗学研究的一个基本课题；在此要强调的是，社会学、人类学的走向在90年代并没有诞生民俗学发展新的增长点，相反，在某种程度上削弱了民俗学，"当前国内社会学、社会文化人类学等一时势头强劲，是造成那些学者对民俗学研究的某些方面失去信心或感到惶惑的外在因素。……相关学科的存在和发展，往往可以成为某些学科的诞生或发展的有益助力，而不一定是使它受到削弱或任其消亡"[1]。

## 二、喧哗与反思——20世纪90年代的文艺学思想

20世纪80年代学术界处于开放性与建设性时期。就文学领域而言，"所谓开放性，意味着主动接纳、借鉴、消化、融会域外民族的文明成果，对于文学理论批评来说，尤其须吸取和借鉴当代世界文学和理论思维的成果，用以丰富和发展本民族的文学理论批评。……所谓建设性，意味着在反省自身的文学和文化传统的基础上，在借鉴和改造外来文明成果的基础上，创造更富有现代性，更切合中国文学发展实际的文学理论批评体系"[2]。

随着政治社会向消费社会的全方位转型，90年代初期中国的文化状况发生了巨变，它推动着以"新启蒙"为标志的新时期文化主导倾向走向"终结"。在近十年时间，文学理论批评所涉及的主要问题包括：人文精神、批评话语建构、大众文化、后现代主义、文学的现代化和现代

---

1 钟敬文：《口承文艺在民俗学研究中的位置》，《文艺研究》2002年第4期。
2 黄曼君：《中国20世纪文学理论批评史》（下），中国文联出版社2002年版，第742页。

性、个人化写作等问题,"论争的焦点说到底就是社会转型的文化选择问题"[1]。八九十年代之交,文学出现了深刻的危机,"今天,文学的危机已经非常明显,文学杂志纷纷转向,新作品的质量普遍下降,有鉴赏力的读者日益减少,作家和批评家当中发现自己选错了行当,于是踊跃'下海'的人,倒越来越多"。以此为触点,学界展开了人文精神的大讨论。他们认为:"今天的文学危机是一个触目的标志,不但标志了公众文化素养的普遍下降,更标志着整整几代人精神素质的持续恶化。文学的危机实际上暴露了当代中国人文精神的危机,整个社会对文学的冷淡,正从一个侧面证实了,我们已经对发展自己的精神生活丧失了兴趣。"[2]之后陈思和、陈平原等文学界、知识界诸多文化人都介入了这次讨论,讨论延续达两年之久,直至1996年余波犹在。这场讨论表明,在社会转型期,不论是文学还是知识分子都存在一个再度追问和确立价值理念的问题,其分歧是在新的历史条件下,理想主义和世俗主义之间的冲突。对这两者之间的关系,众说纷纭,这一情境反映出,价值多元和文化分流已经直接波及知识界和文化界,思想一体化的局面不复存在。各种观点与话语之间除了分歧、争执外,有的学人认为:在90年代的文学背景下应当加强对话和沟通,人文精神和世俗化并非水火不容的概念,高扬理想主义也并不等于回到旧日时光,世俗化的意义还有待全面评价,感叹理想的缺失也并非杞人忧天,新的人文精神是在理想主义和世俗主义的对话和沟通中而非彼此攻讦中重建的。[3]

90年代以来,西方文论的大量引进并广泛地运用于文学领域,使得中国当代文学批评话语发生了急剧变化,同时又造成了当代文学批评

---

[1] 黄曼君:《中国20世纪文学理论批评史》(下),中国文联出版社2002年版,第812页。

[2] 王晓明、张宏、徐麟、张柠、崔宜明等:《旷野上的废墟——文学和人文精神的危机》,《上海文学》1993年第6期。

[3] 参见陶东方、金元浦:《人文精神与世俗化——关于90年代文化讨论的对话》,《社会科学战线》1996年第2期;王一川:《从启蒙到沟通——90年代审美文化与人文精神转化论纲》,《文艺争鸣》1994年第5期。

与中国传统文学批评的脱节，有学人称此为"失语症"[1]，关于这一用语以及对于文学批评的审视，学人之间展开了讨论，他们认为，整个中国现当代文学理论批评都处于"失语"状态，因而中国面临着文论话语"重建"的问题。[2] 可见，中国学人对于西方文化思潮这一作为"现代性"象征的重要理论参照系之审视和质疑。80年代，"现代性"追求是整体社会的全民意志，同时也是中国知识分子进行思想文化新启蒙的旗帜。当时，随着国门打开，学术文化交流日益频繁，西方思想文化的新老学说被大量引进，崇尚西学成为文化思想的主导。90年代，"回到国学"在知识分子群体中形成热潮，它的出现与中国社会的整体意识形态对于爱国主义以及文化民族主义的倡导密切相关。但是关于西方理论、话语如何实现中国化还处于实现进程中，至今它仍是学界的基本问题（第五章论述）。另一方面，在文论话语重建中，学人提倡回归传统，然而它并不意味着完全用古代文论的范畴来规范当代话语，而是企图寻求古今对话与沟通的途径与方式，它构成了90年代文论话语重建的基本策略。在这种局面中出现了杂语共生的情形，它超越了以往"中化"或"西化"非此即彼的思维模式而去寻求古今中外各种理论话语的碰撞、交流与整合，并寄希望于在这种互激互补的杂语共生中，生成中国当代文论的新的形态。正如钱中文所概括的："吸取其（中国古代文论）思维内在特性，选择其合理的范畴、观念乃至体系，并在融合外国文论的基础上，激活当代文论，使之成为一种新的理论形态。"[3] 总之，90年代学人从审美、思想、社会、商业等角度研究文学现象，他们对其进行批判、赞颂、解构、建构；彼此之间重视对话，对话的形成使90年代文论放弃了对同一性、确定性的追求，而转向对学术观念的差异性和不确定性的追求，学人一致认为，任何一种理论都不过是人们阐释世界的一种模式，不能

---

1 黄浩：《文学失语症——新说"语言革命"批判》，《文学评论》1990年第2期。
2 曹顺庆：《21世纪中国文化发展战略与重建中国文论话语》，《东方丛刊》1995年第3辑。
3 陈伯海：《"变则通，通则变"——论中国古代文论的现代转换》，《文学遗产》2000年第1期。

被普遍化、绝对化。

这种对话的多元主义,很容易导致相对主义,从而模糊和取消了应有的学术秩序与学术规范,于是文论界从80年代后期就开始重建学术规范的理论努力,并开始冷静反思80年代的空疏浮躁。蒋寅在他的《热闹过后的审视》一文中引用陈寅恪的话说:"一时代之学术,必有其新材料与新问题。取用此材料,以研求新问题,则为此时代学术之新潮流。"学人开始转变宏观和创新的盲目追求,而力主在坚实的资料发掘基础上进行具体实际的成果积累。"只有将学术规范转化为学术主体的一种内在意识,真正综观全面来接受之,形成一种主体心理现实,才可能发挥调节功能,从而成为学术主体在特定的学术情境之中进行价值选择与判断的依据或曰参照模式。"[1]学术人格的建立被这一代青年文论者视为从根本上改变当代学术研究浮躁风气的重要前提;同时无论是学术规范还是学术人格的建立都只有在承接和发展传统学术资源的基础上实现。

学术本位的回归,标志着90年代中国文艺理论由意识形态向人文科学意义上的学术的转换,它在反思现代性"新启蒙"的同时,呼唤传统文化的复兴。"它立足于当代的人文导向,寻找古代文论的现实生长点,并力图在异质话语的平等对话即'杂语共生'中完成学术规范的重建,由此实现新的中国文论话语体系的建构。"[2]这样,重建当代文化的思想价值体系,走进历史寻找理解现时代的思想文化基础,迅速显示出它的迫切性和必要性。它导致一场批评的革命,即打破批评对象即文学文本的自足性,以及将文学文本当作单一叙述对象的封闭性,而用一种深厚的历史意识,将文学置于整体历史文化的宏大背景之下,去解决文学对现实、世界和历史的认识及把握方式的问题。这种文化批评与其说是对文学的文化学审视,不如说是批评家对于当下中国人生存状态、价值规范的文化批判。童庆炳在一次学术沙龙上,给这种文学批评现象冠

---

[1] 党圣元:《学术规范与学术人格》,《文学评论》1996年第5期。
[2] 张婷婷:《中国20世纪文艺学学术史》第4部,上海文艺出版社2001年版,第358—359页。

之以"大文学理论"的称号,指出:

> 近年来文艺理论界的热门话题,如人文精神问题、终极关怀问题、知识分子在现代社会中的地位问题、后现代主义和后殖民主义问题等等,已远远超出一般文学理论的范围,是人文知识分子全方位地把握当代文化现实的理论企图,这种企图又多多少少与文艺理论问题相关,因此可称之为"大文学理论"[1]。

90年代文学的文化批评,大文学理论的建构,不经意间丧失了文学批评的诗化性格,导致了文学的"文化性",吞噬了文学的"文学性","我们的文学批评正变异为一种文化批评,心甘情愿地磨蚀着自己的个性。……曾一度指责文学偏离自身,试图帮助文学回归自身的文学批评,在今天自己也开始偏离了自己的航程。如果说,文学当年对自身的偏离是出于无意和被迫,那么,今天文学批评对自身的此种行为则实属自觉和主动,倘若我们袖手旁观,任由这种向度蔓延下去,极有可能的是,我们将会亲眼目睹到文学批评的消亡"[2]。总之,整个90年代文艺学思想处于喧哗之后的反思,学人的注视点聚焦于文学研究的本体。

## 三、民间文艺学思想的本位缺失

20世纪90年代,整个中国社会处于转型期,社会科学和人文科学的很多领域都遭遇困境,民间文艺学尤其严重,甚至可以用风雨飘摇来描述。关于民间文艺学的困境,在新世纪的反思与回顾中学人论述已非常多,本书第五章也有具体叙述,此处所要阐述的核心是民间文艺学思想依附于民俗学与作家文艺学,在具体推进中本位思考逐步丧失。

关于民间的讨论,民俗学与文艺学都从自身本位出发对其进行了

---

1　张婷婷:《中国20世纪文艺学学术史》第4部,上海文艺出版社2001年版,第370页。
2　路文彬:《救救文学批评》,《文艺争鸣》1998年第1期。

论述，相应的阐释与思想内涵也推进了自身学科的发展（本章第一节已详述）。"民间"对于民间文艺学来说是一个核心概念，对它进行深入探讨能推动理论的进展与突破，但是"民间"讨论尘埃落定之后，民间文艺学并未有所收获。本章第一节中关于"民"内涵的探讨中非常清楚地展现出民间文艺学归属于民俗学之后它的本位探讨的缺失，民俗学之"民"的探讨，只是扩充了其研究资料，它的承载者并没有从理论上得以解决，因此学界仍是存在民间文学与作家文学二元对立的思维方式，民间文学与作家文学关于民间的思考没有达成共识。关于"民"的讨论对于民间文艺学而言属于有关相关的问题，但在具体的研究中，由于民间文艺学思想中本位思考的缺失，它逐步转化为其外部研究，成为民间文艺学无关相关的问题。

民间文艺学不同于一般作家文学之处，就是研究资料的开放性与不固定性，从其出现，资料的搜集就是其学术的重要部分。中国古代存在自身资料搜集的体系，现代科学意义上的民俗学开始，借鉴西方研究方法的同时，在原有传统基础上继续发展，但是它与文献资料之间并不矛盾。新时期资料搜集的思想发生了巨变，西方文化人类学的田野作业成为科学的范式，民间文艺学追随民俗学，资料搜集的思想完全转向所谓科学的田野作业。田野作业对于文化人类学而言具有本体论意义，然而对于民间文艺学来说，特别是中国这样文献资料丰富的国度，完全忽略文献资料的后果是不言而喻的。90年代将田野作业的研究视为民间文艺学的自相关问题，特别是将民间文艺学理论体系的薄弱归结为田野作业的不科学或不规范更是偏离了它的文学本体与研究本位。总之，90年代科学田野作业的张扬，使得资料搜集这一本来属于民间文艺学自相关的内部研究，并没有指向民间文学的基本特性"口头性"，而是立足于文化人类学本位，推进民俗学之内的民间文学研究，这样，尽管90年代民间文艺学学术成果繁多，但是民间文艺学发展的滞后与偏差非常显著。

关于民间文学的文学性，尽管它在90年代是以回归文学的形式出现，但它仍是当时的基本问题之一。民俗学领域重视民间文学的社会生活与文化史的研究，而对于民间文学的文学性与艺术性则很少探讨，也正因如此，民间文学与民俗学其他三类之间差别很大，彼此难以相容并达成共识。不论民俗学如何重视民间文学的研究，他们之间理论难以协调与研究本体的不同不能抹煞。两个学科合一的结果就是：中国民俗学研究难以脱离民间文艺学框架，民间文艺学既不能融入民俗学，也不能为文学所接纳，其处境极为尴尬。90年代民俗学视野下民间文学的研究，其艺术性与文学性逐步被忽略，因此新世纪学人呼吁回归民间文艺学的本体研究。1979年钟敬文《把我国民间文艺学提高到新的水平》[1]一文中就提到"大文学理论"，当然它与文学领域"大文学理论"不同，它主要指文学由民间文学、作家文学、通俗文学共同构成，民间文艺学作为文学有自己的特殊性，这种特殊的文学性可以补充和完善现存的作家文学研究。但是立足于文学领域的民间文艺学大多是将作家文学的文学性延伸至民间文艺学，或者直接用作家文学的框架来规范民间文艺学，致使它的研究范式并没有转换到"口头"。90年代关于回归文学的探讨，只是开始理清民俗学之民间文学与民间文艺学之间的差别，关于民间文艺学文学性的探讨还处于沉寂状态，这样新世纪学人的研究重点就应置于后者，逐步在这一关于民间文艺学内部研究问题上既不偏离原有轨道，同时又能取得实质性进展。民间文艺学特殊文学性的破解对于它的学科独立以及学术思想的自主发展都是至关重要的。

总之，民间文学学科归属可能是多种因素汇成的结局，但是从钟敬文《谈谈民间文学在大学中文系课程中的位置》可以探析出一个因素：

> 据说近日教育界有些同志，出于要减少中文系二级学科的考虑，主张将原为二级学科的"民间文学"的内容分别并入"中国古代文学"及"中国现当代文学"等学科，这样学科的地位就将被降低了。这种意见虽有它的一定根据，考虑却不是很周全的。从本学

---

[1] 钟敬文：《把我国民间文艺学提高到新的水平》，《钟敬文民间文学论集》(上)，上海文艺出版社1985年版。

科的重要性、特殊性以及学科的体系性(完整性)等方面看来,它是值得商榷的。[1]

后来在教育部学科调整中,民间文艺学归属于二级学科民俗学,一级学科则属于法学,这种调整不能不说受到钟敬文的影响。但从钟敬文的论述中,可以看到他并不是要将民间文艺学从文学中剥离,而是认为民间文艺学是一种特殊的文艺学,它与作家文艺学有着差异。然而后来民俗学视野内(或称为民俗学派)众多学人的具体研究中,民间文学逐步从文学领域剥离,文学性研究不再是其本体,"日常生活"和"俗"成为民间文艺学的落足点。

90年代民间文艺学思想的突出特点就是本位思考的缺失,新世纪学人开始挽回这一局面,积极呼吁、促进民间文艺学范式的转换以及推动立足于本体的理论体系建设。

---

[1] 钟敬文:《谈谈民间文学在大学中文系课程中的位置》,《北京师范大学学报》(社会科学版)1996年第6期。

# 第五章

# 依附性与自主性：检讨和反思

从近代以来，中国思想文化界大致经历了两次强劲的西化潮流：晚清至民国时期为第一次，已成历史；20世纪70—80年代至今为第二次，仍在延续。

晚清时期，为第一次西化潮流之滥觞。梁启超后来审视那一时期，他认为：一批梁启超式的"新学家"颇感"学问饥饿"，开始如饥似渴地向域外寻求新知，"新思想之输入，如火如荼矣。然皆'梁启超式'的输入，无组织，无选择，本末不具，派别不明，惟以多为贵"。而且西方新思想的输入，主要是转道日本，西洋留学生几乎全未参与，弊端丛生，"晚清西洋思想之运动，最大不幸者一事焉，盖西洋留学生殆全体未尝参加于此运动，运动之原动力及其中坚，乃在不通西洋语言文字之人，坐此为能力所限，而稗贩，破碎，笼统，肤浅，错误诸弊，皆不能免"。[1] 尽管如此，我们仍然无法否认晚清时期西学输入对近代思想界、学术界的影响。新的学术思想概念的传入，为近代中国新的学科门类的建立奠定了基础，民间文学即是其中之一。它的研究和理论自然而然地从属于西方学术，很多时候，特别是西化潮流强劲时期，可以说除了研究对象是中国的以外，其余从指导思想、研究方法、价值标准甚至到研究结论，几乎都是西方的。面对西方话语霸权，"21世纪中国人文社会

---

[1] 梁启超：《清代学术概论》，《饮冰室合集》专集之34，中华书局1996年版，第71—72页。

科学研究必将走向一个实验性的时代,而头等重要的应战策略和目标程序,则是中国问题、中国话语和中国理论的生成"[1]。民间文艺学也是如此,为了能更科学地构建它的基本问题、基本话语和基本理论,有必要对20世纪中国民间文艺学的发展历程进行检视。

# 第一节 民间文艺学发展综论

## 一、20世纪民间文艺学发展历程

民间文学这一概念不是中国固有的,但对于民间文化的重视,中国则有悠久的历史传统。先秦时期,正统的上层文化体系还未形成,无所谓民间文化、上层文化,他们之间彼此交融在一起,所以孔子提出了"礼失求诸野";删定《诗》三百篇,将风雅颂置于同一层面;并且穿朝服观看傩戏。到汉代,整个社会"独尊儒术",上层文化形成体系,正如马克思所说"统治阶级的文化就是社会的统治文化",民间文化处于了社会的边缘。自汉以后在中国历史发展历程中,民间文化出现了三个高峰期:两宋、晚明以及清朝中后期。两宋时期政治控制松弛,城市经济迅速发展,而且人身依附关系松动,这些都为民间文化繁荣提供了必要的条件,宋代的讲史、说浑话、戏曲歌舞极为繁荣。明代则是政治上黑暗,但是思想控制相对松弛,而且教育水平提高,特别是在东南沿海一带出现了资本主义萌芽,这些导致了思想界的变革,学术界形成抨击"伪道学",肯定"私欲",张扬自由个性的局面。文学上则重新审视民间文艺,在其中发现了与自己主张相合的理念,这样就有大量文人开始宣传、搜集和加工民间文化,其中最具有代表性的就是冯梦龙。他出

---

[1] 郑元者:《中国问题、中国话语与中国理论》,《杭州师范学院学报》(社会科学版) 2004年第6期。

版了民歌、民间故事、谜语和笑话，认为"只有假诗文，没有假山歌"，"借男女之真情，发名教之伪药"。[1]在文人学者的宣传下，整个社会掀起了一股民间文化热潮，限于篇幅在才不予详述。到了清朝中后期，中国社会处于新的转型期，同样出现了一个民间文化的热潮，但是它与历史上其他时期有着显著差别。清代在中国文化史中占据很灿烂的一页，因此谈论20世纪中国的思想和学术，很多人喜欢"从晚清说起"[2]，民间文学的研究也可以追溯到晚清时期。钟敬文在《建立中国民俗学学派刍议》中谈道，"其实，严格地讲，中国的科学的民俗学，应该从晚清算起"[3]。晚清时期是科学民俗学形成的酝酿时期。刘锡诚也明确提出："中国现代民俗学的滥觞，实际上确比'五四'新文化运动更早，应在晚清末年。"[4]

中国民俗学从民间文学开始起步，正如钟敬文指出的中国引进民俗学是"从文学切入"[5]，日本民俗学家直江广治强调"中国民俗学的诞生是和文艺紧紧相连的"[6]。这一特征与世界民俗学学科的兴起与发展相吻合，德国和法国的民俗学研究也是从口承文艺开展起来的，民俗学和文艺建立了深刻的联系。这种倾向表现之一就是"民俗学范畴内逐渐出现以民间文学搜集和研究为主的趋向"[7]。

从学科体系归属上，民间文学在不同国家情形不同。在西方，民间文学归属于民俗学学科，不同国家具体定位差异很大。德国民俗学"被

---

1 （明）冯梦龙：《山歌》"叙"，江苏古籍出版社2000年版。

2 陈平原主编：《中国文学研究现代化进程二编》"前言"，北京大学出版社2002年版，第4页。

3 钟敬文：《建立中国民俗学学派刍议》，《广西民族学院学报》（哲学社会科学版）2000年第1期。

4 刘锡诚：《民俗百年话题》，《民俗研究》2000年第1期。

5 钟敬文：《从事民俗学研究的反思和体会》，《北京师范大学学报》（社会科学版）1998年第6期。

6 [日]直江广治著，林怀卿译：《中国民俗学》"序"，台湾世一书局1970年版。

7 陈勤建：《20世纪中日民俗学学术倾向及前瞻》，《民俗研究》2001年第1期。

视为广义上的民间诗学";俄苏则指"民间文学或口头文学";英国民俗学"关心的是民俗的社会功能,即使研究民间口头创作也只对其中的古代文学遗留物感兴趣";法国介于两大传统之间。[1] 晚清时期,西方新思想的输入主要是转道日本,中国"民俗学"一词直接译自日语。日本民俗学来自西方,但是它的一些理论,却是日本学者在自己实践中形成的,具有自己的特色,它从社会科学切入,包含口承文艺部分。这样民俗学作为新兴学科,它不像其他学科那样可以直接从西方引进,更无可以依托的学术传统。中国现代民俗学的形成和发展受英国人类学派民俗学影响最大,当时翻译的理论著作中英国班恩女士(Charlotte Burne)的《民俗学问题格》[2]、柯克思女士(Marian Cox)的《民俗学》[3]、瑞爱德(Arthur Robertson Wright)的《现代英吉利谣俗及谣俗学》[4]最为有名,还有美国学者詹姆逊(R. D. Jameson)在清华大学任教时的演讲[5];弗雷泽(James Frazer)、安德鲁·朗(Andrew Lang)等英国人类学派代表人物对周作人、江绍原、茅盾等的巨大影响更是学术史常识。从20世纪初至中华人民共和国成立,学界学科指称中运用"民俗学"术语非常普遍,它与folklore对译,与英国的民俗学思想一致,不等同于民间诗学;而民间文学的称谓混乱,学术空间也相对狭小。20世纪90年代,学科规划中又将民间文学变为民俗学之下的三级学科,上述学人的论述也是将民间文学视为民俗学的一部分。所以在下文叙述中,现代民间文艺学形成和发展的初期,基本上直接使用民俗学指称。

民俗学特殊的研究对象,使得它与社会思潮密切联系在一起。正

---

1 钟敬文主编:《民俗学概论》,上海文艺出版社1998年版,第426、441、429页。

2 杨成志译:《民俗学问题格》,原为班恩女士《民俗学手册》中的两个附录的选译,1928年6月作为中山大学民俗学会丛书出版。

3 [英]柯克士著,郑振铎译:《民俗学浅说》,上海商务印书馆1934年版。

4 "谣俗学"对译folklore。江绍原在该书中说:"谣俗学通称'民俗学',从日译也。"[英]瑞爱德著,江绍原编译:《现代英国民俗与民俗学》,上海中华书局1932年版,第3页。

5 R.D.詹姆逊:《中国民俗学三讲》,北平三友书社1932年版。

如丹·本−阿莫斯（Dan Ben-Amos）所说："……他（按：指吉乌塞普·科奇亚拉，《欧洲民俗学史》的作者）把民俗学的观念和内容当作欧洲思想史的内在部分"[1]，可见民俗学与思想史、思潮的内在关系。赵世瑜强调："不仅把民俗学视为一门学科，而将其当作一种思想、一种社会思潮……"[2] 因此，民间文学与民俗学一样，与社会思潮紧密联系。

在中国内部思想文化演变的同时，伴随着西方对中国的侵入以及中国学者的"放眼看世界"，西方的思想逐渐进入中国。19世纪末20世纪初，西方各门学科通过翻译涌入中国，进化论、无政府主义、实证主义、经验自然主义等被引进。思想文化界的内外交合的变革，其目的都与民族主义紧密联系，核心主题就是民族的生存和兴盛。在这个历史语境中，出现了一个共同的声音——民间。

清朝后期，中国学者在引进西方近代文化时，表现出了对"民"与"民间"的关注，除了受到西方人文主义的影响外，还有内源性的因素。他们在引进和接纳过程中就受到中国传统的"民本"思想与"采诗"的影响、规范，在政治思想上表现出了平民意识，文学上则开始重视、推崇"白话文学""平民文学"。

清末政治思想的变革，关注民间成了一种思潮，在这种政治思潮的影响下，文学领域也发生了巨大变革。最显著地表现在对于文学语言的态度上，主张用俗语著作，提倡具有通俗性的文学种类，如小说、戏剧；公开提出了文学为政治和社会服务（当时"政治小说"流行，并且产生了很多这类作品），特别是对于民间文学的注意，是当时学术界活动的一个重要方面，仿作民谣、俗歌，成为当时的一股巨流，并且将书本文学的起源追溯到口头文学（特别是口头诗歌）。这种观念是近代才有的，它是在进化论影响下形成的文学进化观。清末很多学者处于这一潋

---

[1] 参见赵世瑜：《眼光向下的革命——中国现代民俗学思想史论（1918—1937）》，北京师范大学出版社1999年版，第4页。

[2] 参见赵世瑜：《眼光向下的革命——中国现代民俗学思想史论（1918—1937）》，北京师范大学出版社1999年版，第14页。

涡之中，从改良派到革命派，都意识到了民间。

清代只是现代意义上民俗学酝酿时期，但是由于中国对民间文学关注的历史传统，以及当时特殊的历史境遇，知识分子卷入到中国近代的民族国家建设的洪流中，关注民间、民众成为当时的社会思潮，而这恰好符合民俗学的研究对象和主体，因此进步的知识分子都从非学术意义上关注着民间。他们是时代的先锋，处于民族革命倡导者的位置，关注民间，向民众讲述自己的思想，鼓动民众革命。为了达到这一目的，他们用民间文学的形式创作，将其作为一种工具，向民众宣扬革命，希望得到民众的响应。因此当时的学者虽然没有从学术意义上创建民俗学，但显而易见，他们都在非学科的意义上为民俗学的创建做出了自己的贡献，这符合当时的历史语境，同时埋下了民间文艺学的根基。

1918年2月1日《北京大学日刊》上发布了刘半农拟订的《简章》，这一历史事件作为中国民俗学产生的标志。民俗学诞生以后，各个领域的知识分子都积极加入，但因缺乏专业人士，出现"热闹有余而专业性则显不足"的状况。[1]这就形成了作为运动的民间文艺学之兴盛，但学术的推进则显苍白（第一章第三节已经详述）的状况。在西化大潮中，民俗学理论零碎、片断地被引进，学者根据自己的兴趣点进行着中国式的阐释和转化，这种局面一直持续到20世纪30年代。最初参与民俗学运动的学人，都有深厚的国学传统，再加上民俗学伴随着新文学运动诞生，在他们接受和发展民俗学中，自然而然落足于民间文学。由于对"民间"理解的不同，这一时期出现了名词的混乱，有"民间文学""民俗文学""民众文学""平民文学"等。研究方法则是在传统考据学的基础上吸纳了西方的实证主义，资料搜集成为基本问题（本章第二节详述）。30年代随着一批留学欧美的专业人士的回归，人类学、民俗学理

---

[1] 赵卫邦在 Modern Chinese Folklore Investigation 中提到："主要缺点是，那些民俗学研究工作的创始者们没有一个人充分熟悉民俗学这门科学的性质、理论和方法。……"原文载辅仁大学《民俗学志》1942年第1期，转自赵世瑜：《眼光向下的革命——中国现代民俗学思想史论（1918—1937）》，北京师范大学出版社1999年版，第149页。

论得以系统介绍,但他们的研究是以人类学为研究指归,民俗学只是作为他们的资料系统进行储备,所以这一时期民俗学学术上并没有大的提高,当然不能否认局部研究方法的更新和理论的提升。1910—1930年代,在中国学界学人并不关注民俗学与民间文学的关系,基本理念(当然钟敬文《民间文艺学建设》一文专门提出"民间文艺学"的术语,但它并不是学界主流,这在第一章第二节已经详述)两者是一致的。胡愈之《论民间文学》与1933年编纂、出版于上海的《辞源》都将民间文学与folklore对译,学科名称更多使用民俗学。1937年,抗日战争爆发,中国分为国统区、解放区和沦陷区。解放区的民间文学是在毛泽东《新民主主义论》和《讲话》思想的指导下发展(第二章第三节已详述),逐步显现出与之前和其他两个区域民俗学研究的差异。解放区民间文学研究完全纳入文学轨道,在理论研究方面,注重探析它作为文艺的一部分,论述其对中国共产党领导与革命战争的作用和意义、为人民大众服务的思想等;利用陕北丰富的民间文艺资料,进行改编和再创作,掀起了新秧歌运动、新说书运动与文人民间文艺(或称通俗文艺)创作的浪潮,这些为宣传中国共产党的政策、方针,唤起民众的民族情感起到了巨大的作用。这一时期确立了中国民间文学学科特质的历史合法性基础。1949年以后,解放区的民间文艺学思想推广到全国,作为学科的民间文艺学诞生(第一章第三节已详述),民间文艺学进行了重构,完成了从作为运动的民间文学向新民间文艺学的转向。20世纪50年代中期至1966年,这段时期民间文学沿着文艺学模式推进,基本上跟随作家文艺学的轨迹,没有凸显自我学科特质,这成为新时期,特别是90年代对民间文学进行反思的焦点。在纠偏的过程中,又走向了另一极端,那就是对历史的忽视,完全忽略了从延安时期开始民间文学研究的学术历程。80年代开始了新的一次西学引入高潮,文化学、民俗学理论再次大规模进入学人视野,而学术史的梳理则相对滞后,这样民间文学研究,特别是实现中国化过程中出现了很多症结,最突出的就是民间文学的特性,这成为困扰中国民间文艺学的瓶颈问题(具体本章第二节论述)。

## 二、困境及其发展趋势

世纪之交,各个学科都进行着回顾与反思,民间文学也不例外。在学人的百年回顾中,流露出一个共同点,那就是对民间文学发展的焦虑。

新时期至世纪末,从可以看到的学术成果而言,中国民间文学事业蓬勃发展,出现又一个黄金季节。在短短几年中,全国除台湾地区以外的29个省市,都建立了民间文艺家协会分会,仅总会会员就发展到3000多人。民间文学报刊数量剧增,80年代后期达到20多种。人才培养上也迅猛发展。最突出的就是1984年开始,由文化部、国家民委和中国民协共同组织领导,着手编纂民间文学三套集成,截至1990年全国共搜集到民间故事183万篇,歌谣302万首,谚语784万条,总字数达40亿。大量的县卷资料本,已在许多省市编印成书。各省市分别承担的三套集成国家卷的编纂任务现均已完成,到2000年底正式出版的国家卷已达到31种(故事集成11种、歌谣集成9种、谚语集成1种)。理论研究活动在这一时期也空前活跃,仅从1984年到1991年7年间,全国各地民协和专门学会就召开各种类型的理论研讨会100多次,出版理论专著30多种。中外学术交流的广泛展开,使研究视野更为开阔。然而,世纪之交的学人在面对百年民间文艺学发展时,并没有为这种表面繁华所迷惑,他们都意识到了民间文学的深刻危机与困境。

20世纪80年代人文科学文化热的兴起,民间文艺学领域逐渐展开多学科、多角度的研究,这本身并没有错,而且确实也开拓了许多新的学术境界。但是由于民间文学本身理论体系薄弱,在吸纳他人理论之时逐渐迷失了自我。从80年代中期开始,民间文学曾借鉴过文化人类学、考古学、民俗学、宗教学、比较文学等学科的理论,在借鉴的同时,它逐步滑向相关学科,特别是民俗学与文化人类学。民间文学与民俗学之间的密切关系难以否认,但它们研究本体有着区别也同样不可抹杀。特别是在中国,由于特殊的历史经历,民间文艺学逐渐发展成为一门较为成熟的人文学科,这无法直接与西方相对照。西方对于民俗学、民间文学的归属，彼此之间出入也非常大，这在前文已经论述，学人不能忽视中国民间文艺学自身的发展情境，而一味要与世界（主要是西方）接轨。新时期随着民间文学研究的民俗学化，后来直接归属于民俗学学科，民间文学的学科特质以及学科地位发生了变化，使得民间文学失去了学科认同。

  中国自"五四"以来就将民间文学置于文学艺术范畴之内。将民间文学完全等同于一般文学固然有其片面性，近几年在高校学科调整时有关部门将民间文学归入社会学门类的民俗学之中，又从另一方面抹杀了它的特质。这一举措对几代学人关于建立具有自己特色的中国民间文艺学的努力所带来的消极影响不能不使人为之忧虑。[1]

90年代开始，文化人类学理论大量被引进，民俗学研究者开始吸纳与引用，特别是人类学田野作业，它被认为是"客观的""科学的"，甚至有人提出"采风"或"资料搜集与记录"是非学术名词，要求一概用"田野作业"替代，这种新理论与新思想的引入本身无可厚非，但是运用中脱离中国传统的学术基础，出现了许多弊端与错位。大量的文化人类学理论，更是让人眼花缭乱，当然其中有些是对20世纪人文学说所进行的清醒反思，有许多真知灼见；但更多的是似是而非，直接复制与移植，将西方人类学的问题、理论与话语直接应用于中国材料。随着民俗学的人类学走向，民间文学也步入同一轨道。尽管中国民间文艺学学术史上曾利用过进化论人类学、功能学派人类学、精神分析和心理学、结构主义语言学等理论，他们也推动了民间文艺学的发展，相邻学科的交叉同样促进了学科内部学派的更迭；但是20世纪八九十年代民间文艺学被纳入民俗学以及文化人类学的转向，它的本体研究被忽略与丧失，学人对学科对象和学科核心概念产生了疑问。

---

1 刘守华：《中国民间文学研究百年历程》，《华中师范大学学报》（人文社会科学版）2001年第2期。

回顾20世纪中国民间文艺学的发展,可以清晰地看到它发展的三个高峰期(见下图),即20年代至30年代、40年代初至60年代中期、80年代。这三个时期民间文艺学都承担重要的社会责任,也就是承载着一定时代的社会功能,与社会基本问题相对应。"现代诸学科或是在知识的层面对于现代社会问题做出回答(或是在象征的层面与其他社会文化因素发生功能耦合的关系)。"[1]在全球化的时代,不同民族、地区的文化以前所未有的规模与速度交流沟通,在此背景下,人们既要吸收异质文化来充实自己,又要在这一过程中保持自己的民族地域文化特质,使之不被同化而丧失个性,对于非物质文化遗产的保护受到世界各国的重视与推崇。在这一语境中,中国各族民间文学的优秀之作将会更加受到人们的珍爱,以多种形态在社会文化生活中发挥它的积极效用;与此同时,国际学人对中国民间文学的研究兴趣也将日益增强,以此作为审视中华文化的重要窗口。这样,民间文艺学需要承担的社会功能和需要解决的社会基本问题发生了变化;民间文艺学面对如此境遇,倒不是纹丝不动,而是引入各种新的术语、名词、理论,但这些与社会基本问题发生了错位,民间文艺学内在研究并未得到实质性推进,结果造成了学科研究创新意识较弱,难以形成独立的学术理论体系。

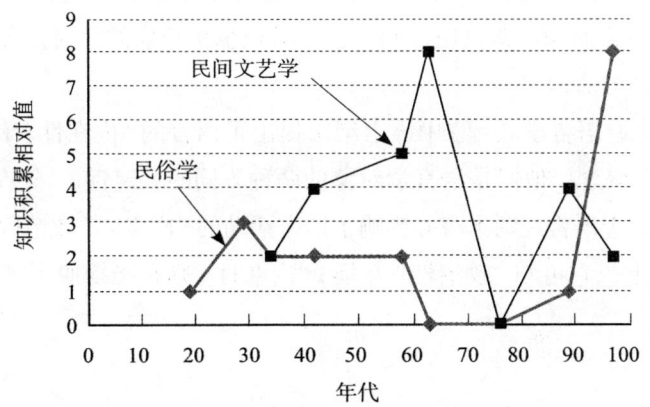

---

1　吕微:《"内在的"和"外在的"民间文学》,《文学评论》2003年第3期。

面对民间文艺学的困境，在世纪末回顾与反思的大潮中，民间文艺学领域的学人很多也提出了自己的预想与建议。笔者在梳理20世纪下半叶民间文艺学思想史的基础上，参见前人思想的前提下，对当前民间文艺学的发展以及未来走向提出以下几点思考：

### （一）民间文艺学基本问题的滞后与错位

基本问题是本书切入思想史研究的基点，文中讨论甚多。从整个20世纪下半叶，可以看出民间文艺学基本问题的脉络，它们波动很小，"关于什么是民间文学？我们研究民间文学的目的是什么？以及由此而派生的关于民间文学的范围界限，民间文学的搜集、整理和翻译，如何对待民间文学遗产，社会主义时期民间文学的发展问题，改旧编新问题，还有民间文学如何为社会主义服务等等，我记得这些问题有的在50年代就讨论过，但是至今还没有很好的解决"[1]。从这几句简单的论述中，可以看出老一代学人亲历民间文艺学发展之后的感言，同时也说明民间文学研究的停滞，但这并不是说长期的学术研究毫无意义。"学科的基本问题往往是社会基本问题在学术层面的知识性转换，学科对其基本问题的回答也就是在间接地参与社会问题的解决，或者是社会观念的建设甚至是社会实体的建构。"[2]而民间文艺学的基本问题没有出现这样的波动，自身研究的错位不言而喻。新世纪民间文艺学必须承担相应的社会任务，否则难逃被抛弃的命运。

在《普通语言学教程》中，索绪尔提出了语言的"内在性"和"外在性"这两个概念，他们是语言学对象的两种不同的规定性。"外在性"主要是指外在于语言规则本身并影响了语言活动的"广义的"政治因素，在一定程度上，它可与"政治性"互换；"内在性"则是指摆脱了外在性政

---

[1] 杨亮才：《我对民间文学工作的几点意见》，未刊稿。感谢杨亮才老师无私提供。
[2] 吕微：《"内在的"和"外在的"民间文学》，《文学评论》2003年第3期。

治的意识形态"干扰"的内在于语言系统的规则规定性。[1] 按照这一理念，新世纪学人面临民间文艺学基本问题重新建构与整合，这些基本问题首先必须是针对中国具体情境。我们认为民间文艺学基本问题应与社会情境对应，并不是仅仅强调民间文学"外在的"研究，但是如果第一步错位的话，其他的推进则毫无意义，它是民间文艺学"内在性"研究的必备条件。其次，这些基本问题要有助于推进民间文学"内在"的体系和规则之研究。韦勒克提出文学的研究分为"内部研究"和"外部研究"，在民间文艺学发展史中，民间文艺学的基本问题也可以说是分别针对民间文学内部研究与外部研究的，笔者在文中将其细分为自相关、有关相关、无关相关三个层面。从前文的分析中可以看出，在20世纪下半叶中国民间文艺学发展史中，民间文艺学的基本问题发生了自相关问题转化为有关相关或无关相关的问题，有关相关的问题转化为自相关或无关相关的问题，无关相关的问题则转化为自相关的问题，这种错位极大地影响了民间文艺学内在性研究的推进。可见，民间文艺学当今以及未来发展中，它的基本问题必须将"外在性"与"内在性"研究结合起来，偏重任何一方都难以保证民间文艺学的发展。

## （二）审视西方现代民俗学、民间文学理论依据及其研究对象、范围、分类等的极大局限性和非典型性

中国的民间文学具有悠久性、丰富性、多样性和稳定性，这就使得简单套用西方，特别是美国立足于"传统"移民文化及"现代性"的理论难以适用。我们要根据中国民间文学对象、范围、分类等的系统性和典型性，确立以中国民间文学为充分依据的民间文艺学理论架构，这样我们不但可以形成中国自己的民间文艺学，而且又可以扩充和丰富世界民间文学、民俗学。

---

[1] 参见 [瑞士] 费尔迪南·德·索绪尔著，高名凯译：《普通语言学教程》，商务印书馆1982年版，第44—46页。

## （三）资料搜集与研究范式之间的关系

民间文艺学与作家文学的一个显著区别就在于研究对象——文本的不同，后者相对而言稳定、封闭，前者则恰好相反。从世纪初学人开始着手于民间文学研究，资料的匮乏就成为学人抱怨的主要问题，其中一个缘由就是中国传统研究的根基和依据是以文字为根本的。民间文学缺乏文献文本是显而易见的，但即使有丰富的相关文献，也必然是挂一漏万。然而由于传统学术根基的影响，中国民间文艺学界学人努力将口头资料转为文献文本，将之作为工作的重要部分，在这个过程中，出现了资料搜集与理论研究的分离。其弊端十分明显，正如韦勒克所言，"这种将'研究'和'鉴赏'分割开来的两分法，对于既是'文学性'的，又是'系统性'的真正文学研究来说，是毫无助意的"[1]。

经过几代人的努力，中国民间文学资料的搜集及其成果在世界上而言都是巨大的，同时中国文献资料的丰富也是世界他国难以相比的。面对所形成的庞大的资料体系，学人却仍然在感叹资料匮乏，很多人甚至从研究范式出发，对以前的资料搜集成果进行质疑与诘难。中国民间文学研究范式长期沿袭书面文学，熟悉民间文学学术史的人都知道这一点，但并不意味着研究范式转换为口头的，就必须完全转向西方人类学的田野作业。伴随着全球化经济的发展，国际科学界开始了人文主义的反思，对于人类学田野作业一味强调的"客位"提出了质疑，反对那种收集民俗民风的资料，或做出生动具体的鲜活的描写、或录制成动人的声像并以此为学科目的。那种以收集民间文学或民俗文物代替民间文学研究的传统被抛弃。民间文艺学领域通过田野作业获得资料，必须遵循上述原则，以建立民间文学理论为起点与归宿；同时不能将其作为唯一资料来源，更不能完全模仿人类学的田野，而是要形成符合自己研究对象和学科特质的资料体系，充分运用文献、实地调查、考古三个层面的

---

[1] [美]勒内·韦勒克、奥斯汀·沃伦著，刘象愚等译：《文学理论》，江苏教育出版社2005年版，第4页。

资料。

总之，新世纪民间文艺学不应再如以往那样，只是对民俗学、作家文艺学简单复制与移植，或者仅仅作为其他学科的资料系统或者注解，而应立足于本土与自身的研究本体，使其对中国问题具有解释效力，并产生中国民间文艺学自身的问题、话语与理论体系。

## 第二节　民间文艺学思想的依附性与自主性

依附性与自主性的意思为依随前进与自主发展，当然这两个词只是相对意义上使用。民间文学与民间文艺学，学界一直有不同的指称与内涵，两者都可指称学科名称。在学术史历程中，民间文学既可指研究对象，也可是学科名称，这在很大程度上造成了学术研究的混乱；民间文学可以成为文学、民俗学、文化人类学、历史学等学科的研究对象，如果我们所指称的民间文学是学科名称，它包含从各个视野与方法的研究，那么很容易造成它自身学科的迷失，这不能不说是它从90年代开始陷入前所未有危机与困境中的因素之一。笔者认为，民间文艺学就是指以文学的视野对民间文学所进行的研究，在本书中为学科的名称，而将民间文学视为其研究对象。本书所论为20世纪下半叶民间文艺学思想史，经过前四章的论述，我们可以看到民间文艺学学术历程和思想脉络中清晰的两个层面，即依附性和自主性。为了对其思想脉络有较准确的把握，本节主要论述民间文艺学思想史发展中的自主性和依附性，具体从民间内涵的演化、资料搜集与整理的发展历程、文学性阐释之变化进行论述。由于特殊的学术背景与经历，民间文艺学思想首先存在对西方相关学术理论而言的依附性与自主性；其次，20世纪下半叶民间文艺学思想发展中，它对作家文艺学思想显著的依附性以及一定意义上的自主性；再次，民间文艺学与民俗学之间密切的关系，使得在思想史历程中存在着对民俗学思想的依附性与自主性。以下从这三个层次具体进行论述。

## 一、民间内涵的演化

"民间"（Folk）作为一个学术名词是在民俗学、民间文学（都译为 Folklore）出现之后。"Folk"一词来源于古英语中的"folc"，它的意思为"一大群武士""许多战士"；（folk, n.-ME.Fr.OE.folc, 'people, crowd', rel.to ON……G.volk, 'people', fr. Teut. fulka-. Which prob. meant org. 'host of warriors'，据《Klein's Comprehensive Etymological Dictionary of the English Language，Elsevier Scientific Publishing Company，1971.》与"Folk"相应的德语为"volk"，它的意思为"人民""民众、群众""军队"的意思；它还有一个意思，就是与"Vulgar"同义，胡适于 20 世纪 20 年代已经提到，他认为"Vulgar"与"Folk"是同源的，这一词语源于拉丁语，它本义为平民、百姓以及陋民、愚民。由此可知，"folk"侧重于"民"，西方的"民间"就以它的构成基础"民"为主导，而"民"是一个历史的概念，不同历史时期"民"的成分不同导致"民间"的非稳固性或者说流动性。对民俗兴趣的日益增长，与 19 世纪浪漫主义和民族主义的思潮紧密联系，赞美普通的人，也包括对他们怀恋的，被认为是消逝的语言和风俗的兴趣在内，1846 年威廉·汤姆斯创建"民俗学"（Folklore）这一术语，它就是指"被忽略的风俗习惯"、"正在消失的传说"及"片断的歌谣"，它的出现对于民俗学领域的意义如同迪斯雷利（Disraeli）把祖国（Fatherland）一词引入英国文学词汇中一样。[1] 它用"民俗"取代了"大众古俗"，也就是用"民"取代了"大众"，表明被想为"低下"或"落后"的那部分成员在数量上和在社会上不再被认为是普遍的了。[2] "过去的和私人的东西，自然的和外来的东西，

---

[1] 参见［美］阿兰·邓迪斯编，陈建宪、彭海斌译：《世界民俗学》，上海文艺出版社 1990 年版，第 5—6 页。

[2] 参见户晓辉：《现代性与民间文学》，社会科学文献出版社 2004 年版，第 71 页。

逐渐成为维多利亚人心目中的'民'。"[1]正如邓迪斯在《美国的民俗概念》中所说，对于文学民俗学家和人类学民俗学家来说，民都是他者（the other）。[2]拥有民俗的人或者被认为是迷信的、无文字的、落后的、原始的，或者被看做单纯的、一尘不染的、田园式的、亲近自然的……这样就在传统文化和现代文化之间呈现出了：民/精英；乡村/城市；农业/工业；农民/工厂的工人；文盲/识字者；手艺/机器；口语/大众传播；落后/现代；迷信/理性；巫术/科学；边缘/中心。[3]"民间"就作为研究者的"他者"被构建起来。随着社会的发展，作为"他者"的"民间"之范围在不断缩小，也就是民俗学的研究对象在萎缩，这就造成了对民俗学作为一门社会人文科学的实用性以及价值的质疑。民俗学通过"民间"研究的地域以及群体范围的扩大，逐渐将研究者所在的文化地域以及所属群体囊括进其研究视野，"民众"这个词可以指"任何民众中的某一个集团"，[4]民俗成为"具有普遍模式的生活文化和文化生活"，[5]即文化地域之空间成为"生活世界"，可以指边缘与中心、农村与城市任何"民"生活的文化空间。研究者也处于"民间"的范围，从"民间"的立场上进行民俗学研究，而不是"眼光向下"地看"民间"，人类学民俗学更重视这一理念上的转变，与人类学自身的反思密切相关，乔治·E. 马尔库斯（George E. Marcus）与米开尔·M. J. 费切尔（Michael M. J. Fischer）认为：

---

1　Simon J. Bronner, *American Folklore Studies: An Intellectual History*, University Press of Kansas, 1986, pp.29-30. 参见户晓辉：《现代性与民间文学》，社会科学文献出版社2004年版，第70—71页。

2　Alan Dundes, *Analytic Essays in Folklore*. Mouton Publishers, 1975, p.6；Rosemary Levy Zumwalt, *American Folklore Scholarship: A Dialogue of Disent*, Bloomington and Indianapolis: Indian University Press, 1988, pp.6-7, p.100. 参见户晓辉：《现代性与民间文学》，社会科学文献出版社2004年版，第73页。

3　Richard M. Dorson(ed.), *Folklore in Modern World*, Mouton Publishers, 1978, pp.11-12.

4　参见[美]阿兰·邓迪斯编，陈建宪、彭海斌译：《世界民俗学》，上海文艺出版社1990年版，第3页。

5　参见高丙中：《民俗文化与民俗生活》，社会科学文献出版社1994年版，第11—12页。

人类学者应认识到自身可能带有的社会与文化偏见,并自觉地与这种极可能为文化支配提供条件的偏见保持距离,采用批评的态度来对待偏见。[1] 从上述西方"民间"的发展历程以及国内学人的引进与延伸,完全忽略了中国民间文艺学(中华人民共和国成立之前与民俗学没有严格区别)自身的发展,特别20世纪50—70年代民间文艺学中对"民间"内涵的具体阐释与思想。

中国"民间"一词意思较为广泛,它最早出现于西汉《春秋繁露》卷四《王道第六》中:"诸侯出疆必具左右备一师以备不虞,今蔡侯恣以身出入民间,至死闾里之庸,甚非人君之行也。"显然,这里的民间是一种文化地域概念,和"闾里""闾巷""闾阎"意思相近。综观中国古代与民俗有关的典籍,"民间"之意大致可以分为表示"文化地域"与"民众群体"两个层面,其中又可以具体划为若干小类。

文化地域之"民间",具体大致可以分为:1. 表示泛指的天下与人间两种意义。如《尚书注疏》卷九《商书》,"传审所梦之人,刻其形象以四方,旁求之于民间",孔颖达疏为求诸天下。《论衡》卷七《道虚篇》:"河东号之曰斥仙实论者闻之乃知夫人去民间升皇天之上精气形体有变。"这里的民间即人间。但表示这两种意义的较少。2. 与宫廷、官府相对的空间。如《后汉纪》卷第十四《后汉孝和皇帝纪下卷》:"十二月辛未,帝崩于嘉德殿,初数失皇太子养于民间,群臣无知者莫不惶懼,邓后乃收皇太子于民间。"再如《增补武林旧事》卷三《西湖游幸》:"冬至谓之亚岁,官府民间各相庆贺一如元日仪。"3. 与朝廷、官场相对,即所谓远离庙堂的江湖。如《史记》卷一百二十七《日者列传》第六十七:"从古以来,贤者避世,有居止舞泽者,有居民间闭口不言者,有隐居卜筮间以全身者。"4. 与城、都城等较为繁华之地相对,意谓农村偏远之地。如《后汉纪》卷第二十三《后汉孝灵皇帝纪》上卷:"宠见,劳来曰:'父老何乃自苦远来?'对曰:'山谷鄙老,生未尝到郡县。佗

---

[1] [英]乔治·E. 马尔库斯、米开尔·M. J. 费切尔著,王铭铭、蓝居达译:《作为文化批评的人类学》,生活·读书·新知三联书店1998年版,第5页。

时吏征发不去民间，或夜不绝狗吠，竟夕民不得安。自明府下车以来，狗不夜吠，吏稀至民间。年老遭值圣化，今闻当见弃，故自力力送。'"

民众群体之"民间"，具体可分为：1.与官方、官吏相对的民间之人，即庶民、庶众。如《资治通鉴》卷第一百九《晋纪》三十一："民间皆言圣人起兵事无不成，从之者甚众。"2.城市中与富贵人相对之民，平民，普通人。《东京梦华录》卷八《中秋》："中秋夜，贵家结饰台榭，民间争占酒楼。"3.农民。如《风俗通义》卷八《祀典·先农》："孝文帝二年正月诏曰：'农者天下之本，其开籍田，朕躬率耕以给宗庙粢盛。'今民间名曰官田，古者使民如借故曰籍田。"这是前学科意义上对"民间"一词的理解，它为民间文艺学之"民间"奠定了基础。

中国学科意义上的"民间"从清末民初开始。当时的知识分子意识到了"民间"的主体"民"，及其文化知识，从政治、思想的视角将"民间"引进20世纪中国学术界。20世纪初"民权、民智、民识"成为知识分子关注的中心，至30年代民间成为各领域知识分子关注和讨论的焦点，尽管他们从各个视角出发所关注的侧重点以及层次不同，有的是关心"民"，农民或平民，但在他们眼里，"民"都是未开化、无知识之民众；有的则是强调民生活的"空间"——农村或城市；有的重视民众的文化知识。他们都意识到了"民间"的重要性，认为拯救和改造民间是中国的必由之路，但他们"提倡'平民文学'是为了启蒙，而不是为了俯就"[1]。知识分子的立场是民众的导师，民众的领路人，他们将"民间"视为他者，与西方如出一辙。

从20世纪30年代中期至40年代末期，国统区、沦陷区、解放区的"民间"表现出了不同的发展趋势。国统区的"民间"从原来汉族农村的单一领域扩展成了多民族，在地理空间上就演化为农村以及少数民族的生活空间，文化承载者成为农民和少数民族，以及他们的知识系统。沦陷区主要是指东北地区，"民间"演化成为东北地区中国人的生存空间及其生活于这一空间的中国人之文化系统。解放区的民间文艺学思想

---

[1] 陈平原：《"通俗小说"在中国》，《上海文化》1996年第2期。

影响着建国后民间文学的发展，在此对其进行详述。多尔逊认为："共产主义团体早在 1919 年的五四运动中就已经在活动，民俗可以为共产主义思想做宣传的作用，必然不会被忽视。他们从民俗中间发现了许多可资利用的因素，来使自己的事业同七亿伟大而无名的人民群众统一起来。"[1] 中国共产党很早就意识到文学在革命中的作用和意义，尤其重视大众文学（包含民间文学在内）在宣传中的效果。正如王明所说："在反对国民党的武装斗争时期，中央苏区和长征路上，红军里就有了自己的剧社、宣传队，中央苏区还成立过瞿秋白同志为校长的高尔基戏剧学校。"[2] 中国共产党到了陕北之后，随着大量知识分子特别是文艺界人士进入革命根据地，中共开始在这个领域形成系统的思想。1937 年日本发动全面侵华战争，中国人民广泛的抗日民族统一战线在民族解放战争的旗帜下形成，在全国抗日的情势下，有着革命传统的文学必然介入，作家走向了农村、部队、小城镇，为了更好地配合抗战的需要，文艺界成立全国性组织——中华全国文艺界抗敌协会，在全国形势的影响下，1936 年 11 月中旬，在苏区首府保安，经过党中央批准，成立了中国文艺协会。在成立大会上，毛泽东特别提出，"文协"的同志要"发扬苏维埃的工农大众文艺，发扬民族革命战争的抗日文艺"。这是对十年苏区文艺运动的总结，也是他对即将出现的抗战文艺运动的高潮的期望，"大众"这两个字正式进入毛泽东提出的文艺口号。《讲话》则将大众演化为人民，并指出："最广大的人民，占全人口百分之九十以上的人民，是工人、农民、兵士和城市小资产阶级。所以我们的文艺，第一是为工人的，这是领导革命的阶级。第二是为农民的，他们是革命中最广大最坚决的同盟军。第三是为武装起来了的工人农民即八路军、新四军和其他人民武装队伍的，这是革命战争的主力。第四是为城市小资产阶级劳动群众和知识分子的，他们也是革命的同盟者，他们是能够长期地和我

---

1　安德明：《多尔逊对现代中国民俗学史的论述》，《北京师范大学学报》（社会科学版）1996 年第 6 期。

2　王明：《中共五十年》，东方出版社 2004 年版（内部发行），第 253 页。

们合作的。"解放区的研究者广泛使用"民间文学"一词，基本上没有提及"民俗学"。民间文学并不是一个新词，1933年编纂、出版于上海的《辞源》中，就已经出现这个词，并且与"Folklore"对译。"实际上，这一强调口头语言传统和习惯的词语，与'民俗学'的意义非常接近。它之所以被党接受，只是由于'民间'具有'来自民众'的意义。"[1] 我们不能完全同意多尔逊（Richard M. Dorson）的观点，但是他所说"民间"受到党的青睐则是符合事实的。其中人民首先是工农兵，为了熟悉他们，就要到党政机关、农村、工厂、八路军新四军里面，这样"民间"在地理空间上指的是工农兵生活空间，文化承载者——民就是工农兵。

中华人民共和国成立前夕，在北平（今北京）召开了"第一次文代会"。一般来说，这次大会后被视为中国当代文学的开端标志。在大会上，周扬代表解放区作了报告——《人民的文艺》，中华人民共和国的文艺必然是成为"人民的文艺"。文学史家为此作了努力。1950年4月，上海北新书局率先出版了蒋祖怡的《中国人民文学史》一书，该书界定"人民文学"的四项特质为：口语的、集体创作的、勇于接受新东西、新鲜活泼而又粗俗浑朴。从其定义可知，他将人民文学等同于了"民间文学"。但是很快这一观点受到批评和指责。1956年，北京大学55级和复旦大学55级集体编著的两种《中国文学史》问世，结合这两部文学史的实践，就民间文学是不是"正宗"或"主流"的问题，古典文学界正式展开了一场具有针对性的讨论，讨论的结果是"民间文学"是无法涵盖整个中国文学的，也无法占据中国文学的"正统"地位。但是民间文学突出的人民性特征无法忽略，从民间文艺学思想性与社会价值、民间文学概念的重新书写以及钟敬文、赵景深等人在中华人民共和国成立后民间文艺学思想的转向，特别是周扬、何其芳、贾芝等关于人民性的思想，可以看出当时"人民"在政治意识形态以及民间文学中的重要意义。同时它也是中国根据自身的需要对民间的重新建构以及内涵的阐释，在

---

[1] 安德明：《多尔逊对现代中国民俗学史的论述》，《北京师范大学学报》（社会科学版）1996年第6期。

"人民"这个词的运用中，呈现了学人思想的转换，他们都竭力地要将自己划归民间，周扬甚至一度推崇"人民的口头创作"，发起新民歌运动，这些如果仅仅用当前的民间文学概念来考量，则只会得出跃进与错误的结论。实际上如果结合具体情境，对民间文艺学基本问题和学人的思想进行具体分析，就可以看到民间文艺学自身思想推进的轨迹。新时期随着思想的解放，学人则将人民的内涵进一步扩大，不仅仅再局限于工农兵，而成为以劳动人民为主的广大人民。"民间"演化为人民，研究者对于它而言不再是他者，这种阐释与理解推进了民间文学研究范围的扩大，促进了中国民间文艺学的自主发展，在一定意义上来说，它促进了民间文艺学史上一个辉煌期的出现。

## 二、资料搜集与整理的发展历程

中国民俗学以征集歌谣为开端，表面上看，和时势与学人的嗜好有直接关系，但从历史看，恐怕有更深远的根源。理查德·多尔逊在为德国民俗学家沃尔夫·爱伯哈德（Wolfram Eberhard）缩编英文版《中国民间故事类型》（1965年芝加哥大学出版社）作的序中指出了中国现代民俗学的历史渊源。他说，令人惊异和难以置信的是，这些搜集和利用民间歌谣、故事的活动，看起来是如此现代的一门科学研究，然而它却几乎完全重现了孔教时代的理论和方法。孔子就曾从3000首民歌和颂辞之中精选了300首，编成了《诗经》。高度集权的汉王朝，于公元前3世纪建立封建体制之后，设置了乐府机构，来保存和整理现世歌谣。这类歌谣不同于庆典音乐，而是在大众节庆时演唱的。同时，它还任命官员，采录和收集市井中流传的传说轶闻。皇帝和朝臣们会认真分析这些材料，以此来判断民心及其统治效果。乐府机构编集的歌谣，很快就会被宫廷诗人所模仿，而民间故事则为文言小说家的创作提供了源泉。因此，可以说，20世纪民俗学的研究机构、大宗资料记录以及田野考察活动，关注大众歌谣和故事的社会与艺术价值，是继承了长期延续的中国传统。[1]

晚清民间思潮的兴起，除了吸纳西方思想以外，中国传统的民本思想成为重要的根基。"民本思想"外在表现就是到民间的求诗传统。古之圣人害怕上下之情不通，而用"诗"通之。皇帝立名台之议，尧有衢室之问，舜有告善之旌，禹立谏鼓而备讯，春秋时，晋文公听舆人之诵。《诗经》被列于六经，《左传》师旷引夏诗曰："遒人以木铎徇于路，官师相规，工之艺事以谏。"《礼》曰："命太师陈诗，以观民风"，郑康成曰："陈诸国之诗，将以知其缺失。"《汉书·食货志》："孟春之月，行人振木铎徇于路以采诗，献之太师，比齐音律，以闻于天子……"《风俗通义》曰："周秦帝以岁八月遣輶轩之使采异方言，还奏之藏于私室。"《管子·大匡篇》："凡庶人欲通，乡吏不通，七日，囚。"《公羊》宣十五年传注："从十月尽正月止，男女有所怨恨，相从而歌，饥者歌其食，劳者歌其事，男年六十，女年五十无子者，官衣食之，使之民间求诗"，等等。晚清学人重新提起和审视中国古代采风制度。王韬《弢园文录外编》中专门列出了重民三篇，提出了"中国欲谋富强，固不必别求他术也。能通上下之情"。[2] 冯桂芬在《校邠庐抗议》中谈到了解民情的重要，专列篇章《复陈诗议》，提倡恢复古之陈诗制度，强调"诗者，民风升降之龟鉴，政治张弛之本原也"[3]。这一传统使得中国的民俗学和民间文学能迅速接纳实地调查的研究方法，资料的搜集与整理成为伴随着中国民间文学研究的核心问题。

1918年2月1日《北京大学日刊》上刊载《简章》，它关于搜集资料的办法规定有"嘱托各官厅转嘱各县学校或教育团体代为搜集"，北京大学的前身京师大学堂，在它成立时规定"各省学堂皆归大学堂管辖"，因此，"京师大学堂不仅是全国最高学府，而且是全国最高教育行政机

---

1　安德明：《多尔逊对现代中国民俗学史的论述》，《北京师范大学学报》（社会科学版）1996年第6期。

2　王韬：《弢园文录外编》，上海书店2002年版，第56页。

3　冯桂芬：《校邠庐抗议》，上海书店2002年版，第34页。

关"[1]。民国设立教育部,但它这种影响仍然不可忽视,再加上当时校长蔡元培,又曾是中华民国的首任教育总长。正因为这样,起自北京大学的歌谣征集能在全国范围内掀起高潮,形成席卷全国的一种运动。形成鲜明对照的是1914年周作人对于儿歌的征集,当时他只收到一首儿歌。这当然一方面是个人与权威机构之间的巨大落差;[2]另一方面也是中国采风归属官方思想之延续。歌谣运动伴随新文学运动产生,本身也是新文学运动的一部分,它的目的之一就是文学的,这与中国求诗传统一脉相承。另外建立民间文学资料总藏的思想。歌谣运动从一开始就将《中国近世歌谣汇编》作为第一项努力目标,1937年胡适在《歌谣》周刊第3卷第1期上发表《全国歌谣调查建议》,提议在全国范围内进行歌谣调查,希望同仁在现有基础上,用二三十年时间"完成全国各省县的歌谣收集和调查",这一理想到80年代中期才开始实现,但至今尚未完成。

学人重视将口头文学转换为文献资料,最高成就当推顾颉刚对孟姜女故事和董作宾歌谣比较的研究,至今它们仍是民间文艺学界的高峰,也是当前学人研究的主要范式。我们可以说,在口头资料转换为文本的研究中,中国有着自己独特的研究方法,这种方法可以与西方的理论对接与媲美。90年代引进西方的表演理论时,学人没有进行积极的学术史梳理和反思,对中国特有的研究方法没有任何推进,而是重新在其起点吸纳。

延安时期解放区对于民间文学资料的搜集是中国民间文艺学史上的第二次浪潮,这一时期的主导思想与中国传统采风完全一致。《陕北民歌选》在凡例中提到编选的目的:

> 我们编辑这个选集,不是单纯为了提供一些民俗学和民间文学的研究资料,而是希望它同时可以作为一种文艺性质的读物。我们选择的标准是要求在思想性和艺术性上或多或少有一些可取之处。

---

1 《北京大学校史(1898—1949)》(增订本),北京大学出版社1988年版,第11—12页。
2 陈泳超:《作为运动与作为学术的民间文学》,《民俗研究》2006年第1期。

因此，从一千余首陕北民歌中，我们只选了这样一册。[1]

《陕北民歌选》的成绩不可磨灭。这是首次直接向民众搜集，调查者深入工农大众，和工农打成一片，可以说这一时期为"客位"调查积累了丰富的经验。在写定时标明民歌出处并对文本进行了详细的注释，尤其是这一时期音乐研究者参与，给所搜集的民歌附乐谱，在民歌领域实行多学科参与、多学科合作的研究，这样的研究方法在目前的民歌研究领域仍需提倡，因为当前民歌研究处于歌词与音乐分离的现状，但延安时期却做得相对较为科学和成功。另外是反对仅仅对民歌文本的单纯分析，强调研究"演唱中的民歌"，这一理念可以说与西方的表演理论有异曲同工之妙，但遗憾的是它没有被后来的民间文学研究者承继下来，中国的民间文学研究走了很长的弯路。1949年以后，对于民间文学资料的搜集在继续，1958年新民歌运动达到了顶峰。关于这一时期民间文学的搜集、整理第二章第一节已经论述，它是特殊情境中的产物，对于它的成绩与弊端应该在历史长河中予以客观审视。当时日本学者就指出："采集整理的方法和技术虽然还有不足之处，但是中国各民族的民间故事如此大量而广泛地加以采录，这在中国历史上还是第一次。尽管这一工作进行得还有些杂乱，但是这标志着把各民族所创造的神话、传说、民间故事这一个有机的民间口传文学世界，作为一个活生生的整体，而不是零敲碎打地加以把握的一个开端。"[2]多尔逊也认为，"不应该把共产党对民俗的这种运用，看作只是制造或'整理'的宣传工具而不屑一顾，其实西方的民俗学家也曾声称他们可以对故事进行美化"[3]。20世纪80年代启动三套集成的工作，由中央政府出资，以行政指

---

1 何其芳、张松如:《陕北民歌选》"凡例"，新文艺出版社1952年版。

2 中国民间文艺研究会研究部编:《民间文学参考资料》第八辑，内部资料，1963年，第6页。

3 安德明:《多尔逊对现代中国民俗学史的论述》，《北京师范大学学报》(社会科学版)1996年第6期。

令下达省市县各级部门抽调人员，组成专门机构展开。对于它的得失评说众多，一个突出现象就是到世纪末，它的成果没有得到利用，相反倒是我国香港、台湾和国外的学人高度重视。大陆学人，特别是民俗学派对其批评甚众，他们要求用民俗学的田野作业方法对民间文学资料进行调查与搜集，反对政府的集体作业。学人此思想是反对学术对政治依附的延续，但是他们似乎忽略了歌谣运动的开端，北京大学的介入正式拉开了民间文艺学的帷幕，而周作人自己的资料征集则以失败告终；中国历史传统以及民间文学与政治关系的特殊性使得它与民俗学、作家文学有着显著不同，因此三套集成的成就与作用在民间文艺学思想史上应该得到它应有的认可与位置，它是对中国传统民间文艺学思想的延续，与西方民俗学思想有着显著差异，当然它也有不足之处。

中国民间文学在资料搜集的方法上对于西方民俗学思想的自主性非常明显。它延续了中国的求诗传统，形成了中国化的资料搜集方法。这种方法存在弊病，有需要改进的地方，但并不意味着需要全方位引入西方人类学与民俗学田野作业，这从80至90年代田野作业发展可以略见一斑。21世纪初学人呼吁重新审视田野，仅仅是对新时期以来田野作业高扬的反省，尚未完全意识到中国民间文艺学在资料与整理中思想的自主推进，相反西方学者倒是意识到了。

## 三、文学性阐释之变化

文学研究成为独立的社会活动之后，人们提出了文学特殊性和文学的问题。"关于文学性的定义，成了20世纪文学批评界和理论界的世纪课题，也成为世纪难题之一。"[1]至今中外学界也没有给出令人满意的定义。民间文学作为文学的一部分，它的文学性亦是众说纷纭。在此没必要对其进行定义的罗列和辨析，重要的是不同学人和不同时期对于民间

---

1 [加拿大]马克·昂热诺等主编，史忠义、田庆生译：《问题与观点——20世纪文学理论综论》"序"，百花文艺出版社2000年版，第1页。

文学文学性的阐释背后之思想的表达和展演。

　　1942年7月，罗常培在昆明广播电台发表演讲《中国文学的新陈代谢》总括新文学运动时说："一个（按：指胡适）是要建立一种活的文学，一个（按：指周作人）是要建立一种人的文学。前一个理论是文学工具的革新，后一个理论是文学内容的革新。中国新文学运动的一切理论，可以包括在这两个中心思想的里头。"[1] 胡适和周作人对于新文学文学性的阐释包含民间文学在内。胡适对于活文学的阐述：他最初所说的活文学只有"宋人语录，元人杂剧院本，章回小说以及元以来之剧本，小说而已"。[2] 后来他得出结论："一部中国文学史就是一部活文学逐渐代替死文学的历史。我认为一种文学的活力如何，要看这一文字能否充分利用活的工具去代替已死或垂死的工具。当一个工具活力逐渐消失或逐渐僵化了，就要换一个工具了。在这种嬗递的过程之中去接受一个活的工具，这就叫做'文学革命'。"[3] 在《新青年》上正式发表《文学改良刍议》论述了他的这一观点。《历史的文学观念论》《建设的文学革命论》《答朱经农书》逐步演化出了他的思路——文言文学向白话文学的历史演化，经过革命加快白话文学（"活文学"）取代文言文学（"死文学"），而且他首先看到的是民间白话语言所具有的"工具性"作用，这一点在他的《〈尝试集〉自序》中表达得很明确，他说："我们认定文字是文学的基础，故文学革命的第一步就是文字问题的解决。我们认定'死文字不能产生活文学'，故我们主张若要造一种活的文学，必须用白话来做文学的工具……"[4] 从这些阐述中可以看到，他认为文学应该是"活文学"，这是新文学的特性，其对立面是"死文学"，他的文学史写作以此为基点，正如陈平原所说："这一研究思路打破了此前按朝代或文体讨论文学演

---

[1] 罗常培：《中国文学的新陈代谢》，收录于《中国人与中国文》，参见司马长风：《中国新文学史》，香港昭明出版社1975年版，第116页。

[2] 胡适：《胡适留学日记》，岳麓书社2000年版，第125页。

[3] 胡适著，唐德刚译：《胡适口述自传》，华文出版社1992年版，第159页。

[4] 胡适：《〈尝试集〉自序》，姜义华主编：《胡适学术文集·新文学运动》，中华书局1993年版，第382页。

进的惯例,找到了一根可以贯穿二千年中国文学发展的基本线索。自此以后,中国文学史再也不是'文章辨体'或'历代诗综',而是具备某种内在动力且充满生机的'有机体'。"[1]周作人以"人的文学"来阐释"新文学",后来对其进一步具体化,即平民文学。他认为"用这人道主义(按:指个人主义的人间本位主义)为本,对于人生诸问题,加以记录研究的文字,便谓之人的文学"。[2]平民文学中作了进一步阐释,平民文学与贵族文学的区别指的是文学精神;前者普遍与真挚,后者则是偏于部分的,修饰的,享乐的,或游戏的。[3]可见他从文学精神层面对新文学(包含民间文学)的文学性进行了正面阐释。胡适和周作人对于民间文学的文学性阐释相对于文言文学,而不是后来学术史上相对于作家文学。20—30年代,学界对民间文学的名称并不统一,有"民间文学""平民文学""民众文学""民俗学""民情学""口语文学"等,这表现了对它文学性的不同理解,但都是基于胡适与周作人的思想,同样其目的也不是厘定民间文学与作家文学,这样民间文学之特殊文学性并没有得到进一步的推进与深入思考,尽管钟敬文在1935年就已经提出了"特殊文艺学"之思想,但也只是一个名词而已。

延安时期选择了"民间文学"的称谓,重视它的思想性,最后直接演化出了"人民的文学"即用人民性来阐释民间文学的文学性。

在米歇尔·福柯(Michel Foucault)看来,"一个语词只有进入特定话语的范畴才能获得意义,也才有被人说出的权力。否则,便要被贬入沉寂。特定的话语背后,总体现着某一时期的群体共识,一定的认知意愿"[4]。福柯在这里揭示的是一个人的认识是否要接受,是否被视为"真理",有赖于他的认识是否符合群体的共识。而政治文化就是这一"群

---

1 陈平原:《中国现代学术之建立》,北京大学出版社1998年版,第194页。
2 周作人:《人的文学》,《新青年》1918年第6期。
3 周作人:《平民的文学》,《每周评论》1919年第5期。
4 [法]米歇尔·福柯著,张廷琛等译:《性史》,上海科学技术文献出版社1989年版,第4—5页。

体共识"的一部分。熟悉中国当代文艺学学术史的人都知道,50年代至70年代延续了40年代以来的延安传统,战时的文艺思想和建设现代民族国家的需求是当代文艺学研究的主导思想;文艺学处于政治文化的规约中,没有在学科的知识层面充分发展,也没有被当作专门性的知识范畴。民间文艺学同样如此,它的三个发展高峰期都与承担特定的社会责任直接相关,此处所要论述的依附性除了这一层外,主要是指民间文艺学对作家文艺学和民俗学的依附。

1949年以后,政治文化对文学的要求使得民间文学作为文学的特殊性与优越性得以彰显。民间文艺学逐步纳入政府体系,学人的思想逐步走向统一,20年代就介入民间文学研究的钟敬文、赵景深等学术转向,构建"新"的民间文艺学理论;周扬、郭沫若作为文艺界领导人更是高屋建瓴,在民研会成立之时对它的未来发展做了政策性的导向。就民间文艺学思想发展而言,人民性的提出是对它文学性阐释的一个推进。民间文学虽然在新的政治体制中于文学领域获得了一席之地,但是追随和模仿作家文艺学的痕迹非常明显。周扬人民的文艺之思想、何其芳关于民间文学文艺的研究以及贾芝的民间文学观,更多是关注民间文学与作家文学作为文学的共性,遵循延安时期民间文艺是文学之基本思想;学术领域对于民间文学的范围、民间文学是否文学之主流、民间文学的搜集与整理以及民间文学的人民性等基本问题的讨论与解决方式基本上处于移植作家文艺学的状态,这就造成研究理论与问题之间的偏差,从而使得民间文艺学在这一时期的发展中呈现出更多意识形态色彩,以至于很多学人在新世纪民间文艺学的反思中轻易地对其持否定态度。

新时期开始,钟敬文的学术理论逐步处于民间文艺学的主导地位,学界其他思想渐趋边缘化,特别是90年代学界基本上是一枝独秀。钟敬文从30年代就提出"特殊文艺学思想",80年代开始他进一步对自己的思想进行阐释,在当时特定的情境中,他与逐步兴起的文化热潮相结合,演化出民俗文化学时代性新名词。他对民间文艺学的特殊文学之解释转向它与下层文化、日常生活的不可剥离性,在他的系统理论中,民间文学日渐转换为民俗学的资料学系统,从90年代开始,民间文艺学基本上消失在了民俗学中,附着于民俗学思想。直到新世纪,民俗学、民间文学领域开始"后钟敬文时代",学人才开始反思民间文学文学性研究的失落。

对于民间文学文学性之阐释可以补充作家文学文学性理解的偏颇,构建完整的文学性;同时也能清晰地阐明民间文学的特性,为学科的发展奠定坚实的理论基础。新世纪开始,学人注意到民间文学研究本体——文学性的丧失,开始注重它的文学性阐释,在新一轮的阐释中,应该对20世纪民间文学文学性阐释之思想史有所了解,在他们的基础上争取有新的推进,以免再次出现偏差,落入误区。

综观20世纪下半叶民间文艺学思想的发展,会看到它的单薄,我们不能仅仅将其归属到学科问题,它在自身思想推进中对作家文艺学和民俗学的依附则是更重要的因素,同时对于中国民间文艺学思想推进中若隐若现自主性之忽视与缺乏反思亦是一个重要因素。新世纪民间文艺学的发展中,民间文艺学思想须摆脱这种依附,走向自身的独立,这才可能在研究范式转换中重新构建自身的基本问题、基本话语与基本理论,为学科的发展奠定坚实的理论基础;纠正作家文艺学之偏颇,构建完整的文学理论。

民间文学的第一性是文学性,它与作家文学或书面文学共同分享着文学的本质,但因研究对象与研究方法的不同,它的文学性表现与后者有显著差异,即它的特殊性,这正是民间文艺学的学科特质。通过对20世纪下半叶民间文艺学思想史的研究,中国民间文艺学的问题与症结呈现了出来,同时今后的研究取向以及发展方向都比较清晰地得以展现。另外我们也看到只有改变过去"知识精英文学话语"的"一元性"文学之理解以及单一视角对文学本质的解析,才能实现文学的"多元共生"性,当然,这也不是一蹴而就的事情。

附一

# 大事年表（1949—1999 年）[1]

**1949 年**

7月2—19日 "中华全国文学艺术工作者代表大会"（简称"第一次文代会"）在北平（今北京）隆重召开，来自解放区的革命文艺工作者和在国统区坚持战斗的进步作家会师了。

7月28日 《文艺报》第13期上发表钟敬文在"第一次文代会"上的讲话《请多多地注意民间文艺》。

8月 上海《文汇报》以"可不可以写小资产阶级"（即小资产阶级可否做文艺作品的主角问题）为题展开讨论。[2]

9月25日 全国文联机关报《文艺报》正式创刊。

10月1日 中华人民共和国成立。

10月25日 中华全国文学工作者协会的机关刊物《人民文学》创刊。

**1950 年**

2月 天津《文艺学习》创刊号发表了阿垅的《论倾向性》，引起了文艺界关于文艺与政治关系问题的讨论。

---

[1] 本年表所列为1949—1999年民间文学发展中的主要事件及与之相关的社会文化事件。
[2] 本年表的一些事件资料，尤其是有关中苏文学交往的相关资料，来源于陆南先：《师承与探索：俄苏文学与中国十七年文学》"附录二"，华中师范大学出版社2011年版。特此致谢！下文相关引用资料不再一一标注。

3月29日　在东四头条文化部的小礼堂召开了中国民间文艺研究会（以下简称"中国民研会"）成立大会，文艺界在京的许多同志都参加了。大会由周扬主持，郭沫若、茅盾、老舍、郑振铎相继讲话，郭沫若的讲话题为《我们研究民间文学的目的》。大会通过了《中国民间文艺研究会章程》和《征集民间文艺资料办法》，由大家自由提名的方式推选出47名理事。郭沫若任理事长，周扬、老舍、钟敬文为副理事长。

3月　《光明日报》开辟《民间文艺》专版，每周一期，发表民间文艺作品和研究的文章。

9月20日　教育部和全国总工会联合召开了第一次全国教育工作会议。时任教育部部长的马叙伦在开幕词中开宗明义，表示工农教育应该以识字教育为主。

11月　中国民研会创办不定期的刊物《民间文艺集刊》。

12月14日　教育部颁布《关于开展农民业余教育的指示》，指出："有计划有步骤地开展农民业余教育，提高农民的文化水平，是当前我国文化建设的重大任务之一。"

### 1951年

2月　人民文学出版社出版由中国民间文艺研究会编辑的《民间文艺集刊》第一册。

5月15日　人民文学出版社出版中国民间文艺研究会编辑的《民间文艺集刊》第二册。

7月2日　苏联《真理报》专论《反对文学中的思想上的歪曲》，批判乌克兰诗人普罗科菲耶夫，后又以"编辑部"的名义发表了《关于普罗科菲耶夫诗中的错误》（1951年7月25日）。乌克兰共产党中央委员会还以此做出了《提高创作中组织工作的思想水平》的决议，表示完全接受《真理报》的批评，并做了自我检讨。

8月8日　周扬《反人民、反历史的思想和反现实主义的艺术——对电影〈武训传〉的批判》在《人民日报》发表。

9月1日　人民文学出版社出版中国民间文艺研究会编辑的《民间

文艺集刊》第三册。

9月20—28日　教育部召开第一次全国民族教育会议，讨论制定中华人民共和国民族教育方针。会议提出要以培养少数民族干部为主要任务，同时加强少数民族地区的小学教育和成人业余教育。

9月29日　北京师范大学中文系主编《文艺集刊》第一册出版。

10月12日　《文艺报》发表社论《学习毛泽东思想，为贯彻文艺的工农兵方向而奋斗》。

10月20日　全国文联举行第八次会议，通过两项决议：一、在北京文艺界举行整风学习；二、调整全国性的文艺刊物。此后，全国各地文艺界开始了整风学习。历时半年多的整风学习，指定《实践论》《在延安文艺座谈会上的讲话》《应当重视电影〈武训传〉的讨论》《反对自由主义》《斯大林给杰米扬·别德内依的信》及苏共意识形态负责人日丹诺夫等论著作为基本文件。

12月28日　教育部颁布《关于冬学转为常年农民业余学校的指示》。

## 1952年

5月10日　《文艺报》（1952年第9期）开始了"关于塑造新英雄任务问题的讨论"，此话题延续到1952年第16期。

5月23日　《人民日报》发表社论《继续为毛泽东同志所提出的文艺方向而奋斗——纪念毛泽东同志的〈在延安文艺座谈会上的讲话〉发表十周年》，指出开展两条路线的斗争：一方面反对文艺脱离政治倾向；另一方面反对以概念化、公式化来代替文艺和政治正确结合的倾向。

5月24日　我国开展第一次扫盲运动。

11月15日　地方人民政府委员会第十九次会议经过决议，成立了楚图南为主任的扫除文盲工作委员会，并要求各省、地、县都要成立相应机构。至此，第一次扫盲运动全面铺开。

12月　周扬在苏联杂志《旗帜》（1952年12月号）撰文《社会主义现实主义——中国文学前进的道路》。

**1953 年**

1月10日　《文艺报》(1953年第1期)发表社论《克服文艺的落后现象,高度地反映伟大的现实》。

1月11日　《人民日报》转载周扬《社会主义现实主义——中国文学前进的道路》。

4月　全国文协创作委员会组织在京作家、批评家和文艺工作者的领导人等40余人召开研讨会学习社会主义现实主义理论,指定马克思、恩格斯、列宁、斯大林、毛泽东等关于文艺问题的22种著作为必读书目。

8月7日　《人民文学》(1953年第7期与8期合刊)"编后记"提出:文学作品"更自由和更深刻地反映我们这个时代丰富多彩的生活。……提倡作品主题的广阔性和文学题材、体裁和风格的多样性,鼓励各种不同的文学风格在读者中的自由竞赛"。

9月23日—10月6日　中国文学艺术工作者第二次代表大会召开。郭沫若致开幕词,周扬做《为创造更多的优秀的文学艺术作品而奋斗》的报告,他指出:"关于社会主义现实主义,苏联的理论家写了很多文章,数也数不清,但最权威的还是日丹诺夫在1934年第一次对于社会主义现实主义的解释。"茅盾致闭幕词。"第二次文代会"决议将中华全国文学艺术界联合会易名为中国文学艺术界联合会,"文协"改名为"中国作家协会"(简称"作协")。

云南省民族民间工作委员会成立。

9月24日　中共中央批准教育部党组、高等教育部党组、扫盲工作委员会党组三个工作报告。提出要使全国文教工作在中央统一方针的领导下,逐步纳入国家建设计划的轨道。

**1954 年**

3月1日　《光明日报》学术专刊《文学遗产》创刊。

4月27日　中国作协主办的刊物《文艺学习》创刊。

7月15日　《人民日报》发表《提高文艺干部的政治修养和艺术修

养》的社论。

7月17日　中国作协主席团召开第七次扩大会议，讨论并通过了文艺工作者学习政治理论和古典文学遗产的参考书目。该书目刊登于《文艺学习》第5期。

中国作协主席团第七次扩大会议决定在大区撤销后，各大区的作家协会一律改为原来所在地的城市的分会。暂定上海、武汉、沈阳、重庆、西安、广州6个城市设立分会。

7月22日　胡风向中共中央提出有关文艺问题的"意见书"：《关于解放以来文艺实践情况的报告》。

7月　华东人民出版社编辑出版《民间文艺选辑》。该丛书至1956年共出12集。

撒尼人长诗《阿诗玛》经整理后由云南人民出版社出版单行本。

9月20日　第一届全国人大一次会议通过《中华人民共和国宪法》。

10月31日—12月8日　中国文联和作协主席团召开了第八次扩大联席会议，就《红楼梦》研究中的"资产阶级唯心论倾向"和《文艺报》的错误等，展开讨论，并检查《文艺报》的工作。胡风于11月7日、11日两次在会上发言。12月8日，会议发布《关于〈文艺报〉的决议》，改组了《文艺报》编委会。周扬作了《我们必须战斗》的发言。

12月2日　中国科学院院务会议和中国作协主席团举行联席会议，决定联合召开批判胡适思想的讨论会。内容涉及胡适的政治思想、哲学思想、历史观、文学思想、哲学史观、文学史观等。郭沫若、茅盾、潘梓年、邓拓、胡绳、老舍、邵荃麟、尹达为委员会成员，郭沫若为主任。会议参加者近百人，到1955年3月，共召开了21次。

### 1955年

1月　《人民日报》《光明日报》等报刊开始刊登批判胡风的文章。《文艺报》1955年第1期起连载路翎《为什么会有这样的批评？》。

2月5日　中国作协主席团举行第十三次扩大会议，决定展开对胡风的文艺思想的批判。胡风的"意见书"的二、四部分作为《文艺报》第

1 期与 2 期合刊的附录发表。

3月21—31日　中共中央召开中国共产党全国代表会议。通过发展国民经济的第一个五年计划草案的决议，关于高岗、饶漱石反党联盟的决议。

3月　云南人民文工团工作组搜集，黄铁、杨智勇、刘绮、公刘整理的撒尼人长诗《阿诗玛》由人民文学出版社出版。

4月1日　郭沫若《反社会主义的胡风纲领》刊于《人民日报》。

4月　中国民研会创办《民间文学》刊物，它是全国性发表民间文学作品及其研究文章的杂志。

李季《玉门诗抄》由作家出版社出版。

5月　邵燕祥《到远方去》由新文艺出版社出版。

6月　韦其麟《百鸟衣》发表于《长江文艺》1955年6月号。

### 1956年

1月14—20日　中共中央召开知识分子问题会议。周恩来作《关于知识分子问题》的报告。

1月　据《戏剧报》报道，上海69个民间职业剧团改为国营剧团。北京26个职业剧团改为民办公助剧团。天津15个民间职业剧团和9个小型曲艺组织，全部改为国营。

2月27日—3月6日　中国作协第二次理事扩大会议在北京举行。周扬作了《建设社会主义文学的任务》的报告；茅盾作了《培养新生力量，扩大文艺队伍》的报告。会议通过了《中国作家协会1956—1967年工作纲要》，并决定成立书记处。

2月　《文艺报》1956年第3期转载苏联《共产党人》杂志专论《关于文学艺术的典型问题》，并从第8期起对典型问题进行讨论。

3月15日　全国扫盲协会成立。协会由陈毅担任会长，任务是：广泛地动员和组织知识分子、社会人士和一切识字的人参加扫盲工作，动员组织不识字的人接受教育，协助机关、集团、工矿企业、农业消费合作社、手工业合作社、城市街道办等开展识字教育工作；协助人民政府进行识字教育的业务指点和师资培训工作，协助人民政府和集团评选与奖励对扫除文盲工作有明显成绩的单位及个人等。

3月29日　中共中央、国务院发布《关于扫除文盲的决定》，明确指出："扫盲教育必须同国家社会主义工业化和农业合作化运动相结合，扫盲课本的编写与扫盲教学必须联系农业合作化运动实践与群众生活实践。"

5月17日　浙江省昆剧团来京演出《十五贯》，受到毛泽东、周恩来等的赞扬。

5月26日　陆定一在中南海怀仁堂作《百花齐放，百家争鸣》的报告。

5月27日　在《中国共产党第八次全国代表大会关于政治报告的决议》中，提出繁荣科学和艺术必须坚持"百花齐放，百家争鸣"的方针。

5月　学术界展开美学问题大讨论。

文艺界对美学问题展开讨论，到1957年6月，《人民日报》《文艺报》《光明日报》《新建设》《学术月刊》《文汇报》等都发表了讨论文章。

6月1—15日　文化部召开第一次全国戏曲剧目会议，提出"破除清规戒律，扩大和丰富传统戏曲上演剧目"。

8月24日　毛泽东在怀仁堂与部分音乐工作者座谈。

9月15日　中共第八次全国代表大会开幕。刘少奇在《中国共产党第八次全国代表大会政治报告》中认为："改变生产资料私有制为社会主义公有制这个极其复杂和困难的历史任务，现在在我国已经基本完成了。我国社会主义和资本主义谁战胜谁的问题，现在已经解决了。"

9月　中国科学院文学所为了探索和总结民间文学调查采录的经验，组成了云南民间文学采录组，由毛星带队。调查组成员有孙剑冰、青林（卞之琳的爱人）、李星华（李大钊的女儿，贾芝爱人）、刘超、陶阳。他们于9月1日出发，调查历时近5个月。调查的成果有：《白族民间故事传说集》（李星华记录整理）、《纳西族的歌》（刘超记录整理）、《白族民歌集》（杨亮才、陶阳记录整理），这三本书均由人民出版社1959年出版。

10月2日 《人民日报》发表《重视民间艺人》的社论。

10月 杨成志、潘光旦、吴文藻等一起草拟了《中国民俗学十二年远景规划》送交国务院。

11月21日—12月1日 中国作协召开文学期刊编辑会议,讨论如何贯彻"双百方针"的问题。

12月 周勃《论现实主义及其在社会主义时代的发展》(《长江文艺》1956年第12期)、张光年《社会主义现实主义存在着、发展着》(《文艺报》1956年第24期)等文章发表,《文艺报》等报刊展开关于社会主义现实主义问题的讨论。

中国作协主席团举行会议。改选了书记处。茅盾任第一书记,老舍、邵荃麟、刘白羽、曹禺任书记。

### 1957年

1月7日 《人民日报》发表陈其通、陈亚丁、马寒冰、鲁勒的《我们对目前文艺工作的几点意见》。

1月25日 中国作协主办的《诗刊》创刊。创刊号发表毛泽东致《诗刊》的信和毛泽东诗词18首。

1月 中国民研会从演乐胡同74号小院,迁至王府大街64号新落成的全国文联办公大楼,民研会的人事和经费关系,也随之由中国科学院文学研究所全部转到文联。

2月27日 毛泽东在最高国务会议第十一次(扩大)会议上作《关于正确处理人民内部矛盾》的报告,提出"我们的教育方针,应该使受教育者在德育、智育、体育几方面都得到发展,成为有社会主义觉悟的有文化的劳动者"。

3月12日 毛泽东发表《在全国宣传工作会议上的讲话》,指出:"没有知识分子,我们的事情就不能做好,所以我们要好好地团结他们。知识分子也是劳动者。"

3月 中国科学院文学研究所编辑的《文学研究》(季刊)创刊。该刊1959年改名《文学评论》,并改为双月刊。

4月9日 《文汇报》发表《就"百花齐放,百家争鸣"问题周扬同志答文汇报记者问》。《人民日报》于4月11日转载。

4月10日 《人民日报》社论《继续放手,贯彻"百花齐放,百家争鸣"的方针》。

4月27日 中共中央发布《关于整风运动的指示》。

4月 《文艺报》改为周刊,出版1957年的第1号。

苏联科学院举行世界文学现实主义讨论会。

5月15日 毛泽东的《事情正在起变化》一文作为党内文件在党内一定范围发表。

5月 据《文艺报》第7号的资料,截至5月底,全国的文艺刊物有83种,每月印数约40万册。中国作协会员708人,分会(共设12个分会)会员923人。印数最多的文学书籍有:《保卫延安》83万册,《三千里江山》40万册,《女共产党员》47万册,《可爱的中国》178万册,《把一切献给党》408万册,《毛泽东的故事和传说》112万册,《高玉宝》72万册,《刘胡兰》76万册,《青年英雄的故事》60万册,《红楼梦》23万册,《三国演义》38万册,《钢铁是怎样炼成的》100万册,《绞刑架下的报告》60万册,《拖拉机站站长和总农艺师》124万册,《卓娅和舒拉的故事》134万册,《海鸥》83万册,《牛虻》70万册,《我们切身的事业》54万册。

钱谷融的《论"文学是人学"》发表于《文艺月报》1957年第5期。其文指出:"在今天,对于高尔基把文学叫作'人学'的意见,是有特别加以强调的必要。"

5月下旬—6月上旬 作协党组织和作协所属各刊物、各单位召开整风会议。

6月6日 中国作协党组扩大会召开第一次会议。

6月8日 《人民日报》发表《这是为什么》的社论。同日,毛泽东起草了党内指示《组织力量反击右派分子的猖狂进攻》。

6月 全国开始反右派斗争。这场斗争有扩大化错误。从1957年夏至1958年春,在各级教育行政机关和各级学校中,一批干部、教师职工和大学生被错划为右派分子。1980年，中共中央为被错划为右派的同志全部平反。

7月1日 《人民日报》发表由毛泽东撰写的社论《文汇报的资产阶级方向应当批判》。

7月25日 中国作协党组扩大会召开第四次会议，展开对丁玲、陈企霞、冯雪峰的反党集团的揭发批判。

8月 上海文化出版社编辑出版《民间文学集刊》第一集。至1960年，共出版10集。

9月16日 中国作协党组扩大会议在首都剧场举行第二十五次会议，由作协党组书邵荃麟做总结，陆定一、周扬讲话。周扬发言题为《文艺战线上的一场大辩论》。

11月3日 《文艺报》（1957年第30期）刊载《伟大的十月社会主义革命40周年纪念专号（一）》。

11月7日 毛泽东同邓小平、彭德怀、乌兰夫、陆定一、杨尚昆、胡乔木等在莫斯科大学会见我国在莫斯科的留学生、实习生，指出"希望寄托在你们身上"。

## 1958年

1月 《文艺报》《人民文学》编辑部改组。

人民文学出版社出版北京师范大学中文系55级学生集体编写的《中国民间文学史（初稿）》。

2月28日 《人民日报》发表周扬《文艺战线上的一场大辩论》，根据1957年9月16日在中国作协党组扩大会议上的讲话整理、补充并和文艺界的一些同志交换了意见之后写成。《文艺报》1958年第4期同时刊载。

3月8日 中国作协书记处讨论《文学工作大跃进32条》。13日起，《人民日报》《文艺报》等报刊纷纷发表文学大跃进的报道。

3月22日 毛泽东在成都会议的讲话指出要搜集点民歌，他认为："中国诗的出路，第一条是民歌，第二条是古典，在这个基础上产生出新诗来，形式是民族的，内容应是现实主义和浪漫主义的对立统一。太现实了就不能写诗了。"

4月14日 《人民日报》发表《大规模地收集全国民歌》的社论。中国文联、中国作协、民研会开始大量收集、整理、发表大跃进民歌。不久，全国掀起"新民歌运动"。

5月 在中共八大二次会议上，毛泽东提出："无产阶级文学艺术应采用革命现实主义与革命浪漫主义相结合的创作方法。""两结合"的提出，是中苏两国政治关系冷却的征兆。

6月11日 1958年第11期《文艺报》发表《插红旗，放百花》社论："现在尽管文艺战线的红旗是牢牢地掌握在无产阶级手里，但是文学艺术的大大小小的各个阵地，谁战胜谁的问题并没有得到完全解决。"

7月9—17日 中国民间文学工作者第二次代表大会在北京召开。会上制定了"全面搜集、重点整理、大力推广、加强研究"的十六字方针。选举郭沫若为主席，周扬、老舍、郑振铎为副主席；会议期间，举办了"民间文学展览会"。7月16日，毛泽东接见了会议代表。

7月31日—8月6日 河北省召开文艺理论工作会议。周扬提出"建立中国自己的马克思主义的文艺理论和批评"。

7月 贾芝、孙剑冰编选的《中国民间故事选》第1集出版。

8月2日 《人民日报》发表《加强民间文艺工作》的社论。

9月19日 中共中央、国务院发布《关于教育工作的指示》。由此展开全国系统的"教育大革命"。

9月26日 《文艺报》第18期发表华夫《文艺放出卫星来》的文章。

9月27日 中国文联主席团举行会议，要文艺工作者大力推动群众的创作运动和批评运动。《文艺报》第19期发表《掀起文艺创作的高潮 建设共产主义的文艺》的社论。

9月 各地报刊开始对"两结合"创作方法展开讨论。这一讨论一直延续到次年。

10月1日 中国民研会编印《民间文艺通讯》第1期。至1960年6月20日，共出13期。后于1962年恢复编印。

10月18日　郑振铎逝世。

10月　河北省民间文学研究会[1]成立。

12月9日　中宣部转发民研会拟编选的"中国歌谣丛书"和"中国民间故事丛书"的计划给各省、市、自治区党委宣传部。

12月　人民文学出版社出版《毛泽东论文学和艺术》。

### 1959年

1月　中国民研会吉林省分会、四川省分会成立，中国民研会贵州省民间文学工作委员会成立，山西省民间文学研究会筹委会成立。

2月　中共中央宣传部召开工作会议，陆定一、周扬就"大跃进"中文艺工作的问题和偏向，作了重要讲话。文化部党组检查1958年的工作。

3月23日　中共中央宣传部转发民研会和人民文学出版社《关于国庆献礼民间文学编选和出版问题的意见》给各省、市、自治区党委宣传部。

4月　黑龙江省民间文学工作室成立。

5月3日　周恩来邀请部分文艺工作者举行座谈会，作了《关于文化艺术工作者两条腿走路的问题》的讲话。

5月　苏联召开第三次全苏作家代表大会，宣告从1957年开始的苏联文艺界的"反修斗争"从此结束。以茅盾为团长的中国作家代表团前往参加全苏作家代表大会。茅盾在祝词中提到从1949年起，苏联文学作品在中国印行了八千一百九十六万五千册。中国文联主席郭沫若发去贺电，祝贺大会召开。

6—7月　周扬、林默涵、钱俊瑞、邵荃麟、刘白羽、陈荒煤、何其芳、张光年等在北戴河开会讨论文艺工作的改进方案，开始了"文艺十条"的起草。

---

[1] 现称河北省民间文艺家协会。中国各省、市、地区民间文艺家协会，名称几经更动，本年表统一按对应年份时的名称收录。

7月　山东省民间文学研究会成立。

9月　《红旗》杂志社出版郭沫若、周扬编选的《红旗歌谣》。

9—12月　《文艺报》两度介绍苏联有关社会主义现实主义的艺术性问题的论争。

12月8日　"《格萨尔》工作座谈会"在北京召开。

### 1960年

1月11日　《文艺报》1960年第1期转载《河北日报》发表的李何林《十年来文学理论和批评上的一个小问题》一文，并加了批评性的按语。同期发表社论《用毛泽东思想武装起来，为争取文艺的更大丰收而奋斗》、林默涵《更高地举起毛泽东文艺思想的旗帜》。

1月26日　《文艺报》《文学评论》等报刊，开始批判巴人、钱谷融、蒋孔阳的"人道主义""人性论"。同时，《戏剧报》开辟"关于正确反映人民内部矛盾问题"和"关于'推陈出新'问题"讨论专栏，批判海默《洞箫横吹》和张庚的探讨戏曲遗产中"人民性""忠孝节义"等问题的文章。

3月2日　《文艺报》《文学评论》编辑部召开纪念左联成立30周年座谈会。《文艺报》发表《继承和发扬中国左翼作家联盟战斗传统》的文章。

4月　《文艺报》（1960年第8期）发表钱俊瑞《坚持文学的党性原则　彻底批判现代修正主义——为纪念列宁诞生九十周年而作》的文章。

江苏省民间文学研究会成立。

5月　《文艺报》（1960年第9期）刊发《马克思主义经典作家论资产阶级人道主义》和《高尔基、鲁迅论人道主义和人性论》。

青海省民间文学研究会成立。

辽宁省民间文学研究会成立。

6月　苏联停止对中国的援助。

7月22日—8月13日　"第三次文代会"在北京召开。会议的主题是"高举毛泽东思想伟大红旗，反对现代修正主义"。周扬作《我国社会主义文学艺术的道路》的报告。大会选出了文联和各协会的领导机构。

11月　周扬召开历史剧座谈会，就历史剧的教育作用、历史真实与艺术真实、历史剧的时代精神等问题进行了讨论。同时，剧协也召开了历史剧座谈会。

### 1961年

1月　在中宣部领导下，文化部、剧协等单位共同组织两个调查组，对中国京剧院和中国青年艺术研究院执行"双百"方针、知识分子政策、"掌握艺术规律"及领导作风等问题进行调查，为中宣部召开文艺工作座谈会做准备。

中国科学院哲学社会科学部于1月11日在北京召开第三次扩大会议，讨论如何在发展哲学社会科学上进一步贯彻"双百"方针。

2月5日　《人民日报》发表何其芳为《不怕鬼的故事》一书所作的序言。

3月26日　《文艺报》（1961年第3期）发表由张光年执笔的《题材问题》专论。

4月8日　《文艺报》编辑部召开"批判地继承古代文艺理论遗产"座谈会。

4月　高等学校文科教材编选计划会议在北京召开。陆定一、周扬作报告。

6月1—28日　中宣部在新桥饭店召开全国文艺工作座谈会（又称"新桥会议"），讨论《关于当前文学艺术工作的意见（草案）》（即《文艺十条》初稿）。《文艺十条》经修改后，于8月1日印发各地征求意见。

6月19日　周恩来在"文艺工作座谈会和故事片创作会议"上作重要讲话，阐述了艺术民主、解放思想等问题。

6月23日　周扬在故事片创作会议中作讲话，批评"大跃进"中某些电影的"概念化"问题，对"人性论"进行了新的阐释。

8月23日—9月16日　中共中央工作会议在庐山举行，讨论了工业、粮食、贸易及教育等问题，并要求所有工业部门切实贯彻调整、巩固、充实、提高的方针。

8月31日　繁星（廖沫沙）的《有鬼无害论》在《北京晚报》发表。

9月　《民间文学》发表常惠的《鲁迅与歌谣二三事》。

秋季　随着《人民公社十二条》的贯彻落实，"大跃进也就偃旗息鼓了"。

10月17—31日　周恩来率领中共代表团参加苏共二十二大，因不满苏共批评阿尔巴尼亚劳动党和批判斯大林而提前回国。中苏两国在意识形态上的分歧越加明显。《文艺报》不再公开报道苏共二十二大的情况。《世界文学》(《译文》的前身)编辑部在仅供内部参考（不能引用）的读物《世界文学参考资料》（1962年1期至2期）中翻译了苏联作协理事会第三次扩大会议（1961年12月）的部分发言和之前与"全民的党性""新人的道德""人道主义"有关的讨论文章。

### 1962年

1月26日—2月6日　中共中央在北京召开扩大中央工作会议（七千人大会），指出1962年是国民经济进行调整最关键的一年，全党必须踏踏实实地做好这方面的工作。

2月17日　周恩来在中南海紫光阁对在京的话剧、歌剧、儿童剧作家发表讲话。

2月　周扬、林默涵、陈荒煤、张光年、叶以群等20余人在北京新桥饭店召开纪念《在延安文艺座谈会上的讲话》发表20周年的预备工作会议。

3月3—26日　文化部、剧协在广州召开全国话剧、歌剧创作座谈会（即"广州会议"），参加座谈会的剧作家、导演、戏剧理论家和工作者共160多人，周恩来和陈毅专程赴会，并作了关于知识分子问题和戏剧创作的重要讲话。会议贯彻了《文艺八条》的精神，热烈讨论戏剧创作的问题，并重新评价曾受批判的《洞箫横吹》《同甘共苦》等话剧。会议后，《人民日报》和其他重要刊物作了报道，并发表座谈会上相关论文。

3月27日—4月16日　第二届全国人民代表大会第二次会议在北

京举行。周恩来在《政府工作报告》中再次肯定知识分子是劳动人民知识分子，不应把他们视为资产阶级知识分子。

4月17日　首都文艺界举行唐代诗人杜甫诞辰1050周年纪念会，《人民日报》《文艺报》等分别发表冯至、蔡和森等的纪念专文。

4月　《文艺八条》定稿，由中宣部经文化部党组、文联党组下发全国各地文化艺术单位贯彻执行。

5月23日　纪念毛泽东《讲话》发表20周年，《人民日报》发表《为最广大的人民群众服务》的社论。《红旗》和《文艺报》分别发表了《知识分子前进的道路》和《文艺队伍团结、锻炼与提高》的社论。

6月　广西民间文学研究会成立。

7月　中共中央工作会议召开。毛泽东在大会讲话上提出了阶级、形势、矛盾三个问题。会议讨论了毛泽东的讲话，并以讲话为指导，准备八届十中全会的文件。

8月　召开北戴河会议。月初，一个关于农村题材的短篇小说创作会议在大连举行。在此期间，邓小平曾召集过一次中央书记处会议，审查有关农村单干的情况。正是在这次会议上，他提出了"不管黑猫白猫，捉到老鼠就是好猫"。

9月24日　中共第八届中央委员会第十次全会在北京召开。毛泽东主持这次会议。会议批判了小说《刘志丹》，认为有人发明了"利用小说进行反党活动"。

本年　民间文学主要文章与活动：《民间文学》组织发表了纪念北京大学《歌谣》周刊创刊40周年的文章，计有魏建功《歌谣四十年》（第1、2期），顾颉刚《我在民间文艺的园地里》（第3期），杨成志《我国民俗学概况》（第5期），顾颉刚《我和歌谣》（第6期），常惠《回忆歌谣周刊》（第6期），容肇祖《忆〈歌谣〉和〈民俗〉》（第6期），周启明《一点回忆》（第6期）。

人民文学出版社出版贾芝、孙剑冰编选《中国民间故事选》第2集。

上海文艺出版社出版何其芳、张松如编选《陕北民歌选》、中国民间文艺研究会主编《民间文学搜集整理问题》第1集。

**1963 年**

1月1日　柯庆施、张春桥、姚文元等在上海部分文艺工作者座谈会提出"写十三年"的口号，认为只有写中华人民共和国成立后13年的社会生活的作品才是社会主义文艺。

1月6日　《文汇报》报道了柯庆施的讲话。

2月6日　周恩来出席文艺界的元宵联欢会，阐述"百花齐放、推陈出新"等问题，并要求艺术家加强与人民群众的关系，要过好"五关"。

2月7日　《人民日报》发表《雷锋日记摘抄》和该报记者写的《毛主席的好战士——雷锋》。

3月5日　《人民日报》第1版发表毛泽东题词《向雷锋同志学习》，同时刊登周恩来和董必武等的题词与诗文。

3月　作协规定成立农村文艺读物委员会。《人民日报》3月25日报道这一决定时，发表社论《文化艺术工作者要更好地为农民服务》，并同时通报首都首批文艺工作者下乡参加社会主义教育工作的情况。

4月　全国文联在北京召开第三届全国委员会第二次扩大会议。周恩来发表《要做一个革命的文艺工作者》的讲话，周扬做了《加强文艺战线，反对修正主义》的报告。会议还特别阐明阶级斗争与"双百"方针的关系。

5月6日　江青组织围剿孟超改编昆剧《李慧娘》的文章——梁碧辉《"有鬼无害"论》在《文汇报》上发表，从此戏剧界全面批判"鬼戏"。

5月　中国民研会广东分会筹委会成立。

7月　湖南省少数民族民间文学工作委员会成立。

8月16日　周恩来在音乐舞蹈座谈会上发表讲话，论述有关文艺工作的方针、阶级性、民族化、创作形式等问题。

8月29日—9月26日　文化部、剧协和北京市文化局召开首都"戏曲工作座谈会"，讨论进一步贯彻执行"百花齐放、推陈出新"的方针问题，也进一步批判"鬼戏"。

11月中旬—下旬　中国科学院哲学社会科学部委员会召开第四次扩大会议，周扬做了《哲学社会科学工作者的战斗任务》的讲话。

11月23日　董作宾[1]逝世。

12月25日　华东地区话剧观摩演出会在上海举行。柯庆施在会上再次强调"写十三年"。

12月　毛泽东在中宣部文艺处编印的一份上海举行故事会的材料上，作了对文学艺术的第一个批示，即指出很多艺术部门，尤其是戏剧问题不少，要认真抓社会主义艺术。

上海文艺出版社创办不定期的丛刊《故事会》，至1965年，共出20辑。1974年曾改名《革命故事会》。1979年改为双月刊，仍名《故事会》。

上海少儿出版社出版赵景深、车锡伦、何志康编选的《古代儿歌资料》。

吉林省民间文艺研究会创办不定期的《吉林民间文学丛刊》，至1966年，共出8期；1978年复刊；1979年改为季刊；1982年改为《吉林民间文学》双月刊；1983年7月改名为《民间故事》。

**1964年**

1月3日　中共中央召集文艺座谈会，传达毛泽东关于文艺工作的批示。

2月　《人民日报》发表重要社论《全国都要学习解放军》。

---

[1] 董作宾（1895—1963），原名作仁，字彦堂、雁堂，号平庐，还曾称筳堂，河南南阳人。1915—1919年先后在县立师范讲习所、开封河南育才馆学习。1921年冬住北京，不久做北京大学旁听生。1923年为北京大学研究所国学门研究生，参与《歌谣》周刊的编辑工作，还先后参加了北大考古学会、风俗调查会、方言调查会。1925年去福建，任福建协和大学国文系教授。1926年在开封任中州大学文学院讲师，并兼任其他学校的国文教员。1927年暑假任北京大学研究所国学门干事，后任广州中山大学副教授、《民间文艺》主编。1928年底主持首次殷墟发掘工作，1932年被史语所改聘为专任研究员。1937年七七事变后随史语所先后迁往长沙、桂林、昆明和四川。1949年随中央研究院迁往台湾。著有《城子崖》（与李济等合作）、《甲骨年表》、《周公测景台调查报告》（与刘敦桢等合作）、《殷历谱》（4册）、《殷墟文字甲编》、《甲骨年历总谱》、《平庐文存》、《甲骨学六十年》、《看见她》、《董作宾先生全集》（12册）等。

6月5日—7月31日　全国京剧现代戏观摩演出大会在北京举行。演出了《红灯记》《红色娘子军》《智取威虎山》等剧目。江青在座谈会上做了《谈京剧革命》的讲话。《红旗》杂志、《人民日报》分别发表《文化战线上的一个大革命》《把文艺战线的社会主义革命进行到底》的社论。

6月27日　毛泽东在《中央宣传部关于全国文联和所属各协会整风情况报告》的草稿上作了关于文学艺术的第二个批示。指责"这些协会和他们所掌握的刊物",说他们"最近几年,竟然跌到了修正主义的边缘"。这个批示于7月11日作为中央正式文件下发。

7月30日　《人民日报》发表文章,批判电影《北国江南》。《电影艺术》(第4期)批判《早春二月》和《北国江南》。

8月　《红旗》杂志第15期发表柯庆施1963年底在华东地区话剧观摩演出会上的讲话。《戏剧报》第8期转载此文。文章说戏剧界热衷于资产阶级、封建阶级的戏剧,对于反映社会主义现实生活和斗争的戏,则寥寥无几,深刻反映了戏剧界、文艺界存在着两条道路、两种方向的斗争。《红旗》同期也发表了批评周谷城的文章。

9月　为庆祝建国15周年,大型音乐舞蹈史诗《东方红》在京演出。《文艺报》(第7期与8期合刊)发表《"写中间人物"是资产阶级的文学主张》和《关于"写中间人物"的材料》。

12月14日　《文学评论》(第6期)发表批判周谷城"时代精神汇合论"的文章。

12月15日　中共中央政治局召开全国工作会议。

12月18日　最高国务会议召开。周恩来宣布调整国民经济的任务已经基本完成。

### 1965年

1月14日　中共中央政治局在全国工作会议后,发布《农村社会主义教育运动中目前提出的一些问题》(即"二十三条")。之后,"四清"运动在全国城乡继续进行,直到"文革"初期。

1月　苏联《真理报》发表社论,提出在文学领域反对"两个极端",

既要反对抹黑，又要反对粉饰生活。

2月18日 《北京日报》刊发繁星（廖沫沙）的文章《我的〈有鬼无害论〉是错误的》。

2月23日 周扬召集各协会和主要报刊负责人会议，布置贯彻"二十三条"，提出写批判文章要防止片面性和绝对化。

3月 中共和苏共之间分歧和矛盾日益加深，在莫斯科会议（3月1—5日）后，两党关系正式断绝。从本年度开始，所有俄苏文学作品均从中国一切公开出版物中消失。

4月 一些主要报纸发表"两结合"的文艺创作的文章。

11月10日 由姚文元署名的《评新编历史剧〈海瑞罢官〉》在《文汇报》上发表。文章从政治上全面否定该剧及其作者吴晗。

11月29日—12月17日 作协和团中央联合召开全国业余文学创作积极分子大会。周扬作了题为《高举毛泽东思想红旗，做又会劳动又会创作的文艺战士》的报告。

### 1966年

2月2—20日 江青邀请一些部队作家，举行部队文艺工作问题座谈会，写成《林彪同志委托江青同志召开部队文艺工作座谈会纪要》（简称《纪要》）。4月10日经中共中央批准，作为中央党内文件发表。1967年5月29日，《纪要》全文刊登在《人民日报》上。

3月 中共拒绝参加苏共二十三大，中苏在各方面的关系正式中断。社会主义现实主义这个标志着中苏关系密切的口号也就无人提起。

60年代最后一部也是本年度唯一的一部苏联文学作品——卡扎凯维奇的《蓝色笔记》（附《仇敌》，南生译）由作家出版社内部出版。

4月 《文艺报》发表《"写中间人物"论反映了哪个阶级的政治要求》的文章。

5月16日 中共中央发出《关于无产阶级文化大革命的通知》（即"五一六通知"）。

7月1日 《红旗》杂志重新发表毛泽东《在延安文艺座谈会上的讲

话》，并加编者按，提出所谓"文艺黑线"并点名批判周扬。

7月　除《解放军文艺》外，全国文艺刊物陆续停刊。《民间文学》出版107期后停刊。

8月1—12日　中共中央八届十一次全会在北京举行，通过了《关于无产阶级文化大革命的决定》(即"十六"条)。这次会议，是"文化大革命"全面爆发的标志。

8月24日　老舍逝世(1899年生)。

### 1967年

4月1日　戚本禹发表文章《爱国主义还是卖国主义？——评反动影片〈清宫秘史〉》。

5月6日　周作人[1]逝世。

5月23日　首都隆重集会纪念《讲话》发表25周年。

5月25日起　《人民日报》相继发表毛泽东关于文学艺术的五个文件。

### 1975年

7月　毛泽东发表关于文艺工作者的谈话和批示。月初，在同邓小平谈话时指出："样板戏太少，而且稍微有点差错就挨批。百花齐放都没有了。别人不能提意见，不好。""怕写文章，怕写戏，没有小说，没有诗歌。"14日，在同江青谈话时指出："党的文艺政策应该调整一下，一年、两年、三年，逐步逐步扩大文艺节目。缺少诗歌，缺少小说，缺少散文，缺少文艺评论。""文艺问题是思想问题，但是不能急，人民不看到材料，就无法评论。"25日，针对"四人帮"一伙给电影《创业》罗

---

[1] 周作人(1885—1967)，原名魁寿，字启明，晚年改名遐寿。作家、民俗学家。浙江绍兴人。青年时代留学日本，与兄周树人(鲁迅)一起翻译介绍外国文学。五四运动时任北京大学教授，并从事新文学写作。论文《人的文学》、新诗《小河》均有影响。30年代和林语堂一起鼓吹"闲适幽默"小品。抗战时期曾任伪华北政务委员会教育总署督办。1949年以后，从事翻译工作。著有《自己的园地》《雨天的书》《瓜豆集》及《中国新文学的源流》等，译有《日本狂言选》《伊索寓言》等。

织十大罪名,将《创业》一棍子打死的情况,在《创业》作者来信上批示:"此片无大错,建议通过发行。不要求全责备。而且罪名有十条之多,太过分了。不利调整党的文艺政策。"

本年  毛泽东过问了小说、戏剧、电影的创作,批准了关于研究和出版鲁迅著作的建议,批准出版《诗刊》《人民文学》等文艺、学术刊物,批准纪念人民音乐家聂耳、冼星海。邓小平批准解放了一批被江青一伙作为"毒草"而禁锢的电影。

### 1976 年[1]

3月  《人民戏剧》《人民电影》《人民音乐》《美术》《舞蹈》5种杂志在北京相继复刊。

4月5日  天安门广场爆发了四五运动。人民群众在天安门广场、在北京和全国各地写出了大量声讨"四人帮"、歌颂老一辈无产阶级革命家的诗词,表达了人民群众在特定历史时期的意愿。这一运动遭到了镇压和清理。

7月27日  著名作曲家马可[2]逝世,终年58岁。

10月6日  粉碎江青反革命集团,结束了"文化大革命"十年动乱。

10月18日  著名诗人郭小川[3]逝世,终年57岁。

---

1 杨健经过资料收集和采访,写成《文化大革命中的地下文学》一书,1993年1月由朝华出版社出版。该著为研究1966—1976年的民间文艺学提供了极有价值的资料。本年表在这一时期文学事件梳理中亦参照了他的著作。

2 马可(1918—1976),江苏徐州人。1939年到延安入鲁迅艺术学院,1947年加入中国共产党。1949年以后,曾先后担任中国音乐家协会理事、中国音乐学院副院长、中国歌剧舞剧院院长等职务。主要作品有歌曲《南泥湾》《咱们工人有力量》《我们是民主青年》《吕梁山大合唱》,秧歌剧《夫妻识字》,管弦乐《陕北组曲》,歌剧《白毛女》《小二黑结婚》,以及音乐、戏曲评论和理论文章。

3 郭小川(1919—1976),河北丰宁人。1937年参加八路军,同年加入中国共产党。1955年任中国作协党组副书记、书记处书记兼秘书长,1962年为《人民日报》特约记者。他是著名评论集体"马铁丁"的成员。主要作品有《月下集》《将军三部曲》《郭小川诗选》等。

10月20日 《人民日报》报道,北京、上海等地举行鲁迅逝世40周年纪念活动。

11月29日 《人民日报》发表文章,并加编者按,揭示"四人帮"围剿电影《园丁之歌》,打击教师、搞乱教育思想的罪行。

12月7日 著名音乐家郑律成[1]逝世,终年58岁。

12月24日 《人民日报》报道,新发现13封鲁迅书信。大型彩色纪录片《伟大的领袖和导师毛泽东主席永垂不朽》正式上映。

12月30日 话剧《万水千山》、歌剧《白毛女》、影片《东方红》《洪湖赤卫队》等、组歌《红军不怕远征难》、评弹《蝶恋花·答李淑一》首批复映上演。《人民日报》发表评论《无产阶级文艺的新春》。

### 1977年

2月13日 《人民日报》发表文化部批判组专文《还历史以本来面目——揭露江青掠夺革命样板戏成果的罪行》。

5月18日 《人民日报》发表文化部政策研究室批判组的文章《评"三突出"》。

5月23日 《人民日报》发表社论《更高地举起毛主席革命文艺路线的伟大旗帜——纪念〈在延安文艺座谈会上的讲话〉发表35周年》。

文化部主办"纪念《在延安文艺座谈会上的讲话》发表35周年美术作品展览",展出了1942年以来的优秀作品764件。

5月 为纪念《在延安文艺座谈会上的讲话》发表35周年,北京市京剧团选演了历史京剧《逼上梁山》的三场戏:"风雪山神庙""火烧草料场""造反上梁山"。这是"文化大革命"以来首次上演古装戏。

---

1 郑律成(1918—1976),生于朝鲜,1933年到中国,后于1937年到延安,1939年加入中国共产党。他一生创作歌曲300余首,主要有:《八路军军歌》、《八路军进行曲》(后改为《中国人民解放军进行曲》)、《延安颂》、《延水谣》、《秋收起义大合唱》,歌剧《望夫云》等。

6月17日　著名作家阿英[1]逝世。

7月24日　著名诗人、文艺评论家和民间文艺学家何其芳逝世。

11月20日　《人民日报》编辑部邀请文艺界知名人士举行座谈会，批判"文艺黑线专政论"。

12月2日　《人民日报》发表贺敬之的文章《必须彻底批判"文艺黑线专政论"》。

12月31日　《人民日报》发表毛泽东给陈毅的《关于谈诗的一封信》。

### 1978年

2月　《文学评论》在北京复刊。

3月　大型文学刊物《钟山》在南京创刊。

4月5日　中共中央批准中共中央统战部、公安部《关于全部摘掉右派分子帽子的请示报告》。

4月22日　《人民日报》报道：文化部举行揭批"四人帮"万人大会，贺敬之代表文化部党组宣布为受"四人帮"迫害的张海默、罗静予、王昆等平反。

4月　《儿童时代》杂志复刊。

钟敬文、贾芝、毛星、马学良、吉星、杨亮才组成筹备组，筹备恢复中国民研会的工作。

5月1日　北京、上海、广州等地新华书店发行《子夜》《家》《曹禺选集》《安娜·卡列尼娜》《堂吉诃德》等中外名著。

5月9日　人民文学出版社在北京召开儿童文学作家座谈会，呼吁为儿童提供丰富的精神食粮。这是粉碎"四人帮"后召开的第一次儿童

---

[1] 阿英（1900—1977），安徽芜湖人。青年时代曾参加五四运动。1926年加入中国共产党。是太阳社的重要成员。抗战期间，主持《救亡日报》《文献月刊》的编辑工作，1941年在新四军工作。解放战争期间，任华东局文委书记。新中国成立后，历任天津市文化局长、天津市文联主席、华北文联主席、中国作协理事、中国剧协常务理事、《民间文学》编委。主要作品有：小说集《义冢》，诗集《荒土》，散文集《海市集》《夜航集》《剑腥集》，剧本《碧雪花》《李闯王》以及研究著作《晚清小说史》《小说闲谈》等。

文学座谈会。

5月11日 《光明日报》发表特约评论员文章《实践是检验真理的唯一标准》。

5月12日 《人民日报》全文转载《实践是检验真理的唯一标准》。

5月21日 《人民日报》为纪念《在延安文艺座谈会上的讲话》发表36周年,刊发了黄镇《迎接社会主义文化建设的新高潮》。

5月 全国文联及各协会筹备组成立,林默涵任组长,张光年、冯牧任副组长,张僖任秘书长。

5月27日—6月5日 中国文学艺术界联合会第三届全国委员会第三次(扩大)会议在北京召开。大会宣布中国文联、中国作协、中国剧协、中国音协、中国影协、中国舞协恢复工作。《文艺报》立即复刊。

6月3日 原中国文联副主席、著名作家老舍骨灰安放仪式在北京举行。

6月12日 著名作家郭沫若在北京逝世,终年86岁。

6月 中国民研会编印《民间文学工作通讯》。至1983年6月,共出68期。

7月 中国民研会黑龙江分会成立。

10月17日 作家赵树理骨灰安放仪式在北京举行。赵树理于1970年9月23日在山西太原逝世,终年64岁。

11月14日 经中共中央政治局常委批准,中共北京市委宣布为1976年4月5日"天安门事件"平反。

11月17日 《人民日报》发表《天安门诗选》。

11月19日 《人民日报》发表张光年《驳"文艺黑线"论》。

12月1日 中国民研会与新疆文联在乌鲁木齐召开征求柯尔克孜族史诗《玛纳斯》工作意见座谈会。

12月13日 邓小平在中共中央工作会议闭幕会上发表《解放思想,实事求是,团结一致向前看》的讲话。

12月18—22日 中共十一届三中全会在北京举行。会议明确确立了改革、开放的方针,认为只有在解放思想、破除"左"倾僵化思想的基础上，才能真正实现全党工作重点的转移。

本年　上海文艺出版社出版中国社会科学院文学研究所、中国民间文艺研究会编选的《中国歌谣选》第1集。

**1979年**

1月2日　中国文联举行迎春茶话会。中共中央宣传部部长胡耀邦在迎春茶话会上对文艺界提出热烈期望。

1月　《民间文学》复刊。

2月28日　新华社报道：中共中央宣传部最近批准文化部党组织的决定，为"旧文化部""帝王将相部""才子佳人部""外国死人部"这一大错案进行公开的彻底平反。指出根本不存在什么"文艺黑线"和以周扬、夏衍、田汉、阳翰笙为代表的所谓"黑线代表人物"问题。

4月4日　新华社报道：中共中央组织部、中共中央宣传部、文化部、中国文联在北京联合召开全国文艺界落实知识分子政策座谈会，研究如何进一步落实知识分子政策，如何进一步加强落实政策，充分调动作家、艺术家和文艺工作者的积极性，团结一致地为繁荣社会主义文艺、为促进社会主义现代化建设贡献自己的力量。会议结束时，胡耀邦讲话，再次强调落实人的政策的重要性。

4月5—28日　中共中央召开工作会议，讨论了经济形势和党的对策以及加强思想理论工作的问题。会议决定对整个国民经济实行"调整、改革、整顿、提高"的方针。

4月15日　《广州日报》发表题为《向前看呵！文艺》的文章。4月中旬后，包括广州传媒在内的全国许多报刊对该文观点进行了讨论。

4月　中国民研会浙江分会成立。

5月2—9日　中国社会科学院纪念五四运动60周年学术讨论会在北京举行。周扬作了题为《三次伟大的思想解放运动》的报告。《人民日报》5月7日发表了该文。

5月8日　茅盾和周扬等联合发起成立"鲁迅研究学会"。周扬在第一次筹备会上说：当前文学战线的一项重要任务，就是要重新认识鲁迅，重新学习鲁迅。

5月11日　中国古代文学理论学会在昆明成立，郭绍虞被选为会长。

5月15日　中国艺术研究院主办的《文艺研究》创刊。

5月29日　全国98所高校，14个有关报刊、出版单位的代表，参加了在西安举办的"社会主义文学创作方法学术讨论会"。会上决定成立"高等学校文艺理论研究会"，陈荒煤被选为会长。

5月　中国民研会在京召开纪念五四运动60周年纪念会。

中国民研会内蒙古分会成立。

6月7日　中共上海市委宣传部举行报告大会，为"文革"期间遭受迫害和打击的文艺工作者平反昭雪，为《上海的早晨》《战斗的青春》等作品平反。

6月　《河北文艺》发表李剑的文艺短论《"歌德"与"缺德"》，不久在全国引起论争。

人民文学出版社《新文学论丛》在北京创刊。

大型文学刊物《春风》在沈阳创刊。

7月13日　中共中央发出《关于对被定为右倾机会主义分子的平反、改正问题的通知》。

7月31日　《人民日报》发表周岳的文艺短评《阻挡不住春天的脚步》，同时转载李剑《"歌德"与"缺德"》、王若望《春天里的一股冷风——评〈"歌德"与"缺德"〉》两文。

8月3日　经中共中央批准，中共北京市委正式决定为林彪、"四人帮"和康生制造的所谓"三家村反党集团"冤案彻底平反。

8月10日　中国当代文学学术讨论会在长春举行。会议期间，中国当代文学研究会召开了第一次会员代表大会，选举冯牧为会长。

9月15日　贵州黔南自治州文艺研究室创办不定期的《采风》刊物。

9月25日—10月4日　中国民研会与国家民族事务委员会、文化部，在北京联合召开全国少数民族民间歌手、民间诗人座谈会。

10月2日　宣布中国民研会正式恢复工作。

10月30日—11月16日　中国文学艺术工作者第四次代表大会在

北京举行。邓小平代表中共中央、国务院向大会致祝词，茅盾致开幕词，周扬作了题为《继往开来，繁荣社会主义新时期的文艺》的报告。会议选举茅盾为中国文联名誉主席，周扬为文联主席，巴金、夏衍等为副主席。

11月4—10日　在第四次文代会期间，中国民间文学工作者第三次代表大会在北京召开。周扬被选为中国民间文艺研究会主席，钟敬文、贾芝、毛星、顾颉刚、马学良、额尔敦·陶克陶（蒙古族）、康朗甩（傣族）当选为副主席。

11月14日　鲁迅研究会在北京正式成立，茅盾任会长。

11月17日　《人民日报》发表社论《迎接社会主义文艺复兴的新时期》。

### 1980年

1月　中国民研会上海分会成立。

2月27日　《人民日报》发表周扬纪念"左联"成立50周年的文章《学习鲁迅，沿着鲁迅的战斗方向继续前进》。

3月8日　中国作协副主席、诗人李季[1]逝世。

4月　《李季诗选》由人民文学出版社出版。

中国民研会与中国社会科学院少数民族文学研究所，共同召开六省《格萨尔》工作会议，制定了全盘规划。

云南《山茶》编辑部创办《山茶》季刊。1982年改为双月刊。

中国民研会山西、湖南、广东分会成立。

5月29日　《山西日报》开辟"关于发展社会主义文学流派的讨论"专栏，至10月14日结束。

5月　中国民研会河南、宁夏分会成立。

---

[1] 李季（1923—1980），河南唐河人。1938年在延安抗日军政大学学习，毕业后在八路军任连指导员。新中国成立后任中南文联编辑出版部部长、《长江文艺》主编，1952年到玉门油矿深入生活，任党委宣传部部长。1955年后，历任中国作家协会创作委员会副主任、作协兰州分会主席、《人民文学》副主编、《诗刊》主编。主要作品有：长诗《王贵与李香香》《杨高传》，诗集《玉门诗抄》《玉门诗抄二集》《致以石油工人的敬礼》等。

6月17日　纪念瞿秋白就义45周年座谈会在京举行。周扬发表《为大家开辟一条光明的路》的长篇讲话。

6月　中国民研会江西分会成立。

《文学遗产》复刊。

全国高校文艺理论研究会主办的《文艺理论研究》(季刊)创刊。

7月26日　《人民日报》发表社论《文艺为人民服务、为社会主义服务》。

7月　《中国文学艺术工作者第四次代表大会文集》由四川人民出版社出版。

中国民研会上海分会创办《采风》月报。1983年改为半月报。

9月17日　《人民日报》开辟"关于改善党对文艺的领导，把文艺事业搞活"的讨论专栏。

9月29日　中共中央批转有关胡风案件的审查报告，指出这纯属一件错案，决定予以平反。1988年6月，在胡风逝世3周年之后，中共中央进一步为胡风彻底平反。

9月　中国社会科学院少数民族文学研究所仁钦道尔吉撰《论巴尔虎英雄史诗的产生、发展和演变》论文，赴联邦德国参加国际"第三次中亚史诗学术讨论会"。

中国民研会新疆、甘肃分会成立。

10月6日　《文艺报》召开座谈会，讨论改善党对文艺工作的领导、改革文艺体制问题。

10月8日　《人民日报》发表赵丹的文章《管得太具体，文艺没希望》。

10月10日　赵丹[1]在京逝世。

---

[1] 赵丹（1915—1980），原名赵凤翱，出生于江苏扬州，居江苏南通。父亲赵子超，时任北洋军阀营长。1916年赵丹2岁时随父母迁居于南通。赵丹的父亲在南通开设影戏院，少时受家庭熏陶，酷爱艺术。中学时代，曾与好友顾而已、钱千里、朱今明等组织"小小剧社"，演出过一些进步话剧；毕业后考入上海美术专科学校，学习国画，专攻山水。其间参加了美专剧团、新地剧社和拓声剧社，并积极参与"左翼剧联"的活动，改名"赵丹"，深入工厂、市井、学校，演出抗日救亡剧目；1933年加入中国左翼戏剧家联盟。出演过多部影片，如《十字街头》《马路天使》《聂耳》等。

10月15日 《河北日报》开辟"发展社会主义文学流派"的讨论专栏，对"荷花淀"派的形成和发展进行讨论。

10月 工人出版社、山西大学合编的《赵树理文集》四卷本出版。

中国民研会西藏分会成立。

11月 中国当代文学研究会主办的诗歌理论刊物《诗探索》在北京创刊，谢冕任主编。

《中国当代文学史初稿》由人民文学出版社出版。

唐弢、严家炎主编的《中国现代文学史》三卷本由人民文学出版社出版。

鲁迅研究学会主办的《鲁迅研究月刊》第1期由上海文艺出版社出版。

江苏省民间文学工作者协会镇江分会《乡土》报试刊。1981年1月22日改为《江苏民间文学副刊》，至6月出至第5期与6期合刊后休刊。1982年2月复刊出第7期，改为江苏民间文学工作者协会月报。1984年改为半月报。

12月25日 顾颉刚[1]逝世。

12月 贵州创办《南风》双月刊，以发表贵州各民族民间文学作品为主。

日本口承文艺学会代表团访华，进行学术交流。

中国民研会湖北、陕西分会成立。

本年 中国民间文艺出版社在北京成立，1989年撤销。

中国民研会研究部陶阳等到山东泰山采风。新疆人民出版社出版维吾尔文民间文学丛刊《泉》、哈萨克文民间文学丛刊《绿草》。上海文艺出版社出版《中国民间长诗选》与《中国民间文学论文选》（上中下），钟敬文主编的《民间文学概论》，高等学校民间文学教材编写组编的《民间文学作品选》（上下）、《中国歌谣选》第2集出版，并启动"中国少数民

---

[1] 顾颉刚（1893—1980），字铭坚，号颉刚，小名双庆，笔名有余毅、铭坚等。江苏苏州人。中国现代著名历史学家、民俗学家，古史辨学派创始人，现代历史地理学和民俗学的开拓者、奠基人。

族民间文学丛书·故事大系"。

### 1981 年

2 月　中国民研会山西分会创办《山西民间文学》(双月刊)。

《民族文学》(双月刊)在北京创刊。

大型文学刊物《江南》在杭州创刊。

3 月 27 日　中国文联名誉主席、中国作协主席沈雁冰(茅盾)因病在北京逝世，终年 85 岁。中共中央决定恢复他的中国共产党党籍，党龄自 1921 年算起。临终前他向中国作协捐献 25 万元稿费，作为设立长篇小说文学奖的基金。他在民间文艺学领域主要从事神话研究。

3 月　中国民研会浙江分会创办《山海经》(季刊)。

4 月　《日本昔话通观》编辑组访华。

5 月 12—17 日　民研会在北京举办首届学术年会。

5 月 18 日　20 所高等院校教师民间文学教学座谈会在北京召开。

5 月　中国民研会黑龙江分会创办不定期刊物《黑龙江民间文学》。1986 年 9 月出至第 19 集。

中国民研会福建分会成立。

6 月 1 日　中国社会科学院文学研究所民间文学室和中国民研会研究部联合召开"伊玛堪"调查报告会。

6 月 27—29 日　中共十一届六中全会在北京举行。会议一致通过《关于建国以来党的若干历史问题的决议》。

7 月 17 日　邓小平在中央宣传部负责人会议上作《关于思想战线上的问题的谈话》报告，提出克服涣散软弱状态、批评错误倾向的问题。并对根据《苦恋》拍摄的电影《太阳和人》提出批评。

7 月　美籍华人丁乃通教授访华，进行学术交流。

《文艺报》第 14 期发表了王春元的文章《关于马克思主义的"新人"说》。

8 月 3—8 日　中共中央宣传部根据中央决定和邓小平 7 月 17 日谈话精神，在北京召开全国思想战线问题座谈会，胡耀邦在会上作了重要讲话，胡乔木作了题为《当前思想战线的若干问题》的讲话。

8月15日　中共中央发出《关于关心人民群众文化生活的指示》。

8月　中国民研会云南分会成立。

中国民研会湖南分会创办《楚风》(季刊)。1985年改为双月刊。

9月1日　《人民日报》发表社论《克服涣散软弱状态是思想战线的重要任务》。

9月2日　北京市委召开思想战线问题座谈会。中共北京市委第一书记段君毅在会上指出：《苦恋》电影文学剧本在北京市的文艺刊物《十月》上发表，没有及时批评，是软弱无力的表现。

9月6日　中共安徽省委召开思想战线问题座谈会。安徽省文联主席赖少其、省文联副主席陈登科在会上做了自我批评。

9月9日　文化部和中国文联在京联合召开座谈会，讨论文艺如何加强领导、改变涣散软弱状态、增强团结、改进工作等问题，一些同志对《苦恋》提出了批评。

9月17日　纪念鲁迅诞辰一百周年学术讨论会在北京举行。

9月25日　鲁迅诞辰100周年纪念大会在北京人民大会堂隆重举行。

9月　北京作协创办《枫叶》报，共出18期。

《大众电影》第9期发表编辑部文章《正确开展电影评论》，检查了该刊第1期所发表的《致读者》和《立电影法，杜绝横加干涉》等文的错误。

《人民戏剧》第9期发表赵寻《开展戏剧批评的两条战线斗争》。

10月　唐因、唐达成的评论文章《论〈苦恋〉的错误倾向》在《文艺报》第19期发表，《人民日报》于10月7日转载。

11月4日　《人民日报》发表评论员文章《认真讨论一下文艺创作中表现爱情的问题》。

11月26日　《光明日报》在"关于文艺创作如何表现爱情问题的讨论"专栏中，发表4篇文章，就《北极光》《明月初照人》等作品发表了不同意见。

11月　中国民研会上海分会创办不定期的《民间文艺集刊》。至1986年共出8集。1987年改为《民间文艺季刊》。

苏联李福清访华，与中国民间文学工作者进行学术交流。

12月18—27日　全国故事片电影创作会议在北京召开。胡耀邦在讲话中肯定好的片子是主流，有些电影不够好，个别文艺工作者还努力不够。《苦恋》的问题圆满地结束了，白桦还是党员，还是作家，还是要继续写作。为了我们伟大的事业，谁有错误都要进行批评和自我批评。

12月23日　《解放军报》《人民日报》《文艺报》刊发白桦《关于〈苦恋〉的通讯——致〈解放军报〉、〈文艺报〉编辑部》，文中检查了自己创作《苦恋》的错误思想。

12月　新疆人民出版社创办不定期刊物《新疆民间文学》。

本年　江苏、浙江、上海两省一市在苏州举办吴歌学术讨论会。

新疆人民出版社创办蒙古文民间文学丛刊《汗腾格里》。

中国民研会资料室编《民间文学论文、作品、新书目录索引》，此目录索引至1988年停止编撰。

中国社会科学院文学所民间文学室、图资室、少数民族文学研究所编《中国民间文学论文索引》(上、下)。

民研会编辑出版《民间文学论丛》。

中国民间文艺出版社出版中国少数民族文学学会编的《中国少数民族民间故事选》(上、下册)。

### 1982年

1月　《何其芳文集》(六卷)由人民文学出版社分卷出版。

3月12日　《文学评论》编辑部召开座谈会，结合文学作品讨论人性、人道主义问题。

3月　以贾芝为首的"中国民间文艺代表团"访问日本。

4月　《李季文集》(四卷)由上海文艺出版社分卷出版。

5月6—12日　中国文联、中国社会科学院文学所在北京召开毛泽东文艺思想讨论会。周扬到会讲话。

5月23日　《人民日报》发表毛泽东于1939—1949年给文艺界人士的15封信；还发表了陈云于1943年3月29日在党的文艺工作者会

议上的讲话《关于党的文艺工作者的两个倾向问题》。

5月　中国民研会创办《民间文学论坛》(季刊)，1985年改为双月刊，系全国性民间文学理论刊物。

中国民研会安徽分会成立。

6月　辽宁抚顺市故事报社创办《故事报》月报。

7月4日　河北作协、《国风》编辑部在河北承德联合举办郭小川诗歌学术讨论会。

7月17日　中共中央宣传部在河北涿县召开文艺评论工作座谈会，中宣部副部长贺敬之作了题为《做坚定的、清醒的、有作为的马克思主义文艺评论家》的讲话。

7月26—31日　全国培训民间文学工作骨干经验交流会在北京召开。

8月15日　《人民日报》报道：由冯牧、阎纲、刘锡诚主编的《中国当代文学评论丛书》由湖南人民出版社出版，丛书收有影响较大的当代文学评论家个人评论集多种。

8月28日　中国作协山西分会主办的赵树理学术讨论会在太原举行。

9月　中国民研会广东分会创办《天南》双月刊。

11月　上海民研会筹办的"上海民间艺术品展览"，赴南斯拉夫萨格勒布市参加"中国文化周"展出，获圆满成功。

12月　湖南人民出版社出版中国民研会研究部编的《民间文学论文选》。

### 1983年

1月　史铁生的小说《我的遥远的清平湾》，发表于《青年文学》第1期。该小说代表知青文学创作的一种新趋势，即着力于表达乡村社会和民间生活中的温情。

陆文夫的小说《美食家》，发表于《收获》第1期。该小说逐步走出新时期文学前期的政治批判意味，转向对城市风俗和市民生活的描绘。

徐敬亚的评论《崛起的诗群》，发表于《当代文艺思潮》第1期，是为"朦胧诗"运动做辩护的代表性论文之一。

2月　汪曾祺的评论《回到现实主义，回到民族传统》，发表于《北京文学》第2期，同期还发表了季红真对汪曾祺小说的评论《传统的生活与文化铸造的性格——谈汪曾祺部分小说中的人物》，这两篇评论代表了新时代文学开始出现的"寻根"倾向。

3月　根据1982年12月周扬主持在京主席办公会议决定，成立以延泽民为组长的领导小组，主持中国民间文艺研究会的日常工作，并筹建书记处。

中国民间文艺研究会天津、北京分会成立。

4月8—17日　中国民研会在北京举办第二次学术年会。论文以传说故事为主。

5月21—24日　中国民俗学会在北京召开成立大会。

5月　卞之琳《现代主义和现实主义构不成一对矛盾》，发表于《读书》第5期。此文是现代主义与现实主义之争中的一篇有较大影响的文章。

杨炼的长诗《诺日朗》，发表于《上海文学》第5期，代表了朦胧诗的史诗化倾向。

7月1日　中国民研会福建分会创办《海峡民风》半月报。1985年停刊。

7月　中国民研会组织民间文学工作者赴青海、甘肃，参加"花儿"会活动。

杨炼的评论《传统与我们》，发表于《山花》第9期，倡导以民族历史与文化为对象的创作追求。

8月　中国社会科学院少数民族文学研究所在青海西宁市主办全国少数民族史诗学术讨论会。

中国民研会河北省分会与秦皇岛市文联，在北戴河举办首届全国孟姜女故事学术讨论会。

中国民间文艺研究会编印《民间文学研究动态》。至1988年，共出23期。

由周扬主持在京主席办公会议，并经中共中央宣传部批准，中国民间文艺研究会成立书记处主持日常工作。书记处由刘锡诚（常务书记）、马振、吉星、陶阳、张文组成。

9月11日　江绍原[1]逝世。

9月　贾平凹的散文《商州初录》，发表于《钟山》第5期。该文作为他的"商州系列"的初始之作，对"寻根文学"的发展起了推动作用。

10月12日　邓小平在中共十二届二中全会上讲话，谈了整党不能走过场和思想战线不能搞精神污染两个问题。

10月16日　《人民日报》报道，最近陈云针对当前评弹书目和表演中出现的迎合一部分观众的低级趣味、单纯追求票房价值问题提出了重要意见。要求切实纠正书目和表演中不健康的问题。

《文汇报》发表施蛰存的评论《关于"现代派"一席谈》，继续引发关于"现代派"问题的论争。

11月25日　六届全国人大常委会第三次会议听取文化部、教育部、公安部、广播电视部等各部部长关于各自领域精神污染情况和反对精神污染、打击流氓团伙犯罪活动等情况汇报。彭真、陈丕显讲话。

11月　艾青、贺敬之等接受记者访谈，就新时期文学的发展和清除精神污染问题发表意见。

中国民间文艺研究会组织华北、东北、西北三大区11个省区民间文学工作者，到贵州参观学习。

12月15日　中国民研会主办的"1979—1982年全国民间文学作品评奖"举行授奖大会。获奖作品：一等奖7部，二等奖26部，三等奖29部，荣誉奖27部。

12月　季红真的评论《汪曾祺小说中的哲学意识和审美态度》，发

---

[1] 江绍原（1898—1983），祖籍安徽旌德，生于北京。民俗学家和比较宗教学家，中国民俗学运动领导人之一。1927年任北京大学风俗调查会主席，同年到中山大学后开设"迷信研究"课。1930年在北京大学开设"礼俗迷信之研究"课和"宗教史"课。1949年后，先后任山西大学英语系教授、中国科学出版社编审、商务印书馆编审等。1979年被聘为中国民间文艺研究会顾问，1983年被聘为中国民俗学会顾问。主要代表著作有：《乔答摩底死》《发须爪：关于它们的迷信》《现代英吉利谣俗及谣俗学》《中国古代旅行之研究》等。

表于《读书》第 12 期。他继续对汪曾祺小说进行研究，为导向"寻根文学"的主张做准备。

本年　中国民研会安徽分会创办《乡音》季刊。

浙江畲族民间文艺学会在丽水成立。

中国民间文艺研究会陕西分会创办不定期的《秦风》小报，1985 年停刊。

贾芝、刘魁立、王炽文访问芬兰、冰岛。

陶阳、王汝澜赴日本进行学术交流活动。

中国社会科学院少数民族文学研究所仁钦道尔吉参加在联邦德国波恩举行的第四次国际蒙古史诗学术讨论会。

王松、刘魁立访问日本进行文化交流活动。

## 1984 年

1 月 3 日　胡乔木在中共中央党校作题为《关于人道主义和异化问题》的讲话，对人道主义和异化问题的争论做出理论性的总结。

1 月　邓友梅《烟壶》发表于《收获》第 1 期，成为描写城市风俗民情的代表性作品。

2 月 2 日　陈云邀请曲艺界著名人士一起欢度春节。陈云在谈话中就培养年轻优秀的创作人员和演员、整理传统书目和编写新书目、文艺界也要提倡批评和自我批评等问题发表了意见。

3 月　《江格尔》汉译本出版座谈会在北京举行。

冯骥才《神鞭》，发表于《小说家》第 3 期，是关于市井风俗创作的代表性作品。

3 月 31 日—4 月 4 日　中国民研会河北分会与廊坊地区文联联合举办"张士杰作品讨论会"。

4 月 9—23 日　由北欧民间文学研究所所长、国际民间叙事研究会主席劳里·杭柯（Lauri Olavi Honko）为团长的芬兰文学协会代表团访华，进行学术交流。

4 月 11—18 日　江苏、浙江、上海两省一市，在杭州举行"白蛇传"故事学术讨论会。

5月23日　中国神话学会在峨眉山宣告成立。袁珂为会长,王松、蓝鸿恩、刘魁立为副会长。

5月　季红真《文学批评中的系统方法与结构原则》发表于《文艺理论研究》第3期,此文是把"三论"(系统论、信息论、控制论)方法引入文学批评的代表性论文之一。

中国民研会在四川召开全国民间文学理论著作选题会。

5—7月　中国民研会派出孙剑冰率领的五人采风小组,赴内蒙古乌拉特前旗、乌拉特中后旗采风。

6月　刘再复《论人物性格的二重组合原理》发表于《文学评论》第3期,此文以对人物性格的结构分析而引起评论界关注。

7月　阿城的小说《棋王》,发表于《上海文学》第7期。此文是"寻根文学"创作中较有代表性的作品之一。

贾平凹小说《腊月·正月》,发表于《十月》第4期,以写传统与现代相冲突的变革中的乡村社会而引起关注。

8月20—30日　西藏、青海、四川、云南、甘肃、内蒙古、新疆七省区英雄史诗《格萨尔》民间说唱艺人演唱会在拉萨举行。

9月1日　中国民研会福建分会创办《故事林》(双月刊)。

9月13—20日　中国民间文学集成总编委会和云南民间文学集成办公室在昆明联合举办"中国民间文学集成工作座谈会",着重讨论了普查、采录、翻译等问题。

9月30日　中国神话学会创办不定期的《神话学信息》。

9月　日本口承文艺学会访华,进行学术交流。

11月13—20日　中国民间文学工作者第四次代表大会在河北石家庄举行。周扬被选为中国民间文艺研究会名誉主席,钟敬文为主席,副主席有马学良、毛星、冯元蔚、刘锡诚、刘魁立、阿布杜秀库尔·叶尔迪、姜彬、贾芝、蓝鸿恩。经主席提名,常务理事会通过,任命廖东凡(常务)、吉星、陶阳、张文、贺嘉组成书记处。

11月　中国民研会河北分会创办《民间故事选刊》(双月刊)。

11月30日—12月5日　蓝鸿恩、廖东凡、赵文工访问巴基斯坦，进行文化交流。

12月　一批青年作家、批评家聚会杭州，召开关于文学创作问题的研讨会，推出以"寻根"为意向的文学创作流派。

本年　谢冕《传统之于我们》发表于《星星》第12期。此文结合诗歌创作思潮，对传统与现代的问题提出较有影响力的观点。

中国民研会山西分会创办不定期的《故事精选》。

中国歌谣学会、中国楹联学会、中国故事学会、中国新故事学会成立。

上海古籍出版社出版顾颉刚编著的《孟姜女故事研究集》。

## 1985年

1月7日　赵景深[1]逝世。

年初　中国歌谣学会创办不定期的《中国歌谣报》。1987年10月改为月报。至1989年出39期与40期合刊后停刊。

1月　谢冕为《中国当代青年诗选》一书所写的"导言"《中国最年轻的声音》，发表于《批评家》第1期，对中国当代青年诗歌创作给予高度评价。

张辛欣、桑晔创作的口述实录体小说《北京人》发表于《收获》第1期。此文以崭新文体书写变革中的社会人生，引起较大反响。

中国楹联学会创办《对联·民间对联故事》(双月刊)。2002年1月起改为月刊。

2月22—26日　中国民间文学代表团赴芬兰，参加庆祝芬兰史诗《卡勒瓦拉》出版150周年纪念与世界史诗学术讨论会。

---

1　赵景深（1902—1985），祖籍四川宜宾，生于浙江丽水。小说戏曲学家，在民间文艺领域亦有突出贡献。著作主要有：《宋元戏文本事》《小说戏曲新考》《童话概要》《民间故事研究》《安徒生童话新集》《民间故事丛话》《格林童话全集》等。编纂《古代儿歌资料》(与车锡轮等合作)、《明清民歌时调集》(与关德栋合作)等。

2月28日 中国民研会与中国文联、文化部、中国人民对外友协，在北京联合举行芬兰史诗《卡勒瓦拉》出版150周年纪念会。

2月 马原的小说《冈底斯的诱惑》发表于《上海文学》第2期。此文以其叙事手法和对西藏风俗文化的描写而引起关注。

陆文夫、何士光、李国文、丛维熙、张贤亮、邓友梅的同题小说《临街的窗》发表于《小说家》第2期。

3月14—28日 张紫晨、郎樱赴日本，参加"日本民族文化源流的比较研究学术讨论会"第六届会议。

3月15日 中国民研会创办中国民间文学函授大学。

3月 王安忆的小说《小鲍庄》发表于《中国作家》第2期。此文是寻根文学创作中的代表性作品之一，在批评界反响强烈。

刘索拉的小说《你别无选择》发表于《人民文学》第3期。此文被认为是新时期中国"现代派"文学创作中的代表性作品。

4月1日 中国民研会河南分会创办《故事家》，开始为不定期报，1986年改为季刊。

4月23日 《民间文学》编辑部召开《民间文学》创刊30周年纪念会。

4月29日—5月4日 中国民研会在北京举办第三届学术年会。

4月 阿城的小说《遍地风流（之一）》发表于《上海文学》第4期。此文是寻根文学创作中较有影响的作品。

5月1—6日 中国社会科学院文学所民间文学室在江苏南通市举办全国神话理论研讨会。

5月8—10日 《民间文学论坛》编辑部召开"田野作业与研究方法"座谈会。

5月8日—6月5日 胡振华访日，进行学术交流。

5月18日 乌丙安赴日本进行3个多月的学术交流与考察活动。

5月 由谢冕、周政保、昌耀等人的短文组成的《西部文学笔谈》发表于《当代文艺思潮》第3期，引发关于"西部文学"的讨论。

国际青年中国组织委员会在中国美术馆主办"前进中的中国青年美展"，在美术界掀起了新潮美术运动。

6月　中国民研会第四届第二次常务理事会，讨论通过了"中国民间文学集成编辑出版规划（1985—1990）"，并召开民间文学集成第二次工作会议。

山东文联与中国民研会山东分会创办《新聊斋》（季刊）。

韩少功的小说《爸爸爸》发表于《人民文学》第6期。此文是寻根文学创作中的代表作之一。

7月6—13日　中国民研会在长春召开民间文学报刊座谈会。

7月22日　文化部民族文化司在西宁主持召开全国民族文化遗产搜集整理研究工作经验交流会。

7月　刘心武的纪实性小说《5·19长镜头》发表于《人民文学》第7期。此文以其在小说文体上的创新而引起关注。

贾平凹的五篇系列小说《商州世事》发表于《中国作家》第4期。是寻根文学创作中较有影响的作品。

8月　内蒙古社会科学院文学所在呼和浩特举办全国格斯尔学术讨论会。

9月　谢冕《断裂与倾斜：蜕变期的投影——论新诗潮》发表于《文学评论》第5期。此评论揭示了新诗潮的艺术革命意义。

美籍华人丁乃通教授访华，进行学术交流。

10月　"中国民间文学集成讲习会"在贵阳举行。

吴歌学会成立。

11月　扎西达娃的小说《西藏，隐秘的岁月》发表于《西藏文学》第6期。小说以其对西藏文化风情的描绘和叙事方法引起关注。

11月21日—12月7日　加拿大华裔何万成[1]教授访华，进行学术

---

1　何万成的学术研究重点是华人社会、华人文化，主要著作有：《中国华侨定居的相应变化》《中国祖先崇拜和社会结构》《中国—加拿大家庭和生活水平》《中国民间传统在加拿大》《民间故事与社会结构：中国人在蒙特利尔之情况》《在多种文化生活中的中国食品》《华人社会》。他强调中华主流文化的重要，但是更注意到主流文化派生出来的支流文化——如东南亚华人文化、西欧华人文化、北美华人文化的继承与变异。

交流。

12月13日　常惠[1]逝世。

12月20—21日　《民间文学》编辑部在北京举办《金德顺故事集》和民间故事讲述家学术讨论会。

12月　苏联汉学家李福清访华，进行学术交流。

刘再复的论文《论文学的主体性》，发表于《文学评论》第6期，引起文学理论和文学批评界的热烈争鸣。

本年　甘阳翻译的恩斯特·卡西尔的名著《人论》，由上海译文出版社出版，在文艺理论界引起较大关注，畅销一时。

一批具有前卫意识的青年音乐家聚会武汉，参加"青年作曲家新作交流会"，成为80年代中期中国新潮音乐崛起的一次代表性聚会。谭盾、瞿小松、叶小纲等一批青年音乐家在"新潮音乐"运动中脱颖而出。

山东大学创办《民俗研究》。

中国民间文艺出版社出版《1979—1982年全国民间文学评奖获奖作品选》。

### 1986年

1月　中国民研会内蒙古分会创办《塞风》(季刊)。

4月　中国民研会、广西民间文学研究会和芬兰文学协会、北欧民俗研究所、土尔库大学文化研究系合作，先在广西南宁举行"中芬民间文学搜集、保管问题学术研讨会"，之后在广西三江侗族自治县进行民间文学联合考察。

5月21—25日　中国民间文学集成第三次工作会议在北京召开。

---

[1] 常惠(1894—1985)，北京人。曾在震旦大学、北京法文学堂、北京大学预科和法文系学习，1924年毕业后留校任助教兼任孔德学校法文老师。为北大《歌谣》周刊的主要负责人之一。1927年到古物保管会、北平研究院史学研究会工作，曾参与河北易县战国时期燕下都、陕西宝鸡斗鸡台秦墓群的考古发掘和北京庙宇的调查工作。抗日战争胜利后回到北京，在故宫博物院工作，1958年退休。主要作品有：《对于投稿诸君进一解》《我们为什么要研究歌谣》《几首不完全的歌谣》《易县燕都故址调查报告》等。

正式成立中国民间文学集成总编委会，由周扬任总主编，钟敬文、林默涵、周巍峙、高占祥、任英、贾芝、马学良任副总主编。

5月22日　中国民研会与文化部、国家民委、中国社会科学院，在北京联合召开《格萨尔》工作总结、表彰及落实任务大会。

5月26日　全国政协文化组、中国民研会、中国社会科学院少数民族文学研究所，在北京联合召开"保护民间文化座谈会"，倡议建立中国民俗、民间文艺博物馆。

5月　中共中央任命吴祖强为中国文学艺术界联合会党组书记，任命刘剑青、杨澧为党组成员。

6月5—9日　江苏、浙江、上海两省一市，在上海举办全国第二次孟姜女故事学术讨论会。

7月23—28日　刘锡诚赴土耳其伊兹密尔，出席第三届国际突厥民间文化大会。

7月　中国民间文艺出版社出版丁乃通著、郑建成等译的《中国民间故事类型索引》。

8月　中国民间文艺出版社出版中国民间文艺研究会研究部编《中国民间传说论文集》。

9月4—10日　中国歌谣学会、陕西省文联等，在延安举行"黄河歌会"，有来自黄河流域和其他地区的歌谣学者、音乐家、诗人、民歌手200余人参加。

9月7—12日　中国社会科学院文学研究所召开的"新时期文学十年学术讨论会"在北京举行。时任文学研究所所长的刘再复作《论新时期文学主潮》的报告，以人道主义的恢复和深化概括自1976年粉碎"江青反革命集团"以来的文学潮流。青年学者在会上亦积极发言。

9月11—14日　《民间文学》编辑部在河北省廊坊市召开民间文学作品座谈会。

9月11—16日　中国民研会在杭州召开第二次全国民间文学报刊座谈会。

9月28日　邓小平在中共十二届三中全会上谈反对资产阶级自由

化问题。

9月　《深圳青年报》与安徽《诗歌报》发起"现代诗群体大展",参展的有"非非主义""莽汉主义""南方派""大学生诗派""极端主义""地平线诗歌实验小组""新口语派"等60余家继"朦胧诗"以后出现的或自称的新诗歌流派。

10月10日　中国民间文艺出版社举办董均伦、江源作品讨论会。

11月上旬　中国民研会在成都召开四届二次理事会,提议将书记处制改为秘书长制,报领导部门批准实施。同时,原则上通过了《中国民间文艺事业发展五年规划》。

11月20日—12月19日　张紫晨访日,参加"日中国际学术讨论会"。

中国民研会天津分会创办《民风》(双月刊)。

11月30日—12月6日　由中国作家协会等主办的"中国当代文学国际讨论会"在上海举行。这是第一次有较多外国学者参加的当代文学讨论会。

12月31日—1987年1月6日　中华人民共和国第三次全国青年文学创作会议在北京举行。

12月　贵州人民出版社出版中国少数民族文学学会编写的《神话新探》。

### 1987年

1月　中国作家协会副主席、《人民日报》记者刘宾雁,中国作家协会理事、上海作家协会理事王若望,由于"鼓吹资产阶级自由化,反对四项基本原则",分别被中共人民日报社纪律检查委员会和中共上海市纪律检查委员会开除党籍。

中国民研会编印《中国民间文艺界通讯》。

广西民间文学研究会创办《百越民风》(双月刊)。

2月20日　新华社报道,国家民族事务委员会、中国作家协会就"发表丑化侮辱藏族同胞小说造成恶劣影响"一事(《人民文学》1987年第1期与2期合刊发表马建描写藏族风情的小说《亮出你的舌苔或空空荡荡》引起事端），责成《人民文学》编辑部做公开检查，《人民文学》主编刘心武停职检查。

2月27日　全国政协文化组召开筹建"中国各民族民间文化博物馆"座谈会。

3月25—29日　《民间文学》编辑部在河南省淅川县召开全国民间故事研讨会。

4月18日　钱南扬[1]逝世。

5月4日　中国民研会举办本机关第一届民间文艺理论研讨会。

5月11—14日　中国民研会召开工作会议，宣布"中国民间文艺研究会"改名为"中国民间文艺家协会"（以下简称"中国民协"）。

5月20日　中国大众文学学会在北京成立。

5月29日　举行《民间文学论坛》创刊5周年座谈会。

6月19日—7月4日　以吉星为团长、贺嘉为副团长的中国民协代表团访问泰国。

7月13—18日　中国故事学会首届学术讨论会，在河北省承德市召开。

7月19—25日　全国民间文学报刊工作座谈会，在河北省承德市召开。

8月27日—9月13日　中国民协组织京、津、华北地区采风团，到云南省西双版纳地区考察。

9月5—24日　首届中国艺术节在北京举行。

9月7—12日　中国民间文学集成首届编选工作会议在杭州召开。

---

1　钱南扬（1899—1987），名绍箕，浙江平湖人。1925年北京大学中文系毕业。先后在武汉大学、浙江大学文理学院任教，生前为南京大学教授。他是20世纪20年代广州中山大学民俗学会会员；30年代发起成立中国民俗学会，在杭州《民国日报》创编《民俗周刊》，共出9期；1933年3月后回平湖创办《民俗周刊》。出版学术专著《谜史》《宋元南戏考》《宋元南戏百一录》《宋元戏文辑佚》《南柯梦记（校注）》等。

10月5—10日　中国歌谣学会、湖北文联等单位，联合举办"长江歌会"，有来自长江流域和其他地区的歌谣学者、民歌手等200余人参加。

10月19—24日　中国神话学会在河南郑州举办首届中国神话学术讨论会，此次讨论会以"中国神话与中国文化"为主题。

10月　江苏镇江民间文艺资料库开始筹建，是为我国首创，1989年开始对外开放。

11月12日　以马学良为团长的中国民协代表团对巴基斯坦进行了为期两周的访问。

11月30日　中国民协与中国民俗学会联合召开广州中山大学民俗学会成立60周年纪念会，同时对容肇祖90岁寿日表示祝贺。

12月2—5日　江苏、浙江、上海两省一市，在宁波市举办"梁祝故事学术讨论会"。

12月　分别在兰州和福州出版的、创办较早的当代文学研究刊物《当代文艺思潮》和《当代文艺探索》停刊。

### 1988年

2月　中央民族学院出版社出版王强等编著的《中国现代民间文艺学家》。

3月23—25日　中国民协在深圳召开第四次全国民间文学学术讨论会，探讨社会主义新时期民间文学基本理论。

3月26日　《文艺报》头条新闻刊载记者建国、英子的报道：《危机！纸价飞涨的冲击波》，披露由于有关部门取消纸张统一供应和纸价迅速上涨给各文学报刊带来的生存危机。

4月2日　有关主管部门规定，各报社、出版社、期刊社可以开展有偿服务和经营活动，开办广告、咨询、新闻发布会等业务，也可以办与出版业相关的造纸厂、印刷厂等。

4月　廖东凡参加中国民间艺术协调中心代表团，到维也纳国际民间艺术组织总部参加工作会议，并到奥地利、波兰、匈牙利等国进行民间艺术交流和考察。

5月10日　沈从文在北京逝世。

5月17—31日　以杨亮才为团长的中国民协代表团访问菲律宾。

5月　新故事学会在广州召开学术研讨会。

6月7—11日　中国民间文学集成作品翻译讨论会在北京召开，讨论制定了《中国民间文学集成翻译总则》。

7月28—31日　中国社会科学院少数民族文学研究所，在海拉尔召开全国阿尔泰语系民族叙事文学与萨满教文化学术讨论会。

8月23—27日　刘锡诚代表中国民间艺术协调中心赴意大利戈里齐亚，参加国际民间艺术组织召开的第一届国际民间文化与民间艺术大会，并代表贾作光出席国际民间艺术组织执委会，参加戈里齐亚市和梅西纳市的民间艺术节。

8月26—29日　中国故事学会第二次学术讨论会在沈阳召开。

8月下旬　中国民协与河北民协联合举办全国首届新故事北戴河杯大奖赛。

8月　中国民协、中国社会科学院少数民族文学研究所与新疆文联、新疆民协、新疆社科院合作，在乌鲁木齐召开首届《江格尔》国际学术讨论会。

9月8—22日　以屏开女士为团长的泰国民俗学家代表团访华，进行学术交流。

9月19—25日、12月9—13日　在中国改革与开放基金会的支持下，《民间文学论坛》编辑人员分两批赴山东庙岛和龙口市屺岿岛进行渔村民俗文化考察。

9月27日—10月11日　菲律宾文化中心民间文化代表团访华，进行学术交流。

9月　河北教育出版社出版段宝林、祁连休主编的《民间文学词典》。

10月18日—11月2日　以英国史密森学会塞特尔为团长的民俗考察团访华。

10月23—25日　全国十大文艺集成志书召开表彰大会。

11月8—12日　第五次全国文学艺术界联合会代表大会在北京举

行。曹禺当选为中国文联主席。

12月31日　中国民协举行本机关第二届民间文艺理论研讨会。

本年　辽宁民协创办《中国谜报》(半月报)。

### 1989年

1月31日　中国民协在北京举行大会,向从事民间文学工作30年以上并对民间文艺事业做出显著成绩的周扬、钟敬文、容肇祖、贾芝、毛星、马学良等近百人颁发了荣誉证书。

2月17日　中共中央发出《关于进一步繁荣文艺的若干意见》,再次提出要尊重文学艺术的规律,繁荣文艺创作。

2月　中共中央任命林默涵为中国文联党组书记,孟伟哉为党组副书记,罗杨、徐怀中、邓兴器、李振玉为党组成员;任命马烽为中国作协党组书记,玛拉沁夫为党组副书记,郑伯农、丛维熙、束佩德为党组成员。

3月3—17日　中国民协分别在天津、贵阳、西安、郑州,召开东北华北片、西南片、西北片和中南华东片交流工作座谈会。

5月19日—6月10日　祁连休、马昌仪访问联邦德国,进行学术交流。

6月7日　杨公骥[1]逝世。

6月17日　中国文联党组、中国作协党组致函党中央、国务院,坚决拥护平息首都反革命暴乱。

6月24日　《人民日报》发表《邓小平关于坚持四项基本原则,反对资产阶级自由化的论述》。

---

[1] 杨公骥(1921—1989),河北正定人,著名社会科学家、史学史研究专家。1937年考入中华大学(武汉),1938年在陕北公学和鲁迅艺术学院学习。1946年任东北大学(今东北师范大学)教授,1953年被任命为研究生导师,1981年被国务院任命为首批博士研究生导师,并任国务院学位会员会第一届学科评议组成员。曾兼任中国文联全国委员,中国民间文艺研究会常务理事,吉林省社科联副主席、文联副主席,中国作家协会吉林分会副主席,中国民研会吉林分会主席等。论著涉及中国古代文学、哲学、历史、文艺、语言、训诂、考古、民俗等各学科,在学术界有广泛的影响。

6月　乌丙安参加了布达佩斯第九次世界民间文学代表大会后，赴联邦德国进行了4个多月的讲学、考察活动。

7月8日　《文艺报》报道，全国各地文艺家认真学习中共十三届四中全会公报，联系文艺界实际认清资产阶级自由化的危害。

7月18日—8月5日　中国民协举办第二届民间文学作品评奖会。

7月23—26日　江苏、浙江、上海民协和镇江市文化局、镇江市文联，联合举办第二届《白蛇传》学术讨论会。

7月31日　马克思主义文艺理论家周扬逝世。

8月15—23日　新疆在北京举办蒙古族史诗《江格尔》收集、翻译、出版成果展览。

8月21—25日　广西、云南、贵州、四川民协在贵阳召开首届"西南原始宗教与民间文化学术讨论会"。

9月2—11日　《民间文学论坛》在北京举行全国民间文学骨干讲习班。

9月15日　第二届中国艺术节在北京开幕。

9月20—24日　中国民协与大连市经济技术开发区管理委员会，联合在大连市举办首届中国民间艺术节，来自云南、贵州、四川、安徽、新疆、陕西、山东、山西、内蒙古等地15个民族的民间艺术家和民间工艺美术大师进行了表演，15个省、市、自治区展销了民间艺术品，并向第二届全国民间文学作品评奖的获奖作品《祭天古歌》《密罗陀》《天牛郎配夫妻》等81部作品授奖。

10月　《邓小平论文艺》出版发行。

陕西民协创办《西北民俗》杂志。

11月10日　四川民协创办《巴蜀风》杂志。

11月18日　《文艺报》报道：中国作家协会主席团决定取消刘宾雁、苏晓康中国作家协会会员会籍。刘宾雁所担任的中国作家协会副主席职务随之取消。《文艺报》邀请部分作家、批评家座谈，批判刘宾雁、苏晓康的反动言行。

11月　《民间文学》编辑部与无锡县文联、苏州市沧浪区文化馆，在苏州联合举办新故事笔会。

12月1日 《中国民间文学集成·河北卷》编委会和河北省三套集成办公室在石家庄市召开了"河北省民间文学三套集成五年成果表彰会",出席大会的有周巍峙、贾芝、许钰、张文、贺嘉,中国民协等有关单位也派人参加了会议。大会对获得组织领导奖的35名同志和获得长城优秀作品奖的31部作品的作者进行了表彰并颁发了奖品。大会还举办了"集成成果展览",展示了300余种各县(区)的集成资料本和公开出版的河北民间文学丛书。河北省三套集成工作五年来所取得的成果:全省共搜集整理各种民间故事17.58万余篇,歌谣6.5万余首,谚语94万余条,计2亿8千万字。全省178个县(区)的三套集成资料全部出齐。

12月13日 杨荫深[1]逝世。

本年 《民间文学》《民俗研究》二刊,开设专栏纪念五四运动70周年,刊登了钟敬文、杨堃、马学良、柯杨、王文宝、叶涛撰写的文章。

浙江教育出版社出版刘魁立主编的"中国民间文化丛书"。

## 1990年

1月6—26日 澳大利亚民俗学者多尔·格兰特、休·安德森、大卫·赫尔茨、艾安惠、彼得·格兰特等一行6人在广东省进行学术交流和参观考察。在访问广州、肇庆、深圳、珠海等地之后,又同中国同行合作,在江门进行为期一周的民俗学田野考察。

1月10日 江泽民等中央领导人会见文艺界代表,李瑞环作《关于弘扬民族优秀文化的若干问题》的讲话。

---

[1] 杨荫深(1908—1989),原名杨德恩,字泽夫,浙江鄞县人。1928年毕业于上海美术专科学校。曾在上海、汕头等地中学任教,1934年起先后在商务印书馆、广益书局、四联出版社、上海文化出版社、中华书局等处做编辑工作,生前是上海辞书出版社编审、中国俗文学学会顾问、上海民间文艺家协会顾问、上海市文联委员。著有《中国文学史纲要》《先秦文学大纲》《五代文学》《事物掌故丛谈》《中国民间文学概说》《中国俗文学概论》《中国游艺研究》及《民歌选》(与胡怀琛合著),参加了《辞源简编》《四角号码新词典》的编写工作。

1月　国家新闻出版署通知：自1月15日起，各地出版社重新登记注册。

2月　《求是》第4期发表中宣部部长王忍之重要讲话《关于反对资产阶级自由化》。

国家新闻出版署对"扫六害"中查封的166种图书解禁。这是从4省市上报取缔的239种图书中甄别出来的，占上报图书总数的69%。另据报道，本年度有190种报刊停刊。其中由于政治原因被停刊的有《世界经济导报》《经济学周报》等8家；《中国电影报》《中国美术报》等停刊则是由于主管部门调整布局、避免重复的考虑；此外还有一批内容不健康、违反办报宗旨，以营利为目的地非法出版增刊、广告彩版的报纸被取缔。

4月4—9日　中国、日本、瑞典、法国、联邦德国、澳大利亚、奥地利的百余名学者，在山西临汾出席了由中国傩戏学研究会、中国艺术研究院、山西师范大学及广西、贵州艺研所（室）等单位共同主办的首届中国傩戏学国际学术讨论会。在近一周的时间里，通过现场考察（威风锣鼓、丁村风俗、任庄扇鼓、贵池傩戏、东岳古庙）、录像观摩（各地民间傩活动资料）和大会交流（自由发言、专场讨论）等多种方式，学者从不同的学科、不同的角度对"傩"这一古老神奇的中国传统文化现象，展开了既紧张热烈又广泛深入的探讨。

4月中旬　中国文联、中国作协联合举办的文艺思想座谈会在保定举行。4月28日《文艺报》以《任重道远，战斗正未有穷期》为题对本次座谈会进行了报道。

4月25日　"中国民间文艺家协会建会四十周年暨《民间文学》创刊三十五周年座谈会"在中国文联大楼举行。贾芝主持会议，钟敬文、魏传统、容肇祖分别在茶话会上发表讲话，回顾中国民间文艺家协会建会40年来的历程。贾芝在书面发言中谈到民间文学工作者在今后一个时期的任务：一、进一步重视民间文学，认识民间文化这一国宝。要保护、继承和发展中华各民族的民间文化艺术，坚决抵制和消除资产阶级自由化的影响。二、今后中心的工作是建立有中国特色的民间文艺学体系。三、呼吁创建中国民间文化资料馆。四、有计划地努力开展国际学术活动和文化交流。五、采用多种形式、多种渠道以及各种新闻媒介如报刊、广播、电视、电影、展览、讲座、儿童读物等等，宣传群众喜闻乐见的各种形式的民间文学作品，为群众服务。

5月16—30日　以中国民协副主席姜彬为团长的民间文学代表团一行6人访问泰国，并进行学术交流和考察，去往曼谷、阿犹迪亚、素可泰及清迈在内的近10个省市，访问了泰国大学民俗研究部、西泰民间文化研究所、鲁士民俗博物馆等民间文化研究机构。

5月20—24日　美国加利福尼亚伯克莱大学人类学与民俗学系教授阿兰·邓迪斯（Alan Dundes）应北京师范大学中文系邀请进行学术访问与交流，在北京师范大学、中国民协以及中国社会科学院少数民族文学研究所联合举行的学术报告会上做了学术讲演，并与北师大中文系民间文学教研室全体师生进行了深入的座谈。钟敬文在欢迎词中，精辟分析了两国民俗学的发展各自在世界民俗学史中的地位；高度评价了邓迪斯教授作为美国文化人类学与民俗学鼻祖博厄斯（Franz Boas）的传人，在民俗心理研究、结构分析及民间故事形态研究等方面的卓越贡献；概要介绍了中华人民共和国成立以来，特别是近十几年来，中国民俗学在发掘、整理资料和理论研究上所取得的巨大成绩；强调交流的目的，是为了推动彼此学术的进步和世界学术的进展，而要实现这一目标，各民族民俗文化的研究，就仍然要走自己该走的道路。既要从本国实际情况出发，坚持自己的基本观点和方法，又要诚恳地与世界同行交朋友，从而真正做到从弘扬各民族优秀文化出发，为世界民俗学宝库增添财富。

6月26日—7月8日　中国民协派贾芝为团长赴华盛顿考察美国民间生活节，并就今后的具体合作交换意见。

8月21—26日　中国歌谣学会、中国民协湖北分会以及荆州地区群众艺术馆在湖北荆州联合举办了以楚歌、楚风为中心议题的首届楚风学术研讨会。来自全国各地40余名专家、学者参加了此次研讨会。会议围绕楚风的渊源、楚风中的巫文化、荆楚歌谣的歌谣史价值等问题进行了广泛、深入的探讨。

10月2—4日　中国俗文学学会、天津社会科学院、北京燕山出版社、中国曲协天津分会、天津图书馆、天津艺术研究所、中国北方曲艺学校，在天津市中国北方曲艺学校联合召开了"首届全国宝卷子弟书研讨会"。参加会议的有来自北京、天津、江苏、山东、安徽、陕西、甘肃、辽宁、吉林等地的民间文学、俗文学和曲艺界的专家学者60余人，与会代表在前辈学者研究宝卷子弟书取得成就的基础上，分别就宝卷子弟书的搜集整理和研究方法进行了广泛探讨。

10月5—9日　西南民间文化艺术理论研讨会在川北重镇广元市隆重召开，来自云南、贵州、广西、西藏和四川5个省区的民间文艺研究者和民俗学研究者60余人参加了会议。此次会议的议题为"原始宗教与民间文化"。

10月10日　日本民俗学家君岛久子女士到中央民族学院研究、讲学。

10月26—31日　福建省民俗学会首届学术研讨会在三明市召开，讨论会的主题为"福建婚俗的调查与研究"，它是首次对福建各地区、各民族婚俗进行的较为系统的调查和研究的会议。

10—11月　加拿大国家博物馆东方文明文化研究专员何万成应北京大学中文系、历史系与中国民俗学会之邀来华。就民俗学作了7次精彩的讲演，之后又赴山西师范大学、南京大学讲学。11月19日，应中国民间文艺家协会的邀请，作了题为《中华传统文化与海外华人文化》《民间文化的理论和研究方法》的学术报告。11月20日，何万成拜会了中国民间文艺家协会主席钟敬文。

11月13—17日　中国民间文学集成总编委会召开的中国民间故事集成编选工作会议在北京举行。会议进一步明确了编纂《中国民间故事集成》的性质和任务，讨论了如何贯彻执行总编辑方案的编纂原则，解决了工作中遇到的一些重要问题。

12月26—28日　北京、新疆各地包括柯尔克孜、汉、维吾尔、锡伯、回等5个民族成分的70多位《玛纳斯》专家、学者在乌鲁木齐参加了关于史诗《玛纳斯》的研讨会。

**1991年**

2月26日—3月12日　应菲律宾文化中心（简称CCP）的邀请，以中国民间文艺家协会副秘书长林相泰为团长，段宝林、王文宝、王炽文为成员的"中国民间文艺考察团"一行四人，对菲律宾进行了访问，先后参观了CCP各展览厅、国家博物馆、教会博物馆、圣地亚哥古城堡等。

3月　为纪念中国民协成立40周年，敦煌文艺出版社出版《中国民间文艺学四十年》。

4月6日　国家民委在北京民族文化宫举行新闻发布会，庆祝《玛纳斯》的出版。

4月16—19日　举行了"第二届鬼城文化研讨会"。在会议上，代表们就"鬼城文化"的历史、科研价值、现实利用及如何正确宣传"鬼城"和如何促进丰都旅游事业的发展等问题进行了认真探讨，并使讨论逐渐扩展到对"鬼城文化"是历史的产物，是一笔具有独特价值的文化遗产。

5月11—17日　河北省文联举办的"中国耿村故事家群及作品和民俗活动国际学术研讨会"在河北省藁城市隆重召开。中外学者对耿村和行唐县杏庵村进行了现场考察，入户访问座谈；观看了耿村农历四月四日传统大庙会的民俗和花会表演；以座谈、互相提问解答形式进行学术专题探讨。中外学者对耿村的民间文学和民俗活动的挖掘整理工作给予高度评价。

5月23—26日　中国作协召开全国青年作家会议。

6月1日　《中华人民共和国著作权法》自即日起正式实施。

6月27日　中国民协主办的"首届民间文化艺术展"在北京城东南角楼开幕。胡乔木参加开幕式并剪彩；参加开幕式和剪彩的还有文联党组副书记、秘书长孟伟哉，文联党组副书记梁光弟，北京市副市长郭献瑞，中国民协副主席贾芝等，开幕式由协会分党组书记、秘书长杨志杰主持。文化艺术展展示了中华人民共和国成立以来民间文艺工作者在民间文化艺术的搜集、抢救、挖掘、整理、研究和交流、推广等方面的重要成果。展出了列为国家科研重点项目的《中国民间故事集成》《中国歌谣集成》《中国谚语集成》工作取得的成就。

7月初　持续十年的江苏、浙江、上海民间文学协作区，在吴语地区中心苏州，召开了"第五次吴歌学术研讨会"，并以此活动庆祝吴歌学会成立5周年。

7月22—28日　首届国际萨满教学术研讨会在韩国汉城市举行。来自美国、英国、法国、德国、加拿大、澳大利亚、意大利、苏联、匈牙利、芬兰、日本、中国等26个国家的150余名宗教学、民族学、文化人类学领域的专家和学者出席了会议。会议的中心议题为"萨满教的地域特色"。与会学者认为，萨满教绝非仅是一种简单的宗教，它是原始人类在大自然中建立起来的最初的、坚固的文化堡垒。它是一把可以开启今日世界各种未知事物之间相互影响之谜大门的钥匙。近年来，萨满教研究的深入及其成果的获取已充分证实了这项研究工作的价值与意义。

8月10日　《文艺报》以《在文艺领域筑起抵御和平演变的钢铁长城》为题报道中国文联、中国作协在北京举行学习江泽民"七一"讲话座谈会。

9月24日　鲁迅诞辰100周年纪念大会在北京中南海怀仁堂举行，江泽民作《进一步学习和发扬鲁迅精神》的讲话。

10月7—11日　"茅盾与中外文化"国际学术讨论会在南京举行。

本年　文艺界批判资产阶级自由化的斗争继续进行。

### 1992年

2月18日—3月3日　第三届中国艺术节在云南昆明举行。

3月　重庆出版社出版贾芝主编的《中国解放区文学书系·说唱文学编》。

5月　重庆出版社出版贾芝主编的《中国解放区文学书系·民间文学编》。

全国各地以演出、画展、广播、座谈等形式纪念毛泽东《在延安文艺座谈会上的讲话》发表50周年。重庆出版社推出《中国解放区文学书系》，共9编22卷。

8月21—25日　首届国际老舍学术讨论会在北京举行。

8月18日—9月13日　中、日学者在杭州集会，联合考察了瑞安、苍南、温州、永嘉、奉化、宁波、余姚、桐乡、湖州等10个县市所属的近20个村镇，对浙江民俗进行了考察。这次考察由中国民协、浙江省文联、浙江省民协与日本国立历史民俗博物馆研究部合作，共同组成了"中日江南农耕民俗文化联合考察团"。中国代表团由中国民协党组成员、协会前秘书长林相泰任团长，浙江省文联党组副书记、省民协副主席陈德任副团长，团员有北师大刘铁梁、上海民协秘书长陈勤建等。日方团长由日本国立历史博物馆民俗研究部教授、此次中日考察的课题承担人福田亚细男先生担任，团员6人，均为热心于中日文化比较的学者。

9月26日　北京师范大学举行庆祝钟敬文教授从事学术活动70周年座谈会，国内外知名学者、社会各界著名人士、好友以及校内外弟子300余人隆重聚会，北京师范大学与中国民俗学会共同主办了会议，会议主题为"千秋事业共传承"。

9月下旬　首届中国北方民间文艺协作区理论研讨会在太原召开。参加这次会议的有来自东北、华北、陕西、河南、山东等地的40多位代表。会议共收到学术性论文40余篇，分别从不同角度论述了以麦黍文化为主体的北方文化。

10月15日　国际版权公约《伯尔尼公约》即日起在中国正式生效。

12月5—8日　首届中国北方民间文学奖评奖会在河北省石家庄市举行，贾芝、乌丙安担任评委会主任，中共河北省委常委、宣传部部长韩立成担任首届中国北方民间文学奖组织委员会主任。参评的作品范围包括：1985年1月1日—1992年6月30日十省、市、自治区内作者公开出版的各种民间文学专著、编著、理论研究专著；在国内省级以上刊物发表的论文；三套集成地、市、县（区）卷本。参评作品由各省、市、自治区民协、集成办进行初评后，再向评委会推荐。参评作品共有2450部（篇），同时会议决定，第二届中国北方民间文学奖评奖会将于

1994年在吉林省长春市举行。

12月　应巴基斯坦艺术委员会的邀请,由中国民间文艺家协会副秘书长贺嘉为团长的中国民间文艺家代表团一行4人,在巴基斯坦进行了两周访问,访问了巴基斯坦四省的首府以及首都伊斯兰堡等6座城市。

### 1993年

5月　由李鉴踪、孙旭军、樊雄主编的《中国民俗文化系列》(共10部)由四川人民出版社陆续推出。

6月　江西省中国民俗文化研究中心成立,设在江西省社会科学院大院内。提出:近期研究的重点是中国茶文化和富有江西特色的民俗风情,正在筹集中国民俗文化研究基金,拟陆续创办《中国民俗文化年鉴》,以及民俗文化系列丛书、辑刊,并有计划地开展民俗考察和召开学术研讨会。

10月25—29日　中国民俗学会第三次代表大会暨第五次学术讨论会在北京召开,来自全国25个省、市、自治区的100余名代表出席了会议。

10月　由浙江省民间文艺家协会、湖州市民间文艺家协会和德清县三合乡政府联合举办的第二届防风神话学术研讨会在"防风故国"浙江省德清县召开。中外学者围绕防风氏专题展开探讨。中国民协副主席刘魁立、中国民协名誉主席钟敬文、神话学会理事长袁珂等参加了会议。

年底　北京师范大学在原中文系民间文学教研室的基础上,建立中国民间文化研究所。钟敬文教授任所长。

### 1994年

1月　由刘锡诚、宋兆麟、马昌仪主编,两岸学者参加执笔的《中华民俗文丛》第一批著作(10部)由学苑出版社出版。这套由大陆和台湾学者联手参加撰稿的民俗文化丛书,将分若干批陆续出版,目的在于以扎扎实实的资料梳理、搜集、钩沉、辨伪,进行中国下层文化积累,从而填补传统的中国国学研究的空白和纠正忽视下层文化的片面性。《中华民俗文丛》第一批图书围绕民间信仰展开。

2月5—9日 "中国北方农耕文化传统的变革"专题国际讨论会在德国柏林举行。会议的中心题目是"中国北方农耕文化在文化移入的情势下,其传统是如何变革的?"共有11个国家的民俗学家出席会议。中国民俗学会副理事长、辽宁大学民俗研究中心主任、山东大学兼职教授乌丙安,辽宁大学讲师吴秀杰,北京农业展览馆闵中滇等应邀出席会议并在会上宣读了论文。乌丙安教授还被推举主持开幕式并致开幕词,并与意大利学者斯塔瑞共同担任第五场学术讨论会执行主席。大会共宣读35篇论文,其中8篇论文是中国江帆、刘庆华等8位学者寄来以书面发言形式参加讨论的。

5月16日 中国社会科学院少数民族文学研究所、中国通俗文艺研究会和中国民协在中国社会科学院学术报告厅联合集会,庆祝贾芝从事革命文艺工作60周年。近200名专家、学者、作家、艺术家出席了会议。

7月19—23日 山东省民俗学会第二次代表大会在泰安市召开。

8月18—28日 第四届中国艺术节在甘肃兰州举行。

9月2—12日 应中国民协邀请,以雷蒙德(挪威卑尔根大学教授,时任国际民间叙事研究会主席、北欧民俗研究所所长)为团长的国际民间叙事研究会代表团一行3人来华访问。9月3日,贾芝在与来访的朋友举行的工作会谈上,介绍了中国民协筹备1996年学术会议的情况,说明了会议的具体方案。9月5日起,代表团赴外地访问,受到所到之地文联和民协领导的热情接待。

9月8—12日 由河南省民协和汝阳杜康酒厂举办的"中国北方民间文艺协作区第三届理论研讨会"在汝阳杜康酒厂召开。来自北京、黑龙江、吉林、辽宁、内蒙古、甘肃、陕西、山西、山东、河北、河南以及上海等省、市、自治区的64位专家学者出席了会议。大会的中心议题是中国民间酒文化与民俗、民间文艺研究,大会共收到论文80余篇。同时会议决定第四届理论研讨会1995年在吉林省召开。

9月18—24日  经中国民俗学会批准,中国民俗学会民俗博物馆专业委员会成立大会暨全国民俗(民族)博物馆工作学术研讨会在山西省河边镇阎锡山故居隆重举行。来自全国21个省、市、自治区的50多位民俗(民族)博物馆领导、专家出席了这次盛会。

11月9—12日  由中国民俗学会、山东省民俗学会、山东大学民俗研究所、乳山广播电视大学共同主办的中国民俗学学术研讨会在山东省乳山市乳山口宾馆隆重举行,这是我国民俗学界的一次盛会,也是中国民俗学史上第一次对民俗学田野作业的理论与方法进行专题研讨。讨论会共收到代表们提交的论文48篇,由中国民俗学会和山东省民俗学会共同组织评选,并向获得优秀论文奖的作者颁发了获奖证书。研讨会论文由中国民俗学会结集出版。

11月18日  江苏省民间文艺家协会、苏州市民间文艺家协会、江苏省苏州监狱,在苏州市联合召开了"潘君明民间文学作品学术研讨会"。

本年  郑州大学成立"郑州大学民俗文化研究所",高天星教授任所长。

### 1995年

1月6—12日  国际民间叙事研究会在印度南部古城迈索尔市召开。中国民协首席顾问、中国通俗文学研究会主席贾芝,中国民协组联部副主任王炽文应邀赴会。与会代表近200人,分别来自30多个国家。大会主题为"变化世界中的民间文学"。

4月21—23日  汉学研究中心与施合郑民俗文化基金会合作,在台北"中央图书馆"国际会议厅,举办"中国神话与传说学术讨论会"。此次会议旨在探讨中国文化境域内不同民族的神话传说源流系统,邀约不同学科学者,从民俗学、人类学、文学、神话学、历史学、心理学等方面做综合性对话和探讨,共收到论文34篇。

5月6—10日  由中国旅游文化学会、文化部民族文化司、北京市旅游局、西城区政府、门头沟区政府等单位共同倡导与主办的首届中国民俗旅游节在北京市门头沟举行。来自全国各地的民俗学专家学者、民俗表演艺术家以及海内外旅游者参加了本届旅游节的全部活动。其中，5月6—9日，由中国旅游文化协会民俗专业委员会主办的"首届中国民俗论坛学术讨论会"在北京召开。全国各地40位民俗学学者和专家参加了会议。会议共收到论文30余篇。

6月26—29日　中国民间文艺家协会第五届第三次常务理事会（扩大）会议在北京举行。会议讨论了民间文艺战线如何贯彻落实中共十四届三中、四中全会精神以及全国文联工作会议精神，做好本会工作。

7月12日　历时22天的"社会·文化人类学高级研讨班"在北京大学举行了结业典礼。来自北京、台湾、香港、上海、福建、江苏、湖北、内蒙古、安徽、山西、山东等10多个省、区，以及来自日本和韩国的研讨班教授和学员共59人参加了此次研讨。

8月25—31日　《玛纳斯》国际学术研讨会和有关庆典活动在吉尔吉斯斯坦首都比什凯克举行，庆祝1000年纪念活动。我国学者和歌手也受邀参加，来自世界近80个国家、民族、地区的200多位代表分5个会场宣读了论文。此次会议主要从《玛纳斯》与民族文化传统，《玛纳斯》与中亚史诗以及本文与异文诸方面对史诗《玛纳斯》进行了研究。

8月　首届吴歌大奖赛暨吴歌学术讨论会在苏州举行，来自江、浙、沪两省一市10余个县市的10支山歌队50余名歌手参加。

11月6—11日　"民俗文化与民俗旅游国际学术研讨会"在江西省上饶市举行，由中国民俗学会、江西省社会科学院、江西省中国民俗文化研究中心、上饶市城乡建设委员会联合主办，由《民间文学论坛》《中国民间文化》《民俗研究》编辑部、江西省文化艺术发展公司、上饶市生源太空水厂协办。会议主要探讨民俗研究的学科问题，民俗与旅游的联姻，以及区域性专题讨论。来自中国（含台湾地区）、美国、日本和韩国等国的专家、学者共100余人参加会议，提交论文80多篇。

**1996年**

4月22—28日　国际民间叙事文学研究会（ISENR）在北京召开学

术研讨会。

5月9—14日　中国大陆民间文艺代表团首次组团访问台湾。

5月20—24日　由中国民俗学会、中国俗文学学会、辽宁省社会科学院、东北大学联合主办的"首届语言与民俗国际学术研讨会"在辽宁省新民市举行，参加会议的有国内外30余名代表。钟敬文为会议题词。会议并收到了马学良、张斌、王启义等的贺信和辽宁省民俗学会、辽宁大学民俗研究中心等单位的贺电，会上有王文宝、李铁银、曲彦斌、邱广君、王之江、高桥埝、宫毅、赵阿平、傅憎享、梁长城、黄婉芬等人提交了报告和论文。

6月　"1996民俗文化国际研讨会"在北京保利大厦召开，本次会议由中国东方文化研究会主办，中国旅游文化学会、山东省旅游协会协办。会议选择了"葫芦文化"为主题，到会的有中国学者和美国、德国、俄罗斯、韩国等国的学者、葫芦工艺家、葫芦种植家和旅游文化方面的专家，宣讲论文30多篇。钟敬文教授、季羡林教授和韩天石会长到会指导。

7月12—16日　山东省民俗学会1996年年会及其民俗文化学术研讨会在山东费县召开，本次会议由山东省民俗学会和费县文化局共同主办，来自全省70余位学会会员出席了研讨会，共收到论文30余篇。

7月17—21日　第二届中国民俗文化旅游节在青岛举行。节日期间全部活动分两个系列进行：一是北京、上海、河北、内蒙古、江苏、安徽等6个省区的24位著名民间艺术家应邀在信号山公园举行"民间艺术家绝技表演和展示"；二是来自6个省区的8个少数民族艺术团队，在民俗文化旅游节期间，在室内、街头、军营，以不同的形式进行民族民俗文艺演出活动。

9月9—21日　"中国民间文化（民俗学）高级研讨班"在北京师范大学中国民间文化研究所举办，来自全国22个省、市、自治区的33名学员参加。研讨班共开设、组织17个讲座、4次讨论和5次录像教学，讲述了包括钟敬文、崔仁鹤、季羡林、陈子艾、欧达伟、王铭铭等教授、学者的相关论文。

9月20—24日　由中央民族大学主办、中央民族大学民俗文化研究中心承办的"东亚民俗文化国际学术讨论会"在中央民族大学举行。参加会议的代表共计120多人,有来自日本、韩国、蒙古以及我国台湾地区的代表40余人,大陆各省、市、自治区的代表80余人,会议就21世纪的民俗展望、比较民俗学的问题、信仰民俗三个方面的话题展开讨论。

**1997年**

1月20日　山东省第一家融民俗与民间艺术于一体的综合性民间艺术馆在高密落成。

2月22日　山东省委宣传部和山东省民俗学会联合在济南市召开"《山东省志·民俗志》首发座谈会"。

4月28日　"钟敬文教授95寿辰及学术思想座谈会"在北京师范大学隆重举行。国内外知名学者和有关单位、团体代表100余人参加了会议。座谈会上,许多同志作了发言,从钟散文做人、治学和教书育人等各个方面,列举了许多感人至深的事例,概述了他从事学术、教育及创作活动长达75年的奉献和成就。

6月17日　《民间文学论坛》编辑部邀请在北京的部分青年学者金泽、朝戈金、赵世瑜、万建中、陈连山、刘毓庆等,就改革开放以来我国民俗文化界学习、借鉴国外民俗学理论的情况进行座谈。座谈会由该刊主编贺嘉主持,主编刘魁立作总结发言。

8月15—20日　"民族民俗文化与当代社会"国际学术讨论会在乌鲁木齐西域大酒店会议厅举行,这次讨论会由中国社会科学院少数民族文学研究所、中国社会科学院文学研究所、新疆大学、新疆文联民间文艺家协会共同举办。与会者有中外民俗学者100余人。

8月18—20日　由甘肃省民俗学会、关陇民俗学会举办的"伏羲文化暨华夏民俗文化前景展望研讨会"在甘肃静宁召开。来自河北、青海、宁夏、甘肃的70多位专家、学者参加了会议。大会收到学术论文40余篇。

8月23—24日　由韩国'97文化遗产活动组织委员会主办,韩国民俗学会承办的"第二届国际民俗学大会"在韩国果川市召开。这次大会讨论的主题是:亚细亚地区文化遗产的保存与传承。来自中国、日本和韩国的50余名专家、学者出席了会议。

9月11—14日　"山东省民俗学会年会暨福山饮食文化学术研讨会",在烟台市福山区召开。这次学术研讨会共收到论文37篇,内容涉及饮食民俗、城市民俗、移民文化、民间信仰等。

9月18—20日　河南省民俗学会举行第三次理论研讨会,会议的中心议题是关于婚丧习俗改革。来自北京、浙江和河南各地的30多位专家、学者参加会议。

9月23日　由中、日、韩等国学者联合发起的"亚细亚民俗学会"在北京成立。

9月　由福建省社科联、福建省民俗学会、莆田县民俗学会、莆田县壶公山祥云殿董事会联合举办的"闽台民俗与旅游学术研讨会",在莆田举行。与会台胞及省内外专家、学者150多人,提交论文82篇,内容涉及民俗与旅游的理论探讨、民间神祇景点的旅游和开发利用、福建地方民俗景点的旅游开发前景等。

10月26—28日　"中国梅山文化学术讨论会暨湖南省第二届梅山文化研讨会"在湖南安化梅城镇召开。这次讨论会由中国民协、湖南省民协、益阳市文化局、益阳市文联、安化县政府联合主办。来自全国各地和海外的专家、学者80多人参加了会议,与会者展示了各自的研究成果,从民俗学、民间文化、民族学、宗教学等角度,对有关梅山文化的各种热点问题,进行了有益的探讨和交流。

10月25日—11月5日　第五届中国艺术节在四川成都举行。

11月4—7日　中国民俗学会民俗博物馆专业委员会第四届学术年会在昆明云南民族博物馆召开。来自全国21个省、市、自治区的70余位专家、学者参加了这次研讨会。研讨会的主题是:民俗民族博物馆与民俗文物的保护、开发与利用,民俗民族传统文化与现代化等。会议共收到学术论文53篇,内容涉及民俗文物的基本理论、民族民俗博物馆的建设、民俗事象与博物馆陈列等学术问题。与会专家还以中国民俗学会民俗博物馆专业委员会的名义发出《加强民族民俗文物的保护和利用》的倡议书。

11月19—23日  由亚细亚民俗学会主办的第二届亚细亚民俗国际学术大会在韩国江陵市召开。本次大会主题为"亚细亚地区的民俗节日与祭祀文化"和"21世纪民族传统文化的意义"。陶立璠、柯杨、陈子艾、贺学君、苑利、莫福山、满都呼等19位中国学者出席了这次大会，并向会议提交了学术论文。会议期间还举行了亚细亚民俗学会会员大会，通过了亚细亚民俗学会章程，选举了学会理事会。金善丰教授当选为会长，陶立璠教授、佐野贤治副教授当选为副会长。亚细亚民俗学会本部设在韩国中央大学。

12月底  国务院学位委员会、国家教育委员会在最新颁布的《授予博士、硕士学位和培养研究生的学科、专业目录》中，将民俗学确立为独立学科。此次经过调整的学科、专业目录中，民俗学的学科门类归属为法学，是一级学科社会学下面的4个二级学科之一。此次颁布的学科、专业目录，还对文学门类中的"中国民间文学"进行了调整。作为文学门类的中国民间文学，一部分归入中国古代文学，一部分为中国现当代文学，还有一部分调至法学门类，归入民俗学。

### 1998年

2月10—14日  "'98亚洲民间戏剧、民俗艺术国际观摩与学术研讨会"在河北省武安市举行，来自日本、韩国、越南、新加坡、德国、瑞典、美国等国家及国内各省市、台湾地区的120余名学者、专家参加了会议。会议期间共收到中外学者论文130篇，发表论文23篇，与会者共同考察和观摩了武安市固义村的傩戏、队戏、赛戏、社火和白府村的拉死鬼等民俗表演。与会者从不同角度和学科论述、评价了武安傩戏和民俗活动的文化影响，交流了各自的最新研究成果，介绍了许多国家和地区的民间戏剧、民俗艺术的发掘、保护与研究情况。

2月20—22日  中国民协在北京召开了第五届五次常务理事扩大

会。中国民协名誉主席钟敬文和首届顾问贾芝在开幕式上作了即席讲话。中国民协机关各部门负责人也列席会议。

5月10日 中原民间文化研究所在商丘教育学院宣告成立。商丘教育学院副院长杨贺出任所长，中国民俗学会副理事长、河南大学教授张振犁被聘为名誉所长。钟敬文、刘魁立、许顺湛被聘为名誉顾问，刘铁梁等被聘为顾问。

6月11—14日 由中国民协与河南省文联联合举办的"全国新故事理论研讨会"在河南信阳召开。部分故事报刊的编辑人员、新故事作者和有关方面的人士70多人参加研讨会。会议收到论文近百篇，涉及新故事与民间文学的关系，新故事的艺术特征、创作技巧、创作现状，存在的问题、未来的走向等。

6月12—15日 由中国民协、陕西省民协、西安市文联和德发长酒店联合举办的"首届中国饺子文化暨饺子文化研讨会"在西安召开。研讨会在德发长酒店会议厅举行，出席会议的有50多位代表。20多位中外学者在会上宣读了论文。论文涉及饺子的源流、饺子与民俗、饺子与传说、饺子文化的内涵、德发长饺子宴及中国传统饮食开发等内容。

6月30日 北京师范大学中国民间文化研究所部分教师、博（硕）士研究生及访问学者20余人，共同就"民俗学学科本位与跨学科对话"问题召开座谈会。

7月30日 青岛市民俗学会宣告成立。由刘秀英担任会长，宋民义、张传芳、李扬、郭泮溪、曲金良、马庚存担任副会长，杨乃琛担任秘书长。学会聘请马论业、刘斌宗为名誉会长，刘铁梁、李万鹏、徐哲喜为顾问。办公地点设在筹建中的青岛市民俗博物馆。

8月1—6日 由中国民俗学会、山东省民俗学会、北京大学人类学与民俗研究中心、山东大学民俗学研究所、青岛海洋大学海洋文化研究所、《民俗研究》编辑部、青岛市文化局、青岛市文学艺术界联合会共同举办的"海洋民俗文化学术研讨会暨山东省民俗学会1998年学术研讨会"在山东省青岛市召开。这次会议是我国学术界首次召开关于海洋民俗文化方面的专题研讨会，来自北京、天津、上海、广东、福建、江苏、辽宁、甘肃、陕西和山东省的80余位专家、学者参加了会议。

8月4—6日　亚洲民间叙事文学学会第五届年会在华东师范大学召开。来自韩国、日本大学的教授和中国社会科学院刘魁立教授、华中师范大学刘守华教授等25位专家、学者参加了会议。会议的主题为"螺女型"故事研究，共收到论文16篇，每篇论文以中、日、韩三种语言同时提交。三国学者就"螺女型"故事类型、故事结构、故事形态演变、故事历史进程、故事地区分布及差异、故事发生传播、故事文学性与功能性等问题进行了学术交流。

9月11—14日　由山东省民俗学会和山东省鲁莱研究会共同主办的"'98景阳冈《金瓶梅》酒食文化研讨会"在济南市东方大厦召开。来自国内7个省市的150多位专家、学者和餐饮业高级管理人员参加了这次研讨会。研讨会论文集《〈金瓶梅〉酒食文化研究》由山东文化音像出版社出版。

10月7日　西北民族学院社会人类学·民俗学研究所正式成立。新成立的研究所有民俗文化研究、伊斯兰文化研究两个中心，同时开展学术工作。

12月12日　为庆祝85岁高龄的马学良先生从事民族语言教学与学术活动60周年，中央民族大学中国少数民族语言文学院、中国社会科学院少数民族文学研究所、中国民间文艺家协会、中国少数民族文学学会、中国民族语言学学会、中国少数民族双语教学研究会6个单位和学术团体联合主办座谈会，以进一步学习马学良的学术思想。与会专家分别从不同的视角发言，总结马学良所做的重要贡献。

12月24—26日　"中国民俗学会第四次全国代表大会暨中国民俗学运动八十周年纪念大会"在北京召开。中国民间文艺家协会党组书记陆正佳、北京师范大学副校长郑师渠应邀出席大会。来自全国各地的120多位会员代表和20多位特邀代表参加大会，提交近百篇学术论文，并进行了交流。本次会议选举产生了中国民俗学会第四届理事会成员。

**1999年**

4月28—30日　由台湾中华民俗艺术基金会主办的"两岸民俗文化学术研讨会",在台北举行。两岸学者分别就"两岸民俗及有关文物的调查、考古与研究之成果""两岸民俗及有关文物的保护与管理制度之研究""两岸文物交流所衍生的问题及因应之道"等三大主题,深入交换了意见。这次学术研讨会共举行了8场大会研讨。各场研讨的内容主要有:两岸民俗文物的抢救与保护,村寨博物馆、村落庙会及民俗文物的分类,北京及闽台等地的民俗及民俗文物。

5月14—16日　山东省民俗学会第三次代表大会在济南召开,来自山东全省各地市的106名会员代表出席了这次大会。山东省民俗学会成立于1987年,是山东省民俗学工作者群众性的学术团体,截至大会召开有会员439名。

5月　日本文部省国际共同研究项目"中国西南傩戏仪式与艺术"代表者、早稻田大学演剧博物馆副教授稻叶明子女士与贵州民族学院民族研究所庹修明研究员、中文系讲师陈玉平在黔北湄潭县进行了为期3天的傩文化考察。在湄潭县抄乐乡大立山村,中日学者观看了以法师吴德华为主表演的傩仪、傩戏和傩技。所表演的傩仪有开坛、请师、立楼、搭桥,傩戏共表演了两个剧目《金魁捉鬼》和《骑龙下海》(即《柳毅传书》),傩技表演有"杀铧""踩刀"等。

6月25日　北京市民间文艺家协会民俗委员会成立。该委员会以挖掘、整理、编辑、研究北京地区民俗文化为精神文明建设服务为宗旨,荟萃了北京地区著名的民俗学家,组成了有23位委员的委员会。成立会上还召开了"北京民俗理论研讨会",与会委员们根据各自多年的学术实践,对北京积淀丰富的民俗文化事象从各个角度进行了论述。

8月22—25日　由中国民俗学会、黑龙江省文联及民间文艺家协会、深圳特区文化研究中心、牡丹江师范学院中文系、牡丹江市文联及民间文艺家协会、绥芬河市委宣传部联合发起,牡丹江师范学院中文系和深圳特区文化研究中心承办的"中国南北民俗文化比较研究学术会"在镜泊湖召开。李慧芳、涂途、赵展、宋德胤、杨宏海、波·少布等50

多位专家、学者与会，会议共收到33篇论文。

9月14—16日　由韩国民俗学会主办的第三届民俗学国际学术会议在韩国济州岛召开。来自韩国、中国和日本的东亚三国的民俗学家就东亚地区海洋民俗交流了学术研究成果，观看了韩国第41届传统祝祭仪式展演活动并参观了济州民俗博物馆等。

10月8—11日　由中国文联、中国民协、江苏省文联、无锡市人民政府主办的第四届中国民间艺术节在无锡马山举行。来自全国21个省市、23个民族的500余名民间艺人和歌舞演员展演了民族民间歌舞和民间手工艺品，向50周年国庆献礼。

10月18—20日　由中国民俗学会、中国神话学会、中国俗文学学会、甘肃省文学艺术界联合会、西北民族学院民俗学·社会人类学研究所、中共泾川县委、泾川县人民政府联合召开"1999年海内外西王母民俗文化（神话）学术研讨会"。来自北京、上海、辽宁、山东、广东、江苏、陕西、青海、台湾和英国的120多位学者参加了会议，贾芝、杨亮才、乌丙安、柯杨、陶立璠、叶春生、郝苏民、梁伯泉等主持了会议。会议收到来自美国、德国、法国、日本、新加坡、波兰、新西兰以及中国大陆和台湾的贺电、贺信77件，论文53篇，有41位学者作了学术发言。

11月26日—12月1日　中国考古学会第十次年会在成都召开，来自全国各省、市、自治区的170多位考古学界代表出席了会议。本次年会的中心议题是"西南地区和三峡地区的考古学问题"，大会共收到论文85篇，内容涉及近年来巴蜀地区考古发掘成果，三峡库区先秦发现和巴蜀文明进程等方面。会议还选举产生了学会新一届理事会。

附二

# 表　格

### 表1　钟敬文1949年至"文化大革命"之前主要论著列表[*]

| 文章或论著 | 刊载期刊或出版社 | 出版时间（未发表著作为写作时间） |
|---|---|---|
| 关于方言文学运动理论断片 | 《方言文学运动的新阶段》，后收入《钟敬文民间文学论集》下 | 1949年春 |
| 诗和歌谣 | 《关于创作》文艺丛刊 | 1949年 |
| 民间讽刺诗 | 《大公报》文艺副刊第77期（香港版） | 1949年春 |
| 关心民间文艺的朋友们集合起来（请多多地注意民间文艺） | 《光明日报》文代会特刊、《文艺报》第13期 | 1949年7月28日 |
| 读了《半湾镰刀》等以后 | 《华北文艺》第6期 | 1949年 |
| 《翻身民歌》论 | 《新中华》半月刊第12卷23期 | 1949年 |
| 谈谈口头文学的搜集 | 《民间文艺新论集》 | 1949年 |
| 民谣的现实主义 | 《大众诗歌》第2卷2期 | 1950年 |
| 表现被压迫阶级意识的民间故事 | 《大众诗歌》第2卷5期 | 1950年 |
| 关于民间文艺的一些基本认识 | 《光明日报》副刊；后编入《民间文艺新论集》，中外出版社 | 1950年3月1日 |
| 一年来的新民间文艺学活动 | 《胜利的一周年》（纪念文集） | 1950年 |

[*] 注：①本表格所收取为他的主要论著，并未收全。②已发表的按照出版日期排列，未发表的则按照撰写日期排序。

续表

| 文章或论著 | 刊载期刊或出版社 | 出版时间（未发表著作作为写作时间） |
| --- | --- | --- |
| 文人诗、民谣与劳动人民的生活 | 未刊稿 | 1950 年 |
| 口头文学——一宗重大的民族文化遗产 | 北京师范大学出版社 | 1951 年 |
| 《现代歌谣》引言 | 《人民文学》第 4 卷 2 期 | 1951 年 |
| 民间文艺学上的新收获 | 《新建设》第 5 卷 1 期 | 1951 年 |
| 努力学习劳动人民的语言 | 《语文学习》第 8 期 | 1951 年 |
| 民间歌谣中的反美帝意识 | 《民间文艺集刊》第 2 册 | 1951 年 |
| 歌谣中的醒觉意识 | 北京师范大学出版社 | 1952 年 |
| 学习人民的语言及口头创作 | 《语文学习》第 22 期 | 1952 年 |
| 进一步挖掘和发扬人民固有的艺术 | 《光明日报》 | 1953 年 |
| 《苏联口头文学概论》序 | 《新建设》 | 1953 年 |
| 歌谣与妇女的婚姻问题 | 未刊稿 | 1953 年 3 月 11 日 |
| 《民间文学》发刊词 | 《民间文学》第 1 号 | 1955 年 |
| 略谈民间故事 | 《民间文学》第 10 号 | 1955 年 |
| 回答新形势的要求（发言） | 《作家协会二次理事会报告发言集》 | 1956 年 |
| 海涅与人民口头创作（讲词）（钟敬文学术论著自选集·一般文艺学中） | 未刊稿 | 1956 年 |
| 高等学校应该设置"人民口头创作"课 | 《新建设》第 7 期 | 1957 年 |
| 人民口头创作在民众生活中的位置和作用 | 未刊稿 | 写于 1957—1958 年间 |
| 传说的历史性 | 未刊稿 | 1958 年 |
| 看了乐亭皮影戏以后 | 《民间文学》第 2 期 | 1962 年 |

表2 贾芝主要论著与活动表

| 时间 | 论著与活动 |
| --- | --- |
| 1981年4月29日 | 《中国民间故事搜集、研究的历史与现状》 |
| 1981年5月 | 《开拓民间文学研究的广阔领域——1981年民研会首届年会讲话》,《民间文学论文选》,湖南文艺出版社1982年版 |
| 1981年7月17日 | 《少数民族的民间文学要进行系统的建设——在蒙古族文学学会首届年会上的报告》,《内蒙古社会科学》1981年第6期 |
| 1982年春节 | 《多角度地研究民间文学——〈民间文学论坛〉发刊词》,《民间文学论坛》1982年创刊号 |
| 1982年3月10日 | 《在日本谈中国民间文学——1982年3月10日在日本口承文艺学会的讲演》 |
| 1982年5月8日 | 《一代恩师毛泽东》,《民间文学论坛》1982年第3期 |
| 1982年5月23日 | 《访日纪事》,《民间文学》1983年第1期 |
| 1982年7月15日 | 《一本启蒙的民歌体读物——〈农民识字歌〉序》,《农民识字歌》,福建人民出版社1982年版 |
| 1982年7月 | 《培训民间文学骨干及其他》 |
| 1982年8月8日 | 《一个歌海中的漫游者——〈采风的脚印〉序》,《采风的脚印》,中国民间文艺出版社1983年版 |
| 1982年8月16日 | 《后来居上的〈江格尔〉——新疆〈江格尔〉学术讨论会致词》,《新疆民族文学》1982年第4期 |
| 1982年10月2日,1983年11月20日改定 | 《"江格尔奇"与史诗〈江格尔传〉》,《民族文学研究》1984年第1期 |
| 1982年11月11日,1983年1月10日抄改 | 机智人物是老百姓愿望的体现——序《汉族机智人物故事选》,载《汉族机智人物故事选》,河南少年儿童出版社1985年版 |
| 1982年12月 | 《和君岛久子相处的日子》,《民间故事》(吉林)1983年创刊号 |
| 1983年4月17日 | 《民间文学与精神文明建设》,《民间文学论坛》1983年第2期 |
| 1983年6月27日,1988年4月26日修订 | 《中国民间文学学科的新发展——国际人类学与民族学第十一届大会论文,曾发表于伦敦《国际民俗杂志》(英文)1986年第4期;《卢秉纯传说的真善美》,《民间文学》1986年第12期;《论革命领袖的传说》,《长城文艺》1987年第1期 |
| 1983年6月29日 | 《评〈给老婆让个座〉》,《民间文学论坛》1983年第4期 |
| 1983年8月17日 | 《论孟姜女故事》,《民间文学论坛》1984年第2期 |

续表

| 时间 | 论著与活动 |
|---|---|
| 1983年8月27日 | 《一个比较出来的范例——序〈泰山民间故事大观〉》,《泰山民间故事大观》,文化艺术出版社1984年版 |
| 1984年1月17日 | 《取之于民 还之于民》,未刊稿 |
| 1984年1月 | 《为〈格萨尔王传〉祝贺——在全国第四次〈格萨尔〉工作会议上的讲话》 |
| 1984年4月,10月2日改 | 《从〈白蛇传〉的演变看民间文学的整理和改编问题》,《烟台大学学报》(哲学社会科学版)1988年第1期 |
| 1984年4月 | 《谈新故事》,《采风》(上海)1984年6月1日 |
| 1984年5月30日 | 《从眉户曲子所想到的——序〈传统曲子汇编〉》,《曲艺》1984年第10期 |
| 1984年6月30日 | 《马克思主义的基本原理与神话学》,《神话新探》,贵州人民出版社1986年版 |
| 1984年7月16日 | 《论曲词及其他——在黔西南全国民族音乐第三届年会(少数民族专题)的报告》,《民族民间艺术研究》(第三集),广东人民出版社1992年版 |
| 1984年9月7日 | 《民间故事采录一瞥》,《中国民间故事选》(第三集),人民文学出版社1988年版 |
| 1984年9月20日 | 《民间文学史前研究的一把金钥匙——纪念恩格斯〈家庭、私有制和国家的起源〉100周年》 |
| 1984年9月29日,1986年3月18日改定 | 《有比较,才有鉴别——〈民间故事的比较研究〉代序》,《民间故事的比较研究》,中国民间文艺出版社1986年版 |
| 1985年1月20日 | 《史诗在中国》,《中国比较文学》1985年第4期 |
| 1985年1月21日 | 《摘取史诗桂冠的〈格萨尔〉——〈格萨尔集刊〉发刊词》,《格萨尔研究集刊》,中国民间文艺出版社1985年版 |
| 1985年3月初稿,1993年10月抄改 | 《访问安徒生的故乡——记丹麦之行》 |
| 1985年4月19日 | 《马克思主义经典作家与民族文学——〈马、恩、列、斯论民族文学〉前言》,《民族文学研究》1986年第3期 |
| 1985年4月29日 | 《试论民间传说的界说及研究方法》,《民间文学论文选》,湖南人民出版社1982年版 |
| 1985年5月21日 | 《芬兰人民的节日——记芬兰史诗〈卡勒瓦拉〉150周年》 |

| 时间 | 论著与活动 |
| --- | --- |
| 1985年7月12日 | 《论民间文学的整理》,《民族民间艺术研究》(第二集),广东人民出版社1986年版 |
| 1985年9月21日 | 《一架沟通中国与世界的桥梁——序丁乃通〈中国民间故事类型索引〉》,《中国民间故事类型索引》,中国民间文艺出版1986年版 |
| 1985年11月11日 | 《中国民间文学要走向世界》,《中南民族学院学报》1986年第2期 |
| 1985年 | 《延安时期的民间艺术之花——〈延安文艺丛书·民间文艺卷〉前言》,《延安文艺丛书》,湖南文艺出版社1988年版 |
| 1986年5月 | 《深入普查,奠定编纂〈集成〉的基石》,《民间文学论坛》1986年第3期 |
| 1986年6月27日 | 《史前文化的忠实见证——〈磁州窑的传说〉序》,中国民间文艺出版社1986年版;《水浒传的野史——〈水浒英雄外传〉序》,《水浒英雄外传》,中国戏剧出版社1986年版 |
| 1986年6月30日 | 《花儿,黄土高原一颗璀灿的明珠——序〈西北花儿精选〉》,《西北花儿精选》,青海人民出版社1987年版 |
| 1986年9月19日 | 《记中、芬两国在广西三江的调查》 |
| 1986年10月31日 | 《再谈民间文学与精神文明建设》 |
| 1986年11月23日 | 《论地方的民族艺术——南通歌舞演出的启示》,《民间文学论坛》1987年第2期 |
| 1986年11月28日 | 《谈发掘和保存民间文学国宝——为中、芬广西三江联合调查而作》,《中、芬民间文学搜集保管学术研讨会文集》,中国民间文艺出版社1988年版 |
| 1987年2月25日 | 《弘扬民族文化优良传统——在全国政协第二次保护民间文化座谈会上关于筹建中国民间文化博物馆发言》附:筹建中国各民族民间文化博物馆构想 |
| 1987年3月26日 | 《传统医德的思想光芒——〈神医名药的传说〉序》,《神医名药的传说》,中国妇女出版社1987年版 |
| 1987年4月末,1993年4月28日抄改 | 《论延安时期文艺运动的五个特征》,未刊稿 |
| 1987年7月24日 | 《系统地保存人民的口碑文学——〈河北民间文学抚宁县卷本〉序》,《河北民间文学抚宁县卷本》,秦皇岛抚宁县三套集成办公室1987年 |

续表

| 时间 | 论著与活动 |
| --- | --- |
| 1987年12月13日 | 《口头镇，歌谣是它的土特产——〈口头镇歌谣集〉序》，《口头镇歌谣集》，河北省行唐县三套集成编委会，1987年9月<br>《他们开拓了一条路——记民间故事搜集家董均伦和江源》，《光明日报》1988年1月15日 |
| 1987年12月29日定稿 | 《诗论的新发现——序〈彝族诗文论〉》，《彝族诗文论》，贵州人民出版社1988年版 |
| 1988年6月1日 | 《谚语，人民智慧的海洋——〈保定地区谚语集成〉序》，《保定地区谚语集成》，保定地区民间文学集成编委会，1988年4月 |
| 1988年6月8日 | 《论文学的翻译》，《中国民间文学集成通讯》1988年第2期 |
| 1988年7月5日 | 《传说与历史——序〈黄巾起义的传说〉》，《黄巾起义的传说》，新华出版社1988年版 |
| 1988年8月26日，1993年6月6日摘要整理 | 《我们的历史任务与改革》，《中国民间文艺界通讯》1988年第3期 |
| 1989年3月13日 | 《〈歌谣〉周刊与五四新文化运动》，《民间文学》1989年第4期 |
| 1989年4月19日 | 《故事讲述在现代中国的地位和演变》，《中国耿村国际学术讨论会论文集》，中国民间文艺出版社1991年版 |
| 1989年6月3日 | 《情歌是男女心灵的花朵——〈世界情歌博览〉序》，《世界情歌博览》，敦煌文艺出版社1990年版 |
| 1989年10月17日 | 《关汉卿一生的写照——序〈关汉卿的传说〉》，《关汉卿的传说》，中国民间文艺出版社1989年版 |
| 1990年2月23日夜，1993年4月29日改 | 《记民间文学萌芽时代的浇灌者》（原文在《民间文学》发表时，题目为《民间文学事业在春天里萌发》），《民间文学》1989年第4期 |
| 1990年4月11日 | 《我们在开国中前进——〈中国新文艺大系·民间文学集〉(1949—1966)导言》，《中国新文艺大系·民间文学集》(1949—1966)，中国文联出版公司1991年版 |
| 1990年4月23日 | 《回顾与展望——庆祝中国民间文艺家协会建会40周年与〈民间文学〉创刊35周年》，《中国民间文艺界通讯》1990年第2期 |
| 1990年5月18日 | 《〈讲话〉与民间文学》，《延安城头望柳青》，文化艺术出版社1991年版 |
| 1990年6月21日 | 《藏学专家佟锦华——序〈藏族民间文学〉》，《藏族民间文学》，西藏人民出版社1991年版 |

续表

| 时间 | 论著与活动 |
| --- | --- |
| 1990年9月20日 | 《一个追寻中华风景的探索者——序〈中华风情大观〉》,《中华风情大观》,中国民间文艺出版社1990年版 |
| 1990年11月20日 | 《我所看到的陕西口头文学与民间艺术》,《陕西民间文艺十年》,中国民间文艺家协会陕西分会1990年编 |
| 1990年12月7日 | 《桂林山水是一部讲不完的传奇——序〈桂林传奇〉》,《桂林传奇》,广西师范大学出版社1991年版 |
| 1991年1月25日 | 《人神之间的虚幻世界——序〈神判论〉》,《神判论》,贵州人民出版社1991年版 |
| 1991年1月30日 | 《也许您能获得一把金钥匙——贺〈西域研究〉创刊》,《西域研究》1991年第2期 |
| 1991年2月10日 | 《对满族原始宗教的一次新探索——〈满族萨满教研究〉序》,《满族萨满教研究》,北京大学出版社1991年版 |
| 1991年2月21日 | 《升入殿堂的民间文学——〈中国解放区文学书系·民间文学编〉序》,《中国解放区文学书系·民间文学编》,重庆出版社1992年版 |
| 1991年3月1日初稿,3月11日改稿 | 《一座多民族的文化宝库——〈广西地、市、县民间文学精品选〉总序》 |
| 1991年3月4日 | 《为世界敞开一个窗口——英文〈中国民间故事精选〉序》,未刊稿 |
| 1991年4月5日,1993年12月20日整理 | 《祝贺柯尔克孜族英雄史诗〈玛纳斯〉(汉译本)问世》《民间文学与启蒙教育》,《文学理论与批评》1994年第5期 |
| 1991年4月15日 | 《解放区的说唱文学——〈中国解放区文学书系·说唱文学编〉序》,《中国解放区文学书系·说唱文学编》,重庆出版社1992年版 |
| 1991年4月29日 | 《中国歌谣的一座丰碑——〈中国歌谣集成〉总序》,《中国歌谣集成·广西卷》,中国社会科学出版社1992年版 |
| 1991年5月7日 | 《不倦的采花人——序〈山花集〉》,《山花集》,百花洲文艺出版社1991年版 |
| 1991年5月17日 | 《温故而知新——纪念〈在延安文艺座谈会上的讲话〉发表49周年》,《民间文学》1991年第7期 |
| 1991年5月19日 | 《从颂歌谈起——纪念中国共产党诞辰70周年》,《民间文学论坛》1991年第4期 |
| 1991年9月27日 | 《金秋时节月正明——山西"一周两节"侧记》,《山西民间文学》1991年第6期 |

续表

| 时间 | 论著与活动 |
|---|---|
| 1992年3月20日 | 《延安诗歌运动面面观——序〈延安诗人〉》,《延安诗人》,陕西人民教育出版社1992年版 |
| 1992年6月6日 | 《民间文学与世界观的早期教育》,未刊稿 |
| 1992年8月8日,1993年10月9日三稿 | 《奥地利的盛会——记国际民间叙事研究会第十次大会》,未刊稿 |
| 1993年2月25日 | 《美国的民间生活节》,未刊稿 |
| 1993年4月30日 | 《芬兰民间文学档案馆的考察》,未刊稿 |
| 1993年5月1日 | 《人类早期社会的活化石——〈满族萨满神歌注释〉序》,《满族萨满神歌注释》,中国社会科学出版社1993年版 |
| 1993年5月6日 | 《冰岛见闻》,未刊稿 |
| 1993年6月22日 | 《阳翰笙同志二三事》,未刊稿 |
| 1993年7月27日 | 《加拿大的文明博物馆和华人社会》,未刊稿 |
| 1993年8月12日 | 《抹去迷雾,重见天日——序〈中国神话大观:创世神知〉》,《中国神话大观:创世神话》,东方出版社1997年版 |
| 1993年12月13日 | 《第一次参加布达佩斯的大会——非常时期的一届盛会》,未刊稿 |
| 1993年12月17日夜 | 《三访芬兰与北京会议》,未刊稿 |
| 1996年4月22—28日 | 国际民间叙事文学研究会北京学术研讨会在中国北京举行,贾芝主持会议。1992年在奥地利因斯布鲁克举行的第10次代表大会决定。本次会议在北京举行,并决策今后不再以欧洲为中心,要向发展中国家转移 |
| 1997年4月 | 《读〈西北民族研究〉说到民俗学与民间文学》,《西北民族研究》1997年第2期 |
| 2000年2月 | 《忆胡乔木同志与民间文学》,《新文学史料》2000年第2期 |

**表 3　毛星主要论著表**

| 名称 | 所载刊物或论著出版情况 |
| --- | --- |
| 《不要把幻想和现实混淆起来——试答关于几篇故事的疑问》 | 《民间文学》1956 年第 4 期（收入《论文学艺术的特性》，人民出版社 1958 年版） |
| 《论文学艺术的特性》 | 人民出版社 1958 年版 |
| 《关于白族的几点情况》 | 《白族民间故事集》代序，人民文学出版社 1959 年版 |
| 《从调查研究谈起》 | 《民间文学》1961 年第 4 期 |
| 《谈情歌》 | 《民间文学》1979 年第 2 期 |
| 《〈中国少数民族文学〉序》 | 《民间文学论坛》1982 年第 2 期 |
| 《民间文学及其发展刍论》 | 《民间文学论坛》1984 年第 1 期 |

# 参考文献

**英文文献**

1. Changtai Hung, Reeducating A Blind Storyteller: Han Qixiang and the Chinese Communist Storytelling Campaign, in *Modern China*, 1993(4).

2. Simon J. Bronner, *American Folklore Studies*: *An Intellectual History*, Kansas: University Press of Kansas, 1986.

3. Alan Dundes, *Analytic Essays in Folklore*, New York: Mouton Publishers, 1975.

4. Rosemary Levy Zumwalt, *American Folklore Scholarship*: *A Dialogue of Disent*, Bloomington and Indianapolis: Indian University Press, 1988.

5. Richard M. Dorson(ed.), *Folklore in Modern World*, New York: Mouton Publishers, 1978.

6. Changtai Hung, *War and Popular Culture*, *Resistance in Modern China*, *1937–1945*, Oakland: University of California Press, 1994.

**论著**

1. 刘半农:《海外民歌译》(第一集),北新书局1927年版。

2. 徐蔚南:《民间文学》,世界书局1927年版。

3. [英]班恩著,杨成志译:《民俗学问题格》,中山大学1928年版。

4. 杨荫深:《中国民间文学概说》,华通书局1930年版。

5. [英]柯克士著，郑振铎译：《民俗学浅说》，上海商务印书馆1934年版。

6. 郑振铎：《中国俗文学史》，商务印书馆1938年版。

7. 蒋祖怡：《中国人民文学史》，北新书局1950年版。

8. 赵景深：《民间文艺概论》，北新书局1950年版。

9. 钟敬文：《民间文艺新论集》，中外出版社1950年版。

10. 钟敬文：《口头文学：一宗重大的民族文化遗产》，北京师范大学出版社1951年版。

11. 何其芳、张松如选辑：《陕北民歌选》，新文艺出版社1952年版。

12. [苏]A. M. 阿丝塔霍娃等合编，连树声译：《苏联人民创作引论》，东方书店1954年版。

13. 李岳南：《民间戏曲歌谣散论》，上海出版公司印行1954年版。

14. [苏]克拉耶夫斯基，连树声译：《苏联口头文学概论》，东方书店1954年版。

15. 钟敬文：《苏联口头文学概论》，东方出版社1954年版。

16. 中国民间文艺研究会整理：《毛泽东的故事和传说》，工人出版社1954年版。

17. 匡扶：《民间文学概论》，甘肃人民出版社1957年版。

18. 周扬、郭沫若编：《红旗歌谣》，红旗杂志社1959年版。

19. 天鹰：《一九五八年中国民歌运动》，上海文艺出版社1959年版。

20. 岩叠、陈贵培、刘绮、王松翻译整理：《召树屯（附：嘎龙）》，人民文学出版社1959年版。

21. 中国民间文艺研究会研究部编：《民歌作者谈民歌创作》，作家出版社1960年版。

22. 贾芝：《民间文学论集》，作家出版社1963年版。

23. 娄子匡、朱介凡主编：《五十年来的中国俗文学》，（台北）正中书局出版1970年版。

24. [日]直江广治，林怀卿译：《中国民俗学》，（台南）世一书局1970年版。

25. 司马长风:《中国新文学史》,香港昭明出版社1975年版。

26. 夏衍:《文学运动史料》第四册,上海教育出版社1979年版。

27. 张紫晨主编:《民间文学基本知识》,上海文艺出版社1979年版。

28. 谭达先:《中国民间文学概论》,香港商务印书馆香港分馆1980年版。

29. 乌丙安:《民间文学概论》,春风文艺出版社1980年版。

30. 钟敬文:《民间文学概论》,上海文艺出版社1980年版。

31. 中国民间文艺研究会上海分会编:《中国民间文学论文选》,上海文艺出版社1980年版。

32. 中国民间文艺研究会研究部编:《民间文学论丛》,中国民间文艺出版社1981年版。

33. 钟敬文:《民间文艺谈薮》,湖南人民出版社1981年版。

34. [瑞士]费尔迪南·索绪尔著,高名凯译:《普通语言学教程》,商务印书馆1982年版。

35. 钟敬文:《钟敬文民间文学论集》(上、下),上海文艺出版社1982年版。

36. 《邓小平文选》,人民出版社1983年版。

37. 顾颉刚:《孟姜女故事研究集》,上海古籍出版社1984年版。

38. 《周扬文集》第一卷,人民文学出版社1984年版。

39. 《周扬文集》第二卷,人民文学出版社1985年版。

40. 乌丙安:《中国民俗学》,辽宁大学出版社1985年版。

41. [苏]科鲁格洛夫著,夏宇继译:《民间文学实习手册》,中国民间文艺出版社1985年版。

42. 章学诚:《章学诚遗书》,文物出版社1985年版。

43. 《毛泽东著作选读》(上),人民出版社1986年版。

44. 李惠芳:《民间文学的艺术美》,武汉大学出版社1986年版。

45. [苏]莫·卡冈,凌继尧、金亚娜译:《艺术形态学》,生活·读书·新知三联书店1986年版。

46. 钟敬文主编:《民间文艺学探索》,北京师范大学出版社1987年版。

47. 史学理论丛书编辑部:《八十年代的西方史学》,中国社会科学出版社1987年版。

48.［美］加布里埃尔·A.阿尔蒙德、小G.宾厄姆·鲍威尔，曹沛林等译：《比较政治学：体系、过程和政策》，译文出版社1987年版。

49.林骧华、朱立元、居延安等主编：《文艺新学科新方法手册》，上海文艺出版社1987年版。

50.钟敬文：《新的驿程》，中国民间文艺出版社1987年版。

51.中国俗文学学会编：《俗文学论》，黑龙江人民出版社1987年版。

52.《北京大学校史（1898—1949）》（增订本），北京大学出版社1988年版。

53.贾芝主编：《延安文艺丛书·民间文艺卷》，湖南文艺出版社1988年版。

54.［苏］瑞爱德著，江绍原编译：《现代英国民俗与民俗学》，上海文艺出版社1988年影印本。

55.陈勤建：《中国民俗》，中国民间文艺出版社1989年版。

56.［美］柯文著，林同奇译：《在中国发现历史——中国中心观在美国的兴起》，中华书局1989年版。

57.马学良：《素园集》，中国民间文艺出版社1989年版。

58.杨成志：《杨成志民俗译述与研究》，高等教育出版社1989年版。

59.姚居顺、孟慧英：《新时期民间文学搜集出版史略》，辽宁大学出版社1989年版。

60.［法］米歇尔·福柯著，张廷琛等译：《性史》，上海科学技术文献出版社1989年版。

61.谭丕模：《民国丛书·第二编》，上海书店1990年影印本。

62.［美］阿兰·邓迪斯编，陈建宪、彭海斌译：《世界民俗学》，上海文艺出版社1990年版。

63.［美］费正清、罗德里克·麦克法夸尔主编，王建朗等译：《剑桥中华人民共和国史（1949—1965）》，上海人民出版社1990年版。

64.［德］康德著，何兆武译：《历史理性批判文集》，商务印书馆1990年版。

65.《周扬文集》第三卷，人民文学出版社1990年版。

66.《毛泽东选集》第二卷，人民出版社1991年版。

67. 胡绳主编，中共中央党史研究室著：《中国共产党的七十年》，中共党史出版社1991年版。

68. 陈勤建：《文艺民俗学导论》，上海文艺出版社1991年版。

69. 宋德胤：《文艺民俗学》，北方文艺出版社1991年版。

70. 张宏：《民间文学改旧编新论》，时代文艺出版社1991年版。

71. 杨哲编：《钟敬文生平、思想及著作》，河北教育出版社1991年版。

72. 钟敬文主编：《中国民间文学的新时代》，敦煌文艺出版社1991年版。

73. 胡适著，唐德刚译：《胡适口述自传》，华文出版社1992年版。

74. 姜彬主编：《中国民间文学大辞典》，上海文艺出版社1992年版。

75. 谭达先主编：《中国民间文学概论》，(台北)贯雅文化事业有限公司1992年版。

76. 杨荫深：《中国俗文学概论》，(台北)世界书局1992年版。

77. 姜义华主编：《胡适学术文集·新文学运动》，中华书局1993年版。

78. [美]布鲁范德著，李扬译：《美国民俗学》，汕头大学出版社1993年版。

79. 管成南主编：《中国民间文学赏析》，(台北)国家出版社1993年版。

80. 胡万川主编：《文化的源头活水——民间文学之重要性》，彰化县立文化中心1993年版。

81. 张之伟：《中国现代儿童文学史稿》，华东师范大学出版社1993年版。

82. 贾芝：《播谷集》，人民文学出版社1994年版。

83. 高丙中：《民俗文化与民俗生活》，社会科学文献出版社1994年版。

84. 钟敬文：《钟敬文学术论著自选集》，首都师范大学出版社1994年版。

85. 王文宝：《中国民俗学史》，巴蜀书社1995年版。

86. 王瑶：《王瑶文集》，北岳文艺出版社1995年版。

87. 高国藩主编：《中国民间文学》，台湾学生书局1995年版。

88.《鲁迅集外集拾遗补编》，人民文学出版社1995年版。

89. 谢冕、洪子诚主编：《中国当代文学史料选1948—1975》，北京大学出版社1995年版。

90. 陈启新:《中国民俗学通论》,中山大学出版社1996年版。

91.《胡适文存》(第四卷),黄山书社1996年版。

92. 胡万川主编:《民间文学工作手册》,台中县立文化中心1996年版。

93. 梁启超:《饮冰室合集》,中华书局1996年版。

94. 刘梦溪主编,陈平原校:《中国现代学术经典——章太炎卷》,河北教育出版社1996年版。

95. 钟敬文:《民俗文化学梗概与兴起》,中华书局1996年版。

96. 钟敬文、马名超、王彩云主编:《民间文学大辞典》,黑龙江人民出版社1996年版。

97. 叶春生编:《岭南俗文学简史》,广东高等教育出版社1996年版。

98. 邹振环:《影响中国近代社会的一百种译作》,中国对外翻译出版公司1996年版。

99. 中国民俗学学会编:《中国民俗学研究》(第二辑),中央民族大学出版社1996年版。

100. [美]周策纵著,周子平等译:《五四运动:现代中国的思想革命》,江苏人民出版社1996年版。

101. 陈益源主编:《民俗文化与民间文学》,(台北)里仁书局1997年版。

102. 陈思和:《陈思和自选集》,广西师范大学出版社1997年版。

103. 黄曼君:《中国近百年文艺理论批评史(1895—1990)》,湖北教育出版社1997年版。

104. 刘守华、巫瑞书主编:《民间文学导论》,长江文艺出版社1997年版。

105. 吴同瑞、王文宝、段宝林编:《中国俗文学概论》,北京大学出版社1997年版。

106. 汪晖:《汪晖自选集》,广西师范大学出版社1997年版。

107. 赵汀阳、贺照田主编:《学术思想评论》,辽宁大学出版社1997年版。

108. 陈平原:《中国现代学术之建立》,北京大学出版社1998年版。

109. 段宝林主编:《中国民间文学概要》,人民出版社1998年版。

110. 董晓萍编:《民间文艺学及其历史——钟敬文自选集》,山东教育出版社1998年版。

111. [法]米歇尔·福柯著,谢强、马月译:《知识考古学》,生活·读书·新知三联书店1998年版。

112. 刘魁立:《刘魁立民俗学论集》,上海文艺出版社1998年版。

113. [英]乔治·E.马尔库斯 米开尔·M.J.费切尔著,王铭铭、蓝居达译:《作为文化批评的人类学》,生活·读书·新知三联书店1998年版。

114. 郑元者:《艺术之根:艺术起源学引论》,湖南教育出版社1998年版。

115. 钟敬文:《民间文艺学及其历史》,山东教育出版社1998年版。

116. 钟敬文主编:《民俗学概论》,上海文艺出版社1998年版。

117. 钟敬文:《钟敬文民俗学论集》,上海文艺出版社1998年版。

118. 钟敬文:《中国民间文学讲演集》,北京师范大学出版社1999年版。

119. 周作人:《周作人民俗学论集》,上海文艺出版社1999年版。

120. 乌丙安:《中国民俗学》,辽宁教育出版社1999年版。

121. 祁连休、程蔷编:《中华民间文学史》,河北教育出版社1999年版。

122. 李惠芳主编:《中国民间文学》,武汉大学出版社1999年版。

123. 江宝钗撰:《从民间文学到古小说》,(台湾)复文图书出版社1999年版。

124. 赵世瑜:《眼光向下的革命——中国现代民俗学思想史论(1918—1937)》,北京师范大学出版社1999年版。

125. 郑志明:《文学民俗与民俗文学》,嘉义南华管理学院1999年版。

126. 刘禾:《语际书写——现代思想史写作批判纲要》,生活·读书·新知三联书店1999年版。

127. 冯梦龙:《山歌》,江苏古籍出版社2000年版。

128.《胡适留学日记》,岳麓书社2000年版。

129. 胡万川:《民间文学的理论与实际》,台湾清华大学出版社2000年版。

130. 蓝棣之主编:《何其芳全集》,河北教育出版社2000年版。

131. 罗岗、倪文尖:《90年代思想文选》,广西人民出版社2000年版。

132. [加]马克·昂热诺等主编,史忠义、田庆生译:《问题与观点——20世纪文学理论综论》,百花文艺出版社2000年版。

133. 钟敬文:《钟敬文学术》,浙江人民出版社2000年版。

134. 张婷婷：《中国20世纪文艺学学术史》第四部，上海文艺出版社2001年版。

135. 罗岗、陈春艳编：《梅光迪文录》，辽宁教育出版社2001年版。

136. [德]卡尔·曼海姆著，艾彦译：《意识形态和乌托邦》，华夏出版社2001年版。

137. 孟繁华：《中国20世纪文艺学学术史》，上海文艺出版社2001年版。

138. 冯桂芬：《校邠庐抗议》，上海书店2002年版。

139. 陈顺馨：《1962：夹缝中的生存》，山东教育出版社2002年版。

140. 陈平原主编：《中国文学研究现代化进程二编》，北京大学出版社2002年版。

141. 黄曼君：《中国20世纪文学理论批评史》，中国文联出版社2002年版。

142. 中国社会科学院科研局组织编选：《毛星集》，中国社会科学出版社2002年版。

143. 《钟敬文文集·民间文艺学卷》，安徽教育出版社2002年版。

144. [英]安东尼·吉登斯著，文军、赵勇译：《社会理论与现代社会学》，社会科学文献出版社2003年版。

145. 李书磊：《1942：走向民间》，山东教育出版社2002年版。

146. 王韬：《弢园文录外编》，上海书店2002年版。

147. 周作人：《谈龙集》，河北教育出版社2002年版。

148. 梁启超：《中国近三百年学术史》，天津古籍出版社2003版。

149. 董晓萍：《田野民俗志》，北京师范大学出版社2003年版。

150. 刘守华、白庚胜主编：《中国民间文艺学年鉴：2001年卷》，华中师范大学出版社2003年版。

151. 王文宝：《中国民俗研究史》，黑龙江人民出版社2003年版。

152. 曾永义：《俗文学概论》，(台北)三民书局2003年版。

153. 户晓辉：《现代性与民间文学》，社会科学文献出版社2004年版。

154. 贾芝：《新中国民间文学五十年》，大众文艺出版社2004年版。

155. 王明：《中共五十年》，东方出版社2004年版(内部发行)。

156. 王平凡、白鸿编：《毛星纪念文集》，学苑出版社 2004 年版。

157. 汪晖：《现代中国思想的兴起》，生活·读书·新知三联书店 2004 年版。

158. 朱自清：《中国歌谣》，复旦大学出版社 2004 年版。

159. [美] 本尼迪克·安德森著，吴叡人译：《想象的共同体：民族主义的起源与散布》，上海人民出版社 2005 年版。

160. 陈泳超：《中国民间文学研究的现代轨辙》，北京大学出版社 2005 年版。

161. 丁耘、陈新主编：《思想史研究》，广西师范大学出版社 2005 年版。

162. [美] 勒内·韦勒克、奥斯汀·沃伦著，刘象愚等译：《文学理论》，江苏教育出版社 2005 年版。

163. [美] 凯瑟琳·奥兰丝汀，杨淑智译：《百变小红帽：一则童话三百年的演变》，生活·读书·新知三联书店 2006 年版。

164. 毛巧晖：《涵化与归化——论延安时期解放区"民间文学"》，上海辞书出版社 2006 年版。

165. 王明珂：《华夏边缘：历史的记忆与族群认同》，社会科学文献出版社 2006 年版。

166. 郑元者：《文学理论精读》（讲义），复旦大学出版社 2008 年版。

167. 方成智：《艰难的规整——新中国十七年（1949—1966）中小学教科书的研究》，湖南师范大学出版社 2013 年版。

168. 中国民间文艺家协会编：《真情呼唤 共铸辉煌——庆贺贾芝百岁文集》，中国文联出版社 2016 年版。

**文章**

1. 《歌谣选由日刊发表》，《北京大学日刊》1918 年 5 月 20 日。

2. 周作人：《人的文学》，《新青年》1918 年第 6 号。

3. 周作人：《平民的文学》，《每周评论》1919 年 5 月第 5 号。

4. 胡愈之：《论民间文学》，《妇女杂志》1921 年第 1 号。

5. 《发刊词》，《歌谣》周刊 1922 年第 1 号。

6. 董作宾：《一首歌谣整理研究的尝试》，《歌谣》周刊1924年第63号。

7. 顾颉刚：《孟姜女故事的转变》，《歌谣》周刊1925年第96号。

8. 编者：《本刊今后的话》，《民俗》1933年第101期。

9. 古今通：《民俗学复刊号第一卷第一期——兼评我国民俗学运动》，《大公报》1936年11月14日。

10. 李初黎：《十年来新文化运动的检讨》，《解放周刊》1937年第42期。

11. 毛泽东：《论新阶段》，《解放周刊》1938年第57期。

12. 毛泽东：《在延安文艺座谈会上的讲话》，《解放日报》1943年10月19日。

13. 吴晓铃：《俗文学者的供状》，《华北日报》1948年6月4日。

14. 钟敬文：《请多多地注意民间文艺》，《文艺报》1949年第13期。

15. 何其芳：《论民歌》，《人民文学》1950年第1期。

16. 《中央人民政府高等学校课程草案》，《光明日报丛刊》1950年第3辑。

17. 《征集民间文艺资料办法》，《民间文艺集刊》1950年第1集。

18. 《编后记》，《民间文艺集刊》1950年第1集。

19. 于彤：《评〈民间文学概论〉》，《文艺报》1951年第4期。

20. 《发刊词》，《民间文学》1955年第1期。

21. 李岳南：《由〈牛郎织女〉来看民间故事的思想性和艺术性》，《北京文艺》1956年第8期。

22. 刘守华：《慎重地对待民间故事的整理编写工作——从人民教育出版社整理的〈牛郎织女〉和李岳南同志的评论谈起》，《民间文学》1956年第11期。

23. 《编后记》，《民间文学》1957年第11期。

24. 克冰（连树声）：《关于人民口头创作》，《民间文学》1957年第5期。

25. 毛星：《论文学艺术的特性——评陈涌等关于文学艺术的特性的错误意见》，《文学研究》1957年第4期。

26. 郭沫若：《关于大规模收集民歌问题答本刊编辑部问》，《民间文学》1958年第5期。

27. 林默涵、邵荃麟：《为文学艺术大跃进扫清道路》，《文艺报》1958

年第 6 期。

28. 周扬:《文艺战线上的一场大辩论（根据 1957 年 9 月 16 日在中共中国作家协会党组扩大会议上的讲话整理、补充并和文艺界的一些同志交换了意见之后写成）》,《人民日报》1958 年 2 月 28 日。

29. 周扬:《大规模收集全国民歌》,《人民日报》1958 年 4 月 14 日。

30.《民间文学》编辑部:《关于搜集整理工作的各种不同意见》,《民间文学》1959 年第 7 期。

31. 记哲:《略谈文学的人民性问题》,《山东师范学院学报》1959 年第 3 期。

32. 贾芝:《社会主义时期民间文学的范围界限和工作任务问题》,《民间文学》1960 年第 12 期。

33. 魏建功:《歌谣四十年》(下),《民间文学》1962 年第 2 期。

34. 魏同贤:《民间文学界说》,《文史哲》1962 年第 6 期。

35. 张士杰:《漫谈义和团故事的搜集整理与创作》,《民间文学》1963 年第 2 期。

36. 贾芝:《发扬民间文学的教育和战斗作用》,《民间文学》1963 年第 6 期。

37. 毛泽东:《毛泽东致陈毅信》,《诗刊》1978 年第 1 期。

38. 周恩来:《在文艺工作座谈会和故事片创作会议上的讲话》,《文艺报》1979 年第 2 期。

39. 张弘:《民间文学发展的必由之路——"改旧编新论"之二》,《民间文学》1980 年第 8 期。

40. 吉星:《为忠实记录民间文学呼吁》,《民间文学》1981 年第 5 期。

41. 魏同贤:《社会主义时期民间文学的范围界限琐议》,《民间文学》1981 年第 11 期。

42. 段宝林:《加强民族民间文学的描写研究》,《南风》1982 年第 2 期。

43. 容肇祖:《回忆顾颉刚先生》,《社会科学辑刊》1982 年第 3 期。

44. 毛星:《民间文学及其发展简论》,《民间文学论坛》1984 年第 1 期。

45. 高国藩:《略谈"中国民间文学"的概念》,《民间文学论坛》1985 年第 1 期。

46.《田野作业与研究方法座谈会纪要》,《民间文学论坛》1985 年第 5 期。

47. 晓丹、赵仲:《文学批评:在新的挑战面前——记厦门全国文学评论方法论讨论会》,《文学评论》1985 年第 4 期。

48. 陈子艾:《民间文学本质特征新议》,《民间文学》1986 年第 12 期。

49. 贾芝:《民间文学的普查与记录》,《民间文学论坛》1986 年第 3 期。

50. 马学良:《关于忠实记录的问题》,《民间文学论坛》1986 年第 3 期。

51. 蜀客:《关于"民间文学是什么"的思考》,《民间文学》1986 年第 8 期。

52. 许钰:《关于民间文学范围的思考》,《民间文学论坛》1987 年第 5 期。

53. 段宝林:《民间文学的立体描写与研究方法》,《民间文学》1988 年第 1 期。

54. 老彭:《论民间文学的特征》,《山茶》1988 年第 4 期。

55. 黄浩:《文学失语症》,《文学评论》1990 年第 2 期。

56. 高丙中:《关于民俗主体的定义——英美学者不断发展的认识》,《湖北大学学报》(哲学社会科学版)1993 年第 4 期。

57. 刘竹:《试论神话的文学特性》,《云南师范大学学报》(哲学社会科学版)1993 年第 2 期。

58. 钟敬文:《七十年学术经历纪程——〈钟敬文学术论著自选集〉自序》,《北京师范大学学报》(社会科学版)1993 年第 4 期。

59. 王晓明、张宏、徐麟、张柠、崔宜明等:《旷野上的废墟——文学和人文精神的危机》,《上海文学》1993 年第 6 期。

60. 阿伦·邓迪斯著,王克友、侯萍萍译:《"民"是什么人?》,《民俗研究》1994 年第 1 期。

61. 柯杨:《关于深化民俗学田野作业的两点思考》,《民俗研究》1994 年第 4 期。

62. 陶立璠:《中国民俗学发展新的里程碑》,《民俗研究》1994 年第 4 期。

63. 王一川:《从启蒙到沟通——90 年代审美文化与人文精神转化论纲》,《文艺争鸣》1994 年第 5 期。

64. 曹顺庆:《21 世纪中国文化发展战略与重建中国文论话语》,《东方丛刊》1995年第3辑。

65. 吕微：《〈中华民间文学史〉编写研讨会纪要》，《文学遗产》1995年第2期。

66. 安德明：《多尔逊对现代中国民俗学史的论述》，《北京师范大学学报》(社会科学版)1996年第6期。

67. 本刊记者：《增强学科意识提高民间文学基础理论研究水平》，《思想战线》1996年第5期。

68. 陈平原：《"通俗小说"在中国》，《上海文化》1996年第2期。

69. 党圣元：《学术规范与学术人格》，《文学评论》1996年第5期。

70. 高丙中：《中国民俗学的人类学倾向》，《民俗研究》1996年第2期。

71. 刘铁梁：《民俗调查中的心理观察问题》，《民间文学论坛》1996年第3期。

72. 陶东方、金元浦：《人文精神与世俗化——关于90年代文化讨论的对话》，《社会科学战线》1996年第2期。

73. 乌丙安：《填补了民俗学方法论空白的好书——评江帆的〈民俗学田野作业研究〉》，《中国图书评论》1996年第6期。

74. 钟敬文：《谈谈民间文学在大学中文系课程中的位置》，《北京师范大学学报》(社会科学版)1996年第6期。

75. 贾芝：《读〈西北民族研究〉说到民俗学与民间文学》，《西北民族研究》1997年第2期。

76. 刘铁梁：《中国民间文化的田野调查》，《广西民族学院学报》(哲学社会科学版)1997年第2期。

77. 屈亚君：《变则通通则变——"中国古代文论的现代转换"研讨会综述》，《文学评论》1997年第1期。

78. 杨利慧：《中原女娲神话及其信仰习俗的考察报告》，《中国民俗学研究》1996年第2辑。

79. 钟敬文：《对待外来民俗学学说、理论的态度问题》，《民间文学论坛》1997年第3期。

80. 陈勤建：《现实性：中国民俗学的世纪抉择》，《民俗研究》1998年第 4 期。

81. 董晓萍：《民族志式田野作业中的学者观念——对我国现代田野作业中的 8 种学者著述的分析》，《北京师范大学学报》（社会科学版）1998 年第 6 期。

82. 黄意明：《化民成俗：民俗学的重大课题》，《戏剧艺术》1998 年第 4 期。

83. 路文彬：《救救文学批评》，《文艺争鸣》1998 年第 1 期。

84. 钟敬文：《从事民俗学研究的反思和体会》，《北京师范大学学报》（社会科学版）1998 年第 6 期。

85. [日] 福田亚细男著，高木立子、陈岗龙译：《民俗学的研究方法》，《民俗研究》1999 年第 1 期。

86. 钟敬文：《建立中国民俗学学派刍议》，《民族艺术》1999 年第 1 期。

87. 陈勤建：《文艺民俗批评的理论基础与实践应用》，《广西民族学院学报》（哲学社会科学版）2000 年第 6 期。

88. 刘锡诚：《民俗百年话题》，《民俗研究》2000 年第 1 期。

89. 薛洁、李连江、石收鸽：《1991—2000 年民俗学文献分析》，《民俗研究》2002 年第 2 期。

90. 钟敬文：《建立中国民俗学学派论纲》，《广西民族学院学报》（哲学社会科学版）2000 年第 1 期。

91. 陈勤建：《20 世纪中日民俗学学术倾向及前瞻》，《民俗研究》2001 年第 1 期。

92. 程善伟：《钟敬文主要著作年表》，《民间文化·祝贺钟敬文百岁华诞学术专刊》2001 年第 6 期。

93. 刘守华：《中国民间文学研究百年历程》，《华中师范大学学报》（人文社科版）2001 年第 2 期。

94. 吴敏：《文人的"新社会梦"——试论何其芳 1942—1949 年的思想变化》，《广东社会科学》2002 年第 2 期。

95. 钟敬文：《口承文艺在民俗学研究中的位置》，《文艺研究》2002 年第 4 期。

96. 周景雷:《走向民间与面向大众——关于周扬文艺思想中民间与大众化问题的解释》,《文艺理论与批评》2002年第6期。

97. 连树声:《借鉴苏联民间文学理论的历史回顾与思考》,《民俗典籍文字研究》2003年第1期。

98. 刘锡诚:《新中国民间文学理论研究和学科建设:1949—1966》,《广西民族学院学报》(哲学社会科学版)2003年第1期。

99. 吕微:《"内在的"和"外在的"民间文学》,《文学评论》2003年第3期。

100. 杨利慧:《女娲信仰:华北地区的田野考察》,《广西民族学院学报》(哲学社会科学版),1997年第2期。

101. 陈勤建、廖海波:《中国现代民间文学在民俗学文学化中独立发展》,《广西师范学院学报》(哲学社会科学版)2004年第2期。

102. 刘锡诚:《作为民间文艺学家的何其芳》,《民族艺术研究》2004年第1期。

103. 刘锡诚:《中国民间文艺学史上的民俗学派》,《湖北民族学院学报》(哲学社会科学版)2004年第1期。

104. 施爱东:《"概论教育"与"概论思维"》,《西北民族研究》2004年第1期。

105. 杨亮才:《民间文学之子》,《西北民族研究》2003年第3期。

106. 郑元者:《中国问题、中国话语与中国理论》,《杭州师范学院学报》(社会科学版)2004年第6期。

107. 谢保杰:《1958年新民歌运动的历史描述》,《中国现代文学丛刊》2005年第1期。

108. 桑新民:《建构主义的历史、哲学、文化与教育解读》,《全球教育展望》2005年第4期。

109. 陈泳超:《作为运动与作为学术的民间文学》,《民俗研究》2006年第1期。

110. 黎敏:《新中国头十年苏联民间文学理论的引入》,《西北民族研究》2006年第2期。

111. 郑元者：《中国艺术人类学——历史、理念、事实与方法》，《BI（美）》2007 年第 1 卷。

112. 高丙中：《民间、人民、公民：民俗学与现代中国的关键范畴》，《西北民族研究》2015 年第 2 期。

**网络资源**

1. 乌丙安：《民俗学——当然的一级学科》，故乡网，http：//guxiang.com/xueshu/others/shijiao/200208/200208150039.htm，2006-04-08/2007-10-20

2.《哲学社会科学"八五"〈1991—1995 年〉国家重点课题规划》，中华人民共和国教育部，http：//cpc.people.com.cn/GB/219555/219556/14587922.html

**内部资料**

1. 中国民间文艺研究会研究部编《民间文学参考资料》，内部资料，第 1—8 辑。

2. 杨亮才：《我对民间文学工作的几点意见》，未刊稿。

3.《贾芝日记》，1937 年至 2000 年，未刊稿。

# 后 记

高中时因为迷恋历史老师的课堂，在填报大学志愿时我对学校没有要求，但第一专业志愿一定要求是历史，如我所愿，我大学进入了历史系学习。报考硕士时，现在已经想不起是什么原因了，我选择了冷僻的世界上古史，但并未遂愿进入自己理想中的学校，而是意外地转入了民间文学学习。我当时尚不知民间文学要学什么，在懵懂无知中，开启了民间文学的学习之旅。2002年考入华东师范大学攻读博士学位，博士期间首要任务就是学位论文的选题。在导师陈勤建教授的引导下，选取了当时较少被关注的延安时期民间文学为论文方向。如果说自己是误打误撞进入民间文学专业学习的，那么选取学术史为治学方向则有点"强扭的瓜"之意味，同时亦有点冥冥之中的"宿命"之感。学术史也是历史，似乎离自己年少时的选择并不远。

当然，博士学位论文的撰写并非一帆风顺，现在尚能忆起当时的困惑与艰难，甚至有几次找到导师，想打退堂鼓，但导师的一再鼓励，让我在蹒跚中完成了论文，并顺利通过答辩。现在尚记得自己在答辩开场白所说的一句话，"强扭的瓜不甜，但自己终于完成了任务"，当时看到导师脸上掠过了一丝无奈的笑。多年后想起自己当年的无知与率性，深感自责。直到今天，依然记得交付论文的当天，自己暗下决心，再不会从事民间文学学术史的写作，希望自己能改换方向。我从小出生在山西，山西有丰富的民俗文化资源，无论选择哪一类目，通过实地调查，都能完成一篇精彩的学位论文，哪篇都比资料爬梳与干巴巴的学术史文章有趣。

命运弄人，2005年博士毕业后，我到复旦大学中文系跟随郑元者教授从事博士后研究，在博士后申请中，郑教授希望我继续民间文学学术史的课题，只是他建议在博士学位论文基础上完成20世纪下半叶学术史的梳理，并对其思想发展脉络进行考量与反思。就此，改换方向已不可能，倒也因此坚定了这一研究方向。当然，个中苦甜只有自己知道，前不久与同治学术史的朋友聊天，大家都共同感慨在这一领域前行的艰难。

本著在博士后研究报告基础上修改完成，2010年在"华东师范大学985社科规划《汉语与中国文化国际推广》子项目"资金资助下由上海文化出版社出版。时隔八年后，感谢学苑出版社陈佳女士的支持，使我有机会对其进行修订出版。

在修订过程中，撰写此文的情景再现于脑海。记得当时我时常到北京访谈贾芝先生和金茂年女士，贾老作为历史亲历者，不顾年迈接受了我的访谈，并提供了他的日记；金茂年女士推荐并带领我到中国民间文艺家协会、中国艺术研究院、首都图书馆等地查阅资料，介绍认识王平凡、杨亮才、刘超等诸位历史亲历者。各位前辈也倾其所有，细致、耐心地回答我的提问，在此一并致以深深的谢意！感谢贾植芳先生在撰写过程中经常提供资料并提出建设性意见；同时还要衷心感谢北京、上海等地提供资料者。当此书再次修订出版时，提供过支持的很多前辈已离我而去，但他们的学术精神一直鼓励我前行。在复旦大学从事博士后研究时期，得到了郑土有教授、范秀娟教授、黄晓娟教授以及华霄颖、周晓霞、刘波、田欢、张常勇、郑素华、褚潇白、俞蓓、郭公民等诸位同学、朋友的支持与帮助，在此致以深深的谢意！

最后感谢我的家人，他们总是一如既往地支持我，毫无怨言地包容我，对父母、爱人和女儿，我永存愧疚，当然，更有尽在不言中的爱。

毛巧晖

2007年6月于复旦大学南区七宿舍六号

2018年6月改定于石景山寄寓之所